STOWE

Copyright © Editora Coerência, 2019
Copyright © Giovanna Vaccaro, 2019

DIREÇÃO EDITORIAL
Lilian Vaccaro

PRODUÇÃO EDITORIAL
Bianca Gulim

PRODUÇÃO GRÁFICA
Giovanna Vaccaro

PREPARAÇÃO
Raquel Escobar

REVISÃO
Bianca Gulim

CAPA
Henrique Moraes

ILUSTRAÇÃO
Kátia Schittine

DIAGRAMAÇÃO
Bruno Lira

DADOS INTERNACIONAIS DE CATALOGAÇÃO NA PUBLICAÇÃO (CIP)

Vaccaro, Giovanna;
Stowe
1ª edição - São Paulo: Coerência, 2019

ISBN: 978-85-5327-148-1

1. Ficção brasileira 2. Ficção Científica 3. Romance I. Título

CDD: 869.3

Todos os direitos desta edição reservados à
Editora Coerência
Avenida Paulista, 256, cj 84
Bela Vista – São Paulo – SP – 01.310-902

Para o meu irmão.

"Não adentre a boa noite apenas com ternura
A velhice queima e clama ao cair do dia
Fúria, fúria contra a luz que já não fulgura.
Embora os sábios, no fim da vida, saibam que é a escuridão que perdura,
Pois suas palavras não mais capturam a centelha tardia.
Não adentre a boa noite apenas com ternura,
Fúria, fúria contra a luz que já não fulgura."

— *FÚRIA*, DYLAN THOMAS.

PRÓLOGO

RELATIVIDADE

Além de estabelecer relações entre massa e corpo, explica que tempo e espaço são relativos, dependendo do ponto de vista do observador. A noção de tempo, portanto, é relativa.

As noites de quintas-feiras eram as preferidas de Theo.

Era durante essas noites que ele e sua irmã Bárbara iam para São Paulo — que, apesar de ficar em outro estado, era bem mais próxima do que qualquer outra cidade de Minas Gerais —, fazer compras em atacado para abastecer as despensas da pousada que seus pais administravam em Monte Verde. E, embora tivessem outras coisas para fazer, Theo e a irmã, que era um ano mais velha, adoravam sair da cidade toda semana. Havia dois anos desde que tomaram o lugar de seus pais na hora das despesas e, apesar do tempo, Theo ainda tinha a mesma sensação de choque e encanto enquanto deslizava pela pista nublada da serra.

Aquela quinta-feira, portanto, não foi diferente das outras. Os dois entraram no carro, desceram a serra e fizeram as compras, depois entraram no carro novamente e começaram a subir a serra de volta para a cidade. Os pais deviam estar acordados ainda, esperando no *hall* da recepção da pousada, prontos para descarregar o carro e guardar as compras, Theo concluiu.

A chuva ainda estava fraca, e o relógio marcava quase meia-noite no painel do veículo, um Toyota Hilux meio antigo, mas muito espaçoso — que era a única característica da picape prata que fazia com que o pai de Theo, Marcos, deixasse Bárbara dirigi-la, afinal precisavam de espaço para levar as compras. Se não fosse esse o caso e não tivessem que fazer aquilo semanalmente, o único carro que o pai deles cederia seria muito provavelmente o Uno, que era novo e estava em perfeito estado, mas longe do tipo de *coisa* que Bárbara estava disposta a dirigir.

Bárbara era um pouco narcisista, e Theo gostava de ressaltar a palavra sempre que podia, já que fora ele quem encontrara a única palavra capaz de descrever a irmã. Fora daquele carro, a cidade inteira a via como a garota mais incrível de todas; Bárbara era a pessoa mais popular da escola e a terceira mais popular da cidade — a primeira era o prefeito Esteves e a segunda, Daniela Ferrari, a delegada de Monte Verde. Apesar disso, Theo conseguia perceber que as pessoas ou queriam ser amigas de sua irmã ou queriam ser como ela. Ele achava engraçado compartilhar o sobrenome com uma das três pessoas mais sem noção da cidade.

Problemas de cidade pequena, Theo pensou, virando a cabeça para o lado. As árvores eram borrões escuros do lado de fora da picape, o asfalto molhado pela chuva, que estava a um passo de se fortalecer, e os faróis amarelados dos carros corriam rápidos dos dois lados da pista feita de curvas, que era a serra. Theo sentiu sua cabeça girar e a visão escurecer, seus dedos se fecharam em torno do apoio de braço na porta e ele precisou respirar fundo quando deitou a cabeça no banco.

Ele já estava acostumado. Sua pressão caía toda vez que subiam ou desciam a serra. Quando era criança, Theo achava que tinha alguma doença rara ou algo do tipo — pelo menos algo mais importante do que era, de fato, a realidade —, mas sua mãe, Ângela, explicou-lhe que a maioria das pessoas sentia o mesmo quando se colocava em uma altitude mais alta do que o normal. Ele sentia o mesmo quando viajava de avião, já havia se tornado rotina andar com chicletes no bolso para mascar e aliviar a pressão nos tímpanos. Tateou os bolsos da jaqueta, mas só encontrou o papel da embalagem de Trident, então tudo o que Theo podia fazer quanto ao que estava sentindo era esperar.

Ele estava imaginando quantas curvas ainda faltavam até chegar às ruas planas da cidade. Abriu os olhos um pouquinho e enxergou a placa verde da falcoaria na pista direita, o que queria dizer que faltavam apenas alguns quilômetros até a entrada de Monte Verde. Quando apoiou a cabeça novamente, viu Bárbara esticando o braço para aumentar o volume do rádio. Estava tocando uma música rápida e conhecida, ele gostava do som, mas não sabia o nome nem quem a cantava. Ele fez notas imaginárias para procurar pela música depois. Ouviu a letra para não esquecer. "Deep inside me. I'm fading to black, I'm fading."

— Vai, me conta. — Theo ouviu a voz da irmã; virou a cabeça e abriu os olhos para encará-la. — Tipo, eu sei que vocês não têm nada a ver, mas se você gostou de ficar com ele... Vai lá, amiga, não me decepciona. Me conta tudo depois!

Bárbara deslizou o dedão direito pela tela do celular e enviou o áudio. Ela jogou o celular no colo e trocou a marcha, a picape deu uma bambeada. Theo observou a irmã pegar o celular novamente, desbloquear a tela e tocar no ícone do microfone no WhatsApp. Ele observou que o barulho do limpador de para-brisas pegando no vidro era irritante e que a chuva estava se intensificando.

— Tá, eu já sei sobre isso, você me falou hoje. — Bárbara gargalhou de olhos fechados enquanto pisava um pouquinho no pedal do freio para passar pela curva. Ela colocou uma mecha de cabelo preto atrás da orelha. — Não quero saber sobre o Thomas, quero saber sobre o Lucca e o que ele fez de tão diferente que você tá enrolando para me contar. Caramba, Bia!

Ah, Theo pensou. Bárbara estava mandando áudios para Bianca, a prima dos dois. Elas eram melhores amigas desde que aprenderam a falar. Ele assistiu quando a irmã rolou a tela do celular e leu a última mensagem enviada pela prima. Bárbara acelerou mais do que era permitido naquela via, e a chuva já estava densa demais para ser detida pelos limpadores. Theo não via problemas em usar o celular enquanto dirigia, ele fazia muito isso, porém, quando estava no banco do carona, não gostava da ideia.

— Bia, o assunto era sobre você e não sobre mim. Eu tô com o Theo no carro, depois te conto sobre o que rolou ontem com ele. — Bárbara olhou para o irmão e piscou um de seus olhos castanhos, achando graça de seus próprios segredos. — Chego em cinco minutos. Vou descarregar o carro e ir para a casa do Thomas, te vejo na festa.

A mente de Theo trabalhou rápido e juntou os pedaços. Eram garotas, estavam falando sobre os caras que gostavam e sobre a tal festa. Era quinta-feira, quase sexta se levassem em conta as horas, e no outro dia teriam aula, mas isso não era empecilho para a turma com a qual Bárbara andava. Ele já havia ido em várias dessas festas antes, mas nunca se encaixara muito com os amigos da irmã. Não que fossem eventos superdivertidos ou algo do tipo, era mais como uma roda de conversa no jardim da casa gigante de Thomas Torres, que vinha de uma das famílias mais tradicionais da cidade — ou seja, era podre de rico. Eles apenas sentavam em bancos de madeira, às vezes com fogueiras e marshmallows, e riam dos outros enquanto roubavam vinhos caros da adega exclusiva da mansão.

— Não tá meio tarde para você ir pra casa do Thomas?

Bárbara fitou Theo por meio segundo e fungou.

— Você fala como se fosse meu pai. — Ela revirou os olhos para ele, mas acabou rindo. — Além disso, amanhã é sexta! Quer ir?

Theo ergueu a cabeça, ajeitando o cinto de segurança, que estava apertado demais, depois ergueu os óculos de volta ao lugar certo. Ele fez uma nota mental para se lembrar de ir até a ótica e pedir para apertarem a armação preta, que estava frouxa havia muito tempo.

— Para você, a sexta começa na quarta-feira, Bárbara. — Ele se ouviu reclamar, mas perguntou: — Quem vai?

A menina deu seta para a esquerda e riu de novo, cerrando os olhos para enxergar a pista dentre a chuva.

— O pessoal de sempre. Uns meninos, a Bia, o Pedro, os gêmeos, as *meninas da cidade* e, como a casa é do Thomas...

— O Thomas — completou Theo, fazendo a irmã rir e assentir com a cabeça.

— Infelizmente.

Theo acreditava que a única função de Thomas era ceder o lugar para os encontros; de resto, ele não servia para nada, além de ser inconveniente e fazer piadas das quais ninguém ria.

— Tá bom, vou mandar mensagem para o Leonardo.

Ele alcançou seu celular, que estava conectado ao fio USB do carro para carregar. A música parou automaticamente quando o celular foi desconectado e o único barulho naquele momento era o da chuva ricocheteando na lataria do carro e os limpadores se arrastando no vidro, fazendo o seu máximo para dar visibilidade à Bárbara. Ele fez mais uma nota mental: falar com o pai sobre o aparelho de som da picape. A música que ouviam antes não vinha do celular de Theo, mas, mesmo assim, quando desconectou o cabo, o rádio bugou, zapeando por estações aleatórias, chiando fora do ar.

— O quê? — A menina hesitou e levou o braço até o som, apertando o botão grande para desligá-lo. — Não! — Theo olhou para a irmã, sem entender. — Esse garoto é um mala, ele não pode ir. E ele é mais novo.

Leonardo era o melhor amigo de Theo desde sempre. Na verdade, Theo não conseguia se lembrar de um dia sequer em toda a sua vida em que os dois não tivessem tido qualquer tipo de conversa nerd sobre conspirações.

— Ele é da minha turma. E somos apenas um ano mais novos que você, sua maluca — rebateu, sabendo que Bárbara odiava a palavra "maluca", apesar de não ser considerada um xingamento ofensivo. E acrescentou: — O irmão dele sempre vai!

— Faz muito tempo que o Eduardo não aparece... — Suspirou Bárbara, apertando os punhos no volante, e Theo jurou ter encontrado algo a mais nessa fala enquanto observava os nós dos dedos da irmã ficarem brancos.

Ele cruzou os braços. Theo odiava os amigos da irmã, eram apenas um ano mais velhos, mas achavam que eram os donos do mundo. Será que alguém poderia avisá-los de que Monte Verde tinha apenas *uma* rua principal?

— Beleza, então eu não vou. — Ele deu de ombros, rolando a tela do celular para ignorar a irmã.

— Não faz drama, Theo. — Bárbara jogou os cabelos para trás mais uma vez. — Pensa assim: o Léo não vai estar lá, mas a Clara vai... — Ele não tinha a intenção, mas seus ouvidos ficaram atentos quando ouviram aquele nome. Theo tinha uma queda por Clara. *Queda*... era mais como uma avalanche deslizando pela montanha. Sempre foi assim, desde suas primeiras lembranças, ele sempre gostou da maneira como ela sorria, como ela era inteligente, alegre e bonita. Se ao menos falasse com ela... — Eu sei que você quer ir, ainda mais agora que sabe quem vai estar lá — ela riu de novo, debochando —, e... tá, não tem problema. Eu falo com o pessoal, chama o Léo também!

Theo ergueu a cabeça rápido, não queria mostrar que estava animado, mas foi em vão. Ele pegou o celular e abriu o WhatsApp, tocou na foto do amigo e digitou uma mensagem rápida. A resposta veio quase que imediata: *puta merda, já tô saindo de casa*, acompanhada de uma figurinha com um *meme*.

— Só avisa para esse seu amigo não dar nenhuma gafe, eu tô cansada de ficar limpando a barra de vocês toda hora — disparou Bárbara, girando o volante para a direita e entrando na última curva, finalmente.

Theo já conseguia enxergar o portal da cidade e as luzes dos postes iluminavam o fim da estrada com placas de "bem-vindo". Os canteiros de hortênsias apareceram por completo, e ele se sentiu em casa novamente, a um passo do comum.

— Gafe? Você tá falando daquela vez que eu trombei na prateleira da adega e quebrei três vinhos chilenos do pai do Thomas? — Theo se lembrou da situação e não conseguiu segurar a risada, o que não aconteceu no dia, claro. — Eu já pedi desculpas e...

Ele parou de falar, sendo interrompido pelo toque do seu celular. Theo olhou para baixo. Era um número desconhecido. Ele apertou o botão verde e colocou o aparelho no ouvido, mas não ouviu nada, apenas o grito da irmã:

— Meu Deus, Theo!

Bárbara deu um pulo, e ele parou o que estava fazendo. Por uma fração de segundo, ele não compreendeu o motivo do alarde, mas, quando a luz branca passou pelo rosto da irmã, ele entendeu.

De repente, Theo percebeu como era irônica a relatividade. O tempo ocorre de determinada maneira para quem vive algo, e passa de uma forma diferente para quem simplesmente assiste. Naquele átimo, Theo conseguiu presenciar os dois lados da relatividade temporal. Ele assistiu quando o caminhão se aproximou e ouviu o pneu derrapar na pista molhada diversas vezes sob o barulho da buzina. Olhou para Bárbara e a viu de olhos fechados, apenas esperando pelo baque. Tentou se proteger dos airbags com os braços e sentiu seu corpo sendo jogado de um lado para o outro enquanto o cinto o detinha, também percebeu que seus óculos haviam sumido. Conseguia sentir o cheiro de combustível, luzes quentes batiam sobre suas pálpebras cerradas. Theo sabia que tinha cacos de vidro fincados em sua carne, mas pensou na irmã e olhou para o lado.

De cabeça para baixo era bem mais complicado lidar com a altitude, Theo pensou quando notou sua irmã suspensa pelo cinto de segurança, seus cabelos jogados para cima, encostando no teto do carro, próximo demais de suas cabeças. Ele queria fazer alguma coisa, mas sua visão estava embaçada e escura, suas pernas ardiam como se estivessem pegando fogo e o gosto de sangue havia invadido sua garganta. Sentiu as gotas escorrendo pelo rosto, do pescoço até a testa. Sua mente estava embriagada, confusa e turva; ele percebeu uma movimentação do seu lado esquerdo e fechou os olhos.

O barulho das sirenes se misturou ao dos gritos que vinham do lado de fora do carro e, se Theo não estivesse enganado, talvez o outro barulho fosse aquele toque suave de chamas queimando o oxigênio. As batidas de seu coração eram como golpes de luta e seu pulmão queimava de dor; Theo não encontrava mais o ar, e seus olhos começaram a se umedecer, lágrimas escorrendo pela testa e se misturando com o sangue. Quando ele conseguiu abrir os olhos, manchas pretas turvaram sua vista e, se ainda havia algo em sua mente, era a música que havia tocado por último no rádio, que se camuflou ao som das sirenes e dos limpadores de vidro.

• Serra: confira o QR Code #1

PARTE 1

CAPÍTULO 01

SINGULARIDADE

Pontos no tecido do espaço-tempo, onde a teoria da gravidade clássica se desmorona e a teoria quântica da gravidade desconhecida é necessária.

"Os assassinos podem viver o mesmo momento por muito tempo. Eles podem se alimentar de lembranças várias e várias vezes."

— *Um Olhar no Paraíso.*

Tudo o que Theo conseguia ouvir eram os pingos rápidos da chuva batendo na claraboia de seu quarto — eram velozes, quase todos pingando ao mesmo tempo, as gotas se aglomerando nas bordas da madeira. E ele estava irritado, farto da chuva e do barulho da água ricocheteando na superfície. Já devia estar acostumado, óbvio, afinal a chuva era a única coisa que acontecia naquela cidade desde sempre. Eram muito raros os dias em que nada caía do céu. Porém, a chuva não havia nem mesmo ameaçado cair durante as três semanas que passara internado no hospital em São Paulo. Agora que estava de volta, era como se cada gota apitasse dentro de seus tímpanos.

Theo se virou na cama, mudando de posição. Já não olhava mais para o teto; em vez disso, havia ficado de cara com seu despertador analógico, posicionado sobre o criado-mudo de madeira escura, o qual tinha certeza de que fora feito com a mesma madeira que utilizaram para construir toda a pousada. Já passava das quatro horas da manhã, e ele nem sequer havia pregado os olhos desde que se deitara. Theo podia até mesmo não estar mais tão familiarizado com o barulho infernal da chuva batendo na claraboia transparente, mas, se havia algo com o qual ele estava quase se acostumando, essa coisa era passar as noites em claro.

Não que Theo não precisasse dormir, claro que precisava — do contrário, por qual outro motivo aquelas olheiras se fixariam embaixo de seus olhos? —, mas ele não conseguia.

Ele se lembrava de pouquíssimas coisas sobre o acidente, apenas que um número desconhecido havia tocado em seu celular. Porém, a cena final, na qual os paramédicos saltavam de dentro da ambulância com macas e maletas, ficou colada em seu córtex. As luzes vermelhas queimavam suas retinas mesmo com as pálpebras coladas, seu corpo sentira a pressão quando fora tirado da picape amassada. Theo se lembrava de ter gritado quando fora colocado sobre a maca, era como se aquilo estivesse preso em sua garganta por horas, escapando finalmente, mas não se recordava do que havia balbuciado. Levaram as vítimas para o UPV (Unidos Pela Vida), o pequeno hospital de Monte Verde, e os estabilizaram. Os pais de Theo chegaram rápido e, quando o Dr. Alencar avisou sobre a fratura exposta em seu braço, o transferiram para um centro cirúrgico em São Paulo.

Theo também não se lembrava muito bem do trajeto até o outro estado — estivera chapado de morfina; inclusive, toda vez que seus olhos se abriam, desorientados, e ele levantava a cabeça para se localizar, enxergava apenas o osso do seu antebraço rasgando sua pele; seu estômago embrulhava, sentia que podia desmaiar a qualquer momento.

Passara por uma cirurgia e ficara em observação pelo resto das três semanas. O braço direito, já cheio de pinos de metal, não era o problema. Para falar a verdade, Theo ainda não conseguia juntar os pedaços e resumir os fatos ocorridos. Tudo o que ele sabia era que, depois que acordara no centro cirúrgico, os médicos o encontraram ainda desorientado. Ele não se lembrava pelo que tinha passado, como havia se envolvido no acidente ou o que raios estava fazendo na serra naquele fim de quinta-feira. Porém, havia algo de estranho naquilo tudo. Na caçamba da picape, havia compras — para a dispensa da pousada. Theo compreendia tudo o que diziam e se recordava de quase todo aquele dia, contudo estar na serra àquela hora da noite não fazia sentido algum. Mas uma das coisas que mais lhe incomodava era por que ele fora fazer as compras da pousada e não seu pai, como era de costume.

— É normal que esteja se sentindo confuso, às vezes o trauma faz isso com as vítimas, mas as informações estão soltas aí dentro. Com o tempo, elas aparecerão. — Theo se lembrou do que dissera a Dra. Alencar, esposa do Dr. Alencar, que estava os acompanhando no hospital de São Paulo. — Assim que seu cérebro se sentir em segurança novamente, você se lembrará desses detalhes bobos, Theo.

Para Theo, aqueles não eram detalhes bobos. Não tinha como ele estar subindo a serra de carro se nem sequer dirigia. Ele tinha estado lá, tinha seis pinos segurando seus ossos do braço para provar que estivera dentro do carro durante o acidente, mas ainda assim não tinha suas respostas.

Ele se remexeu na cama e se sentou, encostando as costas na madeira gelada da parede. Pegou os óculos, que estavam ao lado do despertador no criado-mudo, e seu notebook velho jogado no chão. Assim que abriu a tela, a luz azul do Windows queimou suas retinas. Theo piscou algumas vezes e seus dedos digitaram a senha no teclado automaticamente. Abriu o Google e parou, congelando. Estava tão acostumado a digitar a senha que o fizera sem perceber. Theo não se lembrava qual palavra havia acabado de digitar para destravar seu computador. Olhou para o teclado e franziu o cenho. Era loucura, não era? Ele tinha acabado de digitar aquilo, como simplesmente havia esquecido?

Theo respirou fundo e acendeu o abajur laranja a fim de conseguir visualizar algo além do notebook. Passou a mão pelo cabelo e coçou o queixo, sentindo um peso se formar dentro de seu corpo. Seria possível algum tipo de amnésia nessa idade? Ele tinha dezessete anos, não setenta. Digitou algumas palavras na barra de pesquisa do Google e, sete minutos depois, já havia aberto pelo menos uns dez artigos diferentes.

Nada realmente ajudou. Aparentemente, pesquisar a frase "não consigo lembrar das coisas" no Google só servia para vários e vários blogs e sites desconhecidos usarem o mesmo texto motivacional, declarando que o único culpado era o estresse. Theo fungou, nervoso. Será que tudo aquilo não passava de uma neura que ele mesmo criara? Passou horas rondando pela internet, zapeando entre sites e vídeos do YouTube, procurando até mesmo pessoas que já tivessem passado pelo mesmo que ele. Contanto que encontrasse uma saída, ele não se importava em ter que assistir a tudo aquilo.

●

O celular de Clara tocou enquanto ela sonhava com seu ator preferido, Tom Hiddleston — o que, na verdade, era previsível, uma vez que qualquer um com quem conversasse compartilhava do mesmo gosto para atores. Ela abriu apenas um olho e levantou a cabeça do travesseiro, tirando o celular de baixo dele.

A luz forte da tela fez Clara cerrar os olhos abruptamente, ainda meio grogue pelo sono. Mais um minuto dormindo, e Loki notaria a presença dela ali, em Asgard. Ela balançou a cabeça, tentando acordar e afastar o sonho doido da cabeça. O celular vibrava em sua mão, e foi só aí que Clara percebeu que não era seu despertador soando, e sim sua melhor amiga ligando por chamada de vídeo. Ela olhou para o lado e viu que o relógio marcava quatro e meia da manhã.

— Não é possível — Clara resmungou, tocando no botão verde e fazendo os pingentes da sua pulseira tilintar. A tela deu um *loop* e o rosto da amiga apareceu no visor. — Você sabe que horas são, Stefany?

A imagem estava escura e uma luz branca, vindo de baixo, era a única iluminação que permitia Clara ser capaz de ver sua amiga com mais clareza. Stefany confirmou sua pergunta rapidamente com a cabeça e olhou para o lado, fora do alcance de sua visão. Havia algo de errado, Clara pôde perceber e automaticamente se sentou, coçando os olhos para enxergar melhor.

Stefany estava com os cabelos castanhos presos num coque malfeito, os fios soltos grudados no pescoço pelo suor. Estava ofegante, a cabeça apoiada em uma superfície grossa que fazia Clara pensar em árvores.

— O que aconteceu? — Clara sussurrou; as paredes eram finas, e certamente acordaria os pais, adormecidos no quarto ao lado do seu. — Onde você tá?

Stefany olhou para o lado de novo, tirando o rosto do alcance da câmera e desaparecendo por meio segundo. A imagem tremeu, e Clara prendeu o fôlego, preocupada.

— Clara, escuta esse barulho. — A menina empurrou o celular para longe ao mesmo tempo em que mais clarões brancos invadiram a imagem, refletindo em seu rosto. — Tá ouvindo, amiga?

Clara franziu o cenho. O som era oco, como uma faísca se apagando.

— Tô... O que... Onde você tá, Ster? — O coração descompassado de Clara denunciava o quanto era próxima da melhor amiga, estava nervosa por não ter informações sobre sua segurança.

— São *flashes*. De câmeras — explicou Stefany, sorrindo abertamente. — Você tem que vir pra cá!

— Do que você está falando, sua maluca? — Clara elevou a voz e se arrependeu meio segundo depois, abaixando-a para perguntar: — Cadê você?

Ster mordeu o lábio, segurando o riso, e fechou os olhos, como se já estivesse esperando a bronca de Clara.

— Na floresta! — sussurrou alto. — A da galeria de arte. Você precisa vir pra cá, é sério.

Puta merda, Clara pensou, *será que a drogaram?*

Mas ela foi surpreendida pela amiga. Os dedos de Stefany bateram duas vezes na tela, saindo da câmera frontal para a normal e mostrando a mata verde, as pedras angulosas, as árvores gigantes e os cascos marrons; era nisso que a amiga estivera apoiada segundos atrás.

— Stefany! O que você está fazendo aí? Volta pra casa agora! Você é louca? — Clara suplicou pela câmera, ouvindo os dedos baterem na tela de novo e observando a imagem da amiga voltar. — Meu Deus, eu tô falando sério, por que você tá rindo, sua doida? Eu vou ligar para a sua mãe e...

— Ela também está aqui. Tá todo mundo aqui. Vem pra cá. — A menina olhou para a tela, assistindo à reação nervosa de Clara pela primeira vez. — Ah... É que eu tô emocionada, não tô conseguindo explicar direito, desculpa. Eu tô na floresta perto da galeria. Meus pais também estão aqui, tem um monte de policial, a perícia, vários repórteres e até um médico legista. Olha!

Clara estava perplexa. Ela não conseguia entender nem mesmo uma palavra do que estava falando a amiga. Não sabia se pelo sono ou se pelo conflito de ideias impossíveis. Stefany tocou na tela de novo e girou a câmera, então Clara entendeu.

Havia uma multidão em volta de algo, luzes vermelhas e azuis se misturavam às sombras, refletindo na fita amarela de isolamento passada em torno das árvores em forma de círculo. Pela imagem, mesmo que borrada, Clara conseguia reconhecer a delegada Ferrari, mãe de Stefany. Inúmeros policiais conversavam em grupos pequenos; jornalistas desenrolavam fios para conectar os microfones e começar a gravar; médicos legistas, de branco, passavam correndo com saquinhos transparentes e pinças nas mãos. Clara notou o uniforme da perícia em diversas pessoas, que tiravam fotos com câmeras imensas capazes de gerar *flashes* cegantes, era daí a luz branca que havia iluminado o rosto de Stefany e o barulho oco que havia escutado mais cedo.

Clara se esforçou para reter mais detalhes, mas não conseguiu, a imagem estava muito borrada. Ela se lembrou das trilhas que já havia feito naquela montanha e de como o sinal para internet era péssimo.

— Viu? — Os olhos brilhantes de Stefany apareceram na câmera.

— Não acredito que sua mãe te levou para uma cena de crime — sussurrou, chocada.

Stefany riu, colocando a mão sobre a boca.

— Ela não me trouxe coisa nenhuma — afirmou. — Minha mãe recebeu o chamado da delegacia e meu pai, o chamado do jornal. Aliás, eu o perdi de vista, onde será que ele se meteu? — O coração de Clara ainda batia rápido dentro do peito, mas pelo menos agora sabia que a amiga não corria risco de vida. E também não estava drogada. — Bom... tanto faz — continuou Stefany. — Eu não ia ficar sozinha em casa enquanto meus pais estão aqui. Olha que incrível! Vem pra cá ficar comigo, vai...

— Óbvio que não — respondeu Clara, firme. — E como assim, ficar sozinha em casa? E o Otávio?

A boca de Stefany se abriu em um "o".

— Ah, meu Deus, eu esqueci que tenho um irmão. — E cerrou os dentes.

— De sete anos.

— Jesus, vão me matar se descobrirem, Clara — murmurou a menina, jogando-se contra o casco da árvore novamente e levando a mão esquerda à testa. — Você precisa ir até lá em casa e ficar com ele.

— Eu, não! Tá doida? — retrucou. — Cada um com seus problemas. Você me acordou às quatro da manhã num dia de semana só porque te deu a louca para seguir sua mãe em uma cena criminal e ainda quer que eu saia da minha casa pra cuidar do seu irmão?

— Não era esse o plano, mas agora que me lembr… — começou Stefany.

— Nem vem, não tem plano nenhum, Ster. Você é totalmente pirada. — Clara sentiu seu sangue borbulhar; por que sua amiga sempre aprontava coisas do tipo? — Volta pra sua casa agora antes que seus pais te vejam por aí.

— Não dá!

— Por que não? — Clara franziu o cenho, preparando-se para mais uma desculpa esfarrapada da melhor amiga.

— Não dá porque eu estou com medo — admitiu Stefany, seus olhos concentrados em Clara pela primeira vez. — Ainda está escuro, e eu só saio daqui com meus pais agora. Só que me lembrei do Otávio e agora também estou com medo por ele. Por favor, você precisa ir pra minha casa conferir se ele tá bem.

— Medo de que, Ster? — Clara bocejou, espreguiçando-se; queria voltar aos seus sonhos com Loki. — Meu Deus, para com isso, eu tô com sono, vou dormir…

— Não! — gritou Stefany, olhando além da câmera para checar se não havia sido pega. — Essa cena de crime é de um homicídio.

— O quê? — Clara se sentou novamente, tensa, a pulseira se chocando contra seu pulso.

— É, eu fiquei muito emocionada com a situação e não consegui explicar do jeito certo… Eu só… Tem um assassino por aí, e meu irmão tá sozinho em casa e eu… — Stefany havia começado a se enrolar com as palavras, e Clara observou o medo verdadeiro ali.

— Um assassino?

A menina balançou a cabeça, confirmando pela câmera.

— Eu sei que devia ter ficado em casa, mas agora já tô aqui e… queria que você também estivesse porque sempre sonhamos com essas coisas, mas… — Clara assistiu à Stefany coçar o queixo, desencostando-se da árvore e ficando ereta. — Mas meu irmão pode estar em perigo. Você pode me ajudar?

O coração de Clara afundou dentro do peito. Era sempre horrível ver a amiga arrependida de alguma burrada na qual tinha se metido, e Stefany entrava em várias delas. Um homicídio era coisa séria, e Clara não podia fugir de casa durante a madrugada, ainda mais com um possível assassino por aí. Se é que aquilo tudo era verdade. Porém, não podia deixar a amiga na mão e... Otávio, coitado, ele não tinha culpa por ter uma irmã desmiolada.

Pensando com mais calma, a ideia de Stefany nem fora tão ruim. Desde crianças, ela e a amiga eram viciadas em séries criminais e o trabalho da mãe de Stefany só acrescentava àquele fetiche maluco que as duas tinham. Era fato que Stefany seguiria a mãe se algo assim acontecesse algum dia, e maior ainda era o fato de que Clara seguiria a melhor amiga, afinal as duas eram unha e carne desde que se entendiam por gente.

Clara pensou e repensou diversas vezes em um único segundo enquanto os dedos brincavam com os pingentes de estrela da pulseira — havia ganhado de presente dos pais em seu oitavo aniversário e, desde então, não tirava o acessório nem mesmo para tomar banho. Havia virado costume brincar com as estrelinhas prateadas enquanto se perdia em pensamentos, como fazia naquele exato momento. Ela precisava ajudar a amiga, mas agora seu pulso estava acelerado pelo ocorrido. E se aquela não fosse a única vítima? Coisas daquele tipo nunca havia acontecido em Monte Verde; a primeira vez seria marcante, mas, mesmo assim, nunca deixaria de causar impacto em seu subconsciente.

Ela afastou as cobertas pesadas e se levantou, olhando para a câmera do celular. Stefany aguardava sua resposta, impaciente.

— Preciso de quinze minutos.

●

Depois que desligou a chamada de vídeo com Stefany, Clara colocou a primeira roupa que encontrou em seu guarda-roupa e, considerando a escuridão em que se encontrava no momento, até que não estava tão mal. Ela vestia jaqueta e calça jeans, All Stars e camiseta. Simples. Estava com medo quando abriu a porta do quarto para sair escondida durante a madrugada, e o ranger do piso de tacos não ajudou muito na sua discrição, mas não fora impossível sair da casa. Não era sempre, mas Clara já tinha feito o mesmo milhares de outras vezes — porém, em nenhuma das outras existiu a possibilidade de um assassino, existiu?

Quando abriu a porta da casa, o vento gélido cortou sua pele como uma faca, queimando suas bochechas. Ela não queria andar sozinha pelo escuro das ruas desérticas da cidade, então pegou a chave do carro no baleiro da sala e dirigiu até a casa da amiga. Clara se culpava por não agradecer o suficiente por ter pais com sono tão pesado.

A casa dos Ferrari era assustadoramente grande e, como se o clima estivesse combinando com a situação, ela sentiu uma apreensão esquisita no peito. Só precisava ver se Otávio estava bem, apenas isso. E então iria embora. Era isso o que havia combinado com Stefany, não era? Naquele momento, o coração de Clara batia tão rápido e o sangue pulsava tão quente em suas veias que ela nem mesmo tinha noção das coisas que estava fazendo, era o piloto automático que estava comandando.

Respirou fundo e estacionou o carro no meio-fio. Rodou a chave e desligou o Honda, abrindo a porta. Quando pisou no asfalto molhado, o barulho de esponja torcendo ecoou pela rua escura. Correu até a entrada, as mãos no bolso, e olhou para trás, só por curiosidade. Havia alguma coisa, alguma coisa que não se parecia com a cidade do dia passado, parecia que o ar estava mais denso e frio, um clima mais sórdido. O bafo quente que escapou da boca de Clara criou uma nuvem branca perto do seu rosto, e ela se lembrou de trancar o carro, apertando o botão do alarme na chave. O farol acendeu e apagou rápido, confirmando.

Engoliu em seco, com sede, e agachou para procurar a chave da casa no canteiro de hortênsias lilás do jardim, as estrelinhas da pulseira tilintando. Seus passos na grama molhada começaram a criar um barulho irritante, Clara quase pensou em desistir; de repente, não estava nem aí para Stefany. Durante toda a vida, ajudara a melhor amiga, mas ali, naquele momento, parecia loucura. A sensação que Clara estava carregando no peito parecia pesar uma tonelada e era quase arrebatador o arrependimento que ela sentia por ter saído de casa.

Encontrou o molho de chaves e correu em passos largos até a porta, girou a chave três vezes e entrou, acendendo todas as luzes. Encostou a porta e girou a chave até ela ser bloqueada pela parede. Caminhou pela sala de estar, observando o local vazio, sem som algum além de seus passos. Clara pensara que talvez fosse loucura achar que um assassino rondava pela cidade, mas, naquele silêncio ensurdecedor, não achava a ideia tão absurda. Eram garotas como ela que morriam nos filmes.

Subiu as escadas de dois em dois degraus e andou rápido — porque corcer dentro da casa, em segurança, era humilhação demais até para passar sozinha — até o quarto de Otávio. Abriu a porta com cuidado e entrou no quarto, iluminado pela parca luz do abajur de criança, estrelinhas incandescentes grudadas no teto. O menino dormia encolhido na cama, roncando baixinho.

Clara suspirou, aliviada. Estava tudo na mais perfeita ordem. Sentou-se na cama e respirou fundo, buscando pela pulseira e tentando tirar as paranoias da cabeça. Por que havia se deixado levar por algo que a amiga dissera?

Olhou para trás. Na cama, Otávio respirava pesado, num sono profundo. O calor do quarto era confortável, sua boca abriu em um bocejo ao mesmo tempo em que seus braços se esticaram, espreguiçando-se. Ela pegou o celular para ver as horas, quase cinco e meia da manhã. Talvez, se deitasse por alguns minutos, conseguisse relaxar. Clara jogou o corpo para trás, os pés ainda no chão, a cabeça apoiada em uma almofada quente, seus olhos se fechando sozinhos.

Talvez tivesse cochilado por cinco ou dez minutos quando seu celular vibrou em sua mão. Clara abriu os olhos e atendeu a ligação de Stefany.

— E aí, você conseguiu? — A voz da amiga era alta demais quando se contrastava com o silêncio calmo do quarto.

— Sim — murmurou Clara, um pouco desorientada.

— Tudo bem com ele, então? — questionou Ster, suspirando aliviada. — Nossa, eu estava me sentindo tão culpada...

— Ele tá aqui do meu lado e... — Clara olhou para o lado, a fim de observar o sono pesado de Otávio, mas seu coração parou. Não havia ninguém ali. Ela parou de falar, levantando-se e passando as mãos pela cama no escuro. Otávio era pequeno, podia estar escondido nas cobertas.

— E...? — A voz de Stefany soou nos ouvidos de Clara.

Ela engoliu em seco quando percebeu que Otávio realmente não estava na cama, então se jogou no chão acarpetado e ligou a lanterna do celular, deixando Stefany sem resposta, para iluminar o vão da cama. Só havia carrinhos e peças de Lego espalhados debaixo do móvel. Clara se colocou de pé novamente.

— Amiga, tá aí? — insistiu Stefany.

Clara a ignorou, caminhando até o interruptor e acendendo a luz do quarto do menino. A cama estava vazia, ele não estava escondido embaixo da cama nem em nenhum outro canto do quarto. Havia um urso bege de pelúcia enorme apoiado no guarda-roupa de madeira, um trilho de trem de brinquedo por toda a extensão do chão e muitas prateleiras abarrotadas de brinquedos, mas nada de Otávio.

— Clara!

— Oi — sussurrou Clara —, o sinal tá ruim. Tá tudo bem, eu já te ligo, tô no banheiro.

Ela não esperou resposta para suas mentiras, então tocou no botão vermelho e guardou o celular no bolso detrás da calça. Virou o corpo e andou pelo corredor longo do andar de cima da casa dos Ferrari, todas as luzes estavam acesas, assim como Clara havia feito quando chegara ao lugar.

— Otávio?! — ela gritou, preocupada.

O barulho oco dos seus passos contra o chão a intimidava e, se acreditasse em algum deus, com certeza estaria rezando. Clara abriu a porta do quarto da melhor amiga e acendeu a luz, olhou sob a cama e procurou em todos os cantos, fez o mesmo quando chegou à suíte de Daniela e Renato, os pais de Stefany e Otávio. O coração de Clara batia acelerado e, a cada minuto e cômodo vazio, o desespero se instalava mais fundo dentro dela.

— Otávio, você tá aí embaixo?! — ela gritou alto, apoiada no batente do corrimão da escada, olhando para a sala de estar de cima.

Ela estava com medo de descer os degraus, mas não tinha como não os descer, precisava encontrar aquele garoto.

Ela desceu devagar, piscando várias vezes. Estava mais acordada do que nunca, sua mão presa ao corrimão largo, seus olhos examinando o ambiente. Ouviu um apito suave e se assustou, parando na metade dos degraus. O apito soou de novo, e Clara umedeceu os lábios secos, arfando. Continuou descendo, o apito em uma sequência calma invadindo seus tímpanos. A sala estava vazia também, Otávio não estava ali. Clara bufou, tremendo. Não havia nenhum outro som além dos seus passos, acompanhados pelo barulho do apito suave e os pingentes da pulseira se chocando.

— Otávio?

Clara ouviu um barulho de algo batendo; não era uma porta, ela percebeu, mas seu coração parou por alguns segundos e sua respiração ficou entrecortada. Ela juntou as mãos para esquecer que estava tremendo. Hesitou em prosseguir até a cozinha, era de lá que vinha o som do apito, que começara a se repetir mais rápido, várias e várias vezes. Ela deu três passos curtos, expirando sem pressa, então deu mais três passos e expirou novamente. Fez isso até a porta da cozinha.

— Tav? — ela sussurrou baixinho, um som quase inaudível, apoiando a cabeça no batente da porta da cozinha para observar o local, virando a chave do interruptor e iluminando o ambiente escuro.

O barulho ficou mais alto, Clara percebeu que vinha da geladeira enorme de inox escuro, a porta estava entreaberta, uma luz alaranjada escapando de dentro. Ela caminhou apressada até o aparelho e bateu a porta com força, finalmente acabando com o apito frenético, apoiando a testa na superfície gelada, seus pelos ainda eriçados.

— Otávio! — gritou alto, virando-se para observar a cozinha.

— Oi.

Clara gritou. De susto.

Otávio estava sentado à bancada da cozinha, um pote de sorvete de morango aberto sobre a mesa, uma colher gigante em suas mãos minúsculas. Ele vestia um pijama de frio estampado com várias espécies diferentes de dinossauros, o cabelo bagunçado, os olhos entediados e a boca suja de sorvete.

Clara se apoiou novamente na geladeira, suspirando aliviada. Passou as mãos pelos cabelos, sua respiração voltando ao normal, sua pulsação cessando.

— Por que está aqui embaixo? — ela questionou, aproximando-se do menino.

— Você tava na minha cama — Otávio balbuciou, limpando a boca na manga do pijama. — Cadê minha mãe?

Clara aquiesceu, compreendendo o menino. Ela tinha visto o irmão caçula da melhor amiga nascer, e ele estava crescendo tão rápido que, às vezes, ela se assustava com suas falas.

— Ela foi trabalhar, Tav — Clara disse a verdade, sentando-se no banco ao lado do dele, pegando um pouco de sorvete com outra colher. — Eu vim cuidar de você. Vamos voltar pra cama?

Ele deu de ombros.

— Tá muito cedo. — Otávio apontou para o relógio de ponteiros no alto da parede de azulejos brancos. Eram seis horas da manhã; talvez ela não tivesse cochilado por apenas dez minutos na cama de Otávio.

— É verdade, mas você não está com sono? — Clara falou baixinho, como lembrava que ele gostava.

Otávio balançou a cabeça, negando.

— Estou com medo.

O garotinho olhou para ela, os olhos brilhando, perdidos. Otávio se voltou para o sorvete, os cabelos lisos e escuros balançando com o movimento.

— Por que está com medo? — Clara se ouviu questionar, hesitante. — Não há o que temer.

Era idiotice, ela sabia, mas há menos de três minutos seu coração tinha praticamente parado por puro medo; por que precisava mentir para Otávio e afirmar que ter medo era ridículo quando ela mesma ainda conseguia sentir o pulso acelerado?

— Ouvi um barulho... E minha mãe não tá aqui — ele choramingou, fitando-a e se agarrando à jaqueta de Clara. — Por que você tá aqui? E por que não tá com medo?

Ela engoliu em seco, pensando em como poderia distrair o irmão mais novo da melhor amiga.

— Bom, eu tenho um segredo — Clara sussurrou, sorrindo para Otávio, querendo acalmá-lo. — Sempre que tenho medo, seguro em minha pulseira. É como um amuleto da sorte, sabe?

Os olhos de Otávio se iluminaram, abrindo-se.

— É sério? — ele sussurrou, entretido, procurando pela pulseira com os olhos. — Igual em *Supernatural* e *Game Of Thrones*?

Clara balançou a cabeça, sorrindo amarelo.

— Isso mesmo! — mentiu, ela não havia assistido a nenhuma das duas séries citadas pele menino.

— Que legal!

Otávio contemplou a pulseira cheia de estrelinhas prateadas presa ao pulso de Clara. Ele olhou para seu próprio pulso e voltou para o dela, fez esse movimento algumas vezes e, então, abaixou a cabeça.

— Eu vou te emprestar a minha pulseira — Clara sorriu, tirando o acessório — só para que você não fique com mais medo, tudo bem?

— E... E depois... depois eu te devolvo, né?

O menino olhou para ela, como se Clara fosse a pessoa mais corajosa que conhecia.

— Isso, depois você me devolve — ela garantiu, prendendo a pulseira no pulso direito de Otávio.

Ele sorriu, contente, admirando as estrelas acinzentadas pelo tempo. Clara achou a cena fofa e ficou feliz por ter saído de casa para encontrar Otávio. Dali a uma hora e meia, ela teria que ir para a escola e não queria ter que esperar todo esse tempo com Otávio, já que agora ele estava acordado. Não teria tempo de voltar para casa se ficasse cuidando dele e não podia deixá-lo sozinho. Se ela, que já era grande, quase tivera um ataque cardíaco apenas por ouvir um barulhinho besta vindo da geladeira, o que uma criança de sete anos enfrentaria estando sozinha numa casa daquele tamanho? Mesmo que ele tivesse um amuleto da sorte, ela acrescentou mentalmente.

— Tudo bem — Clara decidiu, levantando-se da bancada —, vamos visitar o trabalho dos seus pais então!

Trocou a roupa de Otávio e o colocou no banco de trás do carro. Ela dirigiu o mais rápido que pôde até o local, estacionando em frente à galeria de arte, que era gerenciada pelas mães de um dos seus amigos da escola, Rafael. A rua estava coberta por muita neblina, um ar acinzentado impregnado por todos os cantos. Embora ainda fosse muito cedo, muitos carros estavam estacionados pela rua, da polícia e, principalmente, da imprensa. Ela mandou uma mensagem para Stefany, mas a amiga não lhe respondeu, então Clara pegou Otávio no colo, que ainda segurava forte a pulseira e que, apesar de já ter sete anos, ainda era bem leve, então entrou na floresta.

Clara não gostava da textura da terra dura no chão nem dos cascalhos que a faziam tropeçar, mas não foi difícil de encontrar a área. Os repórteres estavam espalhados pela região em torno do isolamento e os policiais, agrupados todos juntos. Clara caminhou até a faixa amarela de isolamento, Otávio havia dormido em seu ombro direito e estava começando a pesar, mas ela conseguiu ver toda a cena.

No meio de todo aquele caos, havia uma menina. Clara ainda não tinha parado para pensar na vítima, apenas em quem havia feito aquilo, mas aquela garota… Ela era tão jovem e sua fisionomia tinha os mesmos aspectos que a de Clara e suas amigas. A garota estava vestindo apenas um vestido preto, curto até os joelhos, e estava descalça, seus cabelos espalhados pelo chão pedregoso. Sua pele pálida não tinha mais cor além de um tom arroxeado mórbido, mas o que chamou a atenção de Clara foi que não havia nem mesmo um pingo de sangue. Apesar disso, uma marca escura em torno do pescoço da garota era muito evidente, o que poderia significar estrangulamento ou qualquer outra morte por asfixia.

Clara engoliu em seco, desviando os olhos. A cena não era organizada como ela e Stefany tinham visto nas séries criminais. Seu estômago se embrulhou quando, de repente, um cheiro grotesco invadiu suas narinas. Clara tentou prender a respiração, mas não funcionou muito.

— Você não pode ficar aqui, garota! — um policial gordinho gritou com Clara, empurrando-a para longe da fita amarela.

— Ei! — ela gritou de volta, colocando a mão sobre a cabeça de Otávio e se equilibrando para não escorregar no musgo verde das pedras.

— Esta área é restrita — falou um policial mais gentil, franzindo o cenho. — Por favor, precisamos que saia do local.

Alguns policiais se juntaram em torno deles, observando a cena e concordando com o fato de que Clara devia ir embora. Ela queria poder falar que esse era o seu maior sonho e que, se pudesse, estaria sonhando com Asgard, mas não soltou nem mesmo uma palavra.

— O que está acontecendo aqui? — Clara ouviu uma voz conhecida e fechou os olhos, imaginando o sermão que provavelmente levaria.

A roda de policiais se abriu para a delegada passar. Daniela Ferrari olhou horrorizada para Clara e Otávio, tirando o menino dos braços dela e o abraçando em seu próprio colo.

— Oi, tia.

Clara sorriu, sem graça.

— Nada de tia — falou Daniela, seca. — Pode ir me contando onde está a Stefany. — Clara começou a negar com a cabeça, mas foi interrompida: — E não me diga que não sabe de nada, porque, se não soubesse, não estaria aqui com meu filho no colo — avisou a delegada, não se parecendo em nada com a mulher que fazia bolo de chocolate nos fins de semana para Clara e os dois filhos. — Onde ela está?

— Eu...

— Aqui. — Clara ouviu a voz de Stefany se pronunciar, surgindo do nada e aparecendo atrás da roda de policiais.

Clara suspirou de alívio. Ela era péssima com mentiras e ver a amiga se pronunciando antes que algo maior acontecesse já era alguma coisa.

— Vocês não podem ficar aqui! — brigou a mulher, olhando para as duas, os policiais de braços cruzados atrás dela, como se fossem reforços.

— Eu ouvi quando você recebeu o chamado e fiquei curiosa — Stefany falou simplesmente. — Depois lembrei do Otávio sozinho em casa e pedi ajuda.

— Vocês duas não têm limites, não é mesmo? — Daniela arregalou os olhos, tentando transparecer autoridade, mas Clara sabia que a mulher adorava saber que a filha nutria a mesma paixão pela investigação que a mãe. — Então, já deu por hoje. Voltem para casa, as duas têm aula daqui a pouco.

Clara pegou o celular no bolso. Ainda eram seis e meia, como o tempo passava devagar naquela cidade...

— Clara? — Ela fechou os olhos. Agora, sim, poderia entrar em problemas. Clara virou o corpo, aproximando-se dos policiais por segurança. Catarina, sua tia, franziu o cenho, sem entender, e se aproximou mais. — Por que diabos está aqui?

Clara abriu a boca, mas não quis falar nada.

— Eu já cuidei disso. Acabei de descobrir também, Catarina — a delegada se prontificou —, fique tranquila.

— Que horas você saiu de casa? — Catarina ignorou a fala de Daniela. — Eu saí às cinco e meia.

— Um pouco antes disso — ela respondeu, baixinho.

Fazia alguns meses desde que Catarina se mudara para Monte Verde e estava morando na casa de Clara com seus pais, por um tempo. Não era ruim, Clara adorava a tia.

— Sua mãe vai te matar se souber disso — declarou a jornalista com o microfone ainda na mão, devia ter acabado de gravar algo. Ela observou Clara.

— Ela só vai descobrir se alguém contar — Stefany se intrometeu, e Catarina fungou, escondendo o riso.

Apesar de estar surpresa pela sobrinha estar ali, Catarina era uma tia legal. Ainda era jovem e bonita. Clara sabia que ela não contaria nada aos seus pais, afinal a própria Catarina criara aventuras piores na idade da sobrinha.

— Tudo bem, mas você tem escola ainda — lembrou ela.

Clara e Stefany assentiram num mesmo movimento.

— Stefany, você está aqui desde que horas? — perguntou a delegada, olhando para a filha.

— Eu vim logo atrás de vocês, mãe — bocejou Ster.

— Olha o seu estado — murmurou Daniela —, não está em condições de ir para a escola. Volte pra casa, coloque o Otávio na cama e se limpe, pelo amor de Deus.

Clara olhou para a amiga e segurou uma risada. Stefany vestia a calça do pijama de frio e uma blusa vermelha de moletom da GAP, junto com botas de pantufa, aquelas com pelinhos brancos. E estava totalmente suja de terra, parecia ter rolado pela montanha de tão descabelada e suja, havia uma mancha de barro em sua bochecha.

— Vamos, Clara — chamou Stefany, tirando um graveto pequeno de dentro de seu coque.

— Você vai pra casa, Stefany — obrigou Daniela —, eu vou mandar levarem a Clara para a escola.

Stefany olhou para a amiga, pedindo desculpas com os olhos. Ela pegou o irmão do colo da mãe, e Clara ouviu o som da pulseira tilintando. A amiga se afastou, indo embora em direção à galeria.

— Preciso voltar ao trabalho, depois conversamos. — Catarina olhou para Clara, a mão sobre o ponto da orelha, por onde passavam as informações e chamavam os jornalistas.

Ela assentiu, concordando, e viu a tia se afastar.

— Bom — murmurou a delegada Ferrari, olhando em volta —, ficamos sozinhas. — Clara sorriu, cansada. A madrugada havia sido tensa para ela. — Ainda está muito cedo, mais tarde eu peço para alguém te levar para a escola, ok? — declarou a mulher.

— Não precisa, eu vim de carr... — Clara começou a falar, mas se arrependeu.

— Como assim, de carro? — Daniela fitou Clara, furiosa. — Você não tem carta! — O sorriso amarelo que se formou no rosto de Clara foi pior do que se ela tivesse dito qualquer outra coisa. — Inacreditável! Vocês duas são inacreditáveis! — gritou a mulher. — Eu devia te guinchar, Clara.

— Meu pai não pode saber que peguei o carro sozinha, tia Dani — choramingou Clara, as mãos juntas em súplica. — Você sabe que eu dirijo bem, até trouxe o Tav no banco de trás.

— Não acredito que você arriscou meu filho também! — Ela balançou a cabeça, sem acreditar. — Eu tenho muito trabalho aqui, vá se sentar e espere até eu encontrar alguém disposto a te tirar daqui.

— Mas...

— Agora!

Daniela apontou o braço para os bancos de plástico que haviam trazido para os policiais se sentarem. Depois disso, Clara tentou se entreter com qualquer outra coisa que não fosse o corpo da garota morta. Era impressionante não terem identificado a menina àquela altura — havia acabado de passar no Jornal de Minas. Todos em Monte Verde se conheciam, o que talvez significasse que a vítima fosse uma turista ou trazida de outra cidade.

●

Quando o despertador soou às seis e meia da manhã, Theo se curvou sobre o criado-mudo para desligá-lo. O barulho parou, mas ele continuou sentindo sua cabeça vibrar. Mais uma noite sem dormir, até quando seria assim? Apesar de tudo, ele não se sentia cansado; pelo contrário, estava até animado para se arrumar para a escola. Era seu primeiro dia desde que sofrera o acidente e estava ansioso para voltar à rotina. *Tudo vai voltar ao normal*, Theo pensou.

Ele ficou de pé, arrumou os travesseiros na cama e desligou o notebook. Caminhou sobre o chão gelado de madeira escura em direção ao seu banheiro, tirou os óculos e tomou um banho rápido, depois se vestiu e pegou a mochila. Ele subiu os dois lances das escadas de tacos, indo em direção ao *hall* da recepção da pousada. A lareira estava acesa e alguns hóspedes já circulavam pelo local, indo em direção à mesa de café da manhã. Era engraçado, ele observou, como as coisas podiam mudar quando havia hóspedes — porque, quando não estavam em temporada turística, a pousada se parecia muito com uma casa normal, apesar de ser gigante e ter mais de trinta quartos. Estavam quase no fim de junho, o inverno estava chegando ao seu ápice de frio e as pessoas de todo o país amavam passar algumas semanas nas montanhas de Monte Verde. A temporada estava prestes a iniciar, o negócio dos pais de Theo só começava a lucrar na primeira semana de julho e continuava até a metade de agosto.

Theo contou apenas quatro casais tomando o café da manhã, próximos à lareira — o que era outro ponto que ele sempre gostava de ressaltar, já que, em épocas normais, ele e os pais nem mesmo lembravam para que servia toda aquela lenha que ficava do lado de fora, no bosque; no entanto, todos os turistas faziam o máximo para desfrutar das lareiras durante a viagem.

Ele tirou a jaqueta que havia vestido, sentindo o ar abafado pelo fogo, e pendurou no encosto da cadeira marrom, jogando a mochila no chão. Andou devagar até a mesa do café e pegou um prato — essa era sua refeição favorita. Ele morava em um hotel, todo mundo ama café da manhã de hotel. Theo sentiu seu estômago roncar quando colocou três torradas no prato, ao lado de um potinho de manteiga e outro de geleia; pegou duas fatias de melão e uma de mamão e depois se serviu de outros tipos de pão. Seu estômago se revirou novamente, ele percebeu, enquanto enchia de café a maior xícara que encontrara. Quando Theo estava voltando para a mesa em que tinha deixado seus pertences, percebeu que seus pais também estavam sentados, conversando baixinho entre si conforme ele se aproximava.

— Bom dia — Theo falou, puxando a cadeira depois que colocara o prato na mesa, que também era marrom. Na verdade, tudo ali era puxado para o lado rústico, nada parecia muito tecnológico, apesar de ser só um disfarce para atrair viajantes.

— Bom dia, filho. — A mãe dele sorriu, limpando os dedos em um guardanapo.

— Conseguiu dormir? — perguntou o pai, os olhos castanhos curiosos olhando para Theo.

Ele deu de ombros, assentindo com a cabeça.

— Consegui.

Theo não queria preocupar os pais ou ser um problema sem solução. Ele não queria contar que ainda não conseguia se lembrar das coisas sobre o acidente ou de coisas mais simples, como a senha do notebook, e também não queria ter que admitir que estava a um passo de precisar de remédios para dormir. Já não havia sido suficiente estragar a picape do pai na batida? Ele franziu o cenho, pensando consigo mesmo. Ainda não entrava em sua mente a ideia de ter simplesmente pego o carro e saído para dirigir. Theo se lembrou do que os policiais falaram para sua mãe quando eles chegaram ao UPV: a causa do acidente havia sido declarada como imprudência por usar o celular ao volante. Era desconcertante não entender nem mesmo um pouquinho do que havia acontecido naquele dia.

— E aí, vai conseguir buscar o carro hoje? — Ângela olhou para Marcos.

Os pais de Theo tinham uma comunicação diferente. Nem sempre se tratavam como casados, era óbvio e muito nítido o amor entre os dois, mas, quando o assunto era trabalho, eles não passavam de sócios.

Theo apurou os ouvidos enquanto passava a geleia de morango na torrada. O pai havia mandado a picape para o conserto na mesma semana do acidente e, três semanas depois, o carro finalmente estava pronto. Não fora barato, era um fato, e Theo se sentia mal por ter construído todo aquele empecilho.

— Vou — respondeu Marcos. — Depois do almoço. E aí vou direto para São Paulo.

A mãe de Theo franziu o cenho, parecendo confusa por um momento.

— Hoje já é quinta-feira? Nem vi a semana passar, meu Deus. — E fitou Theo. — E aí, preparado para voltar pra escola?

Ele engoliu o que tinha na boca e balançou a cabeça, afirmando, mas se atentou a perguntar:

— O que você vai fazer em São Paulo, pai?

— Despesas — respondeu como se não fosse óbvio.

E era óbvio. Era por isso que precisavam buscar a picape no conserto, para guardar as compras na caçamba. Toda quinta-feira, seu pai descia a serra para fazer o mesmo de toda semana: abastecer as despensas da pousada — uma das coisas que estavam martelando em sua mente desde o acidente. Disseram que ele havia ido fazer as compras, o que era impossível.

Theo comeu uma das fatias de melão e sentiu uma leve pontada na cabeça. Piscou algumas vezes e ajeitou os óculos largos sobre o nariz.

— Você precisa ir até a ótica e consertar esses óculos, Theo. Ficam caindo toda hora — disse a mãe, prendendo o cabelo escuro num rabo de cavalo, o que queria dizer que ela já estava se levantando para voltar ao trabalho. — E você — ela se dirigiu ao marido —, o casal do quarto dezessete pediu por mais uma limpeza, disseram que o armário estava cheio de coisas. O último hóspede deve ter esquecido alguma coisa, você vê isso para mim mais tarde, por favor?

Marcos assentiu, alcançando o controle da TV de sessenta polegadas da recepção. Toda manhã, ele programava uma lista de filmes para ficarem rodando no aparelho durante o dia. O que Theo achava legal, já que o pai fazia questão de quase nunca repetir um filme.

Theo sentiu o celular vibrar no bolso e seu coração parou quando viu a tela. Era o mesmo número desconhecido que havia ligado para ele no dia do acidente. Ele se lembrava porque eram números parecidos com o do seu próprio celular: 9 1674-5208.

Ele tocou o botão verde, mas, então, a ligação caiu. Seu coração desacelerou e ele suspirou. Não sabia o motivo do desespero, mas havia alguma coisa. O celular vibrou de novo. *Liga a TV*, era uma mensagem de Leonardo, seu melhor amigo. Theo bloqueou o celular e olhou para o pai, que programava a lista de filmes.

— Pai — chamou, a voz ainda estranha —, coloca no canal da antena. — Marcos olhou para o filho, os olhos perguntando o motivo. — O Léo que falou. Devem estar falando alguma coisa importante, ele nem assiste TV — explicou Theo enquanto o pai apertava o maior botão do controle.

O volume alto da TV despertou a atenção de todos no *hall*, inclusive de Ângela, que já havia levantado enquanto Marcos tentava organizar a lista de filmes. Ela parou de andar e voltou para a mesa a fim de ver as notícias do jornal matinal. Dois jornalistas estavam na bancada do jornal, usando roupas que pareciam desconfortáveis, seus rostos sérios. Embaixo, na tela, a manchete em azul chamava a atenção: "Cidade turística em Minas Gerais acorda com um corpo na floresta".

— A polícia local ainda não tem as informações da vítima e também não sabe o que levou ao ato, mas já descartaram qualquer tipo de acidente. — A voz da repórter irrompeu pelo *hall* da pousada, todos os hóspedes se voltaram para a televisão. — Para você que está ligando a TV agora, um corpo foi encontrado na floresta de Monte Verde, um dos municípios mais conhecidos de Minas Gerais. A vítima é uma mulher de aproximadamente dezoito anos e ainda não há informações pessoais sobre ela. Turistas faziam uma trilha radical em grupo durante a madrugada quando a encontraram e ligaram para a polícia imediatamente. O local, por ora, está selado e a delegada da cidade, Daniela Ferrari, deu início às investigações agora há pouco.

O outro repórter continuou:

— Os ferimentos encontrados na vítima indicam que a causa da morte foi proposital, o que sugere um homicídio. Vamos ouvir, com a repórter local, Catarina Marinho, o que têm a dizer as testemunhas, que faziam trilha quando encontraram o corpo. Catarina.

Theo sentiu outra pancada na cabeça e a balançou para clarear a visão enquanto assistia à notícia. Na televisão, Catarina Marinho, uma das únicas jornalistas da cidade, segurava o microfone para um homem barbudo, que narrava como ele havia encontrado o corpo da garota na floresta. Catarina era tia de Clara, foi nisso que ele pensou enquanto fingia que assistia. Clara.

— Esses são os dados que temos até o momento, mas estaremos aqui com a cobertura completa da polícia para qualquer nova informação — disse Catarina olhando direto para a câmera, o vento batendo em seus cabelos e os espalhando sobre seu rosto.

Ela se parecia muito com Clara, mais velha, mas não tanto. Devia ter quase trinta anos, Theo concluiu.

A tela da TV ficou escura, e Theo olhou para o pai, que havia apertado o botão *off*. Marcos se levantou imediatamente e caminhou rápido até onde estavam os poucos hóspedes; um casal já se colocava em pé, os rostos visivelmente amedrontados.

— Fiquem calmos. — Theo ouviu o pai dizer. — Essa é uma das cidades mais pacatas que existem e ainda não há motivo para alarde. O fim de semana já está chegando, vão curtir a lua de mel de vocês e não pensem muito sobre isso.

Theo se voltou para a mãe, sentada à sua frente. Ângela apertava uma mão na outra e sua testa estava franzida, fitando o filho.

— Você viu isso? Que horror. Durante toda a minha vida, a cidade nunca passou no jornal de verdade, só nessas coisas mixurucas que temos por aqui. Sempre mostram nosso lado bonito porque não temos um lado feio. — O nervosismo da mãe preocupava Theo, e ele reparou que agora ela não apertava mais as mãos, mas batia os pés no chão de madeira, fazendo eco por todo o ambiente. — Tome cuidado, Theo, é sério.

— Tudo bem — ele respondeu.

Theo não via nada de mais na notícia. Um assassinato. Era verdade que não havia nem mesmo furtos em Monte Verde, mas tremer por causa disso?

Ele comeu a última torrada e viu as horas; já passava das sete da manhã. Colocou a mochila nas costas, pegou a jaqueta, deu tchau para a mãe e saiu pelas portas duplas de vidro da pousada. Do lado de fora, o chão era feito de pedra e grama verde; perto do estacionamento de pedra, havia vários troncos polidos e distribuídos pela grama para serem usados como banco pelos hóspedes. Árvores enormes contornavam toda a propriedade, dando-lhes um bosque particular sobre um monte mais elevado. A chuva da madrugada havia derrubado uma das casinhas dos esquilos que visitavam a pousada em busca de comida fácil. Theo caminhou até a árvore e pegou a casinha nas mãos, colocando-a de volta ao lugar. Algumas gotas ainda caiam do céu cinza, permitindo um ar úmido e gelado.

Ele andou até o estacionamento e tirou o plástico preto do guidão, descobrindo sua bicicleta. Montou naquela coisa e pedalou pelo asfalto deslizante. Theo podia muito bem ter vergonha de ir de bicicleta para a escola, mas só se morasse em outra cidade. Ali, a maioria dos conhecidos de Theo fazia o mesmo — a não ser pelos alunos da turma idiota do último ano, que, não, não tinham carteira de motorista, mas, sim, tinham carros.

As ruas estavam vazias e os comércios, fechados. Ainda era muito cedo para Monte Verde funcionar. Quando Theo chegou à rua principal, notou uma camada densa de neblina, passou por dentro das nuvens improvisadas, o que deixou suas roupas um pouco úmidas. O vento gélido batia contra seu rosto, como milhões de agulhas fininhas, arrepiando sua pele. Pouco menos de três minutos depois, Theo chegou à escola, a fachada lotada de bicicletas e carros de pais, alunos e professores. Vários grupos de alunos conversavam animadamente nos portões do lugar. Como Theo havia sentido falta de estar ali — não pelas pessoas, claro, mas pela sensação de normalidade. Era como estar voltando para um dia antes do acidente, sentindo as mesmas sensações, vendo as mesmas pessoas. Era bom estar de volta.

Theo desceu da bicicleta e a prendeu na corrente vermelha, junto com as dos demais alunos, no chão. Ele se endireitou e olhou em volta, em busca do amigo. Como se tivesse dito em voz alta, ouviu um grito:

— Ei! — Theo olhou para trás, subindo os óculos. Não viu nada. — Aqui em cima, Theo! — Ele ouviu a voz de Leonardo, então olhou para cima, pela lateral do prédio de poucos andares. Na janela do primeiro andar, estava Léo, vestindo uma camiseta com a estampa do Homer Simpson estrangulando o Bart. — Sabia que era você, senti um cheiro de algo podre... Dá licença aí! — Leonardo gritou baixo, fazendo Theo sair de sua mira enquanto ria, então pulou.

Não era muito alto e eles faziam isso desde crianças, pular daquele andar. Não devia passar de dois metros e meio de altura. Leonardo caiu de joelhos na grama, sujando seu jeans preto de terra. Ele deu umas batidinhas e pronto, novo em folha.

— Caramba, pensei que você ia começar a fazer aulas à distância, mano — disse Leonardo, dando um tapa na nuca de Theo.

— Culpa da minha mãe.

— Não culpa a tia, você que é vagabundo — afirmou o amigo.

Theo ponderou a informação.

— Mas é verdade. — E riu. — Tô liberado pelo médico desde o começo da semana, mas ela só deixou agora.

— Péssimo momento. — gargalhou Leonardo. — Ficou te protegendo do frio por três semanas e te deixou sair bem no dia em que descobrimos um *serial killer.*

Theo franziu o cenho.

— Como você é exagerado, cara. — Ergueu os óculos de novo. — *Serial killer?*

— É, um assassino — afirmou Léo. — Matou a menina lá!

— Tô ligado, mas não é um *serial killer* — argumentou Theo. — Para ser um *serial killer*, precisa acontecer uma série de assassinatos, matar mais de duas pessoas em um determinado espaço de tempo e...

— Ah, velho... Tá bom, entendi. Não começa com essas esquisitices agora cedo, não — pediu Leonardo, escondendo a risada. — Você não pode me deixar sonhar um pouquinho? Caramba.

— O quê? — Theo riu alto. — Você queria que existisse um *serial killer* aqui em Monte Verde? Tá chapado?

Leonardo empurrou o amigo para começarem a andar pela grama molhada. O vento ainda estava forte e o sereno ainda caía sobre suas cabeças, o cabelo de Theo estava praticamente molhado.

— Queria estar... — admitiu Leonardo. — Pensa assim: no nosso país nunca tem um negócio assim. Alguém mata uma pessoa e já é presa, ou simplesmente só quer matar aquela pessoa. Não tem sede por sangue igual os psicopatas dos filmes. Você não ia gostar de participar de uma história dessas?

— Não! — respondeu Theo. — Claro que não quero participar de uma história assim. Em que mundo você vive?

— Em um que nunca acontece nada — terminou Leonardo.

●

Aquele tom de amarelo fluorescente irritava Clara, ainda mais contrastado no preto, que era o caso da fita de isolamento criminal. As folhas das árvores costuradas pelos raios solares que haviam acabado de nascer criavam uma rede de luz sobre todo o bosque. A perícia tinha acabado seu trabalho há menos de vinte minutos e já não estava mais presente; os jornalistas tinham sido expulsos da área — o que também contava para Renato Ferrari, pai de Stefany. Pelo visto, ser marido da delegada não lhe dava muitos benefícios midiáticos — só podiam fazer a cobertura a um raio de vinte metros do isolamento. A polícia ainda aguardava no local, e o IML havia acabado de chegar. Clara assistiu quando colocaram a vítima num saco preto e subiram o zíper. Ela sentiu um arrepio correr pela espinha, como uma corrente elétrica, e tocou nas estrelas da pulseira. Pensou sobre quem havia feito aquilo com uma garota tão jovem, eram quase da mesma idade, e observou enquanto colocavam o corpo sobre uma maca e o guardavam no camburão refrigerado.

Mesmo quando a porta do carro do IML bateu pesadamente, ainda havia muitas pessoas no local andando de um lado para o outro, cada um com sua função — apesar de Clara acreditar que tudo poderia ser considerado função no departamento policial, inclusive buscar café, que era o que ela estava fazendo havia mais de duas horas. Quando se deitara para dormir na noite passada, não era bem aquele o plano para começar o dia. Ela repassou os últimos acontecimentos em sua cabeça quando entregou o último copo de café.

Depois de algum tempo — que pareceu infinito —, o policial Bernardi se aproximou. Ele era o pai de um garoto da sua sala e padrasto de Bianca Bernardi, uma das garotas mais populares da escola.

— Vamos pra escola? — Ele riu, achando graça da situação.

— Eu não tenho outra opção além de ser escoltada, tenho? — questionou Clara, levantando-se enquanto se imaginava dentro da viatura policial.

— Se tivesse, eu não estaria aqui.

●

Eles caminharam pelo pátio aberto, como sempre fizeram desde que nasceram, e Theo ficou aliviado por se lembrar de cada detalhe. Era ótimo não achar que estava louco pela primeira vez em semanas. Ali, naquele momento, ele não tinha dúvida nenhuma em relação ao seu córtex cerebral ou lobo frontal, como havia lido durante a madrugada. Porque, para onde quer que olhasse, via histórias passadas marcadas em suas lembranças. Ele se recordava onde ficava cada sala de aula, de todos os dias em que comera no refeitório, dos intervalos, da diretoria, da sala dos professores... Realmente, como nunca esteve antes, Theo estava muito feliz por estar na escola. Era um alívio.

A única diferença era o fato de que todos estavam meio apreensivos e curiosos, querendo mais informações sobre o assassinato. Theo observou várias rodinhas falando sobre a garota morta, ainda sem nome. Muitas pessoas estavam com medo, afinal a cidade toda só servia para tomar vinho e vender queijo.

— Tá, é o seguinte — recomeçou Leonardo quando estavam chegando à sala deles. — Eu fui naquela festa. Sozinho. Eu te culpei por ter me abandonado, mas depois descobri que você quase tinha morrido e...

— Qual festa? — Theo parou de andar, olhando para o amigo.

Leonardo desviou os olhos, meio perdido.

— Ué! A social na casa do Thomas naquela quinta-feira, a do acidente — explicou ele. — Lembra? Você me mandou uma mensagem, dizendo que nós tínhamos sido convidados.

Theo cerrou os olhos e sua visão ficou turva, ele sentiu um latejar na cabeça e levantou o pescoço para olhar para Leonardo novamente. Sua mente estava embaçada, mas o que acabara de acontecer ali era diferente. Era como se aquela lembrança houvesse sido colocada dentro da sua cabeça. Não havia nada, mas passou a ter alguma coisa.

Ele não sabia explicar. Havia durado dois segundos apenas. Era uma confusão de imagens do acidente. Os bombeiros, a serra, o rádio, seus dedos digitando a mensagem para o amigo, convidando-o para a festa, uma música... Qual era mesmo a música?

— Theo!

Ele piscou várias vezes, voltando à realidade.

— Oi.

Theo ajeitou os óculos.

— Tá em Nárnia? — Leonardo balançou a cabeça, empurrando o amigo para dentro da sala. — Ficou paradão aí, me olhando. Eu sei que sou lindo, mas eu curto meninas, tá?

Theo riu. De verdade. Ele estava feliz por recordar de alguma coisa.

— É que... Eu não consigo explicar — ele começou, sentando-se na carteira em que sempre se sentava, em frente à de Léo. — Eu não me lembrava.

— Não se lembrava do que? — Leonardo pousou a mochila na mesa. — De que eu gosto de meninas?

— Não... — Theo nem conseguia botar em palavras. — O acidente. Eu sei que ele aconteceu, eu sei. Eu me lembro da sensação de estar lá, eu estava passando mal na serra, a pressão baixa, sabe?

— Sim.

Leonardo assentiu, entretido. Theo reconhecia quando o amigo se interessava por algum assunto. Seus olhos brilhavam, os dedos ficavam inquietos, batendo na mesa, e um sorriso de lado começava a se formar. Estava acontecendo isso naquele momento e Theo tinha certeza de que Leonardo o olhava como um desafio, algum tipo de mistério com o qual ele teria que lidar.

— Eu me lembro de ter procurado chiclete no bolso... e me lembro de só encontrar a embalagem. Eu me lembro de que tocava uma música, uma música que eu gostei muito, mas não lembro qual era. — Ele disparou as informações pela primeira vez, contando para Leonardo o que não tinha contado nem mesmo para os médicos. Se o amigo achasse que ele estava ficando louco, pelo menos não teria problema. — Eu sei que eu estava rindo, mas não me recordo do quê. Aí vi a luz do caminhão e o carro rodando várias vezes, lembro do cinto me apertando, do sangue escorrendo. Eu fiquei meio grogue na parte dos bombeiros, mas tenho algumas memórias dessa parte também. Mas é só isso.

Leonardo estava muito empolgado, dava para notar pela sua ansiedade, roendo as unhas.

— Tá. Calma — ele pediu. — Mas por que você pegou o carro do seu pai e para onde estava indo?

Theo balançou a cabeça, erguendo os braços.

— Não faço a mínima ideia. Eu juro! Não tem essa parte na minha cabeça, é um vazio, como se tivessem arrancado a página — ele tentou desenvolver. — E eu tenho essa sensação de que... Não estava indo, eu já estava voltando para casa. O que eu tinha que fazer, eu já tinha feito. E não era nada errado, era uma coisa comum, como se eu estivesse acostumado com aquilo, como se sempre seguisse aquela rotina.

Leonardo coçou a cabeça, jogando-se no apoio da cadeira. Nessa posição, parecia que o Homer era quem estava sendo estrangulado, e não o Bart.

— Então você não se lembra da mensagem? Sobre a festa — concluiu Léo. — A que me mandou.

Theo abriu e fechou a boca algumas vezes, formulando palavras.

— Agora eu me lembro. É complicado, sei lá! Não tinha nada, não sabia nem o que estava fazendo com o celular na mão. Mas então você falou sobre isso agora, e foi como... — Theo fechou os olhos, com vergonha da sua própria cabeça estranha. — Não sei, uma alavanca. Tipo, desencadeou a lembrança e até liberou mais uma, a da música. Agora eu sei que te mandei mensagens e que ouvia uma música legal.

— Legal! — exclamou o amigo de Theo.

— Legal?

— É claro! Genial, isso é genial. — Leonardo desatou a falar, parecia animado novamente. — Eu li uma vez que o nosso cérebro reprime algumas coisas com o passar do tempo para desocupar espaço, tipo a memória do celular. Só que a informação da qual ele se livra ainda está lá. É como se, com um empurrãozinho, ele pudesse fazer um *backup*.

Theo olhou em volta e notou que a sala já estava cheia. Ele apertou o botão do celular para ver as horas, já era mais de sete e meia. A aula já devia ter começado havia alguns minutos, o professor estava atrasado.

— Tá, então... eu preciso de mais empurrões para liberar mais informações? Tipo, gatilhos. — Era essa a palavra. Gatilhos. — Me conta mais alguma coisa então!

Leonardo riu.

— Era o que eu ia te perguntar quando comecei com esse assunto, cara. Por que você mandou essa mensagem? Quem nos convidou pra essa festa? — Leonardo também parecia perdido nas informações, sem conseguir ligar os pontos. — Quer dizer, já fomos a algumas, mas meu irmão que era o convidado, a gente só ia na dele.

Eduardo, Theo lembrou. O irmão mais velho de Léo tinha uns vinte e um anos, estava quase terminando a faculdade, mas, sempre que passava algum tempo em Monte Verde, saía com os amigos e levava o pessoal do Thomas. Theo e Leonardo tentavam andar nas mesmas linhas, mas nunca conseguiam se encaixar. Tinha alguma coisa em ser delinquente que não dava certo para os dois, eles eram nerds demais para se adaptar ao ambiente.

— Então tenho que descobrir quem me convidou para essa festa. E, então, talvez eu tenha mais um gatilho — ponderou Theo, erguendo a sobrancelha, entretido com sua cabeça pela primeira vez.

Leonardo aquiesceu e desviou os olhos para além de Theo.

Theo olhou para frente, virando-se na carteira, e viu que o professor Caio, de Física, já havia entrado na sala. Ele andou rápido, cruzando a sala até sua mesa, e jogou seus pertences na cadeira. Caio não devia ter mais de trinta anos, era tão jovem quanto inteligente, o professor favorito de Theo, a matéria favorita. Havia descoberto que precisava de gatilhos e estava ansioso para ter mais pistas de que não era louco. Depois de semanas, Theo se sentia muito bem. O dia não podia ser melhor, ele pensou.

— Primeiramente, gostaria de desejar boas-vindas ao Theo. — disse o professor, apontando para o fundo da sala.

Theo congelou no lugar, pensando em quantas maneiras rápidas de morrer poderiam existir naquela situação. Toda a turma se virou para trás, e ele se sentiu observado, como se julgassem cada centímetro de sua pele.

Assim como o corpo encontrado na floresta, acidentes de carro quase nunca aconteciam em Monte Verde, e, quando ambulâncias e bombeiros desbravaram a cidade com luzes vermelhas e sirenes, os cidadãos ficaram em choque, pensando no que poderia ter acontecido de pior. Essas eram as palavras da mãe de Theo. Ângela havia afirmado que todos, sem exceção, haviam ficado petrificados.

Theo balançou a cabeça para os alunos da sua turma e, quando se viraram para frente novamente, ele abaixou a cabeça nas mãos, sobre a mesa. Se podia passar mais vergonha, aquela ali era a hora, já que pior não podia ficar.

— Como todos sabem, a cidade acordou com uma tragédia — o professor continuou, fazendo Theo se arrepender por ter considerado aquele um bom dia, antes de ter se desgraçado para a sala toda, fazendo-os lembrar da notícia de três semanas atrás, coisa que ainda devia ser comentada na rádio comunitária. — Não sei se acompanharam as notícias, mas ainda não se sabe quem é a vítima e a polícia começou as investigações.

— Ouvi dizer que ela foi estrangulada — comentou uma voz feminina vindo de uma das primeiras cadeiras.

Theo se esticou para ver quem era a dona da voz. Era Helena, ele observou, uma garota um pouco inconveniente para falar a verdade.

— Nossa, cala a boca — disse outra voz. Era Laura, uma das *meninas da cidade.* — Meu pai disse que ela foi enterrada viva e que só um pedaço da mão ficou para fora, foi assim que a encontraram.

— Eu acho que não... Foram várias facadas — disse outra menina, Theo não conseguiu ver quem era.

Helena e Laura entraram em uma discussão sobre estrangulamentos e asfixia. As duas eram amigas desde sempre, mas todo dia era uma briga diferente por algum motivo bobo; elas nunca concordavam em nada. Helena era negra, magra, estava sempre maquiada e seus cabelos tinham mechas rosas, Theo a achava bem ousada — se é que tinta rosa faz alguém parecer ousado. Laura, por outro lado, era bem mais simples, Theo nunca a tinha visto arrumada, porém, mesmo sem qualquer tipo de produção, era bonita. Ela tinha a pele clara, bem mais clara que a dele, cabelo curto na altura das orelhas, bem liso e meio cobre, e seus olhos eram quase transparentes de tão claros. Laura se parecia muito com suas duas irmãs — Mariana e Júlia —, elas eram praticamente idênticas, por isso todos as chamavam de *meninas da cidade*, pela genética forte e por serem filhas do prefeito Esteves. No entanto, embora fossem filhas do prefeito, todas as três nem mesmo eram reconhecidas, toda a família era bem discreta.

— Viu? Eu disse que o pessoal ia surtar com essa notícia! — disse Leonardo e deu um toque no ombro de Theo, querendo atenção.

— Vai ser uma merda, anota aí. — Theo se virou para o amigo, que concordou com a cabeça.

Todos sabiam que o prefeito Esteves tomaria alguma medida em relação à segurança, como algum tipo de toque de recolher. Era fato e bem previsível.

— Mais respeito com a vítima, pessoal — o professor Caio chamou a atenção quando a turma toda começou a fazer especulações inviáveis sobre o corpo. — Não tem como ninguém saber o que realmente aconteceu até o laudo da perícia sair. Fiquem calmos e, por favor, tomem cuidado nas ruas.

O professor andou até a lousa e ficou de costas para a turma, procurando um giz na base do quadro verde. Ele começou a escrever com a mão esquerda, com letras enormes.

— Singularidade — leu. — Alguém sabe o que significa?

— Singular é algo único — argumentou Victor, sentado ao lado de Theo. — Singularidade, não sei, deve ser algo como o ato de ser singular.

Caio tombou a cabeça para o lado.

— Pode ser, em outra matéria. O que a singularidade significa na Física? — o professor questionou, olhando para frente. — Alguém?

Era óbvio que ninguém responderia. Alunos não respondiam nem perguntas fáceis, quanto mais teorias de Física, que podiam ser interpretadas de diversas maneiras. Theo sabia o que era a singularidade, ele amava qualquer tipo de teoria quântica, mas não seria ele que falaria sobre o assunto.

— Ana? — Ele olhou para a menina loira, que negou. — Laura? Hugo? Rafael? Leonardo?

— Eu, não — respondeu Leonardo alto, fazendo algumas pessoas rirem.

— Theo?

Ele respirou fundo. Theo conhecia a estratégia do professor Caio. Ele sabia que Theo conhecia o assunto e passava por várias pessoas até chegar ao seu nome, tudo para obter a resposta que queria desde o começo.

— Acho... Bom, na Física, tudo é exato, tudo. — Theo sentiu sua nuca esquentar, não gostava de falar em público, muito menos de mostrar seu lado nerd. — Mas existem mistérios no universo que não podem ser explicados ainda, então os cientistas criaram esse termo para eventos que não se consegue explicar, tipo o que acontece dentro dos...

— Buracos negros — completou o professor.

Theo ficou feliz por ter sido interrompido e sentiu seu coração parar de bater descompassado.

— Fala aí, Stephen Hawking, quer palmas? — sussurrou Leonardo com a cabeça perto da dele. Theo olhou para o amigo e deu um soco no ombro ruim de Léo. — Ai!

O professor limpou a garganta.

— É isso. Singularidade gravitacional é um termo que usamos quando não entendemos e não podemos entender algo dentro da Física, então usamos o imaginário para cessar nossas dúvidas. Singularidade é o nome do desconhecido — ele continuou, andando de um lado para o outro. — Buracos negros sugam tudo o que veem pela frente, e entendemos isso. Mas não sabemos o que acontece depois que algo é puxado pelo buraco negro, o que tem lá dentro e como é a saída? Esse evento é uma singularidade. É como pelo que estamos passando agora. Encontraram um corpo na floresta, sabemos que foi um assassinato, mas não sabemos o motivo dele, no que ele pode resultar ou quem cometeu tal ato. O que aconteceu hoje também é uma singularidade.

Theo gostou da metáfora. Ele podia dizer que o que estava acontecendo dentro do seu cérebro durante aqueles dias era um tipo de singularidade. Afinal, ele sofrera um acidente e tinha certeza do fato, mas não sabia por que não se lembrava dos detalhes ou como tudo havia ocorrido em torno dele.

Ele abriu o livro na página que fora pedida pelo professor e passou os olhos pela página branca cheia de palavras. Começou a ler o texto para o exercício — era sobre galáxias em expansão e qual singularidade que permitia tal feito. Ele não conseguiu associar a singularidade às galáxias do universo, porque, para Theo, o universo se expandia por necessidade de espaço, ele precisava crescer para conseguir criar mais.

E, então, as paranoias que rondavam pela mente dele fizeram sentido pela primeira vez.

Leonardo havia mencionado o artigo que lera e como o cérebro apagava lembranças para acolher mais delas, do *backup* que fazia quando encontrava um gatilho. Era quase isso o que acontecia com o universo, não era? Ele crescia para conseguir ter mais. Se fosse verdade, o que quer que seu cérebro estivesse tentando fazer, faria Theo ficar bem melhor. Afinal, isso significaria que logo, logo tudo o que havia esquecido apareceria novamente. E, com sorte, traria algumas respostas.

Theo quis se virar na cadeira e contar sua teoria para Léo, mas levantou a cabeça e viu todos os alunos concentrados na lição. As provas estavam chegando e todos tentavam correr atrás do prejuízo. Olhou para trás de soslaio e até mesmo Leonardo estava fazendo anotações. Ele fungou, sentando-se ereto novamente e ajeitando os óculos. Abaixou a cabeça e leu mais um parágrafo do texto.

Havia também uma segunda teoria sobre o motivo pelo qual o universo estava em expansão. Ou ele nunca vai acabar, ou vai continuar sua história de onde parou. Como se sempre continuasse e não houvesse um limite, como se fosse um espaço infinito para novas coisas, mas isso também poderia significar que, a cada dia que passa, as galáxias se afastam mais umas das outras.

Se ele continuasse com sua visão, misturando a matéria com seu cérebro e o fato de que não conseguia se lembrar, Theo teria que admitir, então, que não teria volta. Suas memórias perdidas não iam mais voltar, jamais teria as respostas que queria e as novas memórias estariam se afastando mais e mais das antigas.

Ele queria acreditar na primeira teoria, que o universo se expandia apenas para ficar maior e criar mais, porém ela não tinha tantos fundamentos concretos. Contrariando os seus desejos, Theo acreditava na segunda, que não tinha volta para suas lembranças, que ele nunca saberia a verdade. Essa, sim, tinha argumentos válidos. E isso desmontava toda a esperança que ainda lhe restava.

Afinal, para onde quer que olhasse, as galáxias distantes estavam se afastando depressa.

Era muito provável, então, que suas lembranças já tivessem se tornado sombras dentro do seu córtex.

CAPÍTULO 02

FREQUÊNCIA

Uma grandeza física que indica o número de ocorrências de um evento em determinado intervalo de tempo.

e não fosse por toda aquela madeira, Mateus poderia acreditar facilmente que Monte Verde era uma cidade moderna — afinal, todos ali estavam no mesmo nível de tecnologia que ele. Porém, a visão rústica da cidade fazia com que seu cérebro a enxergasse com desgosto.

Quando sua mãe, Débora, avisara que estavam de mudança, Mateus se animara. Ele estava cansado das pessoas que conhecera durante os dois anos que vivera em Belo Horizonte. No entanto, todo o ânimo se dissipara quando soubera que o novo destino seria aquele. Ele pesquisara sobre Monte Verde e quase tivera um ataque de pânico ao ver as fotos, os pisca-piscas de natal e todas aquelas flores azuis. Tudo aquilo o fazia imaginar algo clássico e, desde que colocara os pés ali, havia pegado raiva de qualquer ser vivo existente.

Todo mundo era sorridente, conheciam-se pelos nomes, tinham familiares em comum e passavam o dia comendo chocolate. Ele se imaginou dentro de um filme ruim e tinha a impressão de que alguém começaria a cantar a qualquer momento. A imagem de todos dançando ao som de uma música brega sob um arco-íris e de balões de confete explodindo não saía da mente tórrida de Mateus, que estremeceu apenas por se lembrar do assunto no carro.

Aquela semana não estava sendo exatamente o que ele havia imaginado quando Débora contara sobre a mudança. Ele cogitou perguntar mais uma vez para a mãe o motivo de tudo aquilo, mas desistiu. Tinha quase cem por cento de certeza de que ela falaria mais do mesmo — que haviam se mudado para recomeçar.

Mateus não acreditava em uma palavra sequer que saía pela boca de sua mãe; ele crescera sabendo que ela era uma mulher difícil, que causava intrigas por onde quer que passasse. No fim, faziam mais mudanças para recomeçar do que realmente começavam algo. Sempre precisavam sair dos lugares que conheciam para fugir de encrencas — que ele e sua mãe se metiam separadamente; Mateus também não era nenhum santo.

Ali, no banco de carona do Uno Mille cinza, com sua mãe dirigindo à sua esquerda, Mateus se irritou com seus próprios pensamentos. Ele se imaginou vivendo uma vida pacata naquela cidade com gente feliz e bufou.

— Está estressadinho? — perguntou a mãe, soltando uma risada fraca ao volante.

Mateus reparou que ela vestia um uniforme preto e branco, o nome

"Marine's Café" estampado nas costas da camiseta.

— Quando vai me contar a verdade, Débora? — Mateus não se lembrava da última vez que havia usado o termo "mãe", eles não eram nada próximos. Ele simplesmente disparou a pergunta quando ela estacionou o carro no meio-fio, em frente ao portão da escola; estava duas aulas atrasado, como sempre. — Por que nos mudamos pra este fim de mundo?

— Ei! Calma aí. — Débora mascava um chiclete rosa, que era bem visível para Mateus, já que ela nunca fechava a boca. — Eu já disse, tudo bem? Precisávamos de um recomeço e aqui é um ótimo lugar. Esta cidade é linda e...

— E agora você vai viver como se nada tivesse acontecido? Vai trabalhar num café qualquer e se fingir de boazinha? — Mateus observou conforme Débora puxava o freio de mão com força.

— É a cafeteria mais popular daqui, ok? — ela se defendeu. — E, meu Deus, dá pra você parar de ser chato? Realmente precisei fugir da outra cidade, mas desta vez será diferente.

Mateus revirou os olhos e colocou a mão sobre a maçaneta, querendo sair do carro. Sua mãe atraía confusões e, quando não tinha milhares de inimigos, estava abarrotada de dívidas. Em Belo Horizonte, precisaram vender quase tudo para quitar o que deviam. A única coisa que Mateus não deixou que a mãe vendesse havia sido seu notebook, que tinha comprado sozinho, era de última geração e a forma que Mateus tinha arranjado para conseguir mais dinheiro.

— Será diferente? — cuspiu as palavras em deboche.

Estava ansioso para completar dezoito anos e seguir sua própria vida.

— Pode acreditar — garantiu Débora, um sorriso crescendo de lado —, eu tenho uma carta na manga.

Ele não sabia qual era a carta na manga de Débora, claro, ela não contava nada para ele, mas tinha a enorme sensação de que a mãe estava prestes a se afogar novamente em suas próprias mentiras.

— Tô ligado.

Mateus se despediu, saindo do carro e jogando a mochila com o notebook sobre um dos ombros. Se havia algo com o qual ele tinha problemas, essa coisa era sua mãe. Ele não conseguia encontrar uma memória boa em relação a ela e, por tantas vezes, havia se imaginado em outra situação, com outra família. Ele sabia que era egoísmo, mas nunca se importou muito com coisas do tipo. Mateus sempre foi dono da sua própria verdade, uma pessoa de poucos amigos — no momento, nenhum —, egoísta e até mesmo traiçoeiro. Contanto que as coisas estivessem da maneira que ele queria, nada mais importava. Portanto, se precisasse ser frio com alguém, não pensaria duas vezes.

Ele andou devagar pela calçada, ouvindo o escapamento furado do Uno soltando fumaça em seus trancos, mas não olhou para trás. Não havia movimento do lado de fora da escola e, quando passou pela portaria, não se surpreendeu ao ver o pátio igualmente vazio.

Havia começado a frequentar a escola no dia seguinte à mudança. Mateus sabia que as provas estavam chegando e que não tinha todo o conteúdo, mas também não ligava para isso, no fim ele sempre dava um jeito. Ele conseguia colar de algum nerd, ou comprar respostas, ou trocar por outros favores. Ele sempre conseguia.

Mateus precisou assinar um papel na entrada, admitindo que estava chegando atrasado; notou alguns nomes repetidos na lista, mas o seu era o que se destacava, eram atrasos bem frequentes. Ele assinou o nome abaixo de Clara Marinho em uma letra desleixada. Jogou a caneta que havia pegado emprestada na secretaria dentro da mochila e voltou a andar pelos corredores. Pegou o celular no bolso a fim de ver as horas, mas o fio dos fones de ouvidos estava completamente embaraçado em volta do aparelho e Mateus precisou parar de caminhar para se concentrar na tarefa.

Ele sentiu algo o acertando nas costas e parou de mover os dedos automaticamente, virando-se.

— Olha por onde anda! — gritou um cara bem menor que Mateus em sua direção, e ele precisou se concentrar para não rir; o garoto tinha cabelo cacheado muito arrumado e vestia camisa social, todo engomadinho. Quem usava camisa social na escola?

— Como é? — Gargalhou Mateus, olhando para baixo e notando mais uma trupe se aproximando, com alguns meninos e várias meninas.

O menino não era baixo, o culpado era Mateus, que era muito alto, além do comum, para falar a verdade. Mateus ficou parado, assistindo enquanto todas aquelas pessoas se juntavam em torno dele. Praticamente haviam esquecido que tinham *tropeçado* em Mateus.

— Você é novo, não é? — perguntou o arrumadinho, a cara fechada. — Qual é seu nome mesmo?

Mateus respirou forte. De propósito.

— Qual é o *seu* nome?

O garoto olhou em volta, visivelmente incomodado, tentando fazer a turma rir.

— Thomas — respondeu. — E aí, novato? Você é da nossa sala. De onde veio?

Mateus deu de ombros.

Aquela não parecia uma turma da qual Mateus gostaria de fazer parte. Eles nem precisavam se apresentar, Mateus já sabia que aqueles eram a nata do lugar e que se achavam os maiorais. O problema com Mateus sempre foi que ele nunca gostou daquele tipo de pessoa, mas gostava de complicar as coisas para elas.

— De todos os lugares. — Mateus ergueu a sobrancelha. Não era mentira.

— Misterioso — acusou e riu uma garota ruiva, ainda mais baixa que Thomas, no entanto ela não olhava para Mateus, estava cochichando com outra garota.

— Bom — o que falava agora era mais alto, quase alcançava Mateus, ele tinha a pele escura e até músculos —, eu sou o Pedro. E que legal que você é daqui agora, cara, se quiser saber alguma coisa, pode perguntar e...

— Valeu — Mateus respondeu, interrompendo-o.

Pedro franziu o cenho. Mateus poderia até se sentir mal por ser mal-educado, mas não era para tanto e ele sabia que teriam dias ainda piores.

— Esses são Thomas, que você já conheceu — Pedro começou a apontar os amigos —, Hugo, Vinicius e Lucas. Aí tem a Ana, a Bianca e a Mariana.

Mateus ouviu todos os nomes, mas só marcou o da garota ruiva. Bianca. Ele sorriu internamente, ela era bem bonita e o encarava como se estivesse combinando algo secreto com ele.

— Oi. — Mateus se viu interessado de repente.

— Então... — A garota loira, uma que não era a Bianca, aproximou-se. — Vai ter uma festa hoje na casa do Thomas e...

— Você pode ir — Bianca interrompeu a loira, e Mateus segurou o riso.

— Preciso ver — respondeu e tombou a cabeça.

Mateus percebeu Thomas de braços cruzados, visivelmente irritado.

— Tudo bem. — Bianca sorriu, chegando perto para entregar um *flyer.* — Pode aparecer.

Mateus não respondeu, então o grupo se afastou, caminhando na direção oposta no corredor largo. Ele ergueu o *flyer* e leu o endereço do local, o horário e as informações. Não era nada especial, apenas uma festa normal, mas era melhor do que nada.

●

Quando a terceira aula chegou ao fim, Theo correu pelos corredores vazios da escola em direção ao banheiro. Embora ele não estivesse animado para aprender qualquer que fosse a matéria em Português, ele era obrigado. Já havia faltado em aulas demais para perder conteúdo e, se perdesse qualquer outra explicação, não iria bem nas provas do fim do bimestre — e faltavam apenas duas semanas para as provas. O que animava a todos era que, depois das provas, as férias de julho seriam os melhores dias do ano, pela temporada turística e pelo descanso. Para Theo, as férias do meio do ano só significavam uma coisa: mais trabalho na pousada.

Ele estava no pátio, caminhando de volta para a sala, o tênis de sola lisa raspando no chão de linóleo. As paredes eram pintadas de cinza-grafite para conseguir o máximo possível de neutralidade na arquitetura do colégio, ele refletiu consigo mesmo. Alguns funcionários do lugar andavam, calmos, em busca de seus afazeres, mas fora isso só havia Theo ali.

— Psiu! — Theo parou de andar. — Psiiiu! — Ele olhou em volta, em busca de onde vinha o som. Rodou sobre os calcanhares e não viu nada. Voltou a andar. — Ei! — A voz havia aumentado de tom, e Theo percebeu que era uma voz feminina. Sussurrou alto: — Theo!

Ele seguiu o som com os ouvidos e a encontrou.

Mas seu coração parou de bater.

E voltou.

Então, parou de novo.

Atrás de um banco de madeira, feito de um tronco de árvore gigante, estava Clara. Theo piscou inúmeras vezes, estagnado no lugar, sem conseguir se mexer. Ela olhava para ele como se Theo fosse seu salvador, e ele se sentiu tão maravilhado com a sensação que quis continuar ali para sempre.

Ele nem mesmo a conhecia de verdade, apenas por fora. Mas ela era tão linda que Theo não se importaria se ela fosse a pessoa mais chata do mundo. Clara tinha olhos claros, no entanto não eram azuis nem verdes, eram dourados, como os olhos cor de mel, só que com um quê de superioridade; seus cabelos eram loiros e iam até o meio de suas costas, com cachos de verdade, bem finos e sempre bagunçados; estavam presos em um rabo de cavalo no momento. Ela estava usando uma camiseta branca normal, sem estampa alguma, por baixo de uma jaqueta jeans e calça jeans azul com All Stars. Para Theo, ela era perfeita. Não havia erros. E foi exatamente isso o que ele sentira quando a vira pela primeira vez, perfeita. Desde crianças, ele sempre teve olhos para Clara, mas a única vez que tinham conversado fora numa prova de Matemática — ela estava sentada na carteira da frente, virou-se para trás sem cerimônia e encarou Theo, pedindo cola da prova. Ele passou, claro. Naquela altura da vida dele e depois de anos apaixonado platonicamente pela mesma garota, se ela lhe pedisse um rim, ele mesmo o arrancaria.

— Theo! — Clara sussurrou novamente, sua voz ecoando pelo pátio vazio.

Ele gostou da maneira como seu nome soava naquele tom de voz e pensou, pela primeira vez em semanas, no quão bom era morar numa cidade pequena, onde todos se conheciam pelo nome.

Ele obrigou suas mãos a pararem de suar e suas pernas a se mexerem. Antes que percebesse, Theo estava caminhando em direção à Clara. Ele não conseguia acreditar. O coração havia voltado a falhar, mas respirou fundo e fingiu normalidade ao perguntar:

— Tudo bem? — Ele conseguiu juntar as palavras e se sentiu orgulhoso quando notou que elas não saíram tremidas. — Por que você tá aqui fora, Clara?

Ela olhou para Theo, cerrando os olhos e colocando a mão na testa, bloqueando o sol. Clara mordeu o lábio, como se ponderasse se devia ou não contar a verdade.

— Cheguei atrasada.

— Você está escondida atrás de um banco — Theo observou, querendo mais detalhes.

Ela balançou a cabeça, ponderando.

— Preciso de ajuda — disse. — Para eu conseguir entrar na segunda aula.

Theo não estava entendendo a situação. Era comum se atrasar e ainda mais comum entrar na segunda aula. Por quais motivos Clara estaria escondida?

— Então por que você só não se levant... — Ele começou a falar, mas foi interrompido por ela, que segurou firme em seus braços e o puxou para baixo. Theo sentiu uma corrente elétrica percorrer o local onde ela havia o tocado e precisou se concentrar para não parecer esquisito. Sua cabeça ficou na altura da dela, os olhos de Clara alarmados sobre os dele. — Por que fez isso? — Ele se ouviu sussurrar.

— Shhh! — Ela levantou o dedo sobre os lábios, então apontou para a frente, em direção ao pátio por onde Theo havia acabado de passar. — Olha!

Theo virou a cabeça e entendeu. Ou pelo menos se convenceu de que tinha entendido. Além dos poucos funcionários, havia apenas três pessoas ali, paradas em frente à secretaria da escola: a diretora Elisa, Lorenzo e Adriana Marinho, os pais de Clara.

— Por que seus pais estão aqui? — Theo questionou, voltando-se para ela.

Clara deu de ombros, séria.

— Não faço ideia, mas não podem saber que estou entrando atrasada — a menina contou, e Theo se perguntou o motivo, mas não quis se intrometer. — Você precisa me ajudar, não vi nenhum rosto conhecido desde que cheguei.

— Entendi.

Theo notou que não tinha mais perguntas e também não havia mais qualquer outro assunto sobre o qual pudessem conversar, então os dois ficaram em silêncio enquanto espiavam o que faziam os pais de Clara. Os dois, agachados na grama, escondidos por um banco de madeira.

Alguns minutos se passaram, e Theo começou a sentir seus pés formigando por causa da posição, mas não disse nada, apenas se remexeu, aliviando a pressão. Os pais de Clara conversaram com a diretora por mais algum tempo, todos eles sorrindo amigavelmente, então se despediram e foram embora. Clara olhou de soslaio para Theo e suspirou, aliviada, colocando uma mecha de cabelo loiro que havia se desprendido do rabo de cavalo atrás da orelha.

Theo esperou até a diretora Elisa sair do campo de visão deles, só então se levantou. Clara atrás.

— Não parece ser algo ruim — comentou ele.

Clara deu de ombros.

— É, eu sei, mas é estranho — respondeu. — Não tem motivos para estarem aqui e... Em todo caso, não poderiam saber que estou atrasada porque...

Ela parou de falar.

— Porque... — Theo insistiu, curioso.

— Porque não dormi em casa — Clara respondeu finalmente.

— Ah.

Não fazia sentido ele perguntar sobre o lugar em que Clara passara a noite, não era da conta dele, nem amigos eles eram, porém era tudo o que Theo gostaria de saber naquele momento. É claro que poderia envolver outras pessoas e até mesmo algum namorado — ele não sabia se Clara tinha ou não um namorado, esperava que não.

— Então... — Clara chamou a atenção.

— Vamos — ele falou, voltando ao normal.

Theo observou se não havia nenhum outro funcionário no pátio e só quando teve certeza foi que chamou Clara. Eles não precisavam correr ou qualquer outra coisa do tipo, a escola era bem tranquila. Os dois andaram, cortando o pátio, adentrando os corredores cinzentos. O barulho dos alunos invadiu os tímpanos de Theo e ele se sentiu incomodado por não haver nenhum assunto sobre o qual conversar com Clara, era constrangedor, mas ele preferia não falar nada a falar algo errado e passar mais vergonha.

Os dois entraram na sala sem se falar, e Clara se sentou na segunda fileira, como sempre, ao lado da única carteira vazia da sala — que era o lugar onde se sentava Stefany Ferrari, a filha da delegada de Monte Verde; as duas eram amigas pelo que Theo se lembrava.

Theo caminhou até seu lugar, jogando-se na cadeira enquanto a professora de Português escrevia um texto na lousa verde.

— É impressão minha ou você demorou mais do que o normal no banheiro? — Theo ouviu a voz de Leonardo e riu, voltando-se para trás, em direção ao amigo. Ele contou os últimos acontecimentos para Leonardo, que ouviu sem interromper. — Acho que não... — o amigo acabou falando quando Theo terminou a história. — A Clara meteu o louco, com certeza ela quer te pegar!

— Há, há! — Theo fingiu uma risada, irônico.

Leonardo sabia sobre o que Theo sentia por Clara, mas também sabia que ele não tinha chance alguma — nem remotamente.

●

O sinal tocou quando a última aula do dia terminou, e Theo percebeu que havia sobrevivido ao seu primeiro dia de aula desde o acidente. Ele se despediu de Leonardo — que passaria o resto do dia trabalhando — e pegou suas coisas, ansioso para chegar em casa e não fazer mais nada.

— Theo! — Ele ouviu alguém o chamando quando passou pela porta da sala de aula e parou de se mover. — Já está indo embora?

Theo se virou, olhando para trás no corredor escuro. Os alunos passavam depressa por ele, o barulho da multidão sendo camuflado pelos passos apressados de todos. Era o professor Caio, de Física, correndo em sua direção.

— Oi. — Theo franziu o cenho para o homem.

— Pensei que já tinha ido embora, que bom que ainda está aqui — falou o professor. — Eu quero te mostrar uma coisa.

Theo balançou a cabeça, sem entender. Caio era seu professor favorito, e era óbvio que Theo era o aluno favorito de Caio, mas a relação dos dois nunca ultrapassara as aulas. Ele não fazia ideia do que seu professor poderia querer dividir com ele.

— Sim, eu estava indo...

— Tem um tempinho sobrando? — questionou Caio, animado. — A secretária me cedeu uma sala e eu criei um laboratório, pensei que talvez você quisesse conhecer.

— Jura? — Theo notou que havia ficado contente também e que dois nerds, ele e o professor, estavam felizes naquele corredor.

O sonho cinematográfico de Theo era um laboratório de Física em sua escola, assim como nas escolas de filmes. Não entendia por que tinha aquele desejo, sabia que não fariam experiências nem nada mais legal do que isso. Pelo menos ele conheceria o lugar, constatou.

— Sim — respondeu o professor, começando a andar. — Quer dizer, ainda não está pronto, mas, de todos os meus alunos, achei que você fosse o único a se interessar por ele.

— Com certeza! — exclamou, andando ao lado de Caio. — É só sobre Física?

O professor balançou a cabeça, titubeando.

— É uma mistura de tudo, eu acho — explicou, chegando ao fim do corredor cinza e subindo os degraus da escadaria. — Eu consegui até uma estação caseira.

— De rádio? — questionou Theo, entretido.

O professor aquiesceu.

Eles subiram dois lances de escadas, conversando sobre o que mais poderia haver no novo laboratório. Quando chegaram ao terceiro andar do prédio, Caio abriu a porta da sala 18 e não tinha outra palavra para descrever Theo naquele momento que não fosse maravilhado.

Era bem melhor do que ele havia imaginado. As paredes e o piso eram normais, no mesmo padrão de todas as outras salas da escola. Theo contou seis mesas largas espalhadas pela sala, como balcões, com vários bancos altos de madeira em volta de cada uma delas; havia uma lousa verde comum e um quadro branco ao lado. Mas a parte legal, para Theo, estava nos objetos. Ele encontrou vários instrumentos de medidas, como balanças, réguas, trenas, cronômetros e até alguns mais precisos, como paquímetros, que mediam espessuras; provetas, que mediam volume; dinamômetros, que mediam a força; e barômetros, que mediam a pressão atmosférica.

O professor não disse nada, esperou até que Theo conhecesse todo o lugar. Theo estava impressionado com os termômetros e com o multímetro, que podia realizar medidas elétricas, como correntes elétricas em eletrodinâmica.

— Nossa! — Theo murmurou sem olhar para Caio, que riu.

Ele continuou observando. Parou para admirar as fórmulas na lousa, os cartazes na parede e os instrumentos na mesa, colou os olhos em dois microscópios e cogitou olhar também a lente do telescópio, mesmo a sala não tendo uma janela. Theo sabia que devia estar com cara de bobo, mas aquilo ali era tudo o que ele mais amava — bom, Física e *Game Of Thrones*, mas não falaria isso em voz alta, falaria?

Havia molas, trilhos de ar, espelhos, lâmpadas, prismas... De longe, Theo ainda enxergou bobinas, motores e geradores de energia eletromagnética. Era incrível!

— Para mim, essa é a parte mais legal, venha ver. — Theo ouviu a voz do professor vindo de trás, então se desgrudou do telescópio que apontava para a parede branca, sem visão alguma, e se juntou ao homem mais velho.

Ele atravessou a sala até o professor, que estava sentado de frente para uma mesa simples, com um equipamento em caixa, tudo cinza e com muitos fios. Theo não quis perguntar para que aquilo servia.

— Eu descobri uma coisa muito legal recentemente — iniciou Caio, virando-se para Theo na cadeira. — Eu achei essa sala vazia e pensei que um laboratório seria legal. Quando a direção permitiu, comecei a trazer coisas de casa todos os dias. Estranhamente, o meu celular começou a perder o sinal enquanto eu estava aqui dentro. — Instintivamente, Theo passou a mão no bolso da calça, tateando o celular enrolado nos fones de ouvido. — Você tem sinal? — perguntou o professor, a sobrancelha arqueada em desafio.

Theo pegou o celular e desbloqueou. Não tinha sinal e muito menos internet.

— Que estranho, por quê? — questionou ele, colocando e tirando o aparelho no modo avião várias vezes a fim de encontrar um risquinho que fosse de sinal.

— Eu pensei que tivesse alguma coisa a ver com a sala — continuou o professor —, mas... Conte três passos para trás, em diagonal, para a esquerda.

O menino franziu o cenho. O que estava acontecendo? Theo não se atreveu a perguntar. Andou três passos médios para trás, indo um pouco para o lado, em direção à mesa do microscópio. O celular dele vibrou instantaneamente, várias vezes. Ele ergueu o aparelho para enxergar, eram algumas mensagens de sua mãe e uma de Leonardo, porém não as leu.

— Aqui tem sinal.

— Sim, aí a frequência não te alcança — explicou Caio e, quando notou a face perdida de Theo, continuou: — Se você voltar para o meu lado, vai perder o sinal de novo. Volte.

Theo caminhou rápido, desbloqueando o celular. No canto superior, as palavras "sem serviço" apareceram.

— Que doido — Theo riu.

— Pois é! Mas isso é só o começo. Eu quis saber o motivo disso e fui pesquisar, dei umas investigadas. — O cabelo de Caio era um pouco comprido e balançava quando o professor se animava. — Essa zona, a que estamos agora, essa pequena região onde está a mesa, emite frequência. — Theo observou a mesa larga, quase dois metros. — Se você esticar sua mão e levar o celular, o sinal volta e, assim, dá para medir a região em que isso acontece. Tente — pediu.

Um sorriso se formou nos lábios de Theo sem que ele percebesse. Havia algo de interessante naquilo. Algo que seu cérebro ainda não era capaz de assimilar.

Ele esticou o braço para a direita, parado no mesmo lugar, ao lado da cadeira do professor, e notou que o sinal do celular voltou. Quanto media seu braço? Ele queria calcular o raio da frequência que havia ali. Depois, deu dois passos longos para a esquerda e esticou o braço, então esticou para cima. Theo soube exatamente onde começava e onde terminava aquele campo de frequência. Ele estava encantado.

— Se você reparar, vai perceber que toda essa zona se parece bastante com um cubo quadrimensional — Caio se levantou, parando ao lado de Theo, seu braço ainda esticado para o alto —, o que é muito aleatório, mas, se formos lembrar da Física Quântica Espacial, é...

— É incrível! — exclamou Theo.

Theo se lembrou de todas as teorias que já tinha estudado. A teoria das cordas, ele se recordou, encaixava-se perfeitamente. Ele observou que as bordas daquele campo invisível eram perfeitamente retas; podia ser uma mera coincidência, mas, se fosse uma prova viva de uma teoria quântica, os significados não iam parar de aparecer.

A teoria das cordas, Theo pensou, falava literalmente sobre cordas. Se fosse verdade, então todas as partículas seriam cordões ligados uns nos outros, criando formas quadrimensionais — como cubos —, o que poderia resultar em diversos universos paralelos e realidades alternativas, as combinações eram infinitas. É claro que a teoria tinha uma parte mais específica, mas a parte legal era aquela.

O fato daquele campo ser estranhamente reto intrigava Theo.

— O que... O que isso quer dizer? — Theo se virou para Caio, abaixando o braço, seus dedos tremendo. Nunca estivera tão próximo de uma coisa assim.

— Bom... nada — riu o professor, desanimando. — É muito legal a coincidência, mas não acredito que tenha qualquer outro fundamento mais profundo.

— E por que existe esse cubo em volta dessa mesa, então? — Theo instigou.

O professor deu de ombros.

— Essa caixa — apontou para o quadrado cinza sobre a mesa, vários fios se entrelaçando dentro dela — é um rádio antigo. Ondas de rádio são um tipo de frequência, e frequência é uma coisa complicada de se explicar.

Theo sabia que frequência era o nome que davam para um evento em ondas. Era o número de ondas luminosas por segundo. Existiam ondas grandes, como as de rádio, ondas menores, como micro-ondas e infravermelhos, e ondas minúsculas, como ultravioleta e raios X.

— E por que ficamos sem sinal no celular?

Caio cerrou os olhos, pensando.

— Acredito que o motivo é simples. O sinal dos nossos celulares chega até eles por ondas, com frequência — Caio falou de maneira simples, ele sabia que Theo entendia. — O rádio dessa mesa, apesar de velho, também tem frequência. São dois tipos diferentes de ondas, mas são frequências. Elas se misturam e isso causa interferência, elas causam um congestionamento, como um trânsito. É estranho, porque não as enxergamos, mas as ondas são palpáveis, são de verdade, elas estão aqui.

— São um tipo de energia — Theo murmurou, observando o rádio velho.

— Sim, quanto maior a energia, maior a frequência.

Fazia sentido, mas ainda não explicava o porquê daquela frequência e daquela energia terem forma de cubo.

— Nunca vi ondas de rádio se formarem num quadrado — Theo insistiu.

Ele só queria algo me que pensar. Se começasse a criar teorias sobre isso, com certeza não daria mais importância às suas perdas de memória.

— Energia é um pouco como dinheiro. Se seu saldo é positivo, você pode distribuí-lo como bem quiser. — O professor Caio era bom com metáforas, mas a cabeça de Theo conseguia arranjar mais perguntas a partir de suas soluções. — Essa energia deve ter um quê de força a mais.

— E quem distribuiu essa força?

O professor riu.

— Não vamos criar teorias agora, Theo — disse. — Nosso mundo é um lugar desconcertante, queremos extrair um sentido do que vemos à nossa volta e perguntar: tudo bem, mas para que isso serve, afinal? — Era isso o que Theo sempre fazia. Ele sempre queria soluções. Até para as coisas que não tinham respostas, como sua memória nos últimos dias. — Te mostrei este laboratório porque quase ninguém terá muito interesse nele — Caio oscilou, colocando a mão esquerda no bolso da calça —, mas sei que você tem. Ainda mais porque este laboratório, além de equipado, veio incluso com um fenômeno físico. De graça, olha que beleza. — E riu, tirando uma chave dourada do bolso. — Estou falando que você pode vir aqui quando quiser e desfrutar do que bem entender também.

— É sério? — O coração de Theo acelerou.

— Quando quiser.

O professor lhe entregou a chave.

— Você sabe que vou passar meus dias querendo descobrir o porquê de ter um cubo quadrimensional aqui dentro, não sabe? — Theo alertou o professor, sentindo o metal frio da chave em sua palma aberta.

O homem assentiu com a cabeça, escondendo o riso.

Theo ficou animado com a possibilidade de descobrir os motivos daquele fenômeno estranho. Todo aquele tempo estudando na única escola da cidade e ele nem imaginava que poderia existir algo tão legal sob seus próprios olhos. Estava ansioso para descobrir o que aquilo significava e os seus porquês.

— Se o seu tempo for ocupado com Física, estou feliz. Aprenda o que quiser, mas não se perca nos motivos, nunca dá para entender o que o universo quer de verdade — concluiu. — Até o momento, a maioria dos cientistas têm andado ocupado demais elaborando novas teorias para descrever o que o universo é para perguntar o porquê.

●

Se não fosse pela total falta de noção de sua irmã, Vinicius poderia estar em casa, assistindo a *Vikings* enquanto fingia que estava estudando para a prova de História, que seria no dia seguinte. Apesar de ser esse o desejo de Vinicius, não era o que estava fazendo no momento. Ana, sua irmã mais nova, havia negado veementemente todos os pedidos da mãe e, nesses casos, sempre existia Vinicius, que só estava ali para ocupar o lugar da irmã desobediente.

Dessa vez, não era nada tão horrível quanto ir ao mercado ou algo do tipo. Os familiares de Vinícius estavam na cidade, passariam toda a temporada ali e haviam chegado havia apenas dois dias. Todo mundo sabia que parentes entediados eram a pior coisa do mundo e a temporada turística nem mesmo havia começado. O pai dele havia se responsabilizado por entreter os adultos, os tios de Vinicius, enquanto sua mãe trabalhava. *Sorte a dela,* ele pensou, *presa na escola até às seis da tarde.* Elisa, a mãe de Ana e Vinicius, era a diretora do colégio de Monte Verde. Foi por isso que ela havia pedido para Ana entreter a prima mais nova, Alice, de dez anos.

Vinicius estava deitado, pronto para apertar o *play* na Netflix, quando Alice entrou no recinto e choramingou que Ana a havia expulsado do quarto para ficar com as amigas. Ele se viu na obrigação de levar a menina para passear.

Apesar de tudo, não era tão ruim. Alice podia ter escolhido patinação no gelo, mas escolheu quadriciclos, o que era bem melhor sem sombra de dúvida — mesmo que Vinicius já estivesse inteiramente enjoado dos mesmos percursos da montanha. Ele achou que seria chato demais se fossem apenas os dois, então convidou uns amigos. Praticamente implorou para todos, mas a maioria estava mais empolgada com a festa que seria dali a algumas horas e não queria perder tempo se sujando de terra. Por fim, Camila e Lucas — que também eram irmãos — acabaram aparecendo.

Os quatro — Vinicius, Alice, Camila e Lucas — foram juntos até a Fazenda Radical. Alice pulava sobre as pedras, animada demais, enquanto os três mais velhos conversavam sobre coisas aleatórias. Ela estava feliz, mas sempre ficava assim; afinal, desde que nascera passava as férias em Monte Verde. Alice já tinha feito tudo o que podia na cidade, mas era a primeira vez que sua idade era permitida na trilha de quadriciclo. Camila e Lucas estavam entediados também; seus pais — que eram médicos — estavam trabalhando e o outro irmão, Gustavo, estava por aí, eles não sabiam onde.

— Vão querer dois ou três quadriciclos? — perguntou o atendente que já era um conhecido de Vinicius.

Era um garoto da sua escola, Leonardo, mas não conversavam muito, apesar de Vinicius ter a sensação de que tinham que instalar um assunto obrigatoriamente.

— Três! — Camila estremeceu. — Nunca mais ando com o Lucas, da última vez quase morremos.

— Você tá exagerando, vai assustar a Alice — Lucas se defendeu, jogando a culpa na criança.

• Fazenda Radical: confira o QR Code #2

A prima de Vinicius riu, chegando mais perto.

— Eu quero ficar toda suja de lama! — vibrou Alice.

— Sua mãe vai ficar nervosa se você aparecer suja — Vinicius tentou contornar.

— Vai mesmo — riu a menina —, mas e daí?

— Decidida — admirou Lucas.

— Então serão três quadriciclos? — Leonardo, o garoto da escola, mas agora atendente, perguntou detrás do balcão.

— Isso — respondeu Vinicius.

Lucas e Camila dirigiam sozinhos, mas Alice precisava de um responsável, que, no caso, seria Vinicius. Ele estava acostumado a acelerar pela lama das trilhas, mas será que a menina conseguiria acompanhá-lo?

— E aí, Léo — Camila começou, escorando-se no balcão de madeira —, você vai à festa hoje?

Leonardo ficou vermelho, endireitando-se sobre o tampo da mesa.

— F-festa? — Ele limpou a garganta.

— Na casa do Thomas — afirmou Lucas, juntando-se à irmã.

— Festa? Eu posso ir, posso?

Alice pulou em Vinicius, que riu e negou com a cabeça.

Toda semana havia uma festa na casa de Thomas, mas aquela era especial, estavam até convidando mais pessoas. A festa da noite era sobre a chegada da temporada turística com as férias. Ainda haveriam algumas provas, mas eram poucos dias apenas.

Vinicius observou enquanto Camila passava as informações para Leonardo, que estava nitidamente eufórico com a situação. Eles não eram muito próximos, só se cumprimentavam quando se trombavam.

— Eu vou — afirmou.

— Ótimo — Camila jogou os cabelos escuros sobre os ombros —, pode convidar aquele seu amigo também, o...

— Theo — interrompeu Leonardo.

— Quem é esse mesmo? — Vinicius perguntou, olhando para Lucas, que deu de ombros.

Camila virou em direção a eles, entrando no meio dos dois.

— O irmão da... aliás, o primo da Bianca — explicou, meio confusa.

— Ah.

Vinicius se lembrava do rosto do garoto, mas não se recordava se já havia conversado com Theo.

— Vou falar para ele — adiantou Leonardo, entregando quatro capacetes azul-escuros, com toucas higiênicas.

Vinicius pagou pelo passeio e depois saiu da recepção escura com Alice, Camila e Lucas atrás. Era tão normal estar ali, ele nem precisava perguntar quais eram os passos, sabia de cor e salteado. Vinicius se encontrou com o instrutor e levantou Alice com os braços, subindo-a no quadriciclo. Os amigos também subiram nos veículos e saíram dirigindo pelas poças de lama avermelhada. Ele ficou feliz pela prima mais nova estar se divertindo, Alice gritava de susto e depois gargalhava quando subiam por um caminho muito íngreme ou desciam uma ladeira de pedras e galhos.

O céu acinzentado contrastava com as árvores imensas da montanha e, quanto mais subiam, mais lama espirravam e mais próximos da névoa branca chegavam. Os cabelos ficaram úmidos por causa da neblina da montanha e a fraca luz do sol, que entrepassava pelas nuvens, era alaranjada. A trilha avermelhada de lama era estreita e as marcas dos pneus já estavam coladas no chão, molhadas pela chuva da madrugada.

Vinicius assistiu a um raio aparecer no céu escuro, acima da montanha, mas não expressou reação. O trovão veio logo depois, fazendo o chão sob as rodas do quadriciclo tremer. Alice gritou, com medo de verdade. Lucas e Camila aceleraram para terminar o percurso, eles sabiam que não era aconselhado fazer aquela trilha em tempestades e, julgando pelos trovões que começaram a ecoar, a chuva não seria nada fraca.

Vinicius torceu a mão direita no acelerador e correu mais rápido, alcançando os amigos e o instrutor, a prima ainda gritava em seus ouvidos, o som repercutindo pelo capacete grande em sua cabeça. Eles chegaram ao ponto de partida e desceram das máquinas. Se havia duas coisas em Monte Verde com as quais Vinicius estava acostumado, essas coisas eram chuva e quadriciclos.

Quando as gotas pesadas começaram a cair, os quatro já estavam caminhando a pé, de volta para a recepção para devolver os capacetes para Leonardo.

— Pelo visto vai chegar mais limpa do que imaginava, Alice — brincou Lucas, vendo a menina encharcada.

Alice bufou, cruzando os braços.

— Que ódio! — Camila gritou quando entrou na recepção, igualmente molhada. — Vou ter que lavar o cabelo de novo para a festa.

Vinicius não entendia muito bem o drama que as meninas tinham com o cabelo, mas morava com Ana e sabia que não podia comentar sobre esses ataques de nervos. Sua irmã era dez vezes mais dramática que Camila.

— Se divertiram? — Leonardo perguntou, fechando a caixa registradora do balcão, olhando para Alice, que sorria abertamente.

— Foi muito legal! — A menina explodiu em felicidade e os quatro mais velhos esboçaram um sorriso, o mesmo que faziam para os turistas, aquele de "ok, agora chega".

— Podem deixar os capacetes aí e mais tarde nos encontramos na fest... — Leonardo começou a se despedir, mas foi interrompido.

Por um grito histérico.

Todos os cinco se assustaram.

— Que merda é essa? — questionou Lucas, fitando a porta aberta.

O grito vinha de fora e tinha ultrapassado o barulho da chuva.

Alice pegou a mão de Vinicius, chegando mais perto dele. O garoto apertou a mão da prima de leve, querendo passar confiança. Se pelo menos ele estivesse confiante...

Os últimos dias haviam sido diferentes na cidade e haviam encontrado um corpo na floresta durante a madrugada. O que mais podia se esperar de um grito histérico sob a chuva?

— Eu vou ver o que é, fiquem aqui — disse Leonardo e engoliu em seco, passando na frente.

— Vamos juntos — Camila murmurou, juntando-se ao menino.

— Não vamos, não — discordou Lucas.

— Fiquem aqui.

Leonardo caminhou alguns passos, cortando a recepção do balcão à porta, a madeira sob seus pés rangia e, para Vinicius, era possível ouvir os batimentos cardíacos de todos. Um trovão ecoou e o clarão do relâmpago iluminou os rostos dos cinco em tons de roxo e branco. Alice gritou, abraçando o primo.

Vinicius engoliu em seco, acompanhando Leonardo até a porta da recepção. Na fazenda onde estavam havia várias atrações radicais, como tirolesa, arco e flecha e até escalada, era mais provável que o grito tivesse vindo de um desses esportes. Não era? Ele parou de andar quando chegaram à porta, Leonardo continuou.

Do lado de fora, a chuva era quase que ensurdecedora de tão alta e intensa e, em poucos segundos, Vinicius não conseguia mais saber onde estava Leonardo no meio de toda aquela água. O pulso dele se acelerou de repente quando viu uma sombra correr pela grama. Ele agarrou Alice pelos braços e se preparou para fugir se precisasse.

Então ouviram outro grito. Camila estremeceu, segurando-se em Lucas, que tinha perdido toda a cor do rosto. Vinicius não conseguia bolar um plano de fuga e ainda estava tentando quando Leonardo apareceu na porta, completamente encharcado, o cabelo caindo sobre os olhos. O garoto arfava, suas costas inclinadas sobre o batente da porta, a boca entreaberta e as roupas grudadas no corpo.

— O que aconteceu? — Camila perguntou, aflita, passando na frente de todos.

— Acharam... acharam mais um corpo.

●

Theo voltou para casa mais feliz do que realmente aparentava. Ele não conseguia pensar em mais nada que não fosse no campo de frequência, aquele cubo. Era incrível! E mesmo que estivesse cansado da escola, queria poder ter tido mais tempo no laboratório. Apesar de o professor Caio ter lhe dado uma chave e Theo ter acesso liberado, estava ansioso para ver o que podia fazer de interessante naquele lugar.

Quando chegou à pousada, sentou no sofá do *hall*, abrindo as mensagens do WhatsApp. Conversou em alguns grupos, leu as mensagens de Leonardo, falando que passaria a tarde na Fazenda Radical e mais tarde haveria uma festa. Theo não entendeu muito bem a referência, mas mandou um *sticker* como resposta, perguntaria sobre isso mais tarde. Abriu a conversa com sua mãe e leu as quatro mensagens que ela havia lhe enviado. Era sobre os hóspedes que tinham reclamado da organização de um dos quartos, eles encontraram pertences de outras pessoas nos armários e queriam que fossem retirar.

Theo se lembrou da mãe pedindo que seu pai fosse retirar os objetos, mas também se lembrou de que era quinta-feira e de que nesses dias o pai ia para São Paulo fazer compras. Ele se levantou, levando a mochila até a cozinha, preparou um lanche e foi para o quarto.

As horas passaram rápido, ele se viu interessado e acabou pesquisando sobre frequência no Google enquanto comia o lanche de queijo quente. Theo se recordou da madrugada passada, quando não conseguira dormir por causa do barulho da chuva e acabara n pesquisando sobre seus lapsos de memória também. Ele ainda não lembrava a senha de acesso do notebook e havia aberto o aparelho sem perceber mais uma vez. Repassou a conversa que havia tido com Leonardo na escola, sobre gatilhos de impulso para o cérebro.

Na escola, Leonardo perguntara sobre uma festa e, por meio segundo, Theo ficara perdido, mas então um *flash* de memória alcançara seu cérebro e tudo ficara claro. Se ele conseguisse se lembrar de mais alguma coisa sobre o acidente, como a música que havia escutado, por exemplo... Ele olhou para o relógio, já passavam das quatro horas da tarde, então se levantou, jogando o notebook de lado, e saiu do quarto.

Seus passos fizeram eco no corredor vazio e escuro da pousada. Theo conferiu o número do quarto na mensagem que sua mãe mandara e bateu na porta. Ninguém abriu, então ele subiu correndo até a recepção para buscar as chaves da camareira. Seria melhor. Até porque, quando os hóspedes chegassem, já teriam feito o que fora pedido.

Ele abriu a porta, revelando o quarto. Havia malas jogadas sobre a cama e roupas espalhadas por todos os lados, assim como qualquer outro quarto de hotel. Apesar disso, todos os quartos da pousada eram idênticos, até nas cores. Havia uma cama de dossel, lareira, televisão, frigobar, suíte e armários.

Theo não sabia quais eram os pertences a serem retirados, mas imaginou que estariam dentro de algum armário. Abriu o primeiro e encontrou toalhas e mais roupas do casal hospedado, abriu o segundo e o terceiro, passou os olhos, varrendo, observando pertences em uso, o que significava que eram dos hóspedes. Caminhou pelo quarto e parou. Abriu uma das gavetas de uma cômoda. A variedade de pertences que estavam ali era estranha. Eram objetos aleatórios. Maquiagens, cadernos, canetas, estojos de lápis, livros, escovas de cabelo, porta-retratos. Theo não parou para admirar ou olhar com mais calma. Ele apenas juntou tudo nos braços e saiu do quarto, trancando a porta.

Com a mão livre, tentou pegar o celular no bolso da calça, mas não o encontrou. Theo decidiu voltar para seu quarto antes de levar os pertences até a recepção, ele queria perguntar sobre a tal festa para Leonardo — não que Theo fosse sociável e gostasse delas, mas porque talvez descobrisse algo a mais sobre suas lembranças, quem o convidara no dia do acidente, por exemplo.

Entrou no quarto e jogou as coisas na cama, pegando o celular. Mandou uma mensagem para Leonardo, o amigo começou a digitar, mas parou. E a resposta não veio. Theo achou que talvez Leonardo estivesse ocupado. Colocou o aparelho no bolso detrás da calça e se levantou para levar os objetos para a recepção.

Quando ele olhou para tudo aquilo e parou para observar cada pertence, seu cérebro se embaralhou, assim como havia acontecido na escola mais cedo. As maquiagens estavam espalhadas, as escovas de cabelo no canto da cama, os cadernos fechados, mas o que chamou a atenção dele foram os porta-retratos. Eram três no total, todos com as mesmas molduras; o primeiro mostrava uma garota sorridente, a pele clara, o cabelo longo e os olhos escuros, aparentava ter sua idade. Ela estava sentada no pé de uma árvore gigante, o cenário era a cara de Monte Verde, todos tinham uma foto daquela. Theo abaixou o retrato e pegou os outros dois. A mesma garota aparecia neles, junto com mais duas meninas, eram porta-retratos de amigas.

O que intrigava Theo, no entanto, eram as outras duas meninas. Ele as conhecia. Eram Mariana, uma das *meninas da cidade*, e Bianca, sua prima por parte de pai. Aquilo era muito estranho para Theo, ele conhecia as duas meninas, mas não a principal delas. E, julgando pelo outro porta-retratos, todas aquelas coisas pertenciam à garota que ele não conhecia. Mas quem era ela?

Ele se sentou na cama de novo e abriu os cadernos. Só havia dois, eram pequenos, como agendas, mas não eram diários. Theo queria que fossem diários, pelo menos assim saberia algo a mais, no entanto quem ainda escrevia em diários? Eram duas agendas de retalhos, no começo das duas havia um único nome: Bárbara. A visão de Theo ficou meio embaçada e ele precisou piscar várias vezes. Pelo menos sabia o nome da menina. Havia frases marcadas, marcadores de páginas e cartões de lembranças, vários desenhos, anotações da escola, corações... Theo não parou para ler de verdade. Ele virou a página e encontrou mais uma foto, era uma *polaroid*. E algo aconteceu. Ele não sabia como descrever aquela sensação.

Na foto, Theo estava ao lado de Bárbara. A menina fazia biquinho e ele mostrava a língua, os dois rindo dentro de um carro, Theo no banco do passageiro e Bárbara ao volante.

Theo engasgou. Ele tossiu muitas vezes, deixando a foto cair no chão. Seus olhos estavam secos, era difícil piscar, e seu coração batia descontroladamente. Como aquilo era possível? Ele estivera com a garota da foto, mas não se lembrava dela. Ele conhecia Bárbara, mas não sabia como. O que eles eram, amigos? Theo escorregou pela cama, sentando no chão de taco, ao lado da foto, e fitou-a novamente. A fotografia era uma *polaroid*, mas havia sido tirada como *selfie*, com naturalidade. Eles deviam ser próximos, pensou.

O pulso dele estava descontrolado. Theo queria compreender o que estava acontecendo. Por que não se lembrava das coisas? Ele não se lembrava da senha do notebook, do acidente e também não se lembrava de Bárbara. Quem era aquela garota? Ele coçou a cabeça, observando a foto. De quem era aquele carro? Nenhum de seus amigos tinha carro, e Theo não tinha muitos amigos.

Ele via algo de familiar naquilo tudo, mas era como se faltasse um pedaço ainda. Theo só queria ligar os pontos para desvendar. A cabeça dele latejou, zonza. Será que ele simplesmente nunca se lembraria?

Colocou a foto no bolso e arrumou as coisas. Ele não levaria tudo aquilo para a recepção, aqueles podiam ser gatilhos para o seu cérebro, certo? Por isso, pegou apenas a escova de cabelo e as maquiagens e levou para o andar de cima. Enquanto subia as escadas, ouviu vozes rindo, ele achou que eram hóspedes, mas, quando adentrou o *hall* da recepção, encontrou sua mãe e Bianca conversando nos *puffs*. Theo quase pulou de alegria, ele queria muito perguntar para a prima sobre a garota da foto. Bárbara.

— Theo! — chamou Bianca quando ele passou pela porta.

— Você tirou as coisas do quarto dos hóspedes como pedi? — interveio a mãe dele.

Theo caminhou em direção as duas, mas antes deixou a escova de cabelo sobre o balcão da recepção.

— Sim, só tinha essa escova e umas maquiagens — ele mentiu.

— Ah.

— Eu vim comer *fondue* com a tia Ângela — Bianca riu, comendo um morango coberto por chocolate.

Só então que Theo percebeu o aparelho de *fondue* ligado na mesa de centro do *hall*. Ele se aproximou e comeu também.

— E aí!? — falou com a prima.

— Tô cansada, que bom que as férias estão chegando! — vibrou a menina de cabelos ruivos.

— Que bom mesmo! — Ângela concordou. Theo sabia como podia ser difícil ter uma pousada em época que não fosse temporada. — Inclusive, eu já fiquei muito tempo sentada aqui, vou trabalhar. Leve um pouco de *fondue* para os meninos, Bia.

Bianca era prima de primeiro grau de Theo. A mãe dela era irmã do pai dele, mas Theo não tinha tantas memórias de sua tia Paula. Ela havia morrido havia alguns anos e, depois disso, fora muito complicado para Bianca voltar ao normal. A sorte era que ela considerava o padrasto como um pai. Às vezes brigava com o irmão mais novo, Guilherme, mas também o considerava como irmão de verdade.

— Vou levar, sim — confirmou a garota, fitando a tigela de morangos. Bianca levantou a cabeça, entusiasmada. — Ah! Tia, na verdade, hoje tem uma festa... Vamos, Theo? — Theo olhou para a prima. Ela nunca o convidava. Bianca era extremamente popular e ele era excluído na mesma proporção, mas com um belo de um contraste. — Na casa do Thomas — ela se adiantou, antecedendo as perguntas. — Todo mundo vai. Você também.

— Tá bom — concordou Theo sem hesitar.

Ele realmente queria ir à festa, tinha a sensação de que precisava fazer isso.

— "Tá bom" nada, queridinho. — Ângela voltou para o lado dos dois, as mãos na cintura e a voz carregada de sarcasmo. — Todo mundo vai, mas você não é todo mundo. — Theo franziu o cenho. A mãe dele nunca o proibira de ir a qualquer lugar, pelo contrário, sempre implorou para que ele saísse e se enturmasse. — Tem um assassino por aí, a gente fala para os hóspedes que está tudo bem, mas não está nada bem — a mãe voltou a falar quando notou a confusão nos olhos de Theo.

— Ih, relaxa, tia — interveio Bianca. — A casa do Thomas é a mais segura da cidade.

Theo se lembrou de que o pai de Thomas era um dos empresários mais ricos de Minas Gerais, ele era dono da estação elétrica da cidade e construía usinas hidrelétricas pelo país. A mansão onde Thomas morava era adornada com cercas de alta voltagem e seguranças de terno. Coisa de

• Estação de energia: confira o QR Code #9

filme mesmo.

— Eu não me importo se a casa desse garoto é protegida pela NASA, o Theo não vai e ponto final. — Ângela olhou para ele, a cabeça tombando para a direita enquanto tomava a decisão. — Onde já se viu? Você passou a vida inteira trancado no quarto, e agora que existe um assassino na cidade quer sair? Ah, tá bom.

— Mas... — Theo ainda tentou protestar.

— "Mas" nada — ela concluiu, afastando-se e caminhando até o balcão da recepção. — Vocês dois me irritam. Eu vou trabalhar.

Theo quis pedir a ajuda da prima, ela podia falar mais alguma coisa, mas, quando se virou para encará-la, Bianca estava pegando suas coisas, a mochila da escola e o pote com morangos de chocolate. Ela olhou para o primo e deu de ombros, torcendo o nariz.

— O problema já não é meu, se vira aí — falou, despedindo-se, passando pela porta dupla de madeira da pousada e deixando Theo sozinho no *hall*.

Ele se virou para voltar para o andar de baixo, mas parou de andar quando seu celular vibrou no bolso. Theo pegou o aparelho e congelou. Era o número desconhecido que andava ligando para ele desde o acidente. Ponderou, pensando no que fazer por alguns segundos.

— Alô? — Sua voz saiu tremida.

Theo ouviu um barulho na linha, como se fossem arranhões, e desligou. Rápido. Seu coração batia descompassado e os dedos tremiam. O que aquilo queria dizer?

●

O toque do celular de Catarina a irritava. O aparelho era novo e ela ainda não havia tido tempo de configurar todas as funções. Era nisso que estava pensando desde que saíra da cama às cinco horas da manhã, quando o jornal ligara pedindo uma cobertura sobre a cena do crime.

Uma cidade pacata como Monte Verde era tudo o que Catarina queria depois de viver tanto tempo em cidades movimentadas; ela havia feito tantas reportagens sobre crimes que a última coisa que gostaria de cobrir era um assassinato. Foi pensando nisso que decidira passar um tempo na cidade, hospedada na casa do irmão. No fundo, não era tão bom perder toda a privacidade que conquistara havia muito tempo, mas Catarina queria escrever um livro, e qual outro lugar do país poderia ser mais calmo que Monte Verde?

Ainda não havia escrito nem mesmo uma página do seu romance, mas fora acordada durante a madrugada pela produção do principal jornal do estado para cobrir o assassinato. Ela se levantara, arrumara-se e dirigira até a floresta, até mesmo sentindo saudades de segurar o microfone e falar com a câmera. Catarina passara horas falando sobre uma vítima ainda sem nome que havia sido encontrada morta em um dos bosques da montanha. Aquela era uma notícia chocante — embora já tivesse feito matérias sobre casos bem mais assustadores. Monte Verde era conhecida pelo turismo, não por homicídios.

Mas não podia piorar, podia?

Claro que sim, pensou Catarina quando atendeu mais uma chamada do jornal. O relógio marcava cinco horas da tarde e, doze horas depois da primeira ligação, ela descobriu que cobriria mais um pedaço dessa história. Porém, dessa vez, havia outra vítima. Ela não pediu informações, gostava de saber sobre o caso na hora para não se chocar emocionalmente, então desligou o celular e entrou no carro, seguindo o endereço pelo Waze.

Quando Catarina chegou à Fazenda Radical, lembrou-se de todas as vezes que se divertira naquele lugar com a família e com os amigos. Era estranho pensar em algo ruim acontecendo por ali. Ela estacionou o carro no estacionamento de pedras e pegou suas coisas no banco detrás, o chacoalhar das pedrinhas sob as solas de suas botas de couro preto.

Ela se lembrou de que o lugar era enorme, com milhares de metros quadrados, por isso andou em direção à recepção para pedir as informações. A porta estava fechada, um aviso de "voltamos logo" pendurado na madeira. Catarina bateu na superfície áspera. Ela conseguiu ouvir um barulho oco do outro lado da porta e um murmúrio, que não entendeu.

Um homem que Catarina julgou ter mais ou menos sua idade abriu a porta. Ele tinha pele bronzeada e olhos normais, barba rala e cabelos bagunçados, estava vestindo uma camisa de botões, os primeiros abertos, passando a impressão de despojado, e não de malcuidado.

— Estamos fechados no momento.

— Imprensa — ela falou simplesmente, erguendo a credencial pendurada no pescoço até a altura do rosto. — Onde eles estão? A cena do crime.

O homem riu abertamente.

— Já te vi na televisão, não acredito — falou ele. — Vou querer uma *selfie*.

Catarina virou a cabeça, observando. Ele era bonito.

— É sério? — Ela franziu o cenho, nunca pediram para tirar foto com ela.

— Não. — Ele riu alto novamente, estendendo a mão na direção dela, lendo a credencial. — Eu sou o Eduardo e você... Catarina.

— Prazer — disse. — Pode me dizer onde fica a cena?

Eduardo a observou com atenção, Catarina se sentiu desconfortável com os olhos sobre ela.

— Eu te levo.

●

Clara precisou beber várias xícaras de café durante a tarde para se manter acordada. O movimento no café não estava tão bom, e ela se viu sem serviço muitas vezes. Havia passado a madrugada acordada por causa das encrencas em que Stefany a colocara, estava mais cansada do que nunca — no entanto, não se arrependeu por ter ido encontrar a amiga na cena criminal, sempre quis saber como era uma verdadeira e agora sabia.

Horrível.

A maneira como os legistas haviam fechado o zíper do saco preto, guardando o corpo da garota... Clara estremecia toda vez que a imagem invadia sua mente.

Ela tinha ficado preocupada com a possibilidade de ser descoberta por seus pais, mas apenas a tia Catarina sabia que Clara estivera na cena do crime e ela tinha certeza de que a tia não contaria nada aos seus pais. No entanto, apesar de ter certeza de que eles não sabiam sobre isso, ainda estava preocupada com eles. Clara havia os visto na escola, conversando com a diretora Elisa, pediu até ajuda para Theo, um menino da sua sala, para conseguir cruzar o pátio sem ser percebida pelos pais. Ela não sabia o que eles haviam ido fazer na escola, e o dia passara sem que os dois tocassem no assunto também. Clara estava curiosa e apreensiva.

O dia passou rápido no café — os pais de Clara eram donos de um café na rua principal de Monte Verde e estavam felizes pela temporada turística estar se aproximando. Chamava-se Marine's Café e era bem conhecido na cidade. Eles até tinham contratado mais uma garçonete, Clara ainda não havia conversado com ela, mas sabia que se chamava Débora Vilela e que era nova na cidade.

O café estava totalmente vazio e as duas — Clara e Débora — estavam sem nada para fazer. Débora estava sentada em um dos bancos altos do balcão enquanto lixava as unhas, e Clara apoiada em uma mesa perto da porta, assistindo aos *stories* do Instagram.

Tô chegando, dizia a mensagem de Stefany. Clara ergueu o olhar e assistiu ao momento exato em que o Jeep Jimny laranja estacionou no meio-fio. Ela caminhou até o carro da amiga, apoiando o corpo sobre a janela.

— Entra aí — falou Stefany.

— Oi, Clara! — Ela reconheceu a voz que surgiu no banco detrás. Era Rafael.

— Oi! Aonde vamos? — questionou Clara, esquecendo que estava com sono havia menos de dois minutos.

— Casa do Thomas — Stefany disse simplesmente.

— A festa, ué — completou Rafael.

Clara se lembrou de que havia combinado com os amigos de ir. Era mais do mesmo, mas ela gostava. Normalmente, as pessoas gostavam do comum, pois não conheciam o que era bom de verdade. Era isso o que ela pensava sobre as festas na casa do Thomas: todos gostavam daquilo porque era tudo o que tinham; se houvesse algo melhor, seria diferente.

— Tá, um minuto.

Clara correu, voltando para o lado de dentro do café, e tirou o avental preto com o logo do estabelecimento. Passou no banheiro e olhou sua situação no espelho, achou compreensível para alguém que estava de pé desde as quatro horas da manhã, que tinha presenciado uma cena criminal, passado por provas na escola e servido mesas do café. Ela prendeu o cabelo em um rabo de cavalo e correu de volta para o lado de fora. Já havia dito sobre a festa para os pais, havia relembrado durante toda a semana, então apenas mandou uma mensagem para a mãe, confirmando. Um *ok* apareceu na tela, e Clara entrou no carro da amiga.

— Vamos passar na casa da Isa. — Foi a primeira coisa que Stefany falou quando Clara fechou a porta.

— Isso! — Rafael soltou em tom de comemoração.

Clara olhou para o amigo. Ele tinha pele negra e cabelos em ondas redondinhas, seus olhos eram escuros e, no momento, vestia calça jeans escura e camisa xadrez verde fechada.

— Por que você tá tão feliz, Rafa?

— Ah! Ele tá achando que vai ficar com a Isadora hoje — contou Stefany, dando a partida no carro, fazendo Clara se virar para frente e colocar o cinto de segurança.

— Mentira! — Clara olhou de novo para Rafael. — Você não vai conseguir, ela está apaixonada pelo menino novo desde que ele chegou na cidade.

— Como é o nome dele mesmo? — Rafael cruzou os braços, desacreditado.

Clara deu de ombros.

— Mateus — Stefany respondeu, virando a esquina. — É gato!

— Eu não achei tudo isso — discordou Rafael, fazendo-as rir. — Inclusive, Clara, não era a mãe dele ali no café?

— A Débora? — questionou ela, fitando o amigo pelo retrovisor enquanto procurava um batom no porta-luvas. — É sério? Não sabia, ela começou hoje.

— Sim. Eles se mudaram pra cá faz umas duas semanas — continuou Stefany, dando a seta para a direita —, mas, se eu fosse a Isadora, ficava com o Mateus em vez do Rafa.

— Ei! — ele gritou. — Mano, vocês são duas idiotas. Falei para me ajudarem com ela e nem me dão uma força.

As duas riram em uníssono.

— A gente não pode obrigar nossa amiga a te beijar se ela não quiser — Clara rebateu, abrindo a boca e se olhando no espelho. Havia encontrado um batom vermelho no porta-copos.

— Ela me disse que você precisa mostrar interesse e parar com esses negócios de se passar por indiferente — contou Stefany, buzinando em frente à casa de Isadora depois de estacionar.

— As meninas gostam de caras que parecem não gostar delas — disse Rafael, descruzando os braços.

— E você já conseguiu quantas usando essa estratégia? — Clara perguntou, já sabendo a resposta.

Rafael não respondeu. Ela riu alto.

Era engraçado como ele sempre esteve interessado pela amiga de

Clara. Todos sabiam, inclusive Isadora, mas, quando os dois se encontravam, Rafael parecia odiar a garota, ele nem mesmo falava "oi". Clara imaginou se as coisas não poderiam ser diferentes se Rafael finalmente dissesse a verdade para Isa.

— Como você conseguiu sair com o carro? — Clara olhou para Stefany, que também retocava a maquiagem no espelho. — Sua mãe quase me matou quando viu que eu fui dirigindo hoje de manhã. Ela me obrigou a ir para a escola no carro da polícia de novo.

Clara se lembrou da cena, ela e o policial Bernardi no carro, os dois completamente desconfortáveis. Quando chegara à escola, mandara uma mensagem para a tia, e Catarina buscara o carro onde ela havia deixado.

— Ela não estava em casa.

Stefany balançou os ombros e buzinou de novo.

— Calma, gente, estava pegando a bolsa. — Clara ouviu a voz de Isadora enquanto a menina fechava o portão da casa enfeitada por hortênsias.

Isadora abriu a porta do carro e se sentou ao lado de Rafael no banco traseiro. Ela vestia um vestido florido por baixo de uma jaqueta de couro preta, o cabelo preto preso em uma trança de lado. Clara era apaixonada pela beleza da amiga. Os olhos puxados dela e a pele impecável, sem nenhum poro, as bochechas coradas e os lábios finos. Ela sempre teve dúvidas, mas nunca quis perguntar se a menina era japonesa ou coreana. Stefany jurava de pés juntos que era coreana. Clara anotou a pergunta mentalmente para fazer à amiga mais tarde.

— Oi, Isa! — ela e Stefany cumprimentaram juntas.

— Oi, meninas. — A voz doce de Isadora preencheu o carro. — Oi, Rafa.

Clara observou Rafael olhar para Isadora e apenas balançar a cabeça, depois ele se virou para a porta, fingindo admirar a paisagem. Isadora olhou para as amigas, perdida. *Coitada*, Clara pensou, *se ela soubesse que ele não a odeia, que Rafael é apenas um idiota egoísta...*

— Tudo bem... — Stefany olhou para Clara com cara de quem diz: "que situação" e deu a partida no carro. — Vamos logo para a festa.

— Por favor — pediu Clara, mas o pedido foi coberto pelo toque do celular de Stefany.

A menina engoliu em seco.

— É minha mãe.

Clara arqueou as sobrancelhas, lendo a tela do aparelho.

— Tá ferrada — murmurou Rafael, ainda olhando para o vidro.

— Será que ela viu que você saiu com o carro? — Clara questionou.

— Deus queira que não. — Stefany olhou para cima, Clara sabia que ela estava pedindo ajuda divina. — Alô.

A ligação foi cheia de "sim", "nossa", "aham" e "tá bom", Clara percebeu quando a amiga abaixou o celular, desligando, depois de dois minutos.

— O que foi? — Clara perguntou, com medo pela melhor amiga.

— Tá ferrada — repetiu Rafael

— Rafael! — Isadora repreendeu.

Clara riu internamente, porque Isadora era meiga demais para mandar Rafael calar a boca.

Stefany colocou o celular no porta-copos novamente e arrancou com o carro, olhando somente para a frente. Ela nunca ficava calada, por que estava assim naquele momento? Clara olhou para os lados, insegura.

— Você tá me assustando, o que ela disse?

— Encontraram mais um corpo. — Stefany parou em um cruzamento. Os outros três presentes no carro abriram a boca. Estavam todos surpresos, sem saber o que dizer. — Eu sei, é estranho — comentou Stefany —, mas agora minha mãe está nessa nova cena de crime e perguntou se eu estava com você, Clara. — Ela olhou para a amiga. — Eu disse que sim, e ela me pediu para te levar lá.

O coração de Clara parou.

— Por quê? — sussurrou.

— Eu não sei — Stefany falou no mesmo tom —, mas relaxa. Minha mãe falaria se fosse algo grave. Ela sabe que vamos para a festa, só precisamos dar uma passadinha por lá.

Clara encostou a cabeça no banco. O que a delegada da cidade queria com ela no meio de mais uma cena criminal? Era aleatório demais até para Clara, que amava imprevistos. O coração dela começou a bater mais rápido, não por medo, mas por ansiedade e curiosidade.

— E para onde estamos indo? — questionou Clara, olhando para a amiga. — Onde encontraram o outro corpo?

●

Theo não gostava de como seu cabelo ficava úmido quando andava de bicicleta e passava por partes com neblina no trajeto. Quando isso acontecia, ele passava o resto do dia com os cabelos caindo sobre os olhos. Ele queria poder ter outro jeito de se locomover, mas tudo o que estava à sua disposição era a bicicleta.

A mãe dele não o havia deixado ir à festa, e normalmente — além de não querer — ele obedeceria, no entanto havia algo naquela situação que não estava se encaixando e Theo precisava entender. Ele sentia que tudo aquilo estava ligado, só não sabia como. Tinha certeza de que o acidente, suas perdas de memórias e aquela garota das fotos, a Bárbara, estavam interligados. Ele só precisava desvendar e tinha quase certeza de que descobriria algo naquela festa, afinal no dia do acidente também fora convidado para uma delas. Ou será que ele estava apenas sendo paranoico?

Theo encontraria Leonardo na casa de Thomas, mas, antes de sair de casa, recebeu uma mensagem do amigo. Haviam encontrado mais um corpo e, dessa vez, havia acontecido na Fazenda Radical, o empreendimento turístico do qual os pais de Leonardo eram donos. Theo não havia recebido muitos detalhes sobre o caso, mas nem perguntou nada, apenas pedalou até o lugar. Passou pela cancela da entrada e se surpreendeu com a multidão que havia se aglomerado no estacionamento de pedras. Nenhuma daquelas pessoas pareciam trabalhar lá e muito menos aparentavam ser da polícia ou da imprensa. Aquele mar de gente era a população da cidade, querendo respostas. Será que eles realmente achavam que conseguiriam algo assim?

Theo desceu da bicicleta e a empurrou ao lado do corpo até a recepção de madeira, batendo na porta. Alguns segundos depois, a porta se abriu, mostrando Eduardo, o irmão mais velho de Leonardo. Theo não sabia que Eduardo estava na cidade, o irmão de Leonardo estava no último ano da faculdade em Belo Horizonte e sempre passava por Monte Verde para visitar a família e os amigos.

— Até você, Theo? — Eduardo coçou a cabeça, os cabelos acobreados como os do irmão, dando passagem para o garoto entrar na recepção.

— O Léo que me chamou — Theo se explicou.

Ele tinha certa noção do estresse que a família do amigo devia estar passando no momento, com a polícia, a imprensa, a multidão no estacionamento querendo respostas.

— É claro que chamou — Eduardo zombou. — Fique à vontade, pode xeretar por aí. Não vou te levar até lá porque acabei de voltar e agora vou assistir aos meus próprios vídeos do YouTube.

Theo ergueu a sobrancelha, ele estava acostumado com a loucura de Eduardo, que assistia repetidas vezes aos vídeo do seu canal no YouTube, que variavam entre *vlogs* de viagens e DIYs. Theo nunca gostou daquele canal, mas era consideravelmente grande. "Só mais oitocentos mil inscritos para conseguir a placa do YouTube, hein?", ele sempre comentava com ironia, geralmente ganhando um *pescotapa*. Eduardo nunca foi muito certo das ideias, ele sempre parecia calmo em momentos em que as pessoas geralmente surtavam.

Theo fechou a porta da recepção e caminhou pela trilha de terra avermelhada, havia chovido muito, então a lama estava pegajosa, sujando seus tênis. Ele caminhou com naturalidade pelo lugar, conhecia as atrações como a palma da sua mão, e seguiu o som das vozes por alguns minutos. Quando encontrou a clareira, o cérebro de Theo praticamente pifou por precisar absorver tantas informações e movimentos. Havia tantas pessoas, cores, trabalhos, vozes, *flashes*, fios, câmeras, carros...

— Finalmente! — Leonardo apareceu ao lado do amigo, dando-lhe um soco forte nas costas e conduzindo Theo para o canto da clareira. — Vem, podemos olhar de longe.

No canto de toda aquela cena criminal, Theo reconheceu Vinicius, Lucas e Camila da escola, estavam acompanhados por uma garotinha de mais ou menos dez anos, ele julgou.

— O que eles estão fazendo aqui? — sussurrou para o amigo.

— Vieram andar de quadriciclo, mas viraram testemunhas — explicou Leonardo, acrescentando ainda: — Estávamos na recepção, não vimos nada, só escutamos um grito e eu fui ver o que era.

— Você foi ver o que era? — questionou Theo, rindo. — Você?

— Eu sou o mais corajoso aqui, tá? — Leonardo fitou Theo, a boca torta em um sorriso de deboche, erguendo a camiseta. — Olha, eu fiz uns abdominais hoje. Sente o peitoral!

Theo gargalhou e tentou abaixar o tom quando notou olhos curiosos sobre ele.

— Tá mais pra um peitinho — sussurrou em resposta para Leonardo.

— Oi, do que vocês estão falando? — Camila entrou no meio dos dois, olhando para Theo.

— Do peitoral do... — começou Theo.

— Do assassinato — interrompeu Leonardo, corando.

Camila tinha a pele bronzeada, cabelos escuros na altura dos ombros e, no momento, Theo observou que a roupa dela estava suja de lama. Ela era bem bonita e fazia parte do grupo dos populares na escola. Ela, Lucas, que era seu irmão mais velho, e Vinicius. Era estranho tê-la na conversa.

— Bom, eu estava falando para os meninos ali que tudo o que eu quero é um banho — reclamou ela, prendendo o cabelo em um coque. — Tô cheia de lama e preciso me arrumar para a festa. Será que ainda vai demorar aqui?

Theo deu de ombros ao passo que Leonardo respondeu:

— Acho que ainda vai levar um tempinho. Ainda nem nos mostraram a vítima e não recolheram os depoimentos.

— Podiam fazer isso amanhã — retrucou Camila, cruzando os braços.

— Não, amanhã vamos patinar no gelo, você prometeu, Cams. — A garotinha, que antes estava ao lado de Vinicius, surpreendeu Camila.

— Ah... — murmurou. — Verdade, vamos ver se dá, Alice.

Alice pulou de alegria. Coitada, toda criança acreditava nas coisas que lhes diziam para se livrar delas.

— Alice, fica quietinha, você nem deveria estar aqui — Vinicius pediu, aparecendo ao lado da menina, Lucas veio atrás.

Theo concordou mentalmente, não devia ser apropriado ter uma criança em uma cena de crime. Ele olhou em volta para ver os detalhes. Uma faixa amarela cercava todo o perímetro, e os carros da polícia rodeavam todo o campo perto das árvores, as luzes vermelha e azul refletindo nas folhas. Theo olhou para cima e notou que o sol estava se pondo, a luz alaranjada oscilando em feixes luminosos. Ele sabia que o corpo da vítima, fosse quem fosse, estava no centro de tudo aquilo, no meio do círculo onde se aglomeravam os médicos legistas e o pessoal da perícia. De longe, Theo conseguiu enxergar Daniela Ferrari, a delegada da cidade, conversando com o prefeito Esteves — ele devia estar começando a se preocupar com os casos. Havia também várias rodinhas de policiais, Theo reconheceu alguns, mas

• Patinação no gelo: confira o QR Code #8

o único que realmente conhecia era o Bernardi, o padrasto de Bianca, que estava próximo ao pessoal da imprensa, que eram muitos também. Theo não conhecia os câmeras nem os que seguravam os microfones no alto, mas já havia visto Catarina Marinho inúmeras vezes. No momento, ela falava firme enquanto olhava para a câmera.

Theo sentiu inveja de Catarina por ela já saber dos fatos. Ele ainda estava muito longe de todas as informações e teria que esperar mais para saber quem era a vítima e como havia morrido. Não sabia por que estava tão interessado nisso. Ele tentou ler os lábios da jornalista, mas, quando cogitou Catarina dizendo "vacas atoladas foram mortas nesta manhã", desistiu.

Os adolescentes assistiram a tudo de longe por muito tempo; meia hora depois, viram as luzes das câmeras se apagarem, os jornalistas guardarem os materiais e irem embora — Catarina foi junto. A maioria dos policiais também havia se dispersado e Theo havia perdido de vista o pessoal da perícia. A área estava bem aberta, eles conseguiam ver o círculo lacrado com fita amarela no centro da clareira.

— Que triste — murmurou Camila, ainda ao lado de Leonardo e Theo.

Os outros meninos estavam mais para trás, mas também observavam a cena com mais atenção. Havia um saco preto pousado sobre o corpo, mas Theo tinha a sensação de que aquele era um corpo pequeno. Talvez fosse mais uma garota e, assim, poderiam juntar mais pistas. Normalmente, ele pensou, *serial killers* trabalhavam com certo padrão sobre suas vítimas.

— Eu quero ir embora, Vini. — Theo notou que Alice estava no colo de Vinicius, cansada e com medo, a cabeça apoiada no ombro do garoto, que suspirou.

Theo notou um movimento na cena e assistiu quando a delegada Ferrari ergueu a fita amarela e passou por debaixo dela. Ela se parecia muito com Stefany, mas seus olhos carregavam um peso a mais, fixos no grupo de adolescentes; no coldre do cinto, a arma e sobre a camisa verde dobrada nas mangas, um colete da polícia de Minas.

— Esperaram por muito tempo, desculpe — ela falou quando chegou perto dos seis, observando cada um com o semblante cansado. — Não eram apenas cinco?

— Eram — Theo falou, desculpando-se.

A delegada balançou a cabeça, meio que ignorando a informação.

— Tá, tá. — A mulher se direcionou para Leonardo. — Do que sabem?

Onde estavam seus pais quando vocês ouviram o grito?

— Não sei bem — começou Leonardo, coçando a cabeça. — Minha mãe havia ido buscar meu irmão na rodoviária e meu pai devia estar em outra atração, talvez na tirolesa?

— Ok. E o que ouviram?

— Um grito — falou Lucas.

— E aí o Léo mandou a gente esperar na recepção — disse Camila e olhou para Leonardo, Theo notou um olhar de admiração que nunca havia visto antes, ele tinha certeza de que o melhor amigo usaria isso em seu benefício.

— É, eu fui ver o que era, estava chovendo muito — Leonardo se gabou, limpando a garganta. — Eu não precisei correr nem nada, duas funcionárias vieram em minha direção, elas que encontraram o corpo. Eu só...

— Ele só voltou para a recepção e nos contou — Vinicius, com Alice no colo, se pronunciou, fitando Daniela Ferrari. — Depois disso, só esperamos por você.

— Isso. Eu encontrei meu pai e o avisei, ele ligou para a minha mãe e ela voltou com Eduardo de carro — concluiu Leonardo. — Foi isso.

— Certo — suspirou Daniela, passando os olhos por eles, parou em Theo —, e você?

— Eu? — ele questionou retoricamente. — Não, eu... Só vim porque o Léo vai me dar carona pra festa.

A delegada franziu o cenho, cruzando os braços. Theo imaginou cada parte do corpo daquela mulher franzida e irritada, ela estava muito tensa. Mas ele não a culpava, claro. Porque ele tinha certeza de que nunca, em toda a carreira de Daniela Ferrari, ela havia entrado em um caso como aquele. Nada havia acontecido em Monte Verde desde o começo da cidade, os policiais não estavam preparados para um evento daqueles.

— Vocês não deviam estar indo para festas — disse a mulher —, não estão vendo tudo o que está acontecendo?

— Mas... — Camila tentou argumentar, porém foi interrompida.

— Ah, ótimo, chegaram — disse a delegada, dando as costas para eles, como se não tivesse passado os últimos minutos ali.

Theo acompanhou a direção do olhar de Daniela e se surpreendeu. Stefany, Clara, Isadora e Rafael estavam entrando na clareira, passando pelas árvores. O que estavam fazendo ali? Para Theo, a presença de Stefany poderia ser explicada, afinal ela era filha da delegada, mas e os outros três? É claro que, só de ver Clara, Theo ajeitou a postura, no entanto um grande ponto de interrogação estampava seu rosto. Isadora e Rafael também eram de sua turma na escola e aquilo bem que poderia ser a coisa mais aleatória que Theo já havia vivido.

— O que tá acontecendo? — perguntou Vinicius ao colocar Alice no chão, a garota murmurou algo que Theo não entendeu, e continuou presa à bainha da camiseta do menino.

— Não faço ideia... — Lucas respondeu por todos.

— Isa! — Camila deu um gritinho, indo em direção à amiga, andando mais rápido até que a delegada.

Isadora, que Theo não sabia se era japonesa ou apenas mestiça, estava desviando dos galhos das árvores e dos buracos de lama no chão, ao lado de Rafael. Camila abraçou a amiga, querendo companhia, parando ao seu lado. Vinicius e Lucas andaram na mesma direção, levando Alice, então Leonardo e Theo fizeram o mesmo.

— Já estava chegando na casa do Thomas quando você me ligou, mãe. — Theo ouviu a voz de Stefany quando se aproximou o suficiente. A fala se misturava com a dos outros meninos, que agora narravam para Rafael como haviam parado ali.

— Você... você queria me ver, tia Dani?

Clara deu um passo à frente, a mão esquerda presa ao pulso direto, Theo percebeu, buscando por algo. A delegada assentiu.

— Sim, mas não me chame assim por aqui — afirmou.

— Perde a credibilidade, amiga, esqueceu? — Stefany avisou entre risadas, confusa com a situação também, mas querendo transpassar segurança à Clara, que mexeu a cabeça, inerte.

— Me acompanhe, Clara. — Daniela Ferrari estendeu a mão para a garota, que não aceitou de imediato.

Theo gostaria de saber o motivo de a delegada ter chamado Clara para a cena criminal. Não fazia sentido para ele e, pelo que podia ver, não fazia sentido para mais ninguém ali. Ele fitou a garota e sentiu o sangue esquentar, Clara estava com os cabelos loiros presos em um rabo de cavalo e usava a mesma roupa de quando a vira de manhã na escola. Ela ainda estava bonita, Theo observou. E, assim como pela manhã, Clara parecia desolada, um pouco tensa e tímida.

— Só eu? — questionou ela, ainda olhando de cara fechada para a delegada.

— Eu também vou. — Stefany ficou ao lado da amiga, pegando a mão de Clara.

— Não, não vai... — A delegada abaixou a mão, olhando para a filha, que não estava disposta a mudar de ideia, como sempre.

— Eu não vou deixar minha amiga entrar em uma cena criminal sem mim. — Bateu o pé.

— Não quero ficar aqui sozinha — Isadora disse, aparecendo atrás.

— Nem eu, eu vou também. — Camila se aproximou.

Theo assistiu à raiva aparecer nos olhos de Daniela e se animou com a ideia.

— Até parece que vou ficar boiando na floresta com um assassino à solta — avisou Rafael e cruzou os braços.

— Se ele for, também vou — Lucas afirmou, puxando Vinicius, Alice estava em seu colo novamente.

— Não tenho argumentos mais válidos do que esses — Leonardo comentou, rindo —, mas se todo mundo vai, vamos também.

Eles riram.

— Vocês estão achando que isso aqui é uma brincadeira? — A delegada gritou, nervosa. Todos ficaram quietos e tudo o que dava para ouvir era o chacoalhar das folhas nas árvores. — Calem a boca por um tempo, pelo menos. Se alguém soltar um pio, eu mando embora. Venham.

A mulher ergueu a fita amarela com força e passou por baixo, bufando. Stefany e Clara fizeram o mesmo, seguidas por Isadora, Camila, Vinicius, Alice, Lucas e Rafael. Theo e Leonardo foram atrás; havia algo excitante em tudo aquilo, Theo sabia que todos estavam sentindo o mesmo.

Quando Theo ultrapassou a área restrita, o cenário mudou drasticamente. A luz do sol já estava indo embora e as sombras das árvores refletiam por todos os lados; não havia mais barulho algum além do vento forte, e Theo quis absorver tudo o que poderia existir dentro de uma cena de crime. Ele notou placas amarelas com número aleatórios estampados espalhadas pelo chão, marcas de freios e buracos na lama avermelhada. O coração de Theo desacelerou quando chegaram próximo ao corpo, coberto por um plástico preto. Alguns policiais se aproximaram dos adolescentes, e duas mulheres com o uniforme da perícia se agacharam ao lado do corpo quando fizeram um semicírculo em volta do plástico preto.

— Vai mostrar pra gente? — Stefany sussurrou alto para a mãe, que não desviou os olhos para a filha. — Por quê?

A delegada não respondeu, mas fez um sinal de positivo para as mulheres da perícia puxarem o saco.

O coração de Theo batia descompassado e por um segundo ele achou que fosse vomitar. Não fazia sentido a delegada querer mostrar o corpo para eles — bom, se não para eles, apenas para Clara —, qual era a lógica? Um cheiro pungente invadiu as narinas de Theo quando o plástico foi arrancado, mas não foi essa a pior parte. A pior parte foi o susto.

— Meu Deus! — Camila e Isadora exclamaram em uníssono, tampando as bocas com as mãos.

Clara e Stefany olharam fixamente para o corpo, não se moveram. Rafael e Vinicius andaram para trás, Theo percebeu que Alice estava dormindo no ombro de Vinicius, o que era bom.

— Eu vou vomitar — disse Lucas e saiu correndo em direção à mata, a cara torcida.

— Puta merda — Leonardo sussurrou ao lado de Theo.

Theo não conseguiu formar frases. Era muito ruim. O corpo... Não. Não podia chamá-lo assim, podia? A vítima... Não, também era muito pesado. Ele não conseguia, mas a imagem ficaria marcada em sua memória por muito tempo.

Era só uma criança.

Um menino pequeno e magro. Os cabelos castanhos bagunçados e úmidos por causa do clima, a pele, que antes era clara, arroxeada, cheia de hematomas e sangue. Isso era tudo o que Theo conseguia ver: o cabelo, a pele e as roupas sujas, um pijama de frio estampado com pequenos dinossauros coloridos. Theo não conseguia ver o rosto da criança direito, metade dele havia sido destruído. Ele sentiu um nó na garganta e falta de ar. Quis desviar os olhos, mas não conseguiu.

Os hematomas nos braços e pescoço haviam sido golpes, e Theo não precisava ser médico legista para descobrir aquilo, afinal eram marcas bem comuns. Mas o que chocava de verdade era o rosto da criança, o lado direito desfigurado, inchado e marcado de sangue, o olho direito saltado para fora, a bochecha rasgada e o supercílio dilacerado. Havia sangue seco por toda a face, mas apenas algumas gotinhas salpicadas do lado esquerdo, que estava em perfeito estado, sem nenhum arranhão.

Theo sentiu a cabeça doer e a visão escurecer, mas então ouviu a voz da delegada e voltou para a realidade:

— Encontramos algo.

●

Clara estava tremendo. Todo o seu corpo estava tendo ataques de calafrios, seu coração galopava nas costelas e parecia que seu pulmão estava cheio de água. A cena era horrível e triste, era mórbida e tão... frágil.

Uma criança. Um menino que aparentava ter no máximo sete anos, de pijamas de dinossauros manchado de sangue. Era a pior coisa que Clara já havia visto na vida. Lágrimas escorreram por suas bochechas, rápidas e quentes, contrastando com o vento gélido.

— Encontramos algo. — Clara ouviu a voz da delegada e sentiu Stefany apertar sua mão mais forte.

Ela olhou para a amiga, o cenho franzido e a boca entreaberta. Stefany também tremia, mas havia algo a mais ali, Clara não sabia explicar, era algo como ternura ou carinho. A menina não desviara os olhos do menino no chão, então Clara olhou para a delegada.

Daniela fitava Clara fixamente, ignorando todos os outros presentes ali. Todos estavam chocados, Clara sabia, mas era com ela o assunto, certo? Porém, o que não conseguia compreender era: por quê? Ela não havia dado motivo algum para querer fazer parte daquilo, por que havia sido chamada para presenciar aquela cena tão horrível?

O silêncio era ensurdecedor quando a delegada agachou e pegou um saquinho transparente das mãos de uma das mulheres da perícia. Daniela o balançou no ar, olhando através dele seu conteúdo com olhos críticos. Clara não conseguia juntar as peças.

— A perícia encontrou esta pulseira presa no pulso da vítima. — A delegada balançou o saquinho novamente, no alto da cabeça, permitindo uma visão melhor à Clara. — Você reconhece?

Clara estreitou os olhos, pegando o saco transparente com as duas mãos, estava lacrado e com etiquetas ilegíveis. Ela congelou quando admirou o acessório. Se parecia muito com sua pulseira de pingentes de estrelas, a que tinha ganhado quando criança, a que jamais tirava do pulso e a que tocava sempre que se sentia desconfortável.

— Reconhece? — A delegada repetiu a pergunta, mais dura dessa vez.

— O que é que tem aí, Clara? — Stefany se aproximou, querendo ver.

— Se parece com minha pulseira — afirmou Clara, olhando para a delegada, sua respiração entrecortada.

— É a sua pulseira — declarou Daniela, tomando o saco transparente das mãos das meninas —, eu reconheceria em qualquer lugar, porque você a usa desde criancinha e o barulho dos pingentes sempre chega no lugar antes mesmo de você. A questão é: por que sua pulseira, a que você nunca tira, estava no pulso da vítima, Clara? Você conhecia essa criança?

Clara negou com a cabeça diversas vezes, em transe.

— O quê? Não. Claro que não! — disparou, sem acreditar. — Essa não é a minha pulseira, é só do mesmo modelo. A minha está...

Ela ergueu o braço e a jaqueta jeans, deixando o pulso nu à mostra.

Seu coração congelou.

Não estava ali.

Clara queria levantar a cabeça e dizer com calma que aquilo só poderia ser um engano e que algo estava acontecendo, mas sentiu a cabeça latejar e a visão escurecer. Ela piscou várias vezes, sentia que ia desmaiar, e fechou os olhos por alguns segundos, o corpo pesando sobre as pernas. Clara sentiu algo que nunca havia acontecido com ela antes. Ela foi tomada por um *flash*, se parecia com uma lembrança recortada.

Ela estava caminhando devagar pela casa de Stefany na madrugada passada, acendendo as luzes e gritando algo. O que havia gritado mesmo? Chegou à cozinha e fechou a geladeira que antes apitava irritantemente, levou um susto, comeu sorvete e conversou com alguém. Clara não conseguia lembrar sobre o que conversaram ou quem era a outra pessoa, mas era sobre como ela se sentia bem quando usava a pulseira. Logo depois, ela havia tirado o acessório do próprio pulso. *Por que fiz isso?*, pensou.

Clara olhou para cima, direto para a delegada, piscando repetidas vezes para clarear a visão. O que havia sido aquilo? Um lapso de memória ou uma alucinação?

— É mesmo a sua pulseira — disse a delegada, jogando o saquinho de volta para a mulher da perícia, que o guardou em um tipo de maleta. — Você o conhece? — Clara engoliu em seco e olhou para o menino coberto por sangue no chão. Ela negou com a cabeça, os olhos cheios d'água. Nunca havia visto aquela criança em toda a sua vida, não reconhecia os traços, nem os cabelos ou qualquer outra característica. — Então qual é a sua ligação com isso tudo?

— Nenhuma! — Clara gritou baixo, sem forças. — Eu não... não me lembro.

— Mãe! — Stefany gritou por cima. — O que é isso? Você conhece a Clara, ela é minha melhor amiga desde sempre.

— Conheço.

— Então que loucura é essa? — A garota de cabelos castanhos abraçou a amiga. — Você a está incriminando? Não pode fazer isso.

A delegada revirou os olhos.

— A senhora sabe que não tenho nada a ver com isso, tia Dani.

Clara fitou a mulher, sentindo os lábios tremerem e o nariz doer, que eram seus sintomas pré-choro.

— Eu espero que não — falou firme —, mas você vai ter que me acompanhar até a delegacia.

— O quê?! — Clara e Stefany gritaram juntas.

— Entrem no carro comigo, venham — a mulher disse, tocando as costas de Stefany, que se desvencilhou da mãe.

— Você tá ouvindo o que está falando, mãe?

Stefany afastou Clara da mulher.

— Venham comigo agora — mandou Daniela.

Clara começou a andar, mas Stefany a parou.

— Fica paradinha aí! — exclamou para a amiga, então se direcionou para a mãe: — Não vamos com você.

A delegada abriu a boca e a fechou.

— Ela não pode ir sem os pais. — Uma voz irrompeu pela bolha que Clara havia criado. Ela olhou em volta, querendo descobrir o dono dela.

— O quê? — murmurou Stefany, paralisada pela situação.

— A Clara é menor de idade, não pode ser interrogada sem a presença de um responsável legal. — Era Theo, Clara descobriu.

Ela havia se entretido tanto com a situação que havia esquecido que seus outros amigos assistiam ao espetáculo. Leonardo, Camila, Isadora, Rafael, Vinicius, uma garotinha dormindo e Theo também estavam ali, e agora Clara estava constrangida.

— Isso — Stefany colocou um ponto final, olhando firme para a mãe, o queixo levantado, o braço no ombro da amiga —, apareça com uma ordem para os pais dela e aí a Clara pode ser interrogada.

A mulher cruzou os braços sobre o peito.

— Não quero o seu mal, Clara — olhou-a nos olhos —, eu juro. Só estamos tentando desvendar esses crimes. São só algumas perguntas, mas amanhã eu e minha equipe estaremos na porta da sua casa pela manhã. Fique preparada.

Clara engoliu em seco. O que seus pais pensariam sobre aquilo? Que ela estava envolvida em um assassinato?

— Amanhã então — concluiu Stefany.

— Você — Daniela olhou para a filha, apontando o dedo —, vem comigo, vamos para casa.

Clara se afastou da amiga.

— Não — respondeu Stefany. — Eu vou para a festa na casa do Thomas.

Os dedos de Stefany tremiam como os de Clara, mas ela não disse nada. Clara estava chocada com a audácia da melhor amiga e grata por ter sido defendida. A delegada ainda olhava para as duas quando Stefany arrastou Clara pela clareia, em direção à saída da mata.

Ela notou que os outros amigos as seguiram pela grama manchada de lama vermelha. Todos eles em silêncio, andando juntos. Quando olhou para trás, percebeu a delegada Ferrari ficando cada vez mais distante, próxima ao corpo coberto e às legistas.

— Ai, caramba, estamos mesmo fazendo isso? — sussurrou Camila ao lado de Isadora.

— O quê? — Clara ouviu a outra menina questionar baixinho.

— Desafiando uma autoridade — explicou Leonardo, juntando-se ao grupo, dando uma corridinha sobre a lama.

Clara não tinha se dado conta da situação em que estava metida. Ela também não sabia como havia ido parar naquele ponto. Estava preocupada e seu coração não parava para descansar havia muitos minutos.

— Para onde estamos indo? — A voz de Rafael se elevou sobre eles.

— Embora — Stefany respondeu seca, a mão ainda entrelaçada na de Clara, tentando dar algum apoio.

Clara estava agradecida, mas Stefany não estava ajudando; na verdade, Clara estava ansiosa e queria se desprender da amiga.

— Vamos para a festa, ué! — Leonardo voltou a falar, como se fosse óbvio.

Tudo o que Clara queria no momento era um banho e sua cama, precisava contar sobre toda aquela loucura para seus pais e queria conversar com sua tia Catarina, elas eram amigas afinal. Ela não queria ir para nenhuma festa, ainda mais se a festa fosse do Thomas, aquele garoto chato.

— Vou pra casa, tá? — ela sussurrou para Stefany.

— Eu não vou deixar — a menina rebateu. — Fica tranquila, vamos dar só uma passadinha e eu mesma te levo em casa depois, você precisa arejar e eu preciso beber.

Clara não quis questionar — era mais fácil do que discordar da melhor amiga.

O grupo andou em silêncio, cada um absorvendo seus próprios pensamentos. Clara desviou dos galhos no chão e pulou os buracos de lama, sujando os tênis. Quando chegaram à recepção da fazenda, a lua já brilhava no céu e uma camada grossa de neblina pairava no ar.

— Desculpa, eu não consegui ver — Lucas disse e se levantou quando percebeu a chegada dos amigos. Clara queria perguntar se ele tinha mesmo vomitado.

— Você é um fracote mesmo, mano. — Vinicius deu um soco com a mão livre nas costas do amigo e depois pediu para o outro segurar a garotinha adormecida; ele sacudiu os braços amolecidos pelo peso e suspirou.

— Tá, tá — expirou Stefany —, vamos embora logo deste lugar. Vão para a festa ou não?

— Sim! — responderam em uníssono.

— Antes que mais alguém seja incriminado — brincou Rafael.

Isadora deu um tapa no peito do menino, que virou a cara.

— Vamos passar em casa para levar a Alice. A Camila também vai querer trocar de roupa, nos vemos lá — Vinicius declarou, já se afastando.

— Te vejo na festa. — Clara ouviu Camila falando com Leonardo e também percebeu quando o garoto soltou um suspiro eufórico.

Theo, ao lado do amigo, gargalhou da situação e, se não fosse por todo o resto, Clara também riria.

CAPÍTULO 03

CORDAS

A TEORIA BUSCA COMPROVAR QUE OS BLOCOS FUNDAMENTAIS DO UNIVERSO SÃO OBJETOS UNIDIMENSIONAIS QUE SE ASSEMELHAM A UMA CORDA E NÃO A PONTOS SEM DIMENSÃO.

Mateus havia idealizado a festa. Ele tinha pensado que, depois de duas semanas entediantes em Monte Verde, finalmente teria algo para fazer. Porém, aquilo ali estava mais para reunião de amigos — o que era estranho, afinal ele não conhecia ninguém e tinha certeza de que os outros nem mesmo sabiam o nome dele. Mas isso não importava de verdade, importava? Ele queria espairecer e aquela era sua única oportunidade — e talvez ele se encontrasse mais uma vez com aquela ruiva.

Não havia mais do que trinta pessoas; no entanto, Mateus percebeu que ainda era cedo. Ele olhou no relógio do celular, sete horas da noite. Todos estavam no jardim da casa de Thomas — o garoto chato que ele tinha conhecido naquela manhã — e dançavam ao som da música alta. Estava frio, mas as garotas usavam shorts e, a cada cinco minutos, garotos apareciam com mais sacos de gelo. Mateus estava encostado no tronco de uma árvore, sentia a casca grossa em suas costas através do tecido da camiseta.

Mateus queria saber se os pais de Thomas estavam do lado de dentro da mansão, estava curioso para entender o motivo de tantos seguranças vestidos de terno. Todas as luzes de dentro da casa estavam acesas, mas era nítido que ninguém podia entrar. Do lado de fora, uma fogueira gigante iluminava o local e as árvores altas contornavam todo o jardim, criando sombras enormes. Havia alguns bancos de madeira espalhados pelo lugar e troncos em volta da fogueira, algumas pessoas já assavam marshmallows no fogo.

O jardim dos Torres, a família de Thomas, era muito grande, mas Mateus perdeu as contas de quantas pessoas havia no lugar alguns minutos depois do sétimo saco de gelo. Parecia que todos os jovens da cidade estavam ali, e, em pouco tempo, Mateus percebeu que não era apenas uma reuniãozinha de amigos próximos. Por um momento, ele até quis fazer parte daquilo, mas não conhecia ninguém e seria muito aleatório apenas se entrosar.

— Eu te vi hoje mais cedo — Mateus ouviu uma voz feminina e se virou para ver quem era, ele torcia para que fosse a ruiva —, não vi? — Não era. A garota era loira, alta e muito bonita. Ela segurava um copo descartável na mão direita, que estava cheia de pulseiras e anéis. — Eu sou a Ana.

Ela se aproximou, dando um beijinho na bochecha de Mateus, que ainda estava com as costas encostadas na árvore.

• Mansão dos Torres: confira o QR Code #3

— Mateus — ele respondeu.

— Eu sei. — Ana riu um pouco, a mão cobrindo a boca. Ele não sabia o que responder. — E aí, você chegou faz tempo? — Ana quis continuar a conversa, e Mateus notou que ela estava chegando mais perto, querendo ser vista. — Tá gostando da festa?

Mateus deu de ombros.

— Cheguei quase agora.

Ana vestia minissaia, jaqueta de couro preta e botas da mesma cor. Ela era muito linda, observou Mateus. Ele passou os olhos pelo corpo da garota duas vezes e não ouviu o que ela disse em seguida, mas percebeu que mais pessoas chegaram perto dos dois. Eram dois meninos e uma menina.

— Tô te ligando há horas, Ana, onde você estava? — Um garoto igualmente loiro bufou, empurrando a menina de leve.

— Mano, você não sabe o que aconteceu com a gente hoje! — o outro menino falou por cima, exasperado.

Mateus notou Ana revirar os olhos antes de girar o corpo para encarar os outros.

— Eu estava aqui, o que aconteceu?

— Primeiro que você deixou a Alice sozinha, e eu tive que levá-la para passear — o garoto loiro falou, cruzando os braços.

— Cara, parece que você tá falando de um cachorro — zombou o outro.

— Nossa prima, Ana — o loiro corrigiu, torcendo o rosto. — Era sua obrigação cuidar dela, e você a deixou sozinha. Ela me fez levá-la para andar de quadriciclo.

Mateus ouviu a risada de Ana e prestou atenção na conversa, era como se os outros três não tivessem reparado em sua presença. Ele se lembrava do garoto loiro e da outra menina, estavam no mesmo grupo de Thomas quando o convidaram para a festa naquela manhã, mas não fazia ideia de quais eram seus nomes.

— Ai, Vinicius, curte um pouco — resmungou Ana, tocando no garoto loiro. Mateus tinha quase certeza de que os dois eram parentes. — Me esqueci da Alice, foi mal. Mas pelo menos você se divertiu, até andou de quadriciclo.

— Nossa, nem me fale sobre isso, amiga — disse a menina de cabelos escuros, a cara fechada.

— O que aconteceu, Cams?

— Viramos testemunhas — respondeu. — De um assassinato!

Os ouvidos de Mateus ficaram apurados de repente, estava curioso. Mais um assassinato? Ele só estava sabendo do que passara no jornal da manhã. Ele queria ouvir mais, mas Vinicius, o loiro, notou sua presença.

— É melhor falarmos disso depois... — falou, olhando para Mateus.

Mateus limpou a garganta e, como num passe de mágica, Ana se lembrou de sua existência e sorriu. Os outros três direcionaram o olhar para ele, que se sentiu incomodado.

— Eu já estava indo — decidiu falar.

— Não... — Mateus ouviu a voz de Ana, mas já estava longe dos quatro e dos segredos sobre o novo crime da cidade.

Ele estava surpreso. Dois assassinatos em apenas um dia? Qual era a probabilidade daquilo acontecer em uma cidade tão pequena quanto Monte Verde? Talvez não fosse uma cidade tão pacata quanto diziam, na verdade.

— Te achei! — Ouviu.

Mateus parou de andar. Era a garota ruiva que o convidara para a festa. Ele piscou, ela era inacreditavelmente linda.

— Oi — disse ele.

— Finalmente te achei. Lembra de mim? — *Como esquecer?*, ele queria responder. — Bianca.

Ela estendeu a mão direita.

— Mateus.

Ele pegou a mão dela, quente. Bianca passou a língua pelos lábios, alguns fios de cabelo grudados no pescoço e na testa, denunciando que havia dançado.

— Estive te procurando. Pensei que não viria — ela comentou.

— Você me convidou — Mateus respondeu, largando a mão da menina, querendo tocar em outras partes dela —, vim te ver.

— Me ver?

Bianca ergueu a cabeça, os olhos faiscando. Ele assentiu, tentando conter o riso de flerte.

— Você querem experimentar alguma coisa? — Um garoto entrou no meio dos dois, ele parecia mais novo, tinha os cabelos pretos e pele clara, a mochila estendida na direção de Bianca e Mateus, que franziu o cenho.

— Gustavo! — Bianca protestou, empurrando o menino. — Vai oferecer bala para quem compra.

Mateus arregalou os olhos. Definitivamente não era essa Monte Verde que ele achava conhecer. Dois assassinatos e um traficante em ascensão, era demais para a sua cabeça. Ele riu internamente.

O garoto, Gustavo, foi embora, Bianca e Mateus estavam sozinhos novamente. Havia música em volta deles, uma batida forte e descompassada, gritos e risadas altas, fumaça de cigarros, pessoas dançando e o calor da fogueira.

— Bom — Bianca recomeçou, chegando mais perto, ficando apenas a alguns centímetros de distância, apesar de ser bem mais baixa que Mateus —, eu também vim só para te ver.

Ele gostou do que ouviu e sentiu seu sangue esquentar. Bianca empurrou o copo que segurava na direção de Mateus, que bebeu todo o resto do conteúdo amargo. Ele jogou o copo no chão, Bianca entrelaçou os dedos nos de sua mão, puxando-o contra a multidão no gramado. Os dois passaram pelas pessoas dançando e bebendo, cortando o jardim, longe da fogueira. Mateus queria Bianca ali mesmo, no meio de todos ou encostados em uma árvore qualquer. Porém, ela não parava de andar, e ele queria saber para onde estavam indo.

Os dois se afastaram dos convidados e, aos poucos, a música foi ficando abafada. Mateus percebeu que estavam dando a volta na casa, que era enorme, parecia que não tinha fim. Ele viu seguranças de terno caminhando tranquilamente pelos cantos. Tudo era árvore ou pedra, fora isso apenas janelas da mansão.

Bianca agachou no chão e empurrou a trava de uma janela para dentro, que rangeu, velha. A janela era pequena e era praticamente encostada no chão, o que queria dizer que o cômodo pertencia era subterrâneo.

— Por aqui — Bianca sussurrou, chamando-o com as mãos.

Ela passou pela janela e deslizou para dentro, olhando para Mateus, ainda do lado de fora. Ele virou o corpo para ver se não havia seguranças, então fez os mesmos movimentos que a menina. A queda era pequena, um pouco mais que meio metro, e o lugar era escuro. A visão de Mateus ainda não havia se acostumado, então não conseguia nem mesmo enxergar Bianca.

Ele ouviu passos ocos deslizando pelo chão de concreto e o barulho de um interruptor sendo ativado. A luz parca preencheu metade do local, parecia que estava prestes a queimar. Mateus olhou em volta, admirado, encostado na parede, os braços cruzados. Era uma adega de vinhos, as paredes e os móveis de madeira escura e centenas de garrafas e barris.

— Legal, não é? — Bianca sussurrou, encarando-o. Mateus aquiesceu, impressionado. Só havia visto adegas em filmes. Esse era o ponto positivo de viver em uma cidade abarrotada de burgueses, ponderou. — A gente fala que os seguranças só estão aqui por causa dos vinhos — riu a menina, lembrando dos amigos enquanto caminhava em sua direção —, porque não tem mais nada para ser roubado além deles aqui nesta casa.

— Tem o Thomas — brincou Mateus, descruzando os braços e pensando no assunto. Por que a mansão era coberta por cerca elétricas e por que haviam tantos seguranças?

— Ele não seria pego nem se o pai dele pagasse para alguém levá-lo — ela concluiu, parando em sua frente, e gargalhou baixinho.

Mateus queria falar mais alguma coisa sobre Thomas, queria perguntar o motivo pelo qual todos o odiavam, mas eram seus amigos mesmo assim. Porém, Bianca tinha outros planos — planos bem melhores, inclusive, pensou Mateus.

Ela avançou sobre ele, ficando na ponta dos pés para conseguir chegar à altura de Mateus, e ele a beijou. Mateus entrelaçou os dedos nos cabelos ruivos de Bianca e a puxou, fazendo-a arfar. Ele sentiu as unhas compridas dela querendo rasgar a pele do seu braço, então a pegou pelas coxas e a sentou sobre um barril de madeira, ficando entre suas pernas, segurando sua cintura. Bianca entrelaçou as pernas em Mateus, e ele percebeu que estavam muito próximos, pois conseguia senti-la.

Ela ergueu a cabeça, suspirando, quando Mateus traçou uma linha de beijos do seu maxilar até o colo, seus dedos se enrolando nos cachos suaves de Mateus. Ele passava a mão por toda a pele que estava à mostra e fazia questão de acariciar a que não estava também; os dois arfavam, quentes. Bianca mordeu o lábio inferior dele, e ele se segurou para não desabotoar a camisa de botões dela. Mateus segurou as mãos dela atrás de suas costas e a beijou com força, agradecendo pela primeira vez por ter se mudado para Monte Verde.

●

— Aposta quanto que a Camila quer ficar comigo? — Leonardo

empurrou Theo, que tropeçou em um banco feito de tronco de árvore.

Theo estava meio perdido. Ele não se lembrava da última vez que tinha ido a uma festa daquelas — embora soubesse que já havia participado de várias delas, suas lembranças eram muito turvas.

No momento, ele segurava um copo transparente cheio de um líquido amargo. Ele não gostava muito do sabor, mas sabia que, para estar entre as pessoas daquela festa, precisava beber algo mais forte do que Coca-Cola. Leonardo até sugeriu misturar vodca no refrigerante, mas Theo recusou, não queria parecer um fracote. Ele deu mais um gole na bebida pura e fez força para não fazer careta. Ele precisava estar ali, sentia que sim. De alguma maneira, parecia que naquela festa ele encontraria alguma resposta para seus problemas com a memória.

— Você não tá se iludindo? — sugeriu Theo para o amigo, que parou de andar sobre a grama úmida de sereno.

É claro que ele queria que o melhor amigo se desse bem, mas, se eles fossem realistas, saberiam que aquilo nunca daria certo. Theo era realista, por isso sabia que nunca ficaria com Clara.

Por hábito, ele olhou para os lados, procurando pela loira. Não a encontrou, mesmo estreitando os olhos e arrumando os óculos sobre o nariz. Theo notou Stefany perto das portas da mansão, onde ficavam as bebidas, conversando e rindo com Isadora e Rafael.

Pela primeira vez em muito tempo, ele quis falar com Clara, conversar; estava curioso em relação a ela. A menina tinha sido acusada de um crime que muito provavelmente não havia cometido. "Eu não... não me lembro", foi o que Clara dissera quando vira a pulseira na cena do crime. E se ela estivesse passando pelo mesmo que ele?

— Claro que não, cara — exasperou Leonardo, parando em sua frente, fazendo-o voltar à realidade. — Ela me quer. Você não viu como ela flertou comigo o dia todo?

Theo ergueu as sobrancelhas.

Ao redor dele, todos bebiam e dançavam alegremente em volta da fogueira. Havia luzes coloridas penduradas nas árvores, decorando o ambiente, e, apesar do vento frio, todos estavam suados. A música estava alta e o sereno havia se transformado em vapor por causa do fogo, fazendo o cabelo de Theo grudar na testa.

— E aí?! — uma voz cumprimentou os dois, que se viraram para ver quem era.

— Ah, pronto — Leonardo disse e riu, cutucando Theo, quando notou a presença do outro menino.

Era Gustavo Alencar, irmão mais novo de Lucas e Camila. Theo se pegou pensando que gostaria de saber como a puberdade funcionava de verdade, porque aquele garoto tinha dezesseis anos, mas havia mais pelos em seu rosto do que havia no corpo inteiro de Theo. Gustavo era grande apesar da idade, era alto e tinha alguns músculos, o cabelo preto era curto e a pele clara, como a dos irmãos.

— Vocês estão a fim de alguma coisa? — o menino perguntou.

Theo revirou os olhos.

Apesar da boa condição financeira — os pais dele eram médicos, os mesmos que cuidaram de Theo depois do acidente —, fazia tempo que Gustavo decidira vender drogas. Era absurdamente engraçado, o menino não tinha cara de quem fazia aquilo e muito menos levava jeito para a coisa, não era nada discreto. Porém, embora tivesse zero por cento de talento para o ramo, tinha noventa e cinco por cento da clientela jovem da cidade. Eram poucos os que não compravam de Gustavo.

— Não — respondeu Theo.

— Ah, sério? — sussurrou Leonardo para ele, fazendo cara de triste.

Gustavo riu, abrindo o zíper da mochila.

— Amostra grátis então — ele falou, tirando um saquinho transparente da bolsa.

Ele rasgou a embalagem, enfiou o dedo e tirou, estendendo a mão para Leonardo. Theo chegou mais perto para ver o que era. Não passava de um papelzinho de um centímetro com um *emoji* amarelo estampado. Estava colado no dedo indicador de Gustavo, e Leonardo ergueu o dedo para pegar.

— Mano, você vai mesmo fazer isso? — Theo questionou, impaciente com a situação.

— Eu preciso de coragem para falar com a Camila.

Leonardo deu de ombro, admirando a carinha sorridente do papel fino.

— Minha irmã? — Gustavo franziu o cenho, fechando o zíper, e gargalhou. — Boa sorte.

Theo quis impedir o amigo de fazer aquilo quando notou que

Leonardo havia colocado o papel na língua, mas não conseguiu. Ele congelou. De novo, assim como havia congelado naquela manhã e durante a tarde.

Seu cérebro se embaralhou com a música que havia começado a tocar. "Deep inside me. I'm fading to black, I'm fading." Theo fechou os olhos e enxergou as cenas nitidamente, pareciam lembranças. Aliás, aquilo eram lembranças?

— Theo! — Ele ouviu a voz de Leonardo e sentiu as mãos do amigo sacudindo seus ombros, mas ignorou, continuou com os olhos fechados.

Ele ouviu outra voz, saindo de dentro de sua cabeça:

— *Meu Deus, Theo!* — Era um grito estridente de uma garota, parecia com medo, assustada. Logo depois, ouviu uma buzina de caminhão e o derrapar de pneus cantando.

Sentiu os ouvidos tampados, assim como acontecia sempre que ele subia ou descia a serra, enxergou as luzes dos faróis dos carros e se lembrou do volante girando sem direção. Theo sentiu o carro girar na pista e ouviu o barulho da batida, ele percebeu que o cinto impedia seus movimentos e ficou sem ar por causa dos airbags recém-abertos. Ele olhou para baixo e viu os fones de ouvido pendurados, virou para o lado direito e enxergou cacos de vidro e sangue. Estavam de cabeça para baixo, seu rosto colado ao asfalto da estrada, grudado no teto do carro. Uma dor estridente invadiu sua cabeça e a visão de Theo ficou embaçada. Ele ouviu um apito nos tímpanos, como uma frequência muito acelerada, mas conseguiu se mover. Por último, olhou para a esquerda e a viu.

Bárbara. A garota das fotos. Era ela que estava ao volante. Ela estava de cabeça para baixo, assim como Theo, mas desacordada. Havia sangue em seu rosto e os cabelos cobriam a metade dele, mas ele a reconheceu. E sentiu alguma coisa, era medo de perdê-la. Theo viu mais um clarão e escutou outra buzina. Ele piscou e apagou. Quando abriu os olhos de novo, Bárbara não estava mais ali e tudo refletia em vermelho e azul pelas luzes da ambulância chegando.

— Theo! — Ele abriu os olhos, piscando várias vezes para se acostumar com a claridade da festa. Ele estava de volta à casa de Thomas, e Leonardo o fitava, alarmado, as mãos em seus ombros, segurando-o. Theo olhou em volta, engolindo em seco. — Mano, o que acabou de acontecer? — Leonardo perguntou pausadamente.

— E-Eu... eu não sei.

Theo estava ofegante, o coração acelerado. Ele ajeitou os óculos, que estavam tortos.

— Seu olhos estavam revirados, parecia possuído. — O garoto mais alto se afastou finalmente, ainda observando Theo com preocupação. — Olha, se essa parada aí tem a ver com algum demônio, você fica longe de mim.

Theo não conseguiu deixar de rir.

— Eu tive mais um *flash* — respondeu. — Lembra dos gatilhos?

Leonardo aquiesceu, deslumbrado.

— Mas pareceu muito mais forte desta vez.

— E foi.

Theo encostou as costas no tronco de uma árvore e respirou fundo, seu pulso ainda estava acelerado, era como se ele tivesse revivido todo aquele momento. E conseguido mais detalhes dele.

Leonardo encostou ao lado do amigo, olhando em volta.

— E o que aconteceu?

Theo arfou.

— Não era eu quem dirigia o carro no dia do acidente. Era uma garota e eu a conheço — falou. — Bárbara.

●

A música alta batia por dentro do corpo de Ana.

Era ótimo poder dançar de novo, foram quase três semanas sem festas, ela estava com saudade. E ansiosa! As férias estavam chegando e, finalmente, poderia descansar da escola e de suas obrigações — não que tivesse muitas, afinal também não ficaria tão longe da escola durante o mês de julho, uma vez que os amigos seriam os mesmos e a diretora da escola era sua mãe.

Sempre perguntavam para Ana se ela gostava de estudar em uma escola dirigida pela própria mãe. Ela respondia que "com certeza, flor"; inclusive, adorava. Assim, poderia se safar bem mais fácil das encrencas nas quais se metia. Isso a fazia ser a garota mais popular da escola.

— Que música é essa? — Lana perguntou, remexendo-se junto com Ana ao lado da fogueira.

Ana ignorou a amiga, os olhos fechados, sentindo o calor do fogo no rosto enquanto dançava.

— É do Imagine Dragons. — Ana ouviu Helena responder.

— Eu adoro — disse Laura.

— Ah, não dá para dançar isso! — Lana reclamou, fazendo Ana abrir os olhos. — Não tem a batida para dançar de verdade, e só ficar se remexendo, não é dançar.

— Querida, de qualquer jeito você não consegue dançar, é mais dura do que uma pedra — Ana disse olhando para Lana, zombando da amiga, que baixou o olhar.

— Não fala assim, Ana — Helena defendeu a amiga.

— Ela não tem culpa dos pais dela viverem para a igreja, *friend* — Laura, uma das *meninas da cidade*, brincou.

Ana revirou os olhos, olhando para as amigas e notando que ainda estavam muito sóbrias. Laura era a mais delicada, dizia Ana, tinha a pele de porcelana e era tão pálida que precisava de quilos de contorno e blush, mas seus olhos eram de um azul tão claro que Ana tinha inveja — além do fato de ser uma das filhas do prefeito Esteves; Ana gostaria de ter um grau de parentesco com alguma autoridade além da diretora da escola. Helena era bem estilosa, sempre usava roupas rasgadas e xadrez, mas combinava com saltos e muitos acessórios, Ana chamava o estilo de *grunge chic*, o que realçava o tom escuro da pele da amiga e o cabelo com madeixas rosa. Já Lana, coitada... Ela se lembrava do dia em que a convidaram para o grupo. A menina era irmã gêmea de Lucca, um dos garotos mais lindos da cidade, supermalhado e bronzeado; ele era lindo e Ana tinha uma queda pelo garoto desde que a família D'Ávila se mudara para Monte Verde.

A dificuldade era que os gêmeos — Lana e Lucca —, apesar de atraentes, tinham os pais mais rigorosos que Ana conhecia, Adriano e Priscila, que lideravam a igreja mais tradicional da cidade. Os quatro haviam se mudado para Monte Verde para fazer missões da igreja e acabaram ficando. Desde então, Ana sonhava em dar uns beijos em Lucca, mas nunca aconteceu — durante esse tempo, ela aproveitara e beijara vários outros caras, óbvio. Então, a sua última cartada era aquela: ser próxima de Lana para ser notada por Lucca.

Mas aquilo era mais difícil do que ela imaginara. Havia meses desde que a *amizade* entre ela e Lana tinha começado e nada de Lucca. *Será que ele é gay?*, Ana se perguntava. Esse era o único motivo plausível para um garoto não querer ficar com ela, afinal Ana era muito linda. Ela tinha cabelos loiros e lisos até a cintura, o corpo era esbelto e cheio de curvas, o rosto era fino e usava pouca maquiagem, sua pele era impecável. No momento, por exemplo, usava minissaia preta, *cropped* e jaqueta de couro na mesma cor, acompanhados por uma bota *over the knee* sensacional, que contornava suas coxas e esticava suas pernas. Não tinha motivo para um garoto não querer ficar com ela.

— Posso ser da igreja, mas sei dançar — garantiu Lana, fazendo Ana voltar à realidade. — Eu só... só preciso me soltar mais.

— A gente sabe que você é tímida, *friend.*

Laura contornou os ombros de Lana, sorrindo para passar confiança.

— Quer se soltar? — Ana questionou, olhando para a garota mais baixa, que tinha os cabelos cacheados, bem volumosos, e pele bronzeada. Ela vestia um vestido rodado azul e sapatilha. Era uma menininha, ponderou Ana. Lana assentiu, e Ana percebeu que a garota engoliu em seco. Ela sorriu, planejando a noite. — Isso é fácil de resolver — falou, dando dois passos em direção à Lana e a abraçando de lado, tirando Laura de seu posto —, só precisamos achar o Alencar.

— O Lucas? — Laura arregalou os olhos, apaixonada.

— O mais novo — Ana rebateu, cortando a amiga. — Gustavo.

Helena trombou em Ana, seu rosto contorcido em dúvidas.

— Você quer drogar a menina, sua doida?! — gritou sobre a música.

Ana revirou os olhos, bufando.

— Ele nem vende drogas, são calmantes que ele encontra nas maletas dos pais — garantiu Ana, olhando para Lana. — Fica tranquila, tá?

Lana aquiesceu, quieta.

— Você não precisa provar nada para ninguém — Helena disse olhando para Lana.

A menina ergueu a cabeça e fitou Ana.

— Preciso, sim.

●

— Pela última vez: ninguém vai mentir para a minha mãe — disse Stefany, exasperada, erguendo o braço para pedir "calma" para os amigos enquanto bebia um gole do seu copo.

— Ah, mas eu estava pensando e acho que a Clara tá muito ferrada

— constatou Rafael, levantando do tronco em que estava sentado. — A gente precisa de duas coisas.

— Quais coisas? — Isadora perguntou e se aprumou.

O menino sorriu de lado, sem deixar a asiática perceber, e tentou ignorá-la.

— Um advogado — ele ergueu dois dedos — e uma mentira.

— Não. — Stefany puxou Rafael de volta para o banco. — Minha mãe sabe quando estamos mentindo, ela conhece a Clara desde que somos criancinhas. Isso é um mal-entendido.

— Olha, parecia bem entendido quando sua mãe acusou a Clara de homicídio — Isadora afirmou, e Rafael segurou o riso, falhando miseravelmente, o que fez a menina sorrir.

— A Clara não matou ninguém — Stefany afirmou ao cruzar os braços, indignada.

— A pulseira dela estava na cena do crime, no braço daquele garoto morto — Rafael protestou.

— Cala a boca! — gritou Stefany para o menino. — Você tá de qual lado?

— Do seu. Mas se as digitais dela estiverem no corpo... — Ele parou de falar. — Bom, você sabe.

Stefany abriu a boca e franziu o cenho, ia gritar.

— Gente, para! — Isadora interveio. — Estamos falando da Clara como se ela não estivesse aqui. Parem.

Rafael engoliu em seco e baixou o olhar, Stefany se sentou novamente ao lado da amiga, abraçando-a.

— Tudo bem, eu não ligo — murmurou Clara.

— Mas eu ligo — sussurrou Stefany, afagando suas costas —, desculpe.

— Eu não vou pedir desculpa, eu tô certo — Rafael continuou.

Stefany ameaçou se levantar, estava com cara de quem distribuiria socos em inocentes. Isadora interveio mais uma vez:

— Acho melhor você sair daqui, Rafa — disse, e ele quis rebater, mas ela não deixou: — É sério.

O menino se levantou e bufou, pegando seu copo no chão e andando para longe delas.

— Valeu — agradeceu Stefany —, juro que ia dar um chute nesse idiota se ele soltasse mais uma.

Isadora confirmou.

— Mas ele não tá errado, está? — desabafou Clara.

Ela olhou para as amigas uma vez e depois se voltou para o seu marshmallow quase assado no graveto, o fogo da fogueira irradiando por todos os cantos.

Stefany suspirou.

— Eu... eu não sei — desistiu. — Se soubéssemos pelo menos quem era aquela criança, isso poderia ajudar. Porque não faz sentido algum sua pulseira desaparecer do seu pulso e reaparecer em uma vítima de assassinato.

— Ele era tão pequeno — Clara grunhiu.

Isadora tremeu.

— Que tipo de monstro faria aquilo com uma criança? — disse a menina. Stefany olhou feio para ela. — Desculpe — pediu.

— Não precisa se desculpar — falou Clara. — Quem fez aquilo é, sim, um monstro. E eu juro que não tenho nada a ver com isso.

— A gente sabe, mas...

— Oi, meninas. — Elas ouviram uma voz vindo de trás do tronco e olharam para ver quem era. — Servidas?

Era Gustavo com a mochila.

— Sai daqui agora ou eu vou te denunciar para a minha mãe por tráfico, seu imbecil! — Stefany gritou a plenos pulmões, fazendo Isadora dar um pulinho de susto.

— Nossa! Calma, princesa.

O menino riu, fechando a mochila. Ele a jogou nas costas e voltou a caminhar devagar pela grama. Clara olhou para a amiga.

— Você está bem mais estressada do que eu — observou.

— Sim, eu tô puta — concordou Stefany, o rosto nas mãos. — Tô pensando que, quando chegar em casa, minha mãe vai me matar. Ela deve achar que sou cúmplice de homicídio e vai me colocar de castigo.

— Na cadeia — sugeriu Isadora, comendo o marshmallow.

— Eu vou pensar no que fazer, eu só preciso... me lembrar.

Ela respirou fundo. Todo aquele tempo olhando para a fogueira, em silêncio, estava pensando no motivo pelo qual não conseguia se lembrar de nada. Por que ela não se lembrava de ter tirado a pulseira e emprestado para aquela criança, assim como diziam seus *flashes* de memória?

— Clara?

As três se viraram para ver quem era.

Theo Barcellos.

Ela franziu o cenho, sem entender.

— Oi?

— Hãm... — O menino engoliu em seco. — Podemos conversar?

— Sobre o quê? — Stefany interrompeu, olhando de baixo.

Theo descruzou os braços, meio impaciente, e ajeitou os óculos.

— É com a Clara — ele murmurou, dirigindo-se à loira, então respirou fundo. — Eu acredito que estamos passando pela mesma situação.

Clara se levantou, ficando cara a cara com Theo, e jogou o graveto com o marshmallow no chão.

— Você é suspeito de assassinato?

Ela arqueou a sobrancelha, irônica. O garoto riu para dentro e balançou a cabeça.

— Não — afirmou. — Mas também não me lembro das coisas.

●

As mãos de Mateus deslizaram por trás das coxas de Bianca, e ele a levantou com facilidade. Ela entrelaçou as mãos em volta do pescoço dele conforme Mateus a segurava com um braço. Bianca passou as mãos pelos ombros dele, largos e fortes sob seu aperto. Ela se sentiu embriagada pelo beijo. Era por isso que as pessoas eram viciadas: uma mistura de desejo e prazer. A cabeça dela pendeu para trás, quase batendo em um dos armários de vinho; os lábios de Mateus arderam na clavícula de Bianca, a pele estava quente.

Ouviu-se o ruído de passos na adega.

— Ah, é? Tem um lugar que eu quero te mostrar e... — Ouviram.

Mateus e Bianca se desgrudaram um do outro. Ambos estavam desalinhados, cabelos bagunçados, lábios inchados pelos beijos.

A parca luz alaranjada revelou Thomas, havia uma garota atrás dele, notou Mateus, mas ele não a conhecia.

— O que estão fazendo aqui?

Thomas arregalou os olhos de susto e Mateus segurou o riso. O garoto estava usando outra variação das mesmas roupas que usara naquela manhã: calça e camisa social, e para completar um suéter amarrado nos ombros. Ele era muito arrumadinho.

— Estávamos... é... — Bianca começou, mas se interrompeu quando a garota saiu de trás de Thomas para observar a situação. — Mari? — A menina fechou os olhos, como se estivesse esperando uma bronca. — Ah, não, Mariana, não me diga que você e o Thomas... — Bianca caminhou até a amiga.

— Não, nós estamos apenas vendo os vinhos. — A mentira de Mariana era muito descarada.

— Estamos? — Thomas olhou para a menina, que era pálida e tinha olhos azuis, como as irmãs.

— Jesus, eu tô... sem reação — continuou Bianca, as mãos na cintura, observando o casal.

Mateus quis rir, mas se manteve neutro, como sempre.

— Uma das *meninas da cidade*. Você é importante por aqui, Mari — Bianca falou em tom de súplica —, e tá saindo escondida para beijar o... Thomas?

— Eu...

— Ei! — gritou o dono da festa.

Bianca desatou a gargalhar, e Mateus se sentiu confortável em fazer o mesmo, finalmente.

— Bom... Vai lá, amiga, boa sorte — disse. — Quem sou eu para te julgar, não é mesmo?

Bianca pegou a mão direita de Mateus e o puxou entre os vinhos, guiando-o pelo caminho. Ele não disse nada, estava apreciando o som da risada dela, que era contagiante e doce. Eles subiram as escadas de concreto cinza e abriram uma porta dianteira, então estavam de volta à festa do lado de fora.

Por um momento, Mateus até sentiu frio. O vento ainda estava gelado, mas era amenizado pelo vapor do sereno contra o calor da fogueira. A música voltou a se intensificar e o cheiro de fumaça de cigarros preencheu suas narinas. Ele observou as meninas dançarem. Todos pareciam mais bêbados do que quando Mateus desaparecera na adega, e ele estava ansioso para ficar também.

— Vem, eu vou te apresentar para os meninos — disse a ruiva, puxando-o pela grama e o levando até a parte das bebidas no canto próximo à mansão.

Havia um aglomerado de pessoas em volta do freezer e alguns garotos despejavam mais um saco de gelo em cima das bebidas.

— E aí, Bia?!

Um garoto se aproximou, correndo devagar até eles.

— Oi, Lucca — respondeu Bianca, sem graça.

— Caramba, te procurei a festa toda, onde estava? — ele perguntou, forçando um sorriso.

Bianca se remexeu, ajeitando o cabelo.

— Estive... ocupada — decidiu dizer.

E, mais uma vez, a maneira sincera de falar de Bianca fez Mateus rir, o que despertou o interesse de Lucca, que pareceu notar a presença dele pela primeira vez.

— E você é...?

Mateus limpou a garganta e estendeu a mão, apertando forte.

— Mateus.

— Entendi. — O garoto olhou para ele e depois para Bianca, repetindo o movimento inerte algumas vezes. — Eu já... já estava de saída e... hã... Tchau.

Lucca andou rápido para longe.

— Vocês tinham alguma coisa? — Mateus perguntou para Bianca, entretido.

— Há muito tempo — ela suspirou, nostálgica —, mas não me interessa mais. Agora ele só é o irmão gêmeo da minha amiga.

Bianca sorriu, parecendo sincera novamente.

— Gêmeo, que legal. — Mateus preencheu o vazio com o primeiro assunto que apareceu.

— Sim, o Lucca é o irmão gêmeo da Lana. Aquela ali, olha. — Bianca apontou para uma garota vestida com um vestido azul e sapatilhas, o cabelo era cacheado e sua pele era bronzeada. Era bonita. A menina estava dançando alegremente com mais três meninas, no entanto Mateus só reconheceu uma.

Ana, a loira bonita que viera se apresentar para ele no início da festa. — Vem conhecer o pessoal!

Eles andaram até o aglomerado de pessoas, e Bianca gritou no meio da roda, mostrando presença e chamando a atenção:

— Gente, esse é o Mateus, ele é novo — apresentou.

— Nos conhecemos hoje cedo. — Piscou um dos meninos, o maior. Tinha a cabeça raspada e a pele escura com bastante músculos. — Pedro.

Mateus se lembrava dele, era o único que conseguia se igualar no tamanho.

— Oi — respondeu ele.

— Esse é o Hugo — Bianca apresentou um garoto asiático; Mateus não sabia dizer se ele era coreano ou japonês.

Havia tantas pessoas sendo apresentadas que Mateus não conseguiu guardar os nomes, muito menos as características. Porém, ouviu sobre todos e conversou um pouco com quem socializava, sendo legal pela primeira vez desde que chegara.

— Espera aqui, vou buscar uma bebida — falou Bianca.

Mateus se afastou um pouco dos outros, querendo espaço. Ele olhou em volta, sozinho, e gostou do ambiente em que se encontrava. Talvez não fosse tão ruim morar em uma cidade feita de madeira afinal. Mateus se sentia relaxado, mas a calmaria acabou rápido.

— Hum... Eu conheço v-você, não conheço? — Mateus ouviu uma voz feminina e olhou para trás, próximo às árvores. Ele não sabia se ela o conhecia, mas se lembrava de quem era ela. Era Lana, a gêmea de Lucca, que tinha visto havia pouco tempo, perdida no meio das árvores. A menina estava caminhando na direção dele, um pé de cada vez, meio cambaleante, os braços para cima, tentando se equilibrar. Devia estar bêbada. — Você é muito bonito. — Ela riu quando chegou perto, mexendo na bainha do vestido azul. — Hum... Q-qual é o seu nome mesmo?

— Mateus — ele respondeu, sério.

— Que nome bonito, M-a-t-e-u-s. Mateus, que bonito, hum... — Ela gargalhou. — Ou tem H? Eu soletrei errado? É gostoso co-como o seu nome sai da minha bo-boca. Mateus. Hum...

Lana deu um passo em falso e tropeçou, mas Mateus foi mais rápido e a pegou pelos braços. Ela caiu sobre o peito dele, era baixa, e o abraçou.

— Hum... Como você é quentinho — murmurou, a voz saiu abafada pelo tecido da roupa dele.

— Tente se levantar — ele disse, colocando Lana de volta ao seu lugar, em pé, mas a menina caiu de novo. — Meu Deus, o que você bebeu?

— Cerveja, ju-juro.

Lana olhou para ele, os olhos em súplica.

— Oito litros? — Mateus balançou a cabeça, fazendo força para puxar a menina.

Ele queria fazê-la se sentar, e aí chamaria alguém que a conhecesse quando Bianca voltasse com as bebidas.

— Dois copos. — Ela gargalhou alto, jogando a cabeça para trás e sorrindo abertamente, a voz mole. — E comi uma balinha tão gostosa... Tinha gosto de arco-íris.

Merda, ele pensou. Lana devia ter experimentado alguma das drogas daquele traficante mirim. Ela precisava de água e de um banho. Iria acordar com muita fome no dia seguinte, com certeza. Ele a puxou sob seus protestos, queria ficar em pé. Mateus fez mais força, e Lana acabou caindo sobre ele, no chão.

Mateus bufou com raiva. Nunca gostou de cuidar de pessoas chapadas. Ele revirou os olhos e tentou levantar, mas a garota continuava em cima dele. Ela o fitou e sorriu, curvando o rosto delicado.

— Você é muito gato, nossa! — Suspirou, e ele quase riu. — Me beija.

— O quê? — Mateus franziu o rosto. — Não. Vem, vou te ajudar.

Ele se remexeu e a tirou de cima dele, ficando novamente de pé e a puxando consigo.

— Vai, por favor! — Lana pediu. — Me dá um b-beijo.

— Meu Deus...

Ela olhou para ele, triste, e se afastou.

— T-Tudo bem então, não me beija. — Ficou séria e resmungou: — Hum... Tchau.

— O quê? — Mateus hesitou, observando-a se afastar. — Não, garota, volta aqui.

Lana olhou para ele e riu, um passo de cada vez, andando desequilibrada em direção às árvores que cercavam a mansão. Ela se apoiou em uma árvore gigante e trombou em outra, tropeçou em uma pedra e caiu, então se levantou e continuou adentrando a floresta. Mateus olhou para os lados, querendo ver se ninguém havia notado o sumiço da menina. Ele suspirou e correu atrás dela, afinal Lana poderia se machucar sozinha na floresta, perdida e chapada. Mateus correu, sendo coberto pela neblina densa e enxergando o último feixe de vestido azul escondido pela escuridão das árvores.

●

Theo estava sentado em um banco feito de tronco, mas Clara ainda estava em pé, receosa.

— E então? — ela perguntou, batendo o pé na grama, os braços cruzados.

— Acho que temos alguns fatores em comum — ele disse, franzindo o cenho. Era muito nerd dizer "alguns fatores em comum"?

Clara se sentou ao lado de Theo e suspirou, parecia cansada, ele notou.

— Olha, eu estou aberta às hipóteses. — Soltou os braços nas coxas. — Eu fui dormir ontem achando que o meu dia seria só mais um dia, mas já aconteceu tanta coisa hoje...

Theo se animou. O dia também tinha sido agitado para ele e sua memória, será que isso significava alguma coisa?

— Ok, sua memória estava boa ontem?

Ela balançou a cabeça, confirmando.

— Na verdade, minha cabeça só começou a me pregar peças quando cheguei na Fazenda Radical, na cena do crime, durante a tarde — ela contou. — Antes disso, tudo normal.

— Acho que você só não percebeu que não se lembrava, assim como eu.

— Como assim?

— Bom, desde o acidente, tenho vivido normalmente, mas às vezes tenho alguns *flashes*... Como lapsos de memórias, sabe? — Era estranho dizer aquilo em voz alta, ainda mais para a garota que ele gostaria de impressionar, e não assustar. — Só percebo que me esqueci das coisas quando me lembro delas.

— Isso é um paradoxo, não?

Theo se animou. Então Clara também entendia das coisas que ele gostava.

— Sim, acho que sim — respondeu, em dúvida. — O que estou querendo dizer é que... Bom, não sei. Preciso saber o que tem acontecido com você. Quer me contar?

A menina balançou a cabeça, negando. Era compreensível, ele pensou. Clara havia virado suspeita de um assassinato, no momento não confiava muito nas pessoas. Ele decidiu ir primeiro então.

— Vou te contar sobre as minhas perdas de memória — sugeriu, fazendo os olhos de Clara brilharem, entretidos. — Não deve ser coincidência. — Clara pareceu surpresa. — Não sei se você sabe, mas eu sofri um acidente. Faz quase um mês. As coisas já começam a parecerem estranhas aí, porque eu não tenho carteira de motorista e meu pai só me deixa dirigir aqui pela cidade. E vamos combinar que eu não sou muito desobediente, então nunca iria para outro lugar que fosse mais longe do que a rua principal. — Theo olhou para as mãos, era difícil organizar os pensamentos. — No hospital, me contaram que eu causei o acidente porque estava mexendo no celular e não vi o caminhão chegando, então capotamos. Não me machuquei, mas minha cabeça... Quer dizer, minhas memórias não estavam claras. Tudo o que eu sabia era o que tinham me contado e eu não conseguia acreditar naquilo, porque eu nunca desceria a serra para ir para qualquer outro lugar. Na verdade, na caçamba da picape, encontraram as compras da semana para a pousada que a minha família administra e não tem chance alguma de ter sido eu o responsável pelas compras, porque simplesmente não faz sentido, é meu pai que faz isso. Mas eu bati o carro, me machuquei, tenho pinos no meu braço agora e as compras estavam lá.

— Nossa, Theo — Clara sussurrou, e ele observou a fumaça saindo de sua boca se transformar em vapor quente no ar gélido. — Não é muito diferente do que acontece comigo. Quer dizer, eu acordei de madrugada porque a Stefany me ligou e disse que tinha uma cena criminal acontecendo na floresta. Nós somos viciadas nessas coisas e nunca aconteceu coisas do tipo aqui, por isso ela seguiu os pais e me chamou para ir também. Nessa parte, minha mente se embaralha. Não sei muito bem o motivo pelo qual eu decidi sair da minha cama às quatro da manhã para ir para a floresta. Não seria uma cena criminal que me faria fazer isso. Muito provavelmente eu teria medo e desligaria na cara da Ster.

— São os mesmos princípios, não são? — Theo comentou, tentando juntar as pessoas.

— Sim — concordou Clara, sem precisar ouvir o restante das palavras para saber o que ele queria dizer. — Eu sinto que há alguma coisa tampada pelo meu cérebro, que interliga tudo isso. Tem algo a mais, só que não sabemos ainda.

Theo olhou para longe, observando as pessoas dançarem, e acabou sorrindo.

— É isso. Tem alguma coisa, uma âncora, que liga todos os acontecimentos num só — ele pensou em voz alta. — Por exemplo, depois do acidente, quando abro meu notebook, meus dedos digitam a senha sozinhos, mas não sei o que digitei. É como se meu cérebro turvasse essa informação.

Clara abriu a boca, espantada.

— Meu Deus, é como me sinto quando penso no motivo de ter ido para o bosque durante a madrugada — ponderou. — Eu fui, mas não sei por quê. Você digita a senha, mas não sabe qual.

— E tem mais — Theo continuou os fatos, erguendo os óculos. — Os *flashes* funcionam a partir de gatilhos em nosso cérebro. Eu me lembrei de que não estava sozinho no carro no momento do acidente, havia alguém comigo e eu sabia que era uma garota, mas não a conhecia. Acontece que encontrei alguns pertences dessa garota na pousada, achei espécies de diários e fotos. Ela tem fotos com a Mariana e a Bianca, minha prima. E, pior, tem uma foto comigo. Na foto, eu estou tão à vontade, sinto que a conheço há muito tempo e que tenho algum tipo de laço com ela.

— Você simplesmente não se lembra dela? — questionou Clara, os olhos fixos nele.

Theo negou com a cabeça.

— Descobri pelos diários que ela se chama Bárbara. Eu sei, tenho certeza de que ela estava lá, comigo. E era ela quem dirigia o carro. Por que eu daria a chave do carro do meu pai a uma desconhecida? E mais: por que ela não foi socorrida no acidente? — Ele tagarelava, inseguro dos seus próprios pensamentos. — Quer dizer, ninguém a encontrou. É como se ela tivesse deixado de existir.

— Isso é estranho — titubeou Clara.

— Eu sei que parece loucura, mas...

— Não parece, ou, se parece, também estou louca — concluiu. — Quando a tia Dani... Quer dizer, a delegada Ferrari me mostrou a pulseira, achei que poderia ser apenas outra pulseira do mesmo modelo, afinal nunca tiro a minha do pulso nem para tomar banho, mas aquela é a minha pulseira. E, quando a olhei, também tive um *flash*. Eu estava na casa da Stefany, procurando por algo, não lembro o que ou quem, mas encontrei logo em seguida; o *flash* é cortado em cenas e, então, percebo que tiro minha pulseira e coloco no pulso de outra pessoa.

Theo abriu a boca, ligando os fatos.

— Você... você já pensou na possibilidade de...

— De ter dado a pulseira para aquela criança? — Clara adivinhou. — Sim, já pensei. Mas não faz sentido, porque não faço ideia de quem seja aquela criança e também não faz sentido o fato de eu estar sozinha na casa de Stefany.

— Talvez... Bom, é só um chute, mas, e se esses buracos forem os lugares ocupados por essas pessoas em nossas mentes? — Theo fitou Clara, que estava séria. — No meu caso, a Bárbara; e no seu, aquela criança. Não sabemos quem eles são e mais ninguém sabe.

— E se ninguém se lembra dessas pessoas e apenas nós temos pistas delas em nossas lembranças, que, por algum motivo, não foram apagadas totalmente?

Theo gostou da teoria de Clara, mas não conseguiu encontrar uma resposta plausível para conseguir acreditar nela.

— Isso seria possível? — ele perguntou, cansado, sua cabeça havia voltado a doer.

— Se eu não matei aquela criança e você não capotou com o carro, temos outra escolha que não seja acreditar nisso?

●

A escuridão da floresta fez Mateus ligar a lanterna do celular para conseguir enxergar. Ele havia perdido Lana de vista, mas estava seguindo pelo caminho certo, era possível seguir suas pegadas descompassadas.

Ele sentiu o coração bater acelerado, não gostava do som das folhas secas rachando sob seus pés. O vento estava forte e as árvores sacudiam umas as outras, criando sombras assustadoras e sons agudos. Mateus olhou para cima quando um raio cortou o céu ao mesmo tempo em que um relâmpago iluminou o bosque. Tudo o que lhe faltava era chover, pensou enquanto apressava o passo.

— Lana! — Ele tentou, mas sabia que era em vão porque; geralmente, apenas os sóbrios atendem ao próprio nome.

Mateus apontou a lanterna pela trilha estreita, o sereno caindo sobre sua cabeça, dando-lhe calafrios. Era assim que se sentia um personagem de filme, ponderou, totalmente perdido. Ele enxergou um movimento que jurava não ser das árvores e apertou o passo, correndo em direção ao farfalhar de galhos.

Ali estava ela. Lana em seu vestido azul, caminhando entre as árvores gigantes e passando as mãos pelos cascos grossos, como se mais nada importasse no mundo. Suspirou aliviado, estava tudo bem.

Não queria espantá-la, por isso não falou nada quando deu o primeiro passo em sua direção. Não estavam distantes um do outro, no entanto Mateus estava coberto por moitas de hortências. Deu mais um passo e parou, congelado. Havia mais alguém ali, Mateus ouviu passos e uma respiração pesada. Olhou em volta, mas tudo estava escuro e seus olhos não conseguiram encontrar nenhuma outra forma além das árvores sombrias.

O barulho de passos quebrando galhos secos no solo o deixou inquieto. Quem mais poderia estar ali? Mateus olhou em volta, forçando a vista. E ouviu um grito baixo, era Lana. Ele a fitou, assustado, escondido pelas moitas altas, mas se inclinando para se camuflar. A menina olhava para algo além dos dois, imóvel. Mateus não queria ver o resto.

Não havia nada que pudesse fazer. Se tentasse algo, seria pego também. Ele se lembrou de que dois assassinatos haviam sido descobertos durante o dia e se desesperou por saber que aquele poderia ser o terceiro — ou pior, que ele poderia ser o quarto. Por isso, tampou a respiração e observou, como um covarde.

Uma figura esguia, vestida com roupas normais, aproximou-se da menina. Lana ainda o olhava, petrificada, e, quando tentou correr, tropeçou nos galhos, deslizando sobre a grama molhada. Mateus ouviu um trovão ecoar alto e um relâmpago iluminar o rosto da garota, nitidamente aterrorizada, porém grogue demais para fugir. A figura escura chegou mais perto e afagou as bochechas de Lana, que soluçou em alarde.

Mais um trovão surgiu, as árvores tremendo no solo. Lana murmurou algo que Mateus não conseguiu ouvir e chorou, assustada. Ele engoliu em seco, piscando. A figura de capuz preto respondeu algo e cobriu o rosto da menina com as mãos, sufocando-a. Mateus tremeu e levantou o corpo, não podia deixá-la morrer. O assassino se virou, e o garoto se escondeu novamente nas moitas, sentindo-se medroso.

Lana esperneou, sem ar, debatendo-se. Alguns segundos depois, desmaiou. Mateus tinha certeza de que ela não estava morta, porque, apesar de desacordada, dava para escutar os gemidos de agonia da garota. A figura de capuz se agachou e a pegou nos braços, apoiando-a sobre um dos ombros, que não eram grandes. Os cabelos cacheados de Lana estavam espalhados pelas costas do capuz preto e seus braços pendiam para os lados, moles. Ela ainda não estava morta.

O assassino caminhou dentre as árvores, levando-a consigo, e Mateus esperou por um tempo. Ele precisava voltar para a festa e pedir ajuda, Lana corria perigo e ainda tinham tempo de salvá-la. Levantou-se tentando não fazer barulho quando perdeu os dois de vista e correu. Mateus correu como nunca, desviando das árvores e tropeçando nos galhos e pedras. Ele sentia o pulmão arder e o coração saltar, seu sangue estava quente e a boca seca, mas não importava.

Saltou uma pedra e pegou impulso quando empurrou um tronco com as mãos. Mateus conseguia ouvir o barulho da música alta da festa e, ao longe, era possível visualizar a fumaça da fogueira. Ele pegou o celular e digitou o número da polícia, a tela ficou verde e "ligando" apareceu. A chuva começou a cair, forte, e ele se sentiu esperançoso por ter conseguido chegar rápido e chamar a polícia, poderiam ajudar Lana. No entanto, sua visão ficou turva e suas pernas pararam de seguir os comandos do cérebro. Mateus tropeçou em uma pedra média e bateu a cabeça quando caiu no chão, as formas se modificando e as cores se intensificando; era como estar dentro de uma televisão com defeito, ele pensou. Sentiu-se amassado por algo forte, uma força que não sabia de onde estava vindo, pressionando-o no chão molhado. Ele sentiu gosto de sangue, gotas rápidas escorrendo por suas bochechas.

Ele quis gritar por ajuda ou se levantar, mas não conseguiu. Seus olhos se fecharam, pesados, e sua cabeça girou, tonta. Era como estar com sono e poder dormir até a hora que quisesse: ele sabia que tinha que acordar, mas seus olhos se fechavam sozinhos.

●

Já passava da meia-noite, e Leonardo ainda não havia conseguido o que queria. Toda vez que chegava perto de Camila, algo acontecia. Ela sempre estava conversando com outras pessoas ou longe da vista do garoto.

Ele precisava encontrá-la, tinha certeza de que tinha chances.

O filho da mãe do Gustavo, Leonardo resmungou sozinho, chutando um galho seco no chão. O papelzinho com o desenho de *emoji* não tinha causado efeito algum, ele queria encontrar Camila só para perguntar onde estava o irmão mais novo dela para poder socá-lo.

— Ei.

Leonardo girou sobre os calcanhares para ver quem era e quase cuspiu todo o líquido que havia sugado do copo. Era Camila, ele engoliu a bebida. No céu, viu um raio.

— Oi. — Cruzou os braços para se fazer de desinteressado.

— Por que está aqui sozinho? — Camila perguntou, sentando-se no tronco ao seu lado.

O movimento foi iluminado por um relâmpago. Ele riu da situação.

— Estava te esperando — respondeu, firme.

Camila corou, desviando o olhar.

— Ah, tá. Conta outra.

Ela riu.

— Outra? Tudo bem... Eu te procurei por toda a noite — ele admitiu, fitando-a.

A menina balançou a cabeça, olhando para os dedos entrelaçado no colo. Camila vestia calça jeans escura e *cropped* da mesma cor. Estava simples, mas tão linda, Leonardo observou.

— E não me encontrou? — questionou, a voz por cima do som do trovão.

— Foi você quem me encontrou — ele acrescentou

— Uau — disse Camila, distraída.

Leonardo riu, querendo se dar um soco no meio da boca. O que ele falara havia sido brega demais, não havia? Por que ele não conseguia ser ele mesmo quando estava com garotas?

— Você acabou de dizer "uau" — apontou Leonardo, envergonhado.

Camila gargalhou, as primeiras gotas de chuva caindo do céu.

— Foi.

— E essa é uma situação tipo uau-que-cara-gato-quero-beijá-lo, ou mais uau-do-que-ele-tá-falando?

A menina colocou as mãos na barriga e riu alto, olhando para ele.

— Você é engraçado — acrescentou.

Ele se sentiu melhor, mas ainda não tinha tido sua resposta.

— E então? — insistiu, levantando a sobrancelha.

Camila escondeu o rosto nas mãos e sua resposta saiu abafada:

— Uau-que-cara-gato-quero-beijá-lo. — Leonardo engasgou. E demorou para dizer alguma coisa. Camila até tirou as mãos do rosto para admirá-lo, e ele tinha certeza de que estava com cara de bobo alegre, o rosto já úmido pela chuva. — Não vai falar nada, Léo?

— É... Vou, vou. — Ele se atrapalhou. — Meu Deus, que bom. Ufa! — Camila riu de novo, meio sem entender, e ele explicou: — Se esses caras soubessem que gosto de você e que eu levei um fora, estragaria minha reputação.

Leonardo apontou para o aglomerado de pessoas olhando de soslaio para os dois, esperando alguma reação de Camila. E viu mais um raio no céu.

Camila franziu o cenho, mas ainda estava levando tudo com humor.

— Que reputação? — perguntou, o cabelo caindo sobre os olhos.

— A de tremendo gato.

Ela gargalhou, e Leonardo se sentiu melhor. Então, ele se aproximou, erguendo a mão a fim de tirar o cabelo molhado dos olhos dela. Camila observou seus movimentos e esperou pelo resto. Estavam muito próximos; a cada centímetro, Leonardo ficava mais confiante, porém um grito os fez se afastarem como se um raio tivesse caído no meio dos dois.

— Ah, meu Deus!

Os dois olharam para o lugar de onde viera o grito e se levantaram no mesmo instante. Camila entrelaçou os dedos nos de Leonardo num movimento rápido. De longe, viram, sob a chuva que começara a se intensificar, alguém saindo do bosque, próximo às árvores, manchado de sangue.

Leonardo observou o círculo que se formou em volta do menino, mas não conseguia enxergar quem era aquele. Seus passos eram distantes uns dos outros, ele acabou caindo sobre os joelhos, a chuva espalhando o sangue que vinha da testa. Ouviram mais um trovão e, sob ele, uma voz feminina:

— Mateus! — Era Bianca cortando o aglomerado de pessoas para poder chegar até ele.

— Mateus! — Ele conseguiu ouvir seu nome sendo chamado sob o barulho da chuva pesada, mas não foi capaz de responder.

Não sabia por que estava tão grogue, tinha certeza de que estava sóbrio quando entrara no bosque para procurar por Lana. Porém, no momento, a cabeça de Mateus ardia e todos os ossos do seu corpo tremiam. Ele sabia também que a queda que havia sofrido nas pedras não era a culpada por toda aquela reação. Não era possível que um machucadinho na testa o tivesse desorientado tanto.

Apesar de tudo, Mateus não entendia o motivo pelo qual estava exausto. Ele estava caído sobre os próprios joelhos e sentiu o impacto do corpo de alguém o abraçando. Abriu os olhos e enxergou cabelos alaranjados molhados.

— Mateus! — Ele ouviu seu nome de novo, mais de perto desta vez. Era Bianca. — O que... o que aconteceu?

Ele engoliu em seco, sentindo o gosto da chuva nos lábios, e se afastou de Bianca, querendo respirar. Ela ergueu o corpo, fitando-o de cima, as mãos na cintura. Mateus percebeu que uma multidão o cercava, querendo saber o que havia ocorrido, e notou que os amigos mais próximos de Bianca também estavam perto dele, a apenas um metro e meio. Ele reconheceu Mariana, Pedro, Thomas e Lucca.

Lucca.

Mateus se levantou, meio cambaleante.

O irmão de Lana. Ele precisava saber o que havia acontecido e todos precisavam fugir dali, poderiam ser os próximos. Precisavam correr para salvar Lana, ainda dava tempo, Mateus tinha certeza. Ele viu que ela não estava morta. A polícia já devia estar chegando.

— Calma, calma, Mateus. — Bianca apoiou o corpo no dele, tentando detê-lo. — Você está machucado, vai com calma!

Mateus resmungou algo que nem ele entendeu e piscou diversas vezes para que sua visão clareasse. Ele olhou em volta. Todos estavam enchar-cados, os cabelos colados no corpo, as roupas pesadas. Havia muitos olhos sobre ele, mas Mateus não estava incomodado. Ele não conhecia a maioria das pessoas ali.

— Lana... — tentou.

— O quê? — Bianca perguntou, meio confusa.

Os meninos se juntaram à Bianca para ajudar a segurá-lo, e ela entrou no campo de visão dele. Mateus se sentiu preso e olhou para os lados. Pedro, um japonês, e Lucca impediam seus movimentos. Ele ainda enxergou Thomas no círculo de pessoas que não conhecia, mas Bianca estava em sua frente, olhando fixamente para ele.

— Calma, respira. — Ouviu-a dizer.

Para Mateus, ele só estava tentando se levantar e falar sobre Lana, mas, para os outros, o menino estava completamente fora de si, agitado e atordoado por algo que ninguém conhecia.

Ele tentou se acalmar.

— Lana — engasgou. — Lana.

Bianca olhou para os meninos, Mateus jurava que havia enxergado preocupação em seus olhos.

— Será que o Gustavo deu alguma coisa para ele? — Lucca questionou, estava segurando o braço direito de Mateus, que balançou a cabeça, perdido em si mesmo.

— Não... — murmurou, tentando se soltar.

— Tudo bem, tudo bem — Bianca sussurrou, tocando em seu rosto molhado.

— Tá muito bêbado então — o japonês decretou, segurando o outro braço.

— Fiquei com ele durante toda a festa, bebemos pouco — Bianca protestou e se voltou para Mateus. — Vamos entrar e limpar esse sangue todo, tudo bem?

Mateus recuou.

— Não! — gritou, ganhando atenção. — A Lana. Precisamos voltar e encontrá-la.

Ele percebeu que mal o ouviram. Mateus mexeu os braços e se soltou das amarras dos meninos. Ele ignorou Bianca, que estava petrificada, e se voltou para Lucca, pegando-o pela gola da camisa e trazendo-o para perto.

— Lana! — gritou no rosto do garoto.

Lucca franziu o cenho, confuso. Havia medo em seus olhos, Mateus notou. Eles precisavam esperar pela polícia e procurar pela irmã de Lucca. Mas tudo foi por água a baixo quando o menino perguntou, gritando de volta no rosto de Mateus:

— Mas quem diabos é Lana?!

Mateus soltou o garoto, tentando compreender.

— É a sua irmã gêmea!

Lucca desviou os olhos, pedindo ajuda para os amigos.

— Do que você tá falando? — ele questionou, intrigado.

— O Lucca não tem irmã — declarou Bianca, assustada com a situação.

Mateus respirou fundo, tentando organizar os pensamentos.

— Você que me disse que a Lana era irmã gêmea dele — ele a acusou, mas desviou assunto. — Ok, pode ser que ela não seja irmã do Lucca, mas, mesmo assim, precisamos esperar a polícia chegar e encontrá-la.

— Encontrar quem? — Pedro interveio.

— A Lana.

— Mas quem é Lana?

— Bianca — Mateus chamou —, fale sobre ela, é sua amiga.

A menina abriu a boca e se afastou de Mateus, parecia aterrorizada.

— Eu não conheço nenhuma Lana.

— Como assim?

Mateus se viu sem rumo. É claro que ela conhecia, ele se lembrava nitidamente. Saíram da adega e trombaram em Lucca, então Bianca disse que a única relação que tinha com o garoto era sua amiga Lana, que era irmã gêmea dele.

Ninguém respondeu sua pergunta, então Mateus se esforçou para se lembrar de algum outro momento em que vira Lana antes da floresta. Ele tinha visto a menina dançando com as amigas e se lembrava de duas delas: uma garota de cabelos rosa e Ana, que conhecera mais cedo.

— Ana! — Mateus gritou, desviando dos meninos e Bianca.

A loira estava de braços cruzados no meio da multidão, observando ao lado da menina com o cabelo rosa. As pessoas deram passagem a Mateus, e ele se aproximou das garotas.

— Meu Deus... — Ana murmurou, fitando o machucado da testa dele, que havia começado a arder por causa da chuva.

— Me ajude a contar para o pessoal quem é a Lana — ele pediu e encarou a menina dos cabelos rosa. — Vocês são amigas, não são? Eu as vi dançando juntas.

A menina hesitou.

— Acho que não... você está confuso.

— Bateu a cabeça muito forte, talvez? — Ana deu um palpite. — Não conhecemos essa tal de Lana.

Mateus se afastou, dando passos cegos para trás. Ele estava assustado com a própria mente e desacreditado quanto à sua sanidade.

— Isso é impossível — ele sussurrou, voltando para Bianca.

— Calma — a ruiva pediu, tirando os cabelos molhados no rosto. — Vamos embora, aí você descansa e recobra os pensamentos, você deve estar confuso.

Ele balançou a cabeça, concordando, porque não tinha mais nada a se fazer do que aceitar ir embora. Com certeza devia ter assustado as pessoas, mas não acreditava no que haviam falado.

Havia acontecido algo. Ele presenciara enquanto alguém tentava matar Lana, o que havia visto não fora uma alucinação; só precisava encontrar um jeito de desvendar aquilo.

Mateus pensou em Lana e em como o tempo estava passando rápido, ele queria saber se ela ainda estava viva, queria procurar por ela com a polícia — que ainda não havia chegado —, mas como procurar por alguém que parecia não existir?

●

Theo estava assustado com a situação e Clara, ao seu lado, assim como ele, estava vidrada na cena. Ela precisou ficar na ponta dos pés para conseguir enxergar além das cabeças dos curiosos, e Theo se esticou um pouco para visualizar.

— Está vendo o que eu estou?

Clara olhou para ele, os olhos alarmados sob a chuva grossa. Ele balançou a cabeça, confirmando.

Mateus, o garoto novo da cidade, mostrava semelhanças às situações de Theo e Clara, mas de um jeito diferente. Eles não conseguiam se recordar, ao contrário de Mateus, que era o único a se lembrar. Porém, apesar das distinções, Theo percebeu algo. Outra pessoa estava envolvida. Lana, como Mateus dissera. Mas por que apenas ele conseguia se lembrar dela?

Theo pensou na teoria das cordas e em como ela era capaz de gerar várias realidades diferentes. Por exemplo, a realidade de Theo era diferente das realidades de Clara e de Mateus. E, se aquele fenômeno, o que estava envolvido com as memórias, tivesse afetado Mateus de um jeito diferente? Ou pior, e se ele fosse o único inatingível? Se Lana realmente existia e todos haviam se esquecido dela, por que apenas ele se lembrava? Eram realidades diferentes, vistas por perspectivas distintas.

— O que tá acontecendo, gente?

Theo virou o corpo, vendo Leonardo se aproximar. Camila estava atrás de seu amigo, mas Theo decidiu fazer um comentário irônico sobre isso depois.

— Alguém se machucou? — perguntou Camila.

Clara negou com a cabeça.

— Parece ser só um corte na cabeça — Clara apontou, virando-se também —, mas ele está meio desorientado.

— É o garoto novo? — Leonardo olhou para Theo.

— Mateus — Clara o nomeou, passando na frente.

— O que será que aconteceu, então? — perguntou Camila ao erguer a cabeça, tentando enxergar além da multidão e das gotas pesadas.

Theo olhou para o melhor amigo.

— Você vai gostar de saber. — Os olhos de Leonardo se iluminaram na possibilidade de um novo mistério. — Bom, pelo que eu ouvi... — Theo começou a organizar as palavras, mas foi interrompido por uma sirene e atingido por luzes em vermelho e azul.

— É a polícia? — Camila perguntou retoricamente, observando os carros pararem no portão da mansão.

A essa altura, a fogueira era apenas um chamuscado de fumaça e a chuva torrencial continuava no mesmo ritmo.

— Tô ferrada. — Stefany apareceu ao lado de Clara, que abraçou a amiga igualmente molhada.

Os policiais saíram dos carros, acompanhados pela delegada Ferrari, que apontou uma lanterna contra o portão.

— Quem chamou a polícia?! — Thomas gritou, visivelmente bravo, enquanto os seguranças de terno tentavam intervir.

No meio do círculo, Mateus pareceu aliviado e Bianca, a prima de

Theo, continuava com semblante confuso ao lado dos outros meninos. O resto da roda começou a se dispersar, correndo para irem embora e não serem pegos pela polícia. Afinal, era uma quinta-feira e vários adolescentes estavam em uma festa regada a álcool e drogas.

— Será que aconteceu algo mais grave? — Leonardo cutucou Theo.

— Eu espero que não.

Theo observou os seguranças serem vencidos pelos policiais quando a delegada Ferrari se aproximou, o que os fez abrirem passagem pelo gramado. A chuva estava começando amenizar, as gotas já caíam devagar. Ele passou a mão pelos cabelos, jogando-os para trás, e tirou os óculos, tentando secá-los com a roupa, mas tudo o que conseguiu fazer foi embasá-los mais, já que sua camiseta estava encharcada.

— Quem chamou a polícia?! — gritou Thomas novamente, tacando um copo de plástico no chão com força.

Dos que sobraram na roda, ninguém se pronunciou, mas Mateus ergueu a voz sob os últimos pingos de chuva:

— Fui eu! — admitiu ele. — Precisamos ir atrás da Lana.

Era nítida a raiva de Thomas, que avançou sobre Mateus, berrando. Pedro e Hugo o seguraram, impedindo o menino de chegar até o outro.

— Você tá delirando, seu doente? — indagou Thomas.

Mateus murchou, quieto.

Theo pensou que talvez o menino estivesse começando a acreditar nos outros, que ele estava confuso por ter batido a cabeça no bosque. Porém, não descartava a possibilidade de que Mateus estivesse passando por algo semelhante ao que ele e Clara também estavam. Sabia que devia haver alguma ligação.

— Onde está Saulo Torres? — perguntou a delegada.

O ambiente ficou silencioso. Saulo era pai de Thomas, lembrou-se Theo. Thomas deu alguns passos em direção à Daniela Ferrari e disse:

— Meus pais estão viajando.

— É claro que estão — ela respondeu, irônica. — A festa acabou, cada um para sua casa agora!

Theo notou Stefany se escondendo atrás de Clara, que engolia em seco. Leonardo e Camila estavam ao lado dele. Ele se lembrou de Gustavo e deu uma olhada em volta, procurando pelo irmão mais novo de Camila.

O menino não estava mais ali, devia ter fugido quando vira a polícia. Theo imaginou o problema que daria se encontrassem a mochila do garoto.

As pessoas começaram a circular, passando pelos policiais e indo embora. Ao longe, Theo viu o policial Bernardi, o padrasto de Bianca — tão próximo e tão velho da família que a prima de Theo o chamava de pai —, o que o fazia seu quase tio. Ele caminhou entre as viaturas e adentrou o quintal dos Torres. Bianca correu em sua direção e o abraçou, enterrando a cabeça no peito dele. Do outro lado, a delegada encontrou Stefany, mas não disse nada, apenas ergueu a mão e apontou para a viatura.

— O meu carro... — ela tentou protestar.

— Eu levo — a mãe de Stefany colocou um ponto final.

Theo percebeu a tensão entre as duas.

— Até amanhã, amiga — Stefany se despediu de Clara, sem discutir com a mãe.

Ela caminhou até as viaturas e entrou na mesma onde estava Bianca.

— Estou indo embora também. — Clara ajeitou a postura, avisando a quem quisesse ouvir, então deu uma risada irônica. — Tenho que descansar, amanhã, provavelmente, serei interrogada.

Leonardo riu e Camila se esquivou, provavelmente pensando na cena criminal que vira mais cedo.

Theo ouviu a voz de Mateus e assistiu ao menino dizer:

— Delegada, preciso te contar uma coisa, eu que chamei por vocês. — Daniela Ferrari colocou as mãos na cintura e fitou Mateus, esperando por algum tipo de pronunciamento. — Eu... — Mateus fechou os olhos, e Theo se perguntou o que poderia estar se passando em sua cabeça. — Lana estava bêbada e fugiu pelo bosque, então eu a segui, querendo trazê-la de volta, mas alguém a pegou. Tinha... tinha uma pessoa, não vi o rosto dele. Ele a sufocou e a carregou para longe.

— Calma, rapaz. — A mulher colocou a mão sobre o ombro de Mateus. — Do que está falando? Quem é Lana?

Ele balançou a cabeça, perdido.

— Eu sou novo por aqui, não conheço ninguém — admitiu. — Me contaram que a Lana era irmã gêmea do Lucca, mas agora... Ninguém sabe quem é a menina, nem o próprio Lucca.

A delegada abaixou a mão, pensativa.

— Isso é estranho.

— Eu sei.

— O que você ingeriu?

— O quê?

— Qual droga você usou?

Mateus caminhou para trás.

— Nenhuma. Eu não tô chapado.

— É a única opção — disse ela. — Só você passou por isso. Deve ter usado alguma droga alucinógena e nos contatou para nada.

— Não, eu... eu vi.

— Eu vou te matar, seu idiota! — Thomas avançou sobre Mateus, gritando. — Chamou a polícia para a minha casa porque estava delirando sozinho no mato.

Os seguranças de terno seguraram Thomas, e os policiais fizeram uma barreira em torno de Mateus.

— Chega! — decidiu a delegada. — Cada um para a sua casa. Agora!

O resto das pessoas que existiam no jardim dos Torres foi embora, e Thomas se afastou, entrando na mansão, deixando os seguranças para fora. Mateus se desvencilhou dos policiais e caminhou apressado pela grama molhada, passando pelos portões.

Leonardo, ao lado de Theo, se aprumou, chamando o amigo. Ele notou que Lucas, o irmão de Camila, estava ao seu lado, preocupado com a irmã. Theo se voltou para Clara, falando:

— Podemos conversar amanhã? — questionou, inseguro. — Acho que temos mais um integrante para o time.

Ela cerrou os olhos e acabou sorrindo, havia um misto de esperança ali. Theo gostou do que viu e arrumou os óculos.

— Amanhã então.

Os cinco andaram em silêncio e, depois que passaram pelos portões, separaram-se. Camila e Lucas foram para a direita, descendo a rua com Clara; Theo e Leonardo foram para a esquerda, subindo com as bicicletas ao lado de seus corpos. Não disseram nada, mas Theo sabia no que o amigo estava pensando: "Que loucura".

CAPÍTULO 04

VELOCIDADE

Variação da posição no espaço em relação ao tempo, ou seja, a distância percorrida por um corpo num determinado intervalo temporal.

O quarto de Clara estava uma bagunça.

Era uma e meia da manhã quando chegou em casa, ela se sentia cansada, seu corpo pesava sobre as pernas; por isso, apenas penteou os cabelos úmidos e trocou as roupas molhadas por secas. Ela acabou dormindo por cima da coberta que forrava o colchão da cama, abraçada com as almofadas. Clara não sonhou com nada, apenas encarou a escuridão durante toda a noite, o que a fez se sentir mais leve, quase que flutuando sobre o tecido grosso do cobertor. Havia se esquecido de programar o despertador para a manhã seguinte, mas não precisou dele. Acordou com as batidas na porta do seu quarto.

— É melhor você ir me explicando tudo agora, porque aí consigo te proteger. Eu acho que a sua mãe vai te esganar. — Clara ouviu a voz da tia enquanto a mulher adentrava o cômodo.

— O quê? — ela resmungou, tampando o rosto com uma almofada.

— Acorda.

— Só mais cinco minutos.

— Acorda.

— Por quê?

Catarina se sentou na cama, ao lado da cabeça da sobrinha.

— Porque você tem aula — disse Catarina — e porque a polícia está aqui.

Clara piscou.

E se levantou em uma fração de segundo, cambaleando para o lado e tropeçando nas roupas úmidas espalhadas pelo chão de tacos.

— Droga, droga, droga — resmungou ela, correndo até o espelho para ter uma noção de como estava o seu estado. Estava pálida, as olheiras evidentes, e o cabelo poderia ser comparado a uma espiga de milho de tão desgrenhado. — Merda!

— Clara. — Ela olhou para a tia, o coração disparado. — Por que a polícia está aqui?

Clara arfou, encarando o chão.

— A minha pulseira foi encontrada junto com o corpo daquela criança — disse, seca, enquanto prendia os cabelos em um rabo de cavalo.

Catarina olhou para a sobrinha, os olhos marcados por incertezas.

— Como assim? — questionou. — A sua pulseira de estrelinhas?

A menina aquiesceu, vestindo uma calça jeans azul.

— Eu não faço a mínima ideia de como isso aconteceu — declarou —, eu não me lembro.

— Você é suspeita de um assassinato.

Clara parou de se arrumar e olhou para a tia. A mulher, apenas alguns anos mais velha que ela, estava com os braços cruzados e usava um semblante assustado no rosto. Ela engoliu em seco.

— Por enquanto, sim.

Ela deu mais uma olhada no espelho e saiu do quarto, deixando Catarina para trás. Clara respirou fundo no topo da escada, ouvindo vozes em sua sala de estar, tomou coragem e desceu um degrau de cada vez, o coração disparado. Tinha se perguntado o motivo do seu medo, ela tinha certeza de que não era culpada; acabou chegando à conclusão de que estava apreensiva porque não compreendia as coisas e não se lembrava delas.

Em seus *flashes* — lapsos de memória, como havia chamado Theo, ela lembrou —, Clara havia se recordado de algo, apesar das falhas. Estava na casa de Stefany, procurando por alguém, ponto. No outro, conseguia visualizar o momento em que ela dava a pulseira para esse alguém, ponto. Depois da conversa com Theo, a teoria de Clara era que esse alguém de seus *flashes* era a criança morta — ela queria saber seu nome. Porém, se havia dado a pulseira para a criança, as digitais dela estariam espalhadas pelo corpo da vítima e isso poderia resultar em grandes problemas.

— Aí está ela. — Clara ouviu a voz da mãe quando chegou ao último degrau.

Em sua sala de estar, estavam seus pais — Adriana e Lorenzo —, sentados no sofá em frente à delegada Ferrari, que estava acompanhada por mais três policiais — Clara reconheceu o policial Bernardi, que a havia escoltado para a escola no dia anterior. Todos estavam com a cara fechada e ergueram o olhar quando Catarina desceu as escadas, sentando-se ao lado da cunhada.

— Desculpem a demora — Clara falou baixo, sentindo os dedos tremerem. Ainda estava presa ao corrimão da escada.

— Estávamos falando que você estava aqui em casa, dormindo, no momento em que acharam o corpo da garota ontem de madrugada — o pai dela pronunciou, atualizando Clara sobre os acontecimentos.

— Ah — ela murmurou, pensando na péssima filha que era.

O pai acreditava que Clara estivesse nos confortos de casa na madrugada passada, quando, na verdade, a filha havia saído escondida, correndo atrás de Stefany em uma cena criminal — pelo menos, era disso que se lembrava. Clara sabia, pelos *flashes*, que havia mais do que ela mesma sabia.

— Vem — chamou a mãe —, senta aqui com a gente.

Clara soltou o corrimão, notando os nós de seus dedos clareando, e caminhou até o sofá, olhando para Daniela Ferrari, que ainda não havia dito nada.

— E ontem você saiu do café e foi direto para a festa, certo? — o pai continuou.

Clara abriu a boca. Seus pais sabiam tão pouco... Como ela havia conseguido esconder tantas coisas que fizera em apenas um dia?

— A tia Dani... — Clara começou, e a delegada a queimou com o olhar. — Quer dizer, a delegada nos chamou para a Fazenda Radical antes da festa. Estava no carro com a Ster, a Isa e o Rafa. Ela queria falar comigo.

Lorenzo segurou a mão da filha, sem entender.

— E é por isso que estou aqui hoje — Daniela falou, a cabeça erguida. — Encontramos a pulseira da Clara presa no pulso da segunda vítima de ontem. A criança que ainda não identificamos. Não encontramos a família e ninguém veio pedir informações.

— Como assim? — Adriana perguntou.

— Quer contar a verdade aos seus pais, Clara?

A delegada olhou para ela, incentivando-a. Clara sentiu os olhares sobre si e ficou com vergonha, sentiu-se uma mentirosa.

— Não é nada de mais — admitiu primeiro, olhando para o pai, tímida. — A Ster me ligou ontem de madrugada e disse que havia uma cena criminal, haviam achado um corpo na floresta. Ela me chamou para ver, porque havia seguido a tia Dani até o local, então eu fui.

— De madrugada?

Ela assentiu.

— Mas... tem acontecido algo comigo... E eu não consigo explicar o motivo — desculpou-se.

— Fala — pediu Lorenzo.

— Eu não consigo me lembrar — disse. — Eu sei que saí de casa e entrei no carro para ir até a floresta, mas não me lembro de muita coisa além disso. É um vazio, sabe? Apesar disso, tenho tido alguns *flashes*. Neles, estou na sua casa — Clara olhou para a delegada —, procurando por alguma coisa, e consigo me ver tirando a pulseira do meu pulso. Não sei por que tiraria, afinal, assim como você disse, não a tiro nem para tomar banho.

— Você saiu de casa durante a madrugada — disse Adriana, mostrando que havia ficado presa nos detalhes mais simples.

— Me desculpa.

— Quantas vezes temos que dizer que isso é proibido? — a mãe falou mais alto, perdendo o controle. — Moramos em uma cidade pacata, mas ainda assim... Quer dizer, não mais tão pacata assim.

— Isso mesmo — concordou Daniela. — Não tão pacata assim. E não estou aqui para falar sobre a desobediência da Clara ou de como ela não se lembra das coisas. Estou aqui para perguntar: o que sua pulseira fazia no braço da vítima?

Clara tremeu.

— Eu não sei.

— Pelo o que ela diz, parece que deixou a pulseira na sua casa, delegada — interveio Catarina.

— O que estava fazendo em minha casa, então, Clara? — perguntou Daniela, indelicada.

— Eu não sei — respondeu, sem se lembrar, as lágrimas invadindo seus olhos.

Clara se sentia tão indefesa. Não se lembrar das coisas a fazia se sentir vulnerável.

— Estava sozinha em minha casa, procurando por algo. O quê?

— Eu não sei.

— Onde estava a Stefany?

— Na floresta, com vocês. — Isso ela sabia, pelo menos.

— E por que você estava em minha casa? — A mulher era insistente. — Como entrou?

— Com a chave que fica escondida no canteiro de hortênsias.

— Por que sua pulseira foi encontrada na vítima? — continuou a delegada.

— Eu não sei.

— Você conhecia a vítima?

— Eu... não sei.

— Você tem alguma coisa a ver com a morte daquela criança?

— Eu não sei! — Clara gritou, exasperada.

A delegada Ferrari encostou as costas no sofá, satisfeita.

— Chega! — Adriana falou alto. — Chega!

— É melhor vocês irem embora — declarou Lorenzo, levantando-se, Clara ao lado, segurando-se no pai. — Chega de perguntas, vocês precisam de um mandado.

— E vocês, de um advogado — disse o policial Bernardi para Lorenzo — se encontrarem as digitais de Clara na perícia hoje à tarde.

— Do que estão falando? — quis saber o pai de Clara.

— A única suspeita é a Clara e a prova do crime pode ser esclarecida hoje, depois da perícia no corpo da vítima — contou Daniela.

— Isso é um absurdo! — declarou Adriana.

Clara se mantinha sem fala.

— Na próxima, não deixem sua filha sair de casa durante a madrugada e voltar bêbada de uma festa em plena quinta-feira — alegou o policial Bernardi.

A menina abriu a boca, chocada.

— Isso não tem nada a ver, e eu não estava bêbada.

— Pelo que eu sei, policial, sua filha também estava bêbada na festa de ontem — protestou Catarina, defendendo a sobrinha.

Lorenzo olhou para a irmã em agradecimento.

— Pois é, Otávio, na próxima não deixe sua filha sair de casa e voltar bêbada de uma festa em plena quinta-feira. — Lorenzo abraçou Clara de lado, olhando para o policial Bernardi.

Clara se lembrou de que o pai havia estudado com o policial durante o ensino médio, por isso tinham afinidade em se chamar pelo primeiro nome.

Mas algo a acertou em cheio.

Otávio.

Vários *flashes* nítidos.

O *facetime* que Clara fizera com Stefany naquela madrugada.

— *Ah, meu Deus, eu esqueci que tenho um irmão. Jesus, vão me matar se descobrirem, Clara. Você precisa ir até lá em casa e ficar com ele. Tem um assassino por aí agora e meu irmão tá sozinho em casa e eu...*

— Um assassino?

Clara chegando à casa da amiga.

Só precisava ver se Otávio estava bem, apenas isso. E então iria embora. Era isso o que havia combinado com Stefany, não era? Naquele momento, o coração de Clara batia tão rápido e o sangue pulsava tão quente em suas veias que ela nem mesmo tinha noção das coisas que estava fazendo, era o piloto automático que estava comandando.

Ela procurando por Otávio.

— Tav? — ela sussurrou baixinho, um som quase inaudível, apoiando a cabeça no batente da porta da cozinha para observar o local, virando a chave do interruptor e iluminando o ambiente escuro. — Otávio! — gritou alto, virando-se para observar a cozinha.

— Oi.

Clara gritou. De susto.

Otávio estava sentado à bancada da cozinha, um pote de sorvete de morango aberto sobre a mesa, uma colher gigante em suas mãos minúsculas. Ele vestia um pijama de frio estampado com várias espécies diferentes de dinossauros, o cabelo bagunçado, os olhos entediados e a boca suja de sorvete.

A conversa que tivera com a criança.

— Cadê minha mãe?

— Ela foi trabalhar, Tav. Eu vim cuidar de você. Vamos voltar pra cama?

— Estou com medo.

— Bom, eu tenho um segredo: sempre que tenho medo, seguro em minha pulseira. É como um amuleto da sorte, sabe? Eu vou te emprestar a minha pulseira, só para que você não fique com mais medo, tudo bem?

— E... E depois... depois eu te devolvo, né?

— Isso, depois você me devolve. Vamos visitar o trabalho dos seus pais então!

E a cena criminal, com Otávio nos braços.

— O que está acontecendo aqui?

A roda de policiais se abriu para a delegada passar. Daniela Ferrari olhou horrorizada para Clara e Otávio, tirando o menino dos braços dela e o abraçando em seu próprio colo.

— Oi, tia.

— *Nada de tia.*

Clara engoliu em seco e quis chorar, mas se segurou. Ela abriu os olhos e sentiu um baque em sua cabeça, desequilibrando-se. A menina agarrou os braços do pai e escorregou no chão enquanto assistia a um policial cochichar no ouvido da delegada.

— Clara! — Daniela gritou.

Os policiais avançaram, tentando ajudar, mas Lorenzo pegou a filha do chão, colocando-a novamente de pé. Ela levou a mão à cabeça, sentindo o latejar e o sangue queimar por suas veias. Não havia entendido o que tinha acabado de acontecer dentro do seu cérebro.

— Vão — ela ouviu Adriana quando o pai a colocou sentada no sofá —, fora. Nos chamem para um depoimento quando tiverem um inquérito.

— Estamos indo agora porque recebemos mais um chamado — falou a mulher, os policiais concordando com a cabeça, apreensivos. — E, de novo, é grave. É melhor que se preparem.

— O que houve? — a mãe de Clara perguntou.

Houve um momento de silêncio na sala.

E, então, a delegada afirmou:

— Mais um corpo.

Clara observou a tia acompanhar os policiais e a delegada Ferrari até a porta e fechou os olhos, desacreditada e confusa, a cabeça embaralhada. Antes de apagar, ouviu o pai dizer:

— É verdade. Vamos precisar de um advogado.

●

A cadeira em que Theo estava sentado estava fria. Na verdade, ele pensou, tudo estava frio naquele dia. O termômetro da cidade marcava 8º C quando passara pela rua principal, todos vestiam cachecol e moletons por baixo de jaquetas. O inverno estava chegando, o que era bom, afinal a temporada turística só acontecia nessa estação — se é que algum turista apareceria depois dos casos de homicídios.

Ele olhou para o lado, além das janelas de vidro da sala de aula, e enxergou a neblina cinzenta de Monte Verde, acompanhada de nuvens densas no céu, o que indicava mais chuva. Theo revirou os olhos — odiava chuva — e se lembrou da noite passada, no jardim dos Torres. Todos ficaram expostos à tempestade e, durante a primeira aula, quase todos os alunos tossiam e espirravam, resfriados.

— Você sabe que não faz sentido, não sabe? — Theo ouviu a voz de Leonardo e assentiu com a cabeça, virando-se para encarar o amigo.

— Óbvio que sei que não faz sentido — respondeu —, mas você não tá curioso?

Leonardo riu, como se não fosse evidente.

— Com certeza — admitiu. — Acho sensacional que você não se lembre das coisas, exatamente como a garota pela qual você sempre foi apaixonado. Mas é uma baita de uma coincidência. E a teoria desaba quando lembramos do Mateus, por exemplo. — Theo pensou. Leonardo tinha razão. Theo e Clara estavam passando por situações semelhantes e, juntos, talvez pudessem achar um jeito de resolver. Mas tudo foi por água abaixo quando Mateus apareceu, vivendo a experiência de um jeito diferente. — Você acredita nessa história? Essa Lana existe?

— Não sei — exasperou-se. — Se existe, então ninguém se lembra dela.

— Apenas o Mateus.

— Por isso que precisamos falar com ele — lembrou Theo, sentindo o celular vibrar no bolso.

— Se é verdade, isso quer dizer que a garota morreu?

— Espero que não — falou Theo, tirando o celular do bolso e desbloqueando a tela. Era uma mensagem. — Porque, se for isso, significa que a Bárbara morreu também, e eu não sei quem era essa garota, mas eu era próximo dela.

Leonardo se animou e gargalhou.

— Hum... Será que vocês se pegavam? — argumentou, irônico.

Theo sentiu algo esquisito por dentro.

— Zero por cento de chances — respondeu. — O que eu sinto é algo mais... não sei. Fraternal? Como se fôssemos amigos. — O menino fechou a cara, aborrecido, e Theo abriu a mensagem que havia recebido. — Mas o quê...

— O que foi? — Leonardo arregalou os olhos, curioso.

Theo não soube como reagir, então só entregou o aparelho para o amigo. Era uma mensagem de texto enviada pelo número desconhecido que andava ligando.

— Uma sequência de números?

— Ou apenas um — respondeu Leonardo, entregando o celular para Theo —, o que quer dizer?

— Não sei — Theo se fixou nos números na tela do celular —, mas quem me mandou anda me ligando. Quando eu atendo, desliga ou não responde. — Os números eram simples e, assim como falou para o amigo, Theo ainda não havia decidido se preferia chamá-los de sequência ou de apenas um número normal. 351073. — Trezentos e cinquenta e um mil e setenta e três.

— Esquisito — declarou Leonardo. — Ai, credo, mano, você anda cercado de coisas estranhas.

— Eu sei — Theo acabou rindo —, mas você não acha que tudo está interligado?

Leonardo deu de ombros.

— Talvez nós só estejamos teorizando coisas, assim como sempre fizemos com assuntos tipo *Área 51* e Iluminatis — disse ele. — Estamos tratando o seu problema de memória, assim como tratamos a teoria do Michael Jackson ainda estar vivo.

— Não brinca. — Theo gargalhou. — Você sabe que faz sentido. Eu, Clara, Mateus… Esse número me liga toda vez que acontece algo importante nessa história. Me ligou antes do acidente, me ligou quando acharam o primeiro corpo na floresta e quando eu descobri os pertences da Bárbara. Agora me mandou essa mensagem, e eu sinto que tem algo a mais.

— Você anda sentindo muitas coisas, cara — admirou Leonardo. — É só um número.

— Três. Cinco. Um. Zero. Sete. Três — leu de novo em voz alta.

— Ei, olha quem chegou. — Leonardo disse e tocou os ombros de Theo repetidas vezes.

Theo virou o corpo na cadeira, ajeitando os óculos. A primeira aula havia acabado e estavam esperando o próximo professor entrar na sala, no entanto Clara apareceu, caminhando devagar entre as mesas até chegar ao seu lugar, ao lado de Stefany, que a recebeu com um abraço.

Ela usava tênis All Star, calça legging cinza e um moletom rosa maior do que o próprio corpo, parecia que queria se esconder. Os cabelos estavam molhados e penteados para trás e seu rosto estava limpo, pálido. Clara se parecia com quem havia acabado de sair do banho, atrasada.

— Pensei que não viria hoje. — Theo ouviu Stefany dizer para a loira.

Clara apenas balançou a cabeça, um sorriso fraco no rosto. Parecia abatida, e Theo sentiu vontade de abraçá-la, mesmo que não fossem próximos.

— Era melhor que não tivesse vindo — outra menina se intrometeu, falando baixo quando passou pelas duas.

Clara ignorou, mas Stefany se ergueu.

— O que disse, Eloise?! — a menina gritou, esperando por uma resposta tão corajosa quanto.

Eloise parou em frente as duas, os braços cruzados, e a sala toda ficou em silêncio, querendo saber o que estava acontecendo.

— Eu disse que ninguém gosta de assassinas — falou Eloise, que tinha a pele amarelada e os cabelos curtos próximos ao queixo. A menina usava uma camiseta do Artics Monkeys e calça jeans. — Como foi matar uma criança, Clara?

Clara tentou falar, mas Stefany foi mais rápida.

— Garota, cala a boca, você não sabe do que tá falando.

— Todo mundo viu a polícia na sua casa hoje, Clara, eles te interrogaram? — Eloise voltou a falar, soltando os braços e se apoiando na mesa.

— Eu...

— Não é da sua conta, Biscoito — Stefany interrompeu Clara, e as risadas ecoaram pela sala.

Biscoito era o apelido de Eloise no ensino fundamental. Stefany havia tocado no ponto fraco da menina, que abriu a boca, sem reação, olhando em volta, ruborizada. Stefany cruzou os braços em soberba e se sentou quando Eloise saiu correndo pela porta da sala de aula ao mesmo tempo em que o professor Caio entrava.

— O que essa garota estava fazendo aqui? Ela nem é da nossa turma! — falou Stefany, visivelmente irritada.

Theo queria proteger Clara, mas sentiu pena de Eloise. A menina havia sofrido *bullying* por toda a vida e seu apelido era Biscoito porque, durante todos os momentos da infância deles, ela sempre esteve segurando caixas de biscoitos. Theo já havia feito trabalhos extracurriculares com Eloise, e ela havia lhe revelado que se sentia oprimida pelas ofensas, afinal ela nunca conseguiu cumprir as dietas para perda de peso. Na época, ele respondeu que ela não precisava emagrecer para ser aceita, porque não era isso que importava, mas isso não a fez mais feliz nem acabou com os xingamentos. Eles não eram da mesma turma porque ela era um ano mais velha, e Theo não sabia o que ela estava fazendo na sala dele, mas não precisava ir tão a fundo para descobrir; Victor, o garoto que ocupava a mesa ao lado da sua, era irmão dela — no momento, o garoto, que era esguio, estava com a cabeça baixa, e Theo se sentiu curioso para saber o que se passava dentro da mente dele.

— Ok, pessoal, já chega. — O professor Caio tentou amenizar as risadas. — Temos muito o que estudar hoje. — Caio escreveu uma fórmula na lousa. — Vocês já conhecem essa fórmula — disse. — Velocidade escalar média. Como a calculamos, Theo?

Theo fechou os punhos. Parecia que não havia mais ninguém naquela aula se não ele para o professor. Caio só fazia perguntas para Theo, e ele sabia que o motivo era que o professor gostava dele, mas não era uma coisa à qual o menino gostava de se dedicar.

— Precisamos dividir a variação do espaço pela variação do tempo — ele respondeu, simples.

— Legal. E como descobrimos a variação do tempo e a variação do espaço?

— Tempo final menos tempo inicial — Theo ergueu a voz e os óculos sobre o nariz —, e espaço final menos espaço inicial.

— Muito bom, obrigado. — O professor Caio se virou para a lousa, caçando um giz. — E a fórmula do sorvete? — Theo riu por dentro, achava incrível como os professores tentavam dar nomes simples para fórmulas físicas a fim de fazer os alunos compreenderem melhor a matéria. A fórmula do sorvete não se passava de uma conta para descobrir o valor do espaço de algo. — Para descobrir o espaço, precisamos... — o professor instigou.

— Saber o espaço inicial mais a velocidade multiplicada pelo tempo — Clara respondeu rápido, antes de Theo, então se virou para lançar um olhar de "ganhei" ao menino, que sentiu a nuca queimar e não conseguiu esconder o sorriso.

— Ótimo — Caio parabenizou —, o que estou querendo dizer é que o espaço-tempo é complexo. Nós sempre precisamos saber de algo para descobrir o resultado. Por exemplo, precisamos saber o espaço inicial, mais a velocidade e o tempo para descobrir o espaço. E precisamos saber o tempo e o espaço para descobrir a velocidade. Não é contraditório? — Os alunos copiavam nos cadernos as fórmulas passadas na lousa e Caio largou o giz no apoio. — Parem o que estão fazendo e prestem atenção aqui — ele pediu.

— A velocidade só faz sentido quando você está na direção certa. Como podemos saber que a direção para a qual estamos indo é a certa, então? — O professor riu de si mesmo, como se tivesse acabado de pregar uma peça nos alunos. — É fácil: não tem como. Não tem como descobrir se estamos ou não no caminho certo, porque ainda não sabemos o tempo que levaremos para concluí-lo nem o espaço em que vamos parar. E precisamos dessas duas variantes para calcular a velocidade.

— Nada faz sentido então — declarou Helena na fileira da frente, os cabelos rosa presos em um coque.

— Exatamente — admitiu o professor. — Porque não tem como descobrir algo para o que ainda não tem respostas, pistas ou dicas. Afinal, não conseguimos imaginar coisas que não existem. — Theo não entendeu o que o professor quis dizer e franziu o cenho, encostando na cadeira. — Por exemplo, vocês conseguem criar uma nova cor? Conseguem imaginar uma cor que não existe? — questionou. — Não. Não conseguimos fazer isso. Mas isso significa que ela não existe? Podem haver outras cores além das que conhecemos, só não sabemos.

O cérebro de Theo explodiu, e ele adorou a sensação. Professor Caio continuou:

— Dizem que, quando as caravelas de Cabral se aproximaram do Brasil, os índios que viviam aqui não viram nada! Viram umas ondulações diferentes no mar, mas não viram as caravelas. Mas por quê? Porque eles não conheciam esse tipo de embarcação. É isso que significa a frase "só acredito vendo". Porque o nosso cérebro não trabalha com coisas que não conhece. Ou seja, como podemos encontrar a velocidade se não sabemos o espaço e o tempo? A Física é uma farsa, e eu posso provar. — Ele piscou, brincando. — Só porque não parece que tem algo acontecendo, não quer dizer que não esteja.

Tinha algo a mais acontecendo, Theo tinha certeza. Só precisava de pistas para descobrir o resultado. Assim como precisavam saber o valor do espaço e do tempo para descobrir a velocidade, ele precisava saber o que estava causando todo aquele caos na cidade para resolver sua própria mente.

Ele sentia que aquela sequência de números era uma boa pista inicial.

●

Mateus decidiu faltar à aula.

Ele estava com vergonha, tinha que admitir. Na noite passada, todos o tinham tachado de louco e ele não conseguia criticá-los, já que parecia mesmo como um. O problema era que, depois de tudo, continuava acreditando fielmente no que havia presenciado. Ele tinha cem por cento de certeza de que o que vira era real.

A festa, para Mateus, fora curta. Ele chegara, conversara por meio segundo com Ana e depois fora para a adega com Bianca — tinha adorado conhecê-la, era a melhor parte da cidade até momento, e duvidava que algo fosse capaz de superá-la. No entanto, Mateus ainda conseguia ouvir nitidamente as palavras dela: "Sim, o Lucca é o irmão gêmeo da Lana. Aquela ali, olha!".

Ele olhara para onde o dedo da ruiva apontava e enxergara uma garota baixa, bronzeada, de cabelos encaracolados. Lana. A garota estava bêbada e, depois de Bianca se afastar, envolvera-se em uma conversa muito aleatória com Mateus, ele se lembrou. Ela entrara na floresta, e ele a seguira, perdendo-a de vista por um momento e, quando a encontrara, havia mais alguém no local, que a sufocara e a levara para longe.

Mateus balançou a cabeça, voltando ao presente. Havia acordado cedo, embora tivesse faltado à escola, e estava sentado à sua escrivaninha do quarto, usando o notebook.

— Já estou indo — avisou Débora, batendo na porta do quarto.

Mateus não se virou para olhar para a mãe.

— Falou.

Ele ouviu os passos da mulher ecoando pelo corredor e voltou para o que estava fazendo. Havia aberto os e-mails para checar se havia alguma proposta de trabalho. Apesar de tudo, Mateus se orgulhava do que fazia: ele hackeava perfis e redes, falsificava documentos e forjava assinaturas. Não havia nada na caixa de entrada, e ele se desanimou, pois, desde que se mudara, não tinha recebido nenhum tipo de trabalho, o que dificultava sua vida, uma vez que Débora não recebia muito e se abarrotava de dívidas.

Mateus clicou nos *spams* só por desencargo de consciência e cerrou os olhos. Um monte de propaganda virtual, mensagens com vírus e um e-mail com o título "Consegue me entregar até segunda?". Ele deu dois cliques na aba e a mensagem pulou na tela. No corpo do texto, havia: "O dinheiro já está na sua conta", e, embaixo, um link.

Sem instrução, sem aviso. Ele achou esquisito, óbvio, e pegou o celular para checar o banco. Abriu o aplicativo e colocou a senha. Havia um depósito de mil reais em seu nome, o dinheiro estava bloqueado; Mateus largou o celular. O que era aquilo? Tentou ver o responsável pelo depósito, mas as palavras "sigilo bancário" apareciam na tela. Significava que só receberia quando terminasse o trabalho.

— Puta merda — ele murmurou sozinho, meio rindo.

Era ótimo, não tinha do que reclamar. Por isso, bloqueou o celular e clicou no link do e-mail, queria descobrir o que teria que fazer. De início, a tela do notebook escureceu e, um tempo depois, algumas páginas aleatórias se abriram sozinhas. Mateus ficou receoso com os vírus que poderia receber com a navegação, mas não deu muita atenção. Todas as páginas se fecharam juntas, e foi só. Ele pensou, então, que talvez o link estivesse criptografado. Por isso, baixou um *desprotetor* e copiou o link na barra. Assim que carregou, uma pequena janela foi aberta.

Mateus achou estranho. Era a gravação de câmeras de segurança. Um mosaico com várias cenas acontecendo ao mesmo tempo em preto e branco. No canto inferior, havia data e horário. Eram de três dias atrás e as filmagens mostravam quatro ângulos de um estacionamento cheio de carros luxuosos. Não havia ninguém ali, então ele avançou o vídeo alguns minutos. Continuava o mesmo. Avançou mais, então parou.

Ele assistiu de boca aberta, entretido. Uma mulher apareceu nas filmagens, caminhando feliz sobre os saltos, era elegante e sensual ao mesmo tempo. Ela entrou em um carro, uma Land Rover Evoque escura. Pelo outro ângulo da câmera, era possível observar um homem se aproximar; ele vestia terno e gravata. Entrou no carro, no banco do passageiro, ao lado da mulher, que estava no banco do motorista. Por fim, pelo outro ângulo, dava para notar que os dois começaram a se beijar — Mateus assistiu até o fim e ficou impressionado com a diversidade de posições que dava para experimentar dentro de um carro. Depois de tudo, o homem se ajeitou e saiu do carro, assistindo enquanto a mulher dava a partida e saía do estacionamento. Alguns minutos depois, o homem saiu do estacionamento com seu próprio carro, um Fusion, que, pelo tom de cinza na imagem, deveria ser branco.

Quando o vídeo acabou, Mateus não soube muito bem o que fazer. Ele recortou o vídeo e deixou apenas o pedaço que importava. Eram vinte minutos de pura pegação, ele pensou. Abriu o e-mail e respondeu o "Consegue me entregar até segunda?" com "Consegui te entregar em quarenta minutos", anexando o link *descriptografado* no corpo da mensagem. Clicou em enviar.

Ele levantou da escrivaninha e andou até a cozinha, querendo buscar algo para comer; não tinha tomado café da manhã ainda. Colocou Sucrilhos com leite em uma tigela e pegou uma colher, voltando para o quarto. De longe, viu o celular piscar com uma nova notificação.

Mateus chegou mais perto para olhar. Era o aplicativo do banco.

Um novo depósito foi desbloqueado.

●

— O que você tá fazendo? — Bianca olhou para a amiga, que tinha aberto o sanduíche e estava remexendo nos ingredientes do pão.

— Tirando a gordura do presunto — respondeu Mariana, fitando o sanduíche bagunçado aberto sobre a bandeja.

Bianca riu, colocando a mão sobre a boca e olhando ao redor. Estavam no refeitório da escola. Muitos estavam sentados às mesas, comendo das suas próprias bandejas, mas havia muita gente andando, apenas passando o tempo no intervalo, conversando com os amigos. Além de Bianca e Mariana, Camila também estava na mesa.

— Você sabe que, se fizer isso, não vai sobrar presunto, não sabe? — indagou Camila, comendo uma uva.

— Eu tô tentando cortar as carnes. — Mariana olhou para as amigas, tirando a fatia de presunto de uma vez e fechando o sanduíche. — Vou ser vegetariana.

Camila e Bianca se entreolharam e explodiram em uma gargalhada.

— Como assim?

— Você ama churrasco!

— Eu assisti a um documentário ontem e... — a menina voltou a dizer, decidida: — Não quero mais.

— Que loucura — comentou Camila.

— A Mari tá toda mudada, amiga — Bianca falou para a morena, provocando, e Mariana deu um chute na ruiva por debaixo da mesa. — Ai! — reclamou. — A culpa não é minha, você não contou pra gente que estava ficando com o Thomas.

Camila cuspiu uma uva.

— Você o quê?

— Eu te odeio! — Mariana vociferou para Bianca, que riu alto, jogando a cabeça para trás.

— Como isso aconteceu? — Camila perguntou, a cara torcida. — Você odeia o Thomas. Quer dizer, todo mundo odeia.

Mariana fechou os olhos e fez uma careta.

— Eu estava bêbada.

— Estava nada — apontou Bianca. — Eu te vi na adega, estava muito lúcida. Conta a verdade, Mari. Já passou, não tem problema.

Camila olhou desconfiada para Bianca e franziu o cenho, ainda sem acreditar no que tinha ouvido, mas se juntou à amiga.

— Não vamos te julgar. Somos suas amigas.

Mariana cruzou os braços.

— Aconteceu, tá bom? — ela resmungou, bufando. — Ele pede para ficar comigo desde o sétimo ano, e eu sempre digo que não, mas ontem… Sei lá, ontem eu quis. E daí?

As duas meninas ficaram paradas, os olhos arregalados. Não era o que esperavam ouvir.

— Ele é chato, mas é bem gatinho — admitiu Bianca.

— É verdade.

— E beija muito bem, nossa! — Mariana desviou o olhar, perdendo-se, um sorriso se formando no canto da boca.

Camila balançou a cabeça.

— Para, para! Não preciso saber disso, eca!

Mariana se voltou contra a amiga:

— Eu te vi com o nerd.

Bianca gargalhou, engasgando-se com a bebida.

— Ele chama Leonardo — Camila o defendeu — e é muito legal comigo. É muito bonito também.

— Vocês ficaram?

Camila negou com a cabeça.

— Por quê? — Mariana e Bianca perguntaram em uníssono.

A menina suspirou.

— Porque você gritou bem na hora.

Bianca se lembrou do momento exato e sentiu um calafrio subindo pela espinha. As gotas pesadas da chuva contra sua pele, Mateus ensanguentado saindo do bosque, a polícia.

— Foi uma loucura — Mariana comentou.

— Você falou com ele? — Camila fitou a amiga. — Com o Mateus.

Bianca negou, envergonhada.

— Ele estava bem confuso — apontou Mariana, terminando o sanduíche e recolhendo o lixo. — Falando sobre aquela garota, como se chama?

— Lana — respondeu Bianca.

— É. — Riu a outra. — Que doido. Deve ser coisa do seu irmão, Camila.

— Ele não comprou nada do Gustavo — Bianca o defendeu para a amiga.

— Então o que aconteceu?

— Não faço ideia.

As três ficaram sem assunto, terminando de comer. O intervalo estava no fim e os alunos estavam se espalhando pelo pátio, voltando para as salas. Elas se levantaram, pegando as bandejas, e caminharam até as lixeiras. Havia um aglomerado de pessoas em volta do balcão da cantina, e Bianca quis saber o que estava acontecendo. Ela ficou na ponta dos pés para enxergar, mas não conseguiu ver nada, então chegou mais perto.

— Aumenta o som! — Ouviu um menino dizer alto.

Uma das funcionárias da cantina pegou o controle da TV e aumentou o volume. Era o jornal da manhã. Bianca se assustou e segurou a mão de Mariana, ao seu lado, lendo a manchete no canto da tela: "Mais uma vítima de assassinato é encontrada em Monte Verde".

— Foi confirmado pela polícia local agora há pouco que o corpo encontrado em uma das florestas de Monte Verde é a terceira vítima da série de assassinatos que tem alarmado a população desde a manhã de ontem — Na televisão, Catarina Marinho falava ao vivo para o jornal principal de Minas Gerais. — Até o momento, não temos muitas informações, mas estamos aqui para fazer toda a cobertura. Só o que sabemos até agora é que a vítima era uma adolescente.

As aulas estavam passando rápido para Theo. Ele tinha tido Inglês, Física, História, Português, e, na última aula, estava tendo Matemática. Gostava quando o dia era assim: rápido.

Na lousa, havia uma lista de exercícios para fazer, mas os únicos números nos quais Theo conseguia pensar eram os que tinha recebido por mensagem. 351073. Era estranho, ele sabia. Não podia se perder tanto assim em teorias que sua própria mente montava, mas qual outra alternativa ele tinha? O que tudo aquilo queria dizer?

— Ei — Theo chamou, virando-se para trás.

Leonardo usava uma camiseta do *Rick and Morty* por baixo de uma jaqueta. O menino ergueu a cabeça, desprendendo-se da lição. A mesa estava uma confusão, parecia que o estojo havia vomitado todos os lápis para fora, tinha calculadora, papéis amassados e uma lata de refrigerante.

— O que foi?

Theo recuou, erguendo a sobrancelha.

— Calma aí! — desculpou-se. — Por que tá irritado?

Leonardo bufou.

— Ontem era a minha única chance — disparou. Theo não associou, então balançou a cabeça querendo mais informações. — De ficar com a Camila. Era a minha única chance.

— Ah.

— É — bufou de novo. — Ah.

Theo tentou se lembrar da noite passada.

— Mas eu vi vocês juntos ontem, o que aconteceu? — questionou, segurando a risada. — Ela não te quis?

Leonardo fechou a cara ainda mais.

— Ela me quis — falou. — Não tem como não me querer.

— Então não entendo o problema.

— O Mateus fez todo aquele show bem na hora que eu ia beijá-la.

Theo tinha entendido, apesar de ainda não enxergar o problema. Se Camila estava a fim de Léo, a qualquer momento eles se encontrariam.

— Esse é um motivo para você me ajudar, então — tentou Theo. — Com aqueles números que recebi.

Leonardo revirou os olhos, mas ajeitou a postura.

— Não sei como vamos descobrir o que eles significam — admitiu. — Podem ser milhões de coisas.

Theo pegou um lápis na mesa e começou a rabiscar nas folhas em branco do caderno de Leonardo.

— O início de coordenadas...

— Ou uma senha qualquer — Léo jogou no ar, colocando a latinha de refrigerante, que estava na mesa, no chão.

— Pode ser uma sequência.

Theo escreveu os números na folha.

— Ou apenas um número qualquer.

— Não acho que seja um número qualquer.

Leonardo juntou os lápis e guardou no estojo, depois puxou a calculadora, que estava a um centímetro de cair no chão.

— Trinta e cinco. — Leonardo tentou ler os números que Theo tinha escrito na folha.

— Dez — Theo leu o resto, decifrando sua letra ilegível —, setenta e três.

O menino balançou a cabeça, puxando a calculadora. Ele gostava de apertar, era como um tique. Digitou os números, as teclas fazendo barulho ao bater dos seus dedos.

— Impossível — Leonardo empurrou a calculadora, suspirando —, não tem como descobrirmos sobre isso sozinhos e não tem ninguém mais inteligente do que você para pedirmos ajuda.

Theo revirou os olhos e abaixou a cabeça, ajeitando os óculos. Ele queria poder dizer que estava certo e que, sim, aqueles números serviam para alguma coisa. Porém, não parecia haver outra função para eles além de ser apenas números ordinários. Ele ia se virar para a frente para terminar de fazer os exercícios, mas seus olhos passaram por algo, rápido, e ele voltou.

— Léo.

— É sério — o menino continuava a dizer, sem respirar —, eu sei que sou inteligente também, mas você entende dessas paradas de Física Quântica e tal...

— Léo — chamou.

— O quê?

— Olha isso.

O coração de Theo havia parado. Ele pegou a calculadora e a virou de ponta-cabeça, assim como um louco o faria, mostrando para o amigo. Leonardo abriu a boca, espantado, e jogou as costas na cadeira.

351073.

De ponta cabeça, Eloise.

●

Era muita coisa para assimilar. Theo e Leonardo não falaram mais nada até o fim da aula e, óbvio, não prestaram mais tanta atenção — não que fossem alunos prendados, mas no momento estavam praticamente inertes.

Quando o sinal tocou, Theo se levantou em um átimo, tropeçando no pé da cadeira e a mochila caindo sobre as costas. Leonardo fez o mesmo, os dois fazendo barulho e atraindo olhares. Os semblantes, preocupados. Theo correu até as mesas da frente.

— Preciso te mostrar uma coisa — ele chegou dizendo, por trás, para Clara.

Queria mostrar para ela os números de ponta-cabeça e falar de suas teorias quanto à Eloise. Ela olhou para ele, os olhos confusos.

— Theo, tudo bem?

Aquiesceu. Stefany estava ao lado da amiga e devia ser a primeira vez que Theo a via calada.

— A gente precisa conversar — disse.

— Agora eu não posso, tenho que ir para casa — Clara começou, desviando os olhos.

Theo se esforçou para se acalmar e apertou os punhos. Ele olhou para Clara, seus cabelos já estavam secos, mas ela ainda parecia cansada. Queria saber o motivo.

— Vamos, amiga? — Stefany a chamou.

Clara se aprontou e sorriu para Theo, que não fez nada. Ele queria ter coragem para chamá-la novamente. Leonardo, ao seu lado, assistiu enquanto as duas iam embora.

— E agora? — perguntou o amigo.

Theo não respondeu.

Eles caminharam, junto aos outros, e saíram da sala, cruzando o pátio cinza ao meio. Todos os alunos saíam no mesmo horário, até os do ensino fundamental, por isso Theo e Leonardo se perderam da turma. Ele notou um aglomerado de pessoas maior do que o habitual, mas não parou para pensar no motivo e continuou andando, não durou muito. Quando chegaram à saída, as portas estavam fechadas. Theo e Leonardo não estavam nem próximos às portas e um mar de alunos na frente dos dois exclamava, irritados com a situação.

A diretora Elisa apareceu segurando um microfone, outra funcionária da escola com uma caixa de som atrás da mulher.

— Atenção! — falou a diretora. — A aula acabou, mas ninguém vai sair. Não até os seus pais chegarem.

— O quê?

— O que tá acontecendo?

Os gritos dos alunos começaram a ficar mais altos.

A cidade era pequena, ninguém devia esperar os pais para ir embora. Theo era acostumado a voltar sozinho para casa desde a terceira série e todos os outros eram como ele.

— Eu sei que não estavam esperando por isso — afirmou a diretora Elisa —, mas, levando em consideração os acontecimentos recentes, não queremos correr riscos com vocês, crianças. Como sabem, mais um corpo foi encontrado na floresta e até agora as três vítimas eram jovens. Queremos que fiquem seguros e esperem seus pais. É só isso.

A funcionária da escola desconectou o microfone da caixa de som, fazendo um som estridente correr pelos tímpanos de todos, e a diretora saiu do alcance dos alunos.

— Que merda — Leonardo sussurrou ao lado de Theo.

Pelo visto teriam que ficar ali. Os pais trabalhavam e sabia-se lá quando poderiam arrumar tempo para buscar os filhos na escola. Theo enviou uma mensagem para a mãe e notou os outros fazendo o mesmo.

O pátio começou a esvaziar, as crianças começaram a correr e os meninos a jogarem bola. Alguns alunos foram para a biblioteca e outros voltaram para as salas de aula. O refeitório ficou lotado, e Theo só conhecia um outro lugar para ficar.

— Ei — chamou quando chegou perto de Clara novamente, ela ainda estava com Stefany, mas Isadora e Rafael estavam junto. — Acho que não vai mais pra casa, não é?

●

Não era o que Clara queria, mas pelo menos era melhor do que ficar em pé no pátio enquanto esperava pelo pai. Ela estava muito cansada por causa de toda a confusão que havia acontecido em sua casa naquela manhã. Não tinha contado nada para Stefany ainda e não sabia se conseguiria fazê-lo. Por isso, aceitara o convite de Theo. Se tivesse ficado sozinha com a amiga no pátio, teriam que conversar sobre o assunto e Clara precisaria contar a verdade ou inventar desculpas convincentes. Stefany sabia que sua mãe havia ido até a casa de Clara, mas não sobre os *flashes* de memória da amiga.

No momento, nem Clara conseguia acreditar na própria mente. Ela havia lembrado. De tudo. Tinha tantas informações dentro de si que jurava que estava à beira de um colapso.

Estava no laboratório de Física do professor Caio do qual, por alguma razão, Theo tinha a chave, esperando que alguém falasse alguma coisa.

— Tem um telescópio, mas não tem janela — admirou Leonardo, comentando com Theo, que riu.

— Pois é — concordou.

Clara cruzou os braços, impaciente.

— Eu me lembro.

Theo olhou para a menina, assustado.

— O quê?

— Eu me lembro.

— Isso estraga todas as teorias — reclamou Leonardo.

Clara negou com a cabeça.

— Não estraga — admitiu. — Reforça. Só eu me lembro, assim como o Mateus.

— Como tem tanta certeza? — Theo quis saber.

— Sentem — ela pediu. Os meninos se sentaram nos bancos altos de alumínio, próximos aos balcões de experimentos, e se entreolharam, confusos. — Eu tive um *flash* hoje cedo. Meu pai chamou o policial Bernardi pelo primeiro nome. Otávio. — Theo concordou com a cabeça. O policial Bernardi era quase seu tio. — Então. Foi aí que aconteceu. Um monte de *flashes* ao mesmo tempo. Foi pesado e chegou a doer, tipo uma enxaqueca — ela explicou. — Eu me lembrei. E é como se eu nunca tivesse me esquecido. Querem que eu conte?

Leonardo ergueu as mãos, em súplica.

— Que pergunta!

Clara aquiesceu, juntando os pedaços das lembranças.

— A Stefany me ligou na madrugada de ontem, ela estava na floresta, tinha seguido os pais até a primeira cena criminal. Nós sempre fomos apaixonadas por séries policiais, por isso ela achou que eu gostaria de participar. Bom, ela me perguntou e eu disse que não, queria dormir e estava tão frio. Eu falei que não era uma boa ideia que ela ficasse lá, afinal a mãe dela não fazia ideia da presença dela, e aí a Ster se lembrou do irmão mais novo, o Otávio. Ela disse que ele estava sozinho em casa e perguntou se eu podia ir ver como ele estava, porque ela estava preocupada. Eu não sabia que a cena era de assassinato até esse momento. Pensei em recusar, mas tadinho do Tav... Ele é só um bebê, como ela pôde deixá-lo sozinho?

"Eu fui. Saí escondida e peguei o carro. Fui para a casa dos Ferrari e encontrei Otávio dormindo na maior tranquilidade. Eu estava morrendo de sono e acabei dormindo ao lado dele. Quando eu acordei, ele não estava mais lá e eu me desesperei, fiquei com medo de alguém ter entrado na casa e feito alguma coisa. Stefany tinha me dito que um assassino estava à solta e nunca tivemos nada parecido por aqui. Eu procurei pela casa toda e acabei encontrando Otávio na cozinha, tomando sorvete, vestindo um pijama de dinossauro.

"Ele estava com medo e queria a mãe. Eu disse que a tia Dani estava no trabalho e que eu ia cuidar dele, mas não pareceu funcionar. Então tive uma ideia. Tirei minha pulseira e coloquei no pulso dele. Falei que aquela pulseira era o meu amuleto e que não tinha medo quando a usava, ele ficou feliz e tudo se resolveu. Depois disso, o dia já havia começado e eu não sabia mais o que fazer. Então eu coloquei Otávio no carro e dirigi até a cena do crime para encontrar Stefany e a tia Dani. Deu tudo certo, apesar de tudo. A mãe da Stefany brigou com ela, óbvio, e a mandou para casa com Otávio. Eu precisei esperar um pouco e depois fui para a escola. Depois disso, não sei o que houve com o Otávio. Eu só sei que a pulseira é, sim, minha. E fui eu quem a emprestou. As minhas digitais estão por todo o corpo daquela criança porque eu o carreguei no colo durante toda a manhã. Eu serei presa, há muitas provas contra mim."

Clara parou de falar. Ela respirou fundo, tirando um peso das costas, e continuou:

— Eu sei que é estranho...

Os meninos não haviam falado nada ainda, e ela estava com medo por ter agido feito uma louca.

— Aquela criança...

— Otávio — corrigiu Clara.

— Sim — Theo voltou a dizer. — Você tá falando que ele é filho da delegada e irmão da Stefany?

Clara assentiu.

— Filho do tio Renato também.

Theo se lembrou do pai de Stefany, o jornalista.

— Mas... — Leonardo começou. — Não.

— Como elas não se lembraram dele? — Theo questionou.

— Tem alguma coisa acontecendo por aqui.

— Isso é óbvio.

— Como você se lembra dele, então? — Theo parecia ainda não compreender.

Clara suspirou.

— A pulseira. Os gatilhos — disse. — Assim como você. Você tem *flashes* quando seu cérebro recebe algum gatilho, não é?

Ele aquiesceu.

— Talvez, se dermos gatilhos para elas, se lembrem também.

Fazia sentido.

— E... — Leonardo pareceu perdido. — Ele morreu.

Clara abaixou os olhos. *Pobre Otávio*, pensou.

A imagem do menino embrulhado no saco preto da perícia fez seu estômago revirar e, só de pensar em seu corpo dilacerado, como se tivesse sido queimado, a fazia querer vomitar. Ela conhecia Otávio desde o primeiro dia de vida do menino e o tratava como um irmãozinho, como pôde se esquecer dele? Como puderam assassiná-lo?

— Então a Bárbara... — Theo olhou para o amigo, a boca em uma linha fina.

— Ainda não sabemos, mas...

— Se o Mateus estiver certo, o corpo que encontraram pode ser da Lana — Clara declarou, convicta. — Agora, eu não sei quem é ela, mas a julgar pelo Otávio, talvez todos nós a conheçamos.

— Tem algo acontecendo — disse Leonardo —, e eu acho que sabemos quem é a próxima vítima. — Theo levantou e pegou a mochila. — Tem um número que anda me ligando. Ele me ligou no dia do meu acidente, quando acharam o primeiro corpo ontem e quando eu encontrei as coisas da Bárbara. Hoje, me mandou uma mensagem com uma sequência de números.

Ele mostrou a mensagem para Clara, que chegou mais perto para enxergar.

— O que significa?

— Demoramos para descobrir, pensamos que era algo mais complicado — admitiu ele. — Esses números, de ponta-cabeça, viram "Eloise".

O coração de Clara se afundou no peito, lembrando-se daquela manhã. Eloise havia a chamado de assassina.

— Isso quer dizer que ela pode ser a próxima? — perguntou Clara. — Como podemos ter certeza?

— Não temos certeza — disse Leonardo. — Ela pode ser a próxima vítima ou pode ser a assassina. Ninguém sabe.

— O que vamos fazer então?

— Ficar de olho — disse Theo.

Clara fitou os meninos, apreensiva. Eram três, não muito fortes. Não tinham chances.

●

As crianças do ensino fundamental fizeram tanta bagunça que os professores desistiram da socialização e os trancaram nas salas de aulas até os pais chegarem. Do lado de fora, o ensino médio estava indo embora aos poucos, uma vez que os responsáveis legais não tinham horários vagos nas agendas.

— Eu entendo o que você quis fazer, mas se esqueceu de uma coisinha, mãe. — Ana se sentou na poltrona estofada em frente à mesa da diretora

Elisa. — De mim!

A mulher fitou a menina, os olhos cansados.

— O que você quer agora, Ana?

Ela cruzou os braços.

— Ir embora — resmungou. — Disse para os outros que só podem ir embora na presença dos pais, mas você é minha mãe e eu não vou ficar aqui até você ir embora.

— O seu pai já está vindo buscar você e o Vinicius. Agora, por favor — pediu a mulher —, me deixe trabalhar.

Ana se levantou, sabia que não tinha conquistado nada e que sua situação era a mesma dos colegas, mas não queria se sentir inferior. Jogou os cabelos e saiu da diretoria, fechando a porta com força.

— E aí?

Helena e Laura estavam do lado de fora.

— Minha mãe disse que posso ir embora — mentiu, descarada —, mas prefiro ficar e esperar pelo meu pai. Minhas botas são novas e não quero sujar de lama.

— Tá certíssima, amiga — falou Laura, apoiando.

— Eu sei. — Ana piscou, sorrindo e olhando para as botas bordô. — São tão lindas quanto eu.

Laura riu, e Ana notou Helena revirar os olhos.

— Olha, eu tô achando que todo esse ar quente que o seu ego produz é a causa do aquecimento global — falou a garota de cabelo rosa que, naquele dia, estava preso em tranças.

Ana sorriu. Ela amava quando suas características irritavam outras pessoas.

— É a vida, *friend.*

Elas caminharam pelo gramado do pátio, as nuvens tampando o sol, como sempre. Ana pegou o celular e rolou o *feed* do Instagram por alguns minutos depois de terem sentado em um banco de madeira. Ela tinha certeza de que não havia nascido para estar naquele lugar, tinha vocação para ser uma Kardashian.

— Ei, vocês — ouviu uma voz —, finalmente as encontrei. — Ana ergueu o olhar e bufou, voltando-se para o Instagram. Era o irmão mais novo dos Alencar, Gustavo. Nenhuma das três lhe dirigiu a palavra. — Quero meu dinheiro.

— Que dinheiro? — Ana perguntou ao levantar a cabeça, curiosa.

— Vocês pegaram doces ontem na festa — ele disse.

Helena se colocou de pé, arrumando a roupa.

— Não pegamos, não — respondeu. — Nós nunca compramos nada de você.

Era impressionante como todo aquele joguinho de vender drogas estava subindo para a cabeça de Gustavo, pensou Ana; ele mal conseguia cuidar da própria vida, quem dirá lucrar com dinheiro sujo?

— Vocês ficaram muito chapadas e agora não se lembram — alegou o menino, que tinha cabelo curto e olhos castanhos —, mas tudo bem, porque eu anoto o nome de quem me deve. Posso até não ser bom em várias coisas, mas sou um ótimo empreendedor.

Ele tirou a mochila dos ombros e abriu o zíper, procurando por algo no fundo da bolsa. Arrancou uma agenda azul de dentro e abriu em uma página qualquer, mostrando para as meninas. A primeira que se aprontou para olhar foi Helena, como sempre, depois Laura e, por fim, Ana. No topo, estava a data do dia anterior e, embaixo, uma lista de nomes. Apesar de Ana querer fazer um comentário irônico sobre como estava surpresa por saber que Hugo — que era um asiático todo certinho — era um dos clientes de Gustavo, encontrou seu nome marcado entre os outros.

— Você tá me zoando? — A loira puxou o caderno das mãos do menino com força. — Eu não comprei nada de você ontem!

— Eu não minto. Se eu anotei, então comprou.

— E quando foi isso? — Laura interveio.

Gustavo se esquivou.

— Bom, eu também não sei — respondeu. — Não me lembro.

— Então é mentira — disse Ana.

Ele olhou para os lados, ansioso.

— Olha, você pode achar o que quiser, mas vai ter que me pagar ou vou contar para a sua mãe — ele virou a cabeça para a direita e Ana fez o mesmo, visualizando a mãe, que tinha acabado de sair do escritório e estava conversando com o seu irmão, Vinicius — que está comprando drogas e, pior, não está pagando por elas.

O sangue de Ana ferveu de raiva. Era injusto pagar por algo que não tinha usado. Ou tinha? Ela estava na dúvida. Tinha bebido e fumado tanto na noite passada que acordara de ressaca. No fim das contas, não duvidava que pudesse ter usado algo mais forte — não que nunca tivesse usado.

Ela se virou, abrindo a bolsa e pegando a carteira.

— Ana, você não precisa... — Helena começou, insegura.

— Quanto é?

— Vinte — Gustavo respondeu.

— Muito caro — Laura falou alto, os olhos arregalados.

Gustavo olhou para a direita de novo, para onde a diretora Elisa estava parada. Vinicius já tinha saído do campo de visão deles e a mulher estava sozinha, olhando para onde estavam.

— Trinta.

— O quê? — Ana parou de mexer na carteira.

— Sua mãe tá vindo na nossa direção e, se não quiser pagar quarenta, é bom ir mais rápido — falou.

Ana pegou as notas, resmungando, e entregou para ele, que guardou no bolso e sorriu. Curvou a cabeça e viu a mãe se aproximando devagar.

— Se quiserem mais, podem me chamar.

Gustavo piscou, satisfeito. Do lado oposto ao da diretora, vinham Lucas e Camila.

— Seu pai chegou — disse Elisa para Ana, que se voltou contra a mãe:

— Finalmente.

Ela suspirou, a mãe colocando os braços em torno de seus ombros e a puxando para perto.

— Vem, Gu, vamos embora. — Ela ouviu Camila chamar pelo irmão mais novo sem se aproximar tanto da roda.

O menino olhou para as meninas e riu, despedindo-se.

— Querem ir pra casa comigo? — questionou Ana, encarando as amigas.

As duas negaram com a cabeça. Deviam estar nervosas por causa do idiota do Gustavo, Ana pensou.

— Tenho que esperar meu irmão — falou Helena.

— E a minha irmã — completou Laura.

Ana revirou os olhos e virou as costas, dando graças a Deus por finalmente estar indo embora da escola e ter um fim de semana inteiro pela frente.

●

Camila estava preocupada com a família.

Sempre foi assim, desde criancinha. Tinha medo que seus pais se divorciassem quando era menor ou que seus irmãos se machucassem. Era ela que tentava manter a família unida e estabilizada — embora não surtisse muitos efeitos positivos. No momento, seus pais estavam trabalhando mais do que de costume. Os dois eram médicos, plantões sempre foram rotina na casa dos Alencar. No entanto, os homicídios agitavam todas as áreas profissionais da cidade e os dois passavam mais tempo com a perícia no necrotério do que nos corredores do hospital.

Seu irmão, Lucas, nunca havia dado muito trabalho. Era meio idiota e gostava de chamar a atenção, mas os dois sempre foram muito próximos e compartilhavam do mesmo grupo de amizade. O problema mais grave, no geral, era Gustavo. Camila não conseguia colocar em palavras o que vinha em sua mente quando pensava no irmão caçula. Ele sempre foi mais desobediente aos pais e bagunceiro na escola, mas nunca passaria por sua cabeça que o irmão começaria a vender drogas. Fazia dois meses desde que Gustavo começara com o negócio e, para Camila, o pior era que ele tinha clientes assíduos. Gustavo realmente estava ganhando dinheiro e, por causa disso, não seria fácil tirá-lo do ramo. No começo, ela e Lucas haviam pensado que era apenas uma brincadeira passageira, mas as coisas foram saindo do controle e agora não tinham outro meio de ajudar o irmão sem contar para os pais.

A festa da noite passada tinha sido crucial para a decisão dos dois. Lucas e Camila viram o irmão vendendo doces para muitas pessoas, como nunca haviam visto antes. Eles precisavam agir rápido.

— Você vai contar pra ela? — Lucas sussurrou para Camila.

Os dois estavam no banco de trás do carro, as mochilas entre eles. Gustavo estava sentado no banco do passageiro e a mãe, Jaqueline, ao volante. No rádio, as notícias sobre o último corpo achado na floresta. Era uma garota adolescente, sem identificação ainda. Camila sentiu um arrepio na espinha.

— Eu não — ela sussurrou de volta para o irmão.

— Tínhamos combinado — reclamou Lucas.

— Sim, que você contaria para ela.

Camila apontou para a mãe com a cabeça. O menino negou com a cabeça. Era um ano mais velho que ela e estava prestes a se formar.

— Nós dois falamos então — decidiu —, depois do almoço.

Camila cruzou os braços, reclamando mentalmente. Não era boa em delatar pessoas e não queria fazer Gustavo ficar de castigo, mas o que mais poderia fazer para tirar o irmão dos apuros?

— O que os dois tanto cochicham aí atrás, hein? — Jaqueline olhou para trás pelo retrovisor, provocando em tom de brincadeira.

Lucas esbanjou um sorriso falso.

— Nada — Camila murmurou.

A mãe pareceu ignorar.

— Preciso que faça um favor pra mim, filha — voltou a falar Jaqueline, direcionando-se para Camila, quando estacionou o carro na garagem de casa. — Não estou me sentindo bem, vou passar a tarde em casa. Você pode ir entregar as chaves do consultório para o seu pai?

Camila assentiu e parou.

— Não me diga que ele...

— Sim — disse a mãe. — Necrotério.

O coração dela parou, odiava aquele lugar. Na verdade, odiava todo o tipo de coisa que pudesse lhe dar o mínimo de medo. Só de imaginar o lugar, já tinha calafrios. Camila era muito medrosa e isso não era segredo; pelo contrário, era motivo de piada. Tinha medo de quase tudo e praticamente surtava quando a luz do seu abajur queimava na hora de dormir.

Lucas escondeu o riso, mas Gustavo riu de verdade no banco da frente. Camila chutou o estofado, querendo atingir as costas do irmão.

— Parece que você vai ter que contar pra ela sozinho.

Ela ergueu as sobrancelhas para Lucas.

●

Clara recebeu uma mensagem de Catarina, e, em menos de cinco minutos, o Honda estacionou no meio-fio da calçada da escola. Ela entrou no carro, sentando no banco do passageiro, e colocou o cinto de segurança. Sentiu os olhos da tia sobre si, mas continuou muda. O carro cruzou a rua

Europa com a rua dos Alpes, ainda perto da escola; andou em linha reta por mais uns minutos e chegou à avenida Monte Verde, a rua principal da cidade.

— Tem certeza de que é uma boa ideia trabalhar hoje? — questionou Catarina, parando em frente ao café. — Não sei nem por que foi para a escola.

Clara suspirou.

— Para me distrair — falou.

— Mas mesmo assim...

— Eu quero — disse Clara, curta. — Todos têm problemas e continuam trabalhando e estudando. Eu também.

Catarina desligou o carro e olhou para a sobrinha. Clara percebeu marcas de expressão se formando nos cantos dos olhos da mulher, que também aparentava estar cansada. Pouco tempo antes, ela tinha visto a tia na televisão.

— Você tem que pensar em um jeito de consertar isso — sugeriu Catarina. — Seu pai contratou um advogado enquanto esteve na escola e marcou uma reunião entre vocês. — Ela engoliu em seco, nunca estivera em uma reunião. Ou com um advogado. — Quer dizer, eu não sei como a sua pulseira foi para no braço daquela criança — a mulher continuou, e Clara tremeu ao se recordar do corpo dilacerado de Otávio e de como as pessoas simplesmente não o reconheciam —, mas sei que você não tem nada a ver com isso. É muito horrível, você não seria capaz.

Clara se lembrou de que Catarina tinha acompanhado as três cenas criminais e se perguntou como a tia conseguia ser tão fria na frente das câmeras.

— Essa menina — continuou Catarina, referindo-se à última vítima, e Clara se esforçou para tirar o nome "Lana" da cabeça — tinha a sua idade.

— Já sabem algo sobre ela?

Catarina negou.

— Isso é estranho, mas hoje teremos respostas.

Clara se confortou. Talvez os médicos conseguissem alguma coisa. Ela saiu do carro e acenou para Catarina, que mal estacionou e saiu de novo.

Quando adentrou o café, o cheiro de pão de queijo preencheu as narinas de Clara e ela percebeu que estava com fome, então caminhou direto para a cozinha. Seus pais ainda não haviam chegado — deviam estar ocupados com advogados, ela pensou —, de modo que encontrou apenas Débora.

— Boa tarde — a mulher saudou, lixando as unhas sobre o balcão.

— Oi.

Clara pensou em Mateus e tentou pensar num jeito de convencer Theo a investigá-lo.

— Sabe, eu estava querendo conversar com sua mãe... — Débora ergueu a cabeça, querendo a atenção de Clara, que tinha acabado de morder um pão de queijo. — Vou precisar sair mais cedo hoje. Emergência familiar.

Será que Mateus estava bem?

— Ela já deve estar chegando — foi o que a menina respondeu, torcendo para a mãe chegar depressa. Estava ansiosa com a história sobre o advogado.

A mulher voltou para as unhas, e Clara pegou o celular para mandar uma mensagem para Theo. Era estranho, ela sabia. Eles não tinham intimidade alguma, mas, mesmo assim, ele era o único que acreditava nela no momento e o único que parecia entendê-la.

Era com quem Clara podia contar.

●

A chuva havia começado a cair quando Camila chegou no UPV — Unidos Pela Vida, o pequeno hospital de Monte Verde —, mas, antes que fosse atingida por uma gota sequer, correu para debaixo do toldo que cobria a ala do pronto-socorro. Era engraçado, Camila sempre pensava, como o tamanho da cidade implicava as regras. Não havia muito trabalho para os médicos e socorristas dali, então se juntavam apenas em um prédio. O UPV era hospital, clínica, pronto-socorro, reabilitação e necrotério.

Ela pegou o celular e viu as horas. Já passava do meio-dia, horário de almoço — o que explicava a falta de pessoas circulando pelo local. Passou pela recepção da clínica e pegou o molho de chaves que sua mãe havia pedido para levar ao pai.

Era difícil ter pais médicos, era o que Camila sempre falava para quem perguntava. Apesar de serem financeiramente estáveis, os pais nunca paravam em casa e era plantão atrás de plantão, sem contar as brigas. No entanto, ela e os irmãos já estavam acostumados. Camila só não estava acostumada com o necrotério, achava um absurdo o pai se interessar pelos mortos depois de ter estudado quase dez anos para salvar uma vida.

Trouxe as chaves, ela mandou para o pai e encostou as costas na parede fria do corredor, piscando. As luzes fluorescentes eram claras e o ambiente asséptico, todo branco, causava tontura junto com o cheiro de medicamento. O chão de linóleo estava escorregadio, Camila torceu para que o líquido que pingava no chão fosse apenas água. Ela ouviu um barulho e notou uma maca virando na esquina do corredor, sendo empurrada por enfermeiros e seguida por médicos apressados, todos correndo em sua direção. Camila se esquivou, colando o corpo na parede para dar espaço, e conseguiu admirar o paciente, que estava cheio de fios conectados ao peito e cânulas para respirar, um enfermeiro ia de joelhos sobre ele na maca, fazendo massagem de ressuscitação. Eles entraram no elevador gigante no fim do corredor e o lugar ficou calmo novamente.

Camila sentiu o celular vibrar. *Desce aqui,* era a resposta do pai. Seus dedos tremeram imediatamente e ela resmungou, caminhando em direção ao elevador que havia acabado de subir com o paciente na maca. Apertou o botão. Estivera três vezes naquele andar e havia odiado cada uma delas; odiava o cheiro, a sensação e o gosto amargo que ficava em sua boca depois. Camila não gostava de mortos, tinha medo, assim como tinha medo de todas as outras coisas. Por que mexer com o que está quieto?

O elevador chegou e ela entrou, o coração batendo forte contra as costelas. Apertou o menos dois e sentiu o impulso do elevador puxar seu corpo para baixo. Quando as portas prateadas abriram com um apito, Camila engoliu em seco. O corredor que se estendia à sua frente era gigante e parecia não ter fim, era largo e havia macas estacionadas por todos os lados. Ela enxergava sujeira no chão e nas paredes, e conseguia ouvir um barulho de algo pingando no chão insistentemente. No teto, havia uma luz achatada falhando.

Ela apertou o passo, os tênis fazendo barulho no chão, ecoando pelo corredor. Havia uma porta dupla no fim do corredor, e Camila se viu correndo em direção a ela, o pulso acelerado. Ela ouviu um nítido clique enquanto a porta se destrancava por dentro e gelou, a respiração entrecortada. A menina parou no meio do corredor e fez as contas. Qual era mais perto: voltar para o elevador ou ir até o pai?

Como se estivesse rindo da situação, Marcelo Alencar abriu a porta vestido com um jaleco branco até os joelhos. Camila suspirou e se sentiu segura no mesmo instante. Ela sabia que não tinha o que temer, mas não tinha culpa do coração disparar, tinha?

— Por que demorou? — Ela ouviu a voz do pai e fechou os olhos, sentindo uma gota de suor escorrer pelas costas.

— O e-elevador — arfou, mentindo.

Marcelo sabia dos medos da filha, mas tentava agir com naturalidade perto dela, a fim de mostrar que não havia o que temer.

— Vem, entra. — Camila olhou para trás de novo. Preferia a luz piscando do corredor sujo às gavetas geladas do necrotério; de repente, o corredor não era assim tão gigante. — Vou pegar um papel para você entregar para a sua mãe — disse depois de pegar as chaves. Ela passou pela porta, que fez um barulho oco ao encostar no trinco, e tirou o cabelo do rosto. Camila ficou imóvel, obrigando os olhos a olharem para um ponto fixo, assim ela não teria muitas lembranças do local. — Isso aqui está uma bagunça — reclamou Marcelo — e hoje a polícia vem aqui, tenho que pedir para arrumarem as vítimas.

Os ouvidos de Camila se aguçaram.

— A polícia?

— É. — O pai abaixou atrás de uma mesa, e Camila acabou desviando o olhar para encará-lo. *Droga.* O lugar era pequeno e cinza, havia lâmpadas penduradas sobre as mesas de alumínio, que combinavam com as gavetas ocupando todas as paredes. Camila se perguntou quantos corpos haviam guardados e se as vítimas assassinadas também estavam ali. O pai dela estava jogado sobre a mesa de escritório, que não ornava com o resto da *decoração*, procurando por algo.

Os pés de Camila se mexeram, querendo explorar o local. Ela sabia que não era uma boa ideia, afinal teria que dormir com o abajur aceso por vários dias depois daquilo. O tom esverdeado das paredes refletia nas gavetas cinza, e, de perto, Camila pôde perceber o quão grande eram. Havia plaquinhas em cada uma delas; sobre a mesa de alumínio, instrumentos para exames.

— Vão pegar os relatórios sobre as duas vítimas de ontem — explicou Marcelo.

— E a de hoje? — Camila se lembrou do intervalo, quando vira a reportagem sobre a nova vítima.

Marcelo ergueu o corpo. O ar chumbado o estava deixando esgotado e espetava a nuca de Camila. Ela podia ver o suor no colarinho do pai.

— Não terminamos com ela ainda — declarou simplesmente, e Camila sentiu um calafrio nas costas pelo jeito que ele falava. — Meu Deus, onde coloquei aquele documento? Sua mãe precisa daquilo hoje.

— O que vocês descobriram? — Ela olhou para o pai, curiosa.

E ele parou de fazer o que estava fazendo. Camila o encarou.

— Não vai ficar com medo? — questionou. Ela engoliu em seco e se esforçou para balançar a cabeça negativamente. Já estava com medo. — A polícia suspeita de um assassino em série, mas não tinha evidências quanto a isso — disse. — Nós achamos algo. É... uma marca.

— Marca? — quis saber Camila.

Marcelo assentiu, meio hesitante, e caminhou até onde ela estava. Camila não conseguiu dizer nada, mas, se tivesse conseguido, provavelmente teria dito para o pai não ter feito aquilo.

Ele colocou a mão no puxador da gaveta e puxou com força. O barulho do metal arranhando nos trilhos ardeu nos ouvidos de Camila e ela se assustou, dando um pulinho para trás. Seu coração havia voltado a bater forte, o cheiro que subiu era ácido. Devagar, Camila abaixou a cabeça, havia um corpo entre ela e o pai.

O tecido fino do lençol branco moldava toda a silhueta do corpo, e Camila assistiu enquanto o pai puxava o pano para baixo, revelando pele morta. Ela sentiu medo e depois nojo, o cheiro estava a deixando zonza. A pele da garota estava acinzentada num tom azulado e os cabelos enrolados desgrenhados; os olhos, mesmo fechados, estavam inchados e havia muitas veias saltadas em sua testa, em agonia.

— Aqui. — Marcelo virou a cabeça da garota com naturalidade, estava usando luvas, e Camila não se lembrava do momento em que o pai as tinha colocado. — No pescoço, olhe.

Camila se aproximou, o pescoço da garota à mostra. Realmente havia uma marca esquisita. Era como queimaduras tracejadas e feitas propositalmente. Eram traços e pontos repetidos, acompanhando o maxilar dela.

— Todos eles têm essa marca? — Camila engasgou.

O homem aquiesceu.

— É uma semelhança, e assassinos em série trabalham com coisas do tipo — disse, virando novamente a cabeça da garota, voltando ao lugar. — A criança e as duas garotas, no mesmo lugar. É um mistério.

— Quem faria isso?

Ele deu de ombros.

— Psicopatas.

— E as famílias deles? — Camila sentiu o nó na garganta, lembrando-se do dia anterior, na Fazenda Radical, quando vira o corpo do menino. Era apenas uma criança, devia ter família.

O pai de Camila suspirou, fitando-a.

— Ninguém apareceu e a notícia correu por todo o país, ainda está correndo — alegou, examinando. — É por isso que é um mistério.

Uma criança e duas adolescentes. Devia existir pais e irmãos preocupados, pensou Camila. Era estranho ninguém tê-los procurado. Ela se lembrou de Clara sendo intimada pela delegada Ferrari e dos amigos nervosos. Ninguém tinha culpa — inclusive Clara, que nem mesmo se lembrava do porquê de sua pulseira aparecer misteriosamente na mão da criança. Aquilo tudo estava mexendo com a cabeça de todos.

— Me lembrei! — A voz de Marcelo tirou Camila do transe, ela se assustou quando o pai fechou a gaveta com o corpo da menina dentro. O barulho estalou nos ouvidos dela de novo. — Já volto, o documento da sua mãe está na outra sala, ali atrás.

Ele saiu andando depressa e a deixou sozinha naquela sala cheia de cadáveres. Camila piscou várias vezes e sentiu a respiração saindo devagar. Ela olhou para a gaveta, agora fechada. Não parecia que havia alguém ali dentro, ela sentiu um aperto no coração.

Camila sentiu o celular vibrar no bolso da calça. Era uma mensagem de Lucas: *Não consigo contar pra mãe, acho que vou bater no Gustavo até ele desmaiar e aí a gente pensa no que fazer com esse drogado.* Ela não respondeu, pois chegou outra mensagem: *Amiga, tira essa ideia da minha cabeça. Desde que cheguei em casa, tô pensando no Mateus. O que será que aconteceu ontem na festa? Quem é essa Lana?* Era de Bianca. O mundo estava tão diferente nos últimos dias, todos estavam estranhos e Camila sentia que tudo girava em torno daquelas mortes. Uma vítima estava bem atrás dela naquele momento e ela tinha a chance de pensar a respeito.

Ela tinha certeza de que a ideia não era a melhor que já tivera, mas no momento era tudo o que fazia sentido. Camila deu dois passos para trás para ver onde estava seu pai, ela conseguiu enxergá-lo mexendo nas gavetas da mesa na outra sala. Respirou fundo e puxou a maçaneta da gaveta com o corpo, era pesada e fria. Seus dedos tremiam e parecia que seu coração estava batendo tão rápido que faltava pouco para parar. Tampou o nariz e levantou o lençol branco, posicionando a câmera do celular na marca do pescoço, de perto e de longe. Depois do *flash*, posicionou o lençol e empurrou a gaveta para dentro, devagar para não fazer barulho.

Marcelo apareceu no mesmo instante, Camila ainda sentia a adrenalina correndo em suas veias, estava ofegante e não sabia onde posicionar os olhos. Nunca havia feito algo do tipo.

— Tudo bem? — o pai perguntou quando chegou perto, entregando o documento.

Ela apenas balançou a cabeça, assentindo. Tinha certeza de que, se abrisse a boca, gritaria.

●

Theo avistou Clara ao longe, no fim da rua, e desviou o olhar quando notou que ela também olhava para ele. Fingiu que via as horas e acabou vendo-as de verdade. Uma da tarde. Ela estava a pé e ele, de bicicleta. Theo pedalou mais rápido para alcançá-la. O céu estava cinzento e a chuva havia parado, dando lugar à garoa, que, não muito diferente, estava ficando mais forte.

— Você não devia estar no trabalho? — Foi a coisa mais brilhante que Theo pensou em dizer.

Estava pensando em como daria início à conversa desde que saíra de casa e não tinha conseguido pensar em nada que não fosse óbvio ou muito aleatório. Ele foi pego de surpresa quando recebera a mensagem de Clara pedindo para se encontrarem em frente à casa de Mateus.

— Devia.

Ela sorriu, Theo tentou capturar seu olhar. Ele desceu da bicicleta e a jogou sobre os arbustos, andando sobre a grama.

— Vamos mesmo fazer isso? — perguntou ele.

— O quê? Aparecer como estranhos na casa de um garoto que nunca nos viu e falar que acreditamos nas loucuras que ele fala? — Clara constatou, irônica, e tentou prender a risada. — Acho que sim.

Era o suficiente para Theo.

Caminharam até a porta branca da casa e se entreolharam, tímidos. Será que estavam passando dos limites? O que poderiam fazer além daquilo, no entanto? Clara apertou a campainha, que gritou, estridente.

— Será que ele tá em casa?

— Acho que não tem muito para onde ir.

Clara apertou a campainha mais uma vez e a porta irrompeu, abrindo de uma vez, cortando o ar. Havia uma porta falsa de rede contra mosquitos meio verde, meio transparente entre eles. Theo encarou Mateus, que parecia irritado, como se tivesse acabado de acordar.

— Quem são vocês? — o menino perguntou, coçando a cabeça, a voz grogue. Estava mesmo dormindo.

— Clara — apresentou-se ela. — E Theo.

— Da escola.

Mateus franziu o cenho.

— E o que vocês querem?

Theo limpou a garganta.

— Estávamos na festa ontem e...

— Ah, isso. — Mateus ergueu a sobrancelha, como se já esperasse pelo assunto. — Esqueçam, eu estava confuso.

Era compreensível que estivesse com vergonha.

— Não tem problema se você... — Theo queria intervir, mas Mateus empurrou a porta corta mosquitos, e ele parou de falar.

Mateus era alto, e Clara deu três passos para trás para conseguir encará-lo sem erguer a cabeça. Agora, os três estavam na varanda.

— Eu falei para esquecer! — vociferou. — Agora vão embora daqui!

Theo olhou para Clara, como quem diz: "eu tentei". Estava pronto para ir embora, mas ela não deixou para lá.

— A Lana — disse Clara, firme. — Também nos lembramos dela.

Mateus abriu a boca, surpreso, sendo seguido por Theo. O que ela tinha acabado de falar? Os dois nem sabiam quem era Lana, quanto mais se lembrar dela.

— É sério? — perguntou Mateus.

— Bem, não — Theo interrompeu Clara, tentando consertar a situação. — Não nos lembramos dela, mas tem acontecido coisas semelhantes conosco e acho que você está passando pelo mesmo que a gente.

— E o que seria? — Os olhos de Mateus estavam fixos e intercalavam entre os dois.

— Não sabemos — Clara se esquivou —, pensamos que talvez pudéssemos descobrir juntos.

Mateus gargalhou.

— Como num filme? — falou, irônico. — Um grupo de adolescentes tentando solucionar um mistério.

— Escuta — Theo tentou mais uma vez —, eu sofri um acidente e descobri que havia mais alguém comigo no carro, uma garota, mas ninguém se lembra dela, nem mencionam o nome dela.

— Sabe a criança que foi assassinada? A que encontraram o corpo na Fazenda ontem? — Clara entrou no meio. — Aquele garotinho era o irmão da minha melhor amiga e filho da delegada. Elas não se lembram dele.

— Como você se lembra?

— Por um momento, não me lembrei — disse. — Encontraram minha pulseira junto com o corpo e agora eu sou suspeita de assassinato.

Mateus recuou e pensou sozinho por um tempo.

— Entrem.

●

— Preciso te mostrar uma coisa! — Camila entrou no quarto de Lucas sem bater e se arrependeu no mesmo instante, gritando: — Ah!

O irmão mais velho de Camila não estava sozinho, havia alguém por baixo do edredom. Eles haviam se separado no susto, mas Lucas ainda estava com os lábios inchados de beijos e cabelos bagunçados, sem camisa.

— Camila! — ele gritou de volta, jogando o edredom sobre o corpo. — Bate na porta!

Camila entrou no quarto e cruzou os braços. Ela havia combinado com o irmão que, enquanto fosse levar as chaves para o pai no necrotério, ele ficaria para contar à mãe sobre as novas artimanhas de Gustavo.

— Não foi esse o nosso trato.

O edredom ainda estava se mexendo, e Camila não sabia quem estava por baixo dele, ela se conteve para não puxar e revelar a garota.

— Sai do meu quarto! — Lucas tacou uma almofada na irmã, que desviou.

— Não — disse. — Você tinha que conversar com a nossa mãe. Se eu soubesse que você ficaria em casa para ficar se agarrando com qualquer uma, não teria aceitado ir para o necrotério, que você sabe que é o lugar que eu mais odeio no mundo.

— Ei! — Ouviu um grito abafado pelo cobertor. — Qualquer uma, não.

Camila arregalou os olhos e, por um segundo, quis vomitar.

— Laura!

— O quê?

A menina riu, descobrindo a cabeça.

— Você é minha amiga! — Laura olhou para Camila, como quem diz: "e...?". — Não pegamos os irmãos das amigas — rebateu Camila, apesar de estar falando sozinha.

Lucas estava deitado sobre os braços, relaxado. *Desgraçado!*

— Eu não tenho irmãos — disse Laura, rindo.

Camila suspirou e observou a cena. Como Laura, uma das *meninas da cidade*, filha do prefeito, estava com Lucas? Ele era bem mediano para falar a verdade.

— Eu odeio vocês — alegou Camila, saindo do quarto.

— Ei! — Ela ouviu o irmão chamar e olhou para trás a tempo de assistir Laura fazer carinho nos cabelos curtos de Lucas. Seu estômago se revirou. — O que tinha para me mostrar?

Camila se lembrou da foto que havia tirado da marca do cadáver e se estressou.

— Nada — falou, batendo a porta.

Ela encostou na parede do lado de fora do quarto e suspirou. Por que o irmão sempre pegava suas amigas? No fim, as meninas se apaixonavam e era Camila que tinha que catar os caquinhos.

— Que momento... íntimo.

Virou a cabeça e viu Gustavo, rindo dentro do seu próprio quarto. Camila entrou no dormitório e se sentou na cama, arfando, os braços cruzados. Gustavo estava no computador, jogando um jogo de tiro.

— Que nojo — comentou ela, não sabia se da cena de Laura e Lucas ou de todo aquele sangue na tela do computador, o que a fazia se lembrar do necrotério. Gustavo não respondeu, ela estava acostumada com isso. Ele só falava quando queria, era um delinquente. — Escuta...

Camila se levantou, indo até o irmão mais novo e apoiando a mão em seu ombro.

— Hum? — ele murmurou, desvencilhando-se do toque dela.

— É sério, precisamos conversar, Gu.

— Fala aí.

Camila balançou a cabeça, tomando coragem. Talvez, se falasse direto com Gustavo, não precisasse contar para os pais.

— Eu sei que você não usa, só vende, mas...

— Aham.

Gustavo apertava os botões do computador com força, rápido, e curvava o corpo para conseguir uma visão melhor no jogo.

— Isso pode se tornar um caminho sem volta e não quero que você se perca — disse, observando a tela do computador. — São drogas, Gustavo, é muito sério e...

— Ahãm.

— Você tá me ouvindo? — Camila olhou para o irmão e notou que ele estava usando fones de ouvido. — Filho da mãe.

Ela se afastou, percebendo que Gustavo não havia ouvido uma palavra sequer do que dizia e que, provavelmente, estava falando com os outros jogadores. Camila andou até a parede e arrancou o fio da tomada com força.

— Ei! — ele gritou. — O que... O que você fez? O que você fez?!

— Eu estava falando e você estava brincando de arminha! — rebateu Camila, as mãos na cintura.

Gustavo arrancou os fones e os jogou sobre o teclado, nervoso.

— Era Counter Strike, sua idiota! — protestou ele, levantando-se e passando por ela. — Era on-line!

Camila cruzou os braços.

— Escuta aqui — falou —, esse é o único jeito de ganhar a sua atenção. É melhor você parar de vender drogas ou eu vou contar para os nossos pais.

Gustavo parou o que estava fazendo por um segundo e depois voltou para a cadeira, sentando-se com calma, em silêncio. Ele se virou e olhou para a irmã com um sorrisinho.

— Se você contar, eu conto os seus segredos.

— Você não sabe nada sobre mim — ela tentou.

Ele riu.

— Você sabe que eu sei.

Então Gustavo se voltou para a tela do computador e apertou um botão para reiniciar a máquina.

Camila não respondeu. Ela saiu do quarto, rápido, e parou no corredor. Respirou fundo, seu coração aos pulos. Seus irmãos lhe davam trabalho. Seria possível Gustavo saber algo comprometedor a seu respeito?

Ele podia saber de tudo, ela constatou, menos sobre as noites no Marco Zero.

●

O termômetro atrás de Catarina marcava 10° C. Os carros passavam devagar pela rua principal e a neblina já fazia parte dos cenários de gravação.

— Até o momento, não se sabe como andam as investigações. A polícia de Monte Verde se manteve isolada durante a manhã, juntamente com a delegada da cidade, Daniela Ferrari, que, depois de acompanhar a última cena criminal, foi para a delegacia, onde permanece agora. — As palavras saíam livremente pela boca da jornalista, ela era experiente. — As vítimas ainda não foram reconhecidas, mas nos prometeram informações até a noite de hoje. Às sete e meia da tarde, o prefeito fará uma reunião com os moradores da cidade para decidirem novos meios de segurança. O evento acontecerá na igreja para prevenir superlotação na prefeitura. Seguirei acompanhando e fazendo a cobertura completa da série de assassinatos que tem acontecido por aqui. Catarina Marinho, direto de Monte Verde.

— Corta.

Catarina abaixou o microfone e o devolveu para o técnico de som, que desligou a iluminação e retirou os fones de ouvido dela. Ela observou a equipe desmontar os equipamentos.

— Você é bem melhor nisso do que eu — comentou Renato Ferrari, aproximando-se.

Ele era o editor-chefe do jornal de Monte Verde, mas, desde que Catarina chegara, tinha feito as reportagens televisivas sozinha.

• *Rua principal: confira o QR Code #4*

— Em dar notícias ruins? — Ela sorriu para o homem mais velho.

Ele concordou, entristecido.

— Em contar a verdade para o povo — ele corrigiu.

Catarina quis falar algo a mais, mas Renato saiu do seu campo de visão, chamando por um dos rapazes do áudio, que havia ficado para trás.

— Podem ir, pessoal — ela disse para a equipe, que estava entrando na van. — Vou ficar por aqui para tomar um chocolate quente e depois acompanho vocês.

Não esperou por respostas, de modo que atravessou a rua silenciosa e entrou em uma chocolateria. O lugar era bem rústico e tinha cheiro de açúcar, havia uma fileira de chocolates por quilo, como um *self-service*, e um balcão para pedidos.

— Boa tarde — uma garota de cabelos rosa cumprimentou detrás do balcão, era jovem, apenas uma adolescente —, no que posso te ajudar?

— Um chocolate quente.

— Eu levo na mesa.

A atendente piscou um olho e entrou na cozinha para deixar o pedido. Catarina se virou e escolheu sua mesa. Ela se sentou na do canto, pois estava sentindo frio, e pegou o celular para passar o tempo. Conversou com alguns amigos pelo WhatsApp e mexeu no Twitter por alguns minutos.

— Um chocolate quente saindo. — Catarina ouviu uma voz grossa, tinha cem por cento de certeza de que não pertencia à garota dos cabelos rosa.

Ela olhou para trás, de onde a voz vinha, e deu de cara com Eduardo, que tinha encontrado no dia anterior na Fazenda Radical.

— Oi.

Catarina acabou sorrindo, não sabia se pela presença de Eduardo ou se pelo cheiro do chocolate.

— Não acredito que ia tomar chocolate quente e nem me convidou. — Ele fingiu estar ofendido.

— Não sabia que éramos amigos.

Eduardo colocou a xícara na mesa e se sentou ao lado de Catarina.

— Tem razão, não somos. — Catarina o encarou, sem entender. — Amigos não podem se beijar, então não quero ser seu amigo — explicou Eduardo, sorrindo de lado.

Catarina sentiu um arrepio correr em sua espinha. Ela queria dizer que não iria beijá-lo, mas estava na cara.

— Amigos podem, sim, se beijar.

— Isso não estraga a amizade? — questionou ele.

— Só se o beijo não for bom.

Ela bebeu um gole do chocolate quente.

●

Amanda Lins estava ansiosa. Esperava por um evento daqueles havia muito tempo e finalmente aconteceria — não como gostaria, de fato, e em circunstâncias terríveis também, mas pelo menos seria vista. Ela amava ser vista.

Dali a algumas horas, haveria uma reunião com os cidadãos de Monte Verde e era óbvio que a ideia de acalmar a população por meio de contato humano havia sido dela. O marido de Amanda, Esteves, era o prefeito e, para falar a verdade, não era muito bom em tomar grandes decisões. Por trás de um grande homem, sempre há uma grande mulher, não é o que dizem? Era dessa maneira que a cidade funcionava, a primeira-dama tinha as melhores ideias nos momentos mais inoportunos.

Dois dias haviam sido suficientes para aterrorizar a cidade com hipóteses de que um assassino estava matando a sangue-frio. Amanda não tinha certeza quanto a isso, afinal esse era um trabalho para Daniela Ferrari; no entanto, sabia que precisavam acalmar as pessoas e seus ânimos. Tinha conversado com o marido naquela manhã, e, depois do almoço, a reunião fora aprovada e começaram a divulgá-la. Aconteceria na igreja, o lugar que cabia mais pessoas na cidade. Pela falta de eventos, Amanda tinha certeza de que ninguém ousaria perder a oportunidade.

— Rosa! — gritou Amanda, chamando pela empregada.

Três segundos depois, a senhorinha apareceu no batente da porta do quarto.

— Senhora?

— Você viu meus Louboutin?

Amanda ergueu o corpo para olhar para Rosa, que tinha os cabelos brancos presos em um coque firme. A empregada adentrou o quarto e caminhou até o *closet*, admirando os sapatos. Havia milhões deles, ordenados por cor.

— Qual é esse, senhora? — questionou Rosa.

Amanda bufou, colocando as mãos na cintura.

— O de sola vermelha, Rosa. Será que eu tenho que fazer tudo por aqui? — a mulher falou alto, impaciente.

— Eles estão na parte de baixo, senhora.

Rosa se esquivou, agachando para alcançar o par de saltos. Amanda levantou a cabeça, pegando os sapatos, e os admirou. O salto tinha quinze centímetros e era de verniz preto, simples e elegante, assim como uma primeira-dama deveria ser.

— Ótimo — ela mexeu as mãos para a outra mulher —, agora vá caçar o que fazer.

A empregada balançou a cabeça em afirmação e saiu do lugar, deixando Amanda sozinha no *closet*. Já tinha os sapatos, precisava pensar no que vestir. Mexeu nos cabides, passando os vestidos de lá para cá a fim de escolher algum. Vermelho era muito sensual; o amarelo, muito feliz; o preto, muito mórbido. Amanda decidiu usar o azul-marinho, ficando no meio-termo. Por cima, um casaco da mesma cor.

— Mãe! — Ela ouviu uma voz fina invadindo o quarto e se virou para fitar Júlia. — Tô te chamando faz um tempão e você nem me responde.

Amanda sorriu para a filha mais nova. Júlia tinha doze anos e estava crescendo tão rápido! Assim como as irmãs, tinha olhos azul-claros e cabelos acobreados.

— Não ouvi — desculpou-se Amanda —, estava escolhendo minha roupa para hoje.

Júlia se colocou sobre as pontas dos pés para olhar além da mãe, no *closet*. Era muito curiosa.

— E escolheu?

— Mais ou menos — respondeu. — O que você quer?

— A Mari disse que ia me ajudar com o meu trabalho de Biologia, mas ainda não chegou da escola — falou a menina.

Amanda caminhou pelo quarto, batendo os saltos no assoalho, e se sentou na cadeira da penteadeira para escolher as joias que usaria.

— Como assim? — perguntou a mulher. — Mandei o motorista do seu pai buscar as duas na escola meia hora atrás. Os alunos não podiam sair sem os responsáveis hoje e eu não tive tempo...

Mariana e Laura já deviam ter chegado, pensou Amanda. Moravam perto demais da escola.

— A Laura tá na casa da Camila Alencar, eu mandei mensagem.

— Camila Alencar, elas são amigas?

Júlia colocou as mãos na boca, escondendo a risada.

— Acho que minha irmã é mais amiga do irmão da Camila — falou, delatando Laura. — Amanda arregalou os olhos. Qual irmão Alencar Laura estava beijando naquele momento? Era a maior dúvida da mãe. — Mas a Mari não responde — disse Júlia.

— Deve estar sem bateria, na casa da Bianca — alegou Amanda. — Pede pra Rosa te ajudar com o trabalho, ela tá sem serviço.

Júlia cruzou os braços e suspirou. Amanda ouviu os pezinhos batendo no piso do chão quando a menina deixava o quarto e relaxou. Amava suas três filhas, mas elas lhe davam mais trabalho do que imaginara que dariam quando engravidara. Porém, tinha orgulho delas. Eram chamadas de *meninas da cidade* e eram populares, era tudo o que uma mãe poderia desejar.

Amanda se olhou no espelho e viu os mesmos traços das filhas, ela agradecia a Deus pela genética forte e perfeita, sem nenhuma marca de expressão. Mexeu a cabeça e estralou o pescoço, sentindo um peso nos ombros. Estava tensa? Precisava relaxar para a reunião, então pegou o celular e digitou uma mensagem: *Podemos nos ver agora?*

●

Fazia muito tempo desde a última vez que Theo havia entrado na igreja — assim como o resto da cidade. Durante os domingos, Adriano D'Ávila pregava para um punhado de pessoas, que nunca passava de vinte ou trinta pessoas. Mas era só.

No momento, no entanto, Theo tinha certeza de que havia quase duzentas pessoas no lugar. Não tinha mais espaço para sentar e os corredores também estavam lotados, pessoas do lado de fora tentavam ouvir o que se passava do lado de dentro e o zumbido do falatório apitava nos ouvidos dele.

• Igreja batista: confira o QR Code #5

Ângela e Marcos, os pais de Theo, também estavam ali e prestavam atenção na programação. Ele reconheceu muitas pessoas, colegas da escola, conhecidos e parentes. Ao lado dos pais de Theo, estavam sentadas Martha e Helen Garcia, as mães de Rafael, que era amigo de Clara, ele se lembrou. Mais para frente, Theo reconheceu Pedro e Helena, a garota de cabelos rosa da sua sala, sentados ao lado dos avós, Heitor e Cristina Dantas, dois velhinhos, donos da chocolateria mais famosa da cidade. Na primeira fileira de bancos, estava a família do prefeito, ao lado da família de Stefany, com Renato e Daniela Ferrari.

Ele procurou por Clara e demorou para conseguir encontrá-la. Ela estava ao lado dos pais, em uma rodinha excluída dos demais, junto com a diretora Elisa e o marido, Daniel. Ana e Vinicius, os filhos da diretora, não estava juntos. Theo quis ir até Clara, mas não queria parecer estranho, por isso ficou no lugar. Não tinham obtido tantas respostas depois de terem conversado com Mateus à tarde e os dois estavam tristes por isso, porque a única esperança que tinham havia sumido. Ao contrário do que imaginavam, Mateus não sabia de nada e a única semelhança que tinham com o garoto era o fato de sua memória estar embaçada. Precisavam de mais.

— Cara! — Theo ouviu a voz de Leonardo vindo de trás ao mesmo tempo em que sentiu um tapa forte nas costas. — Não acredito que estamos em uma reunião da cidade.

Theo se levantou, ajeitando os óculos, que tinham caído sobre o nariz.

— Ué, por que não?

Leonardo riu.

— Isso é coisa de filme.

Era verdade, pensou ele. Os últimos dois dias tinham sido intensos e as coisas estavam acontecendo realmente como num filme na mente de Theo.

— Aposta quanto que o prefeito vai impor um toque de recolher? — Theo desafiou o amigo, que o puxou pelo corredor.

Os dois andaram, afastando-se dos pais de Theo. Ele conseguiu enxergar mais conhecidos. Marcelo e Jaqueline Alencar estavam sentados em um dos últimos bancos, ao lado dos três filhos, Gustavo, Lucas e Camila, que piscou para Leonardo. Theo riu internamente.

— Você viu isso? — Leonardo perguntou, surpreso, e o outro assentiu.

— É a *friendzone* — respondeu. — Eu a conheço bem. Certeza que tenho moradia fixa por lá.

Leonardo deu um soco no ombro de Theo.

— Não podem nos dar horário para dormir — disse.

— Claro que podem — rebateu Theo, encostando na parede. — Não tem como proteger a cidade se todos estiverem na rua e...

— Não vai ter toque de recolher, Theo — disse Leonardo. — Não pode ter. Meu Deus, imagina que horror...

Assim como num filme, ele quis acrescentar.

— Dez reais — Theo apostou, estendendo a mão.

Leonardo ergueu a cabeça, convicto, e os dois apertaram as mãos enquanto o microfone ressoava no púlpito, desafinado. Theo olhou para frente, a igreja cheia, as conversas cessando. O prefeito Esteves batia no microfone para chamar a atenção.

— Teste um, dois... — O microfone vibrou nas caixas de som. — Boa noite a todos, obrigado por virem. Decidimos fazer essa reunião com os cidadãos para esclarecer dúvidas e contar as últimas novidades sem que vocês precisem assistir a um jornal que não é instalado na cidade.

Havia muitas pessoas com o prefeito no púlpito. A família Lins, com a primeira-dama e duas das três filhas, as *meninas da cidade*, que Theo conhecia da escola. Ali só estavam Laura e Júlia, a mais nova — ele não encontrou Mariana. A família Ferrari, simbolizando segurança — da parte da delegada — e notícias jornalísticas — por Renato —, com Stefany ao lado. Havia também alguns policiais, mas Theo só conhecia seu tio, o policial Bernardi. Ele ergueu a cabeça para encontrar sua prima, Bianca, na multidão. Ela estava sentada ao lado de Guilherme, seu irmão postiço, na segunda fileira de bancos. Ainda no púlpito, estava a família D'Ávila, que cuidava da igreja, com Adriano, Priscila e Lucca. Theo se lembrou da noite anterior, quando Mateus jurara que Lucca tinha uma irmã gêmea chamada Lana — naquela tarde, durante a conversa que tiveram, Mateus repetira a história para Theo e Clara. Eles não sabiam se podiam acreditar, mas preferiram não duvidar.

— Estamos todos assustados com os últimos acontecimentos e nos vimos na obrigação de conversar com todos sobre os fatos — disse o prefeito. Theo conseguia enxergar sua testa suada do fundo da igreja. — Por isso, pedirei para que a delegada Ferrari conte como andam as investigações.

— Boa noite — saudou Daniela Ferrari. — Ontem, durante a manhã, um grupo de turistas encontrou o corpo de uma jovem na floresta; mais tarde, acharam o corpo de um garoto de aproximadamente sete anos na

Fazenda Radical. Hoje pela manhã, mais um corpo apareceu na floresta, outra jovem.

Theo observou Leonardo engolir em seco, sua família havia sido citada. A Fazenda Radical era uma tradição de Monte Verde e era ruim para a imagem ter uma morte vinculada.

— Onde estão seus pais? — perguntou Theo.

Leonardo apontou para a direita com a cabeça. Theo esticou o corpo para enxergar Miguel e Ingrid Monteiro, ao lado de Eduardo, o irmão mais velho de Leonardo, que estava passando as férias na cidade. Os pais de Leonardo se divorciaram havia alguns anos e a única relação que mantinham era a de sociedade no trabalho. Além do mais, eram amigos ainda, por isso estavam juntos sempre que Theo os via.

— Não sabemos muito ainda, mas podemos afirmar que foram três assassinatos brutais — alegou a delegada. — A perícia terminou os serviços e estamos trabalhando arduamente nas investigações. O que nos intriga, no entanto, é o fato de que ninguém da cidade conhece as vítimas. Todas elas são apenas crianças e nenhum responsável apareceu ainda. Isso nos deixa com duas hipóteses: a primeira é a de que as vítimas são turistas que estavam visitando a cidade, o que não faz muito sentido, já que, mesmo sendo turistas, viriam com a família. A segunda hipótese é a mais arriscada. Eles não são de Monte Verde. Quem está fazendo isso, o assassino, apenas descarta os corpos aqui. — Um suspiro coletivo ecoou pela igreja. — Tendo em vista a segunda hipótese ser a mais provável, ajuda federal chegará amanhã e teremos mais notícias para vocês em breve. No mais, tomem cuidado e fiquem atentos. Será imposto um toque de recolher a partir de hoje. Não saiam de casa depois que o relógio marcar dez horas da noite.

— Não acredito!

— O quê?

— Como assim?

— A temporada está chegando, os turistas não virão pra cá!

O público começou a se alvoroçar, e Theo percebeu a preocupação no rosto de todos. Algumas pessoas se levantaram, querendo respostas, e a confusão havia começado a se instalar quando a delegada bateu no microfone com força para atrair olhares.

— A medida é para a nossa proteção — falou, firme. — Quem for pego nas ruas depois das dez horas será escoltado pela polícia e, dependendo das atividades, será imposta uma multa.

Theo ergueu a mão e fez gesto de "passa pra cá" para o amigo, que bufou e tirou a carteira do bolso para pegar a nota de dez.

— Até o início da próxima semana, esperamos ter os laudos médicos das vítimas e suas identidades reveladas — a delegada Ferrari afirmou, despedindo-se enquanto deixava o microfone sobre o palanque. — Sem mais.

A população da cidade, toda concentrada em apenas um lugar, alarmou-se, mas continuou sentada, querendo mais. Adriano D'Ávila pegou o microfone em silêncio, discreto.

— Deus não joga dados — disse o pastor. — O momento pode ser de apavoro, mas teremos respostas em breve, então temos que agir com paciência. Por enquanto, vamos fazer uma oração a favor das vítimas, que sofreram tanto nas mãos de alguém tão maldoso.

Adriano orou no microfone enquanto as pessoas se levantavam para ir embora, e Theo concordou com ele. "Deus não joga dados." Einstein nunca aceitara que o universo fosse governado pelo acaso, por isso aquilo tudo tinha que significar alguma coisa.

●

Leonardo adorava quando toda a cidade estava junta em um só lugar. Além do clima esquisito que pairava no ar, todos sabiam dos relacionamentos e conflitos dos outros. *Não chegue muito perto dos Torres, eles são metidos. Permaneça ao lado dos Dantas, vai que eles te dão um chocolate!* Ele devia ser o único que pensava dessa maneira, porque era nítido o desconforto nos olhares que os cercavam.

Depois que a reunião acabou, ele e Theo continuaram parados no mesmo lugar — encostados na parede do fundo, observando todo o resto. Era algo que eles gostavam de fazer.

— Se o assassino fosse daqui... — Theo começou, e Leonardo o interrompeu:

— Espera, espera, espera — falou. — Você acha que ele não é daqui?

— De Monte Verde? — debochou o amigo, erguendo os óculos. — Não mesmo. Ninguém aqui conseguiria fazer algo do tipo.

Leonardo fitou Theo. Como ele podia se contentar com tão pouco? Se tinham um mistério, precisavam pensar grande.

— Ele *é* daqui, com certeza — finalizou Leonardo.

— Hum... Tá — disse Theo. — Já que a sua teoria é de que ele é daqui, quem você acha que é?

O menino olhou em volta. Estavam todos ali. O prefeito Esteves conversava com a delegada Ferrari no púlpito, cercados por policiais. No nível do chão, os adultos conversavam em rodas e os adolescentes saíam da igreja aos poucos.

— Beleza, eu tenho quatro.

— Quatro? — Theo virou o corpo. — Tem quatro suspeitos?

Leonardo deu de ombros, como se dissesse: "o que posso fazer?".

— Eu reduzi bastante. No começo eram sete — disse. — Bom, tecnicamente seis. Você estava duas vezes.

— Eu? — falou Theo. — Eu sou suspeito?

Ele assentiu.

— Você, a Clara, o Mateus e a Eloise — Leonardo falava como se não fosse esquisito. — Quer dizer, isso se desconsiderarmos os adultos, eles têm mais chances de fazer isso, então... É.

Leonardo pensou que Theo falaria mais alguma coisa, mas o menino não o fez. Quis saber o porquê, mas logo descobriu. Ao lado deles, entrando pela porta dupla da igreja, estava Mateus com a mãe.

— Olha quem cheg...

— Eu vi.

Mateus caminhou pelo corredor largo ao lado da mãe, que se sentou em um dos bancos, como quem não quer nada. Depois, ele virou o corpo e voltou por onde entrou, parando ao lado dos meninos.

— E aí? — ele cumprimentou.

— E aí? — Leonardo respondeu, olhando para Theo, que também não soube muito como agir perante à situação. Ele sabia que o amigo tinha ido até a casa de Mateus naquela tarde.

— Vocês chegaram meio atrasados — brincou Theo.

— Minha mãe não se importa muito com os assassinatos pra mandar a real, e eu nem sabia que isso estava acontecendo.

Os três balançaram as cabeças, desconcertados.

— Vocês estão ocupados? — Leonardo ouviu uma voz fina vindo em sua direção.

— Não... — Ele se virou pra respondeu e deu de cara com Camila. *Meu Deus.*

— Ótimo — ela sorriu, juntando-se aos três —, porque hoje ninguém quer me ouvir, estão todos ocupados, e eu achei uma coisa, preciso mostrar para alguém.

— O que você achou? — Theo se interessou.

Leonardo não sabia que Camila era curiosa, assim como ele; isso só o fez se interessar mais pela garota. Quase haviam se beijado na noite passada, ele ainda precisava conquistá-la.

— Não sei se interessa a vocês, mas... — a menina gaguejou. — Ontem vimos o corpo daquela criança juntos e... acho que interessa.

— O que você achou? — repetiu Theo, impaciente. Só Leonardo sabia o quanto o amigo queria informações.

— Isso.

Camila mostrou o celular, havia uma foto.

— Bonita — Mateus elogiou.

— O q-quê?

Na *selfie*, Camila fazia biquinho no espelho. Ela realmente era muito bonita.

— Ai... Ai, meu Deus — ela sussurrou, tocando no celular e passando a foto. — Foto errada. Essa é a certa.

De novo, ela virou o celular e os três meninos se aproximaram da tela. O *flash* do celular havia estourado na imagem, mas era possível ver as marcas, como queimaduras, sobre a pele de alguém. Eram traços e pontos, a mente de Leonardo começou a trabalhar sem que ele mandasse.

— O que é isso? — perguntou Mateus.

— Meu pai me mostrou. Ele disse que todas as vítimas têm essa marca, no lado esquerdo do pescoço — falou Camila, ainda mostrando a foto. — Ele disse que é a simetria do assassino, é uma pista. Quando ele saiu da sala, eu tirei a foto.

— Por que fez isso? — Os olhos de Mateus corriam pelo rosto dela. — Você também está com problemas de memória?

Camila franziu o cenho e curvou a cabeça, confusa.

— O quê? Não — murmurou. — Só achei interessante, queria mostrar para alguém, então tirei a foto porque achei que não acreditariam em mim e...

— Meu Deus — Theo sussurrou ao lado de Leonardo.

— O que será que significa essa marca? — questionou ele, voltando-se para Camila.

— Não sei se significa alguma...

— Finalmente te encontrei. — Outra voz invadiu a roda.

Era Bianca, a prima de Theo, que não deu muita importância para ninguém, apenas para Mateus.

— Oi — ele disse.

— Você faltou na escola hoje, eu queria saber se estava tudo bem — a ruiva pronunciou devagar, como se pisasse em ovos.

— Tô bem — respondeu Mateus, seco.

— Ah — Bianca murmurou, os olhos no chão.

— Olha isso, Bia — Camila mostrou o celular para a amiga —, essa marca está em todas as vítimas.

Bianca arregalou os olhos.

— E o que isso significa?

— Não sabemos ainda — respondeu Theo.

Leonardo pensou na mensagem que o amigo havia recebido naquela manhã. Tinha achado que eram apenas números, mas eles formavam uma palavra. Eloise. Era muita coincidência, ele não queria se fazer de ignorante mais uma vez. E se aquela marca tivesse um significado real? Eles precisavam investigar.

— Espera aí! — Mateus olhou para Camila, os olhos brilhando, um sorriso se formando. — Você viu as vítimas? No necrotério, quero dizer.

Camila negou com a cabeça.

— Só uma — disse. — A menina que encontraram hoje.

Ele parou e respirou fundo, como se tomando coragem.

— E como ela era?

— O quê? — Camila se perdeu. — Não sei.

— A aparência dela, como se parecia? — o menino perguntou, aflito.

Leonardo gostaria de saber o porquê de Mateus estar fazendo perguntas do tipo, então não interveio. Ele percebeu que Theo fez o mesmo.

— Não sei. Por quê?

— E se for a Lana? — ele questionou.

— O quê? — Bianca pareceu pasma.

— Faz sentido. — Theo apontou para Mateus, e eles se comunicaram por um olhar que só os dois entenderam.

— Não faz sentido nenhum — Camila disse.

— Ela estava com um vestido azul? — Mateus perguntou.

Camila negou. E riu da inocência do garoto que, agora, parecia desanimado.

— Eles ficam pelados.

— Tá, então… — Ele pensou. — Os cabelos. Lana tinha cabelos longos, castanhos, enrolados. Eram cachos bem pequenininhos.

Bianca fitou Mateus com um olhar que Leonardo não conseguiu decifrar. Devia ser algum tipo de ciúmes de mulher.

— Bom… — Camila franziu o cenho, engolindo em seco. — Sim. — Leonardo abriu a boca. — A pele estava fria e meio azul, mas era branca, bronzeada — disse Camila, recordando-se. — É só o que deu pra ver. Eu tenho outra foto, mais de longe. — Ela pegou o celular e passou o dedo pela tela. — Aqui.

A foto era idêntica à outra, mas nessa dava para ver um pouco mais de pele. Era possível ver a orelha, coberta pelo cabelo cacheado, e um pouco do maxilar, boca e nariz.

— Talvez eu esteja louco — murmurou Mateus, desviando o olhar e se afastando do celular.

— É ela, não é? — Theo perguntou para ele.

Todos ficaram mudos. Seria possível?

— Sim.

●

— Clara, esse é o Gael. Ele será o seu advogado amanhã quando for depor na delegacia — disse Lorenzo, apontando para o homem de terno e gravata que havia acabado de se aproximar.

Ela o conhecia e, antes de responder, pensou em como o mundo podia ser injusto em suas coincidências. Gael Ferraz era um dos melhores advogados da cidade; muito provavelmente, devia ter estudado junto com os pais de Clara no ensino médio, assim como ela estudava com Eloise, que era filha dele. A ironia de que a filha do seu advogado havia a chamado de assassina, porém, mostrava como, naquela cidade, todos estavam conectados.

— Oi.

Clara foi iluminada pelo relâmpago que surgiu no céu.

— Tudo bem? — Gael estendeu a mão para Clara, que aceitou. — Pronta para amanhã?

Clara sentiu um frio na barriga. Como as coisas haviam ido do zero a um milhão em apenas dois dias? Mesmo depois de ter se lembrado de tudo, precisava depor a favor de sua liberdade e provar que não tinha matado Otávio. No entanto, como explicaria uma coisa dessas quando ninguém ao menos conhecia a vítima como ela o conhecia? A questão era provar sua inocência para a mãe do menino morto, que não se lembrava dele.

— Mais ou menos — ela acabou respondendo.

Um trovão ecoou, fazendo eco dentro da igreja. Já estava acostumada com as tempestades de Monte Verde, mas sempre era pega desprevenida pelos trovões.

— Amanhã chegaremos mais cedo na delegacia para conversar com o Gael, Clara — disse o pai dela. — Assim entenderemos melhor toda essa história e trabalharemos em cima dela.

Ela aquiesceu, insegura. Seus pais eram tranquilos, nem mesmo haviam perguntado o que tinha acontecido. Clara tinha medo de que pensassem que era capaz de matar uma criança. Esperava que não.

Olhou para trás e viu a mãe, que conversava com a diretora Elisa e mais algumas pessoas em uma rodinha perto deles. Clara franziu o cenho, lembrando-se de seus pais conversando com a diretora na escola no dia anterior. Não se recordava de que eram amigos.

— Sim — concordou Gael, esbanjando um sorriso conquistador, bem diferente da filha. — Agora você tem que descansar, mas amanhã resolveremos as coisas. Fique tranquila.

— Tudo bem.

Ela olhou para a porta dupla da igreja, que indicava a saída, e enxergou um raio no céu. Outro relâmpago apareceu.

— Quer ir falar com seus amigos? — Lorenzo a fitou, Clara ouviu as primeiras gotas da chuva, que logo se intensificaram. — Preciso resolver umas coisinhas ali com sua mãe e o pessoal.

Clara olhou para a direção em que o pai apontava. Era a rodinha de conversa da qual sua mãe participava. Ela percebeu que Flávia Boaventura, a mãe de Hugo e Isadora, também fazia parte do grupo, junto com Saulo e Eliana Torres, os pais de Thomas, que eram considerados os mais ricos da cidade. Thais Ferraz, esposa de Gael, estava na roda, conversando com Eliana. Sobre o que uma diretora de escola, donos de um café, uma farmacêutica, advogados e um empresário, dono de usinas hidrelétricas, poderiam conversar? Lorenzo caminhou em direção à roda, junto com Gael, e cumprimentou Flávia, Thais, Eliana e Saulo com apertos de mãos. Clara queria assistir e descobrir o que estavam tramando, mas seu celular vibrou em sua mão, junto com o novo trovão. Era uma mensagem de Theo: *Acho que temos uma pista. Marco Zero.*

●

Como sempre, Stefany estava nervosa — tinha o Sol em Áries e, no momento, tinha quase certeza de que estava entrando na TPM. Nos últimos dias, ela tinha se metido em muitas confusões — principalmente com sua mãe —, porém estava acostumada com isso. Stefany entrava em brigas que nem pertenciam a ela, era seu jeito.

Quando a reunião acabou, ela deu graças a Deus e desceu do púlpito ignorando a vergonha que tinha passado — achava desnecessário ter que seguir a família em declarações políticas.

Os adultos conversavam em grupinhos fechados e ela percebeu que os amigos estavam saindo da igreja pelas portas duplas, então correu para alcançá-los.

— Estava *toda-toda* ali em cima, hein? — Isadora disse ao se juntar a ela, e as duas caminharam lado a lado pelo corredor largo.

Stefany riu.

— Credo.

— Quero ir embora, será que vão demorar ainda?

A asiática cutucou a amiga, apontando para as rodinhas dos adultos conversando. Stefany percebeu que a mãe de Isadora, Flávia, estava na mesma roda que os pais de Clara, o que fez a menina se lembrar da melhor amiga.

— Não sei, não — ela respondeu. — Minha mãe ainda vai demorar pelo visto.

A delegada Ferrari ainda estava no púlpito, uma fila de pessoas se formava para conversar com a mulher.

— Ei. — Stefany ouviu uma das vozes que mais detestava na face da Terra. Ana se aproximou dela e de Isadora e jogou os cabelos para o lado. — Vocês por acaso viram a Mari?

Stefany não tinha tanta afinidade com as *meninas da cidade*, conhecia Laura melhor do que Mariana, mas ainda assim não eram próximas.

— Não vi — respondeu Isadora, e Stefany negou com a cabeça para a loira tingida à sua frente.

Ana revirou os olhos.

— Estão todos procurando por ela — falou.

— Como assim?

— Não sei, não me importo. — Deu de ombros. — Só sei que ninguém a viu depois que saiu da escola hoje.

Stefany sentiu algo se revirar em seu estômago.

— E aí, gente, tudo bem? — Laura se aproximou de Ana, abraçando a amiga de lado, acompanhada por Helena. — Vocês a viram?

— Não.

— Ai, meu Deus. — A menina, que era irmã mais nova de Mariana, suspirou, nervosa. — Minha mãe está ligando para ela, mas ela não atende. Eu tô com medo.

— Calma, vai dar tudo certo — Helena acalmou a amiga, afagando seus ombros.

— Não deve ser nada de mais, Laura. — Ana olhou para ela. — Certeza que ela tá se pegando com um *boy*.

— A Mari não é assim — respondeu Laura. — Ela nos avisaria e...

— Todos são assim, eu enrolo meus pais quase todos os dias para fazer as coisas que quero.

— Nem todo mundo quer ser como você, Ana — Stefany se intrometeu, a raiva fazendo seu sangue ferver. Odiava aquela menina.

— Nem todos podem ser.

Isadora percebeu que a amiga provavelmente surtaria e causaria uma discussão no meio da igreja, então tocou em seu braço. Stefany olhou para a menina, tentando se acalmar e decidindo não responder à Ana. As duas deixaram as meninas para trás. Esperava que nada demais acontecesse com Mariana, mas, se pudesse escolher, daria um fim em Ana.

— Você viu a Clara? — Stefany perguntou para Isadora.

— Acho que ela saiu, tem um pessoal lá fora.

Stefany assentiu e as duas ultrapassaram as portas, chegando ao lado de fora. A chuva estava muito pesada e o vento, forte. Ela abraçou o próprio corpo e abotoou o casaco.

— Cadê? — gritou sobre o barulho da tempestade para Isadora, que tentava colocar os cabelos pretos dentro do gorro do moletom.

Havia algumas pessoas que Stefany conhecia do lado de fora, apoiadas na parede, protegidas pelos toldos da igreja, mas Clara não estava ali. O estacionamento de pedras estava cheio de carros, e o que a ajudava enxergar eram os varais de lâmpadas amarelas, que balançavam muito por causa do vento.

— Ali!

Isadora apontou o dedo para frente, e Stefany cerrou os olhos para conseguir enxergar. Ela viu que tinha algumas pessoas dentro do Marco Zero da cidade e notou Clara. Stefany e Isadora enfrentaram a chuva e correram em direção aos amigos. Elas pingavam quando entraram dentro do círculo de madeira, que tinha teto e cercado.

— E aí?! O que estão fazendo? — Stefany disse, percebendo a situação pela primeira vez: eles pareciam sérios.

Com semblantes frios, Clara estava acompanha por Bianca, Camila, Leonardo, Theo e Mateus, o garoto novo. Os seis assistiam, sem entender, enquanto Isadora e Stefany tentavam se secar.

— Nossa, que cara é essa? — brincou Isadora, desistindo da tarefa e cruzando os braços.

— Estamos só conversando — disse Clara, colocando-se à frente dos outros, parecia que queria esconder algo.

Um relâmpago iluminou o rosto deles.

— Sobre o quê?

— Hã… coisas — a loira respondeu, desconfortável, enquanto pedia ajuda com os olhos para alguém da roda.

Stefany sentiu o sangue ferver. Aquela era sua melhor amiga, por que estava mentindo para ela?

— Não é nada, estamos só batendo papo e… — Camila começou.

— É, não tem nada a ver com corpos e marcas misteriosas — Leonardo comentou.

Stefany percebeu que Camila deu uma cotovelada no garoto, pedindo para que ele calasse a boca. Theo, Mateus e Bianca estavam quietos.

— Clara — Stefany chamou, ignorando os outros —, podemos conversar?

Clara deu dois passos para frente, chegando perto de Stefany. Estava hesitante e ansiosa, ela percebeu. A menina suspirou e a puxou para o lado. Elas encostaram na cerca da outra ponta do Marco Zero, que tinha um raio de dez metros. Isadora foi junto.

— Tá tudo bem?

Stefany assistiu à melhor amiga balançar a cabeça.

— Sim, só estávamos falando sobre os assassinatos — explicou. — Temos pistas e...

— Vocês querem resolver um crime? — Stefany debochou. — Deixem isso para a minha mãe, vocês não têm nada a ver com isso.

— Eu tenho — disse Clara, fazendo a outra se encolher.

Stefany suspirou e olhou para Isadora, que estava fazendo de tudo para permanecer neutra conforme fingia que mexia no celular.

— Tá, é... Eu sei, eu sei — murmurou. — Desculpa, mas então por que não pediu a minha ajuda também?

— Tem coisa acontecendo comigo, com a minha cabeça... Você não entenderia.

— E os outros entendem?

Ela apontou para a roda atrás delas, sentindo-se extremamente excluída. Clara assentiu.

— Entendem. Alguns.

— Não acredito que você está me descartando — comentou.

— Não tô, não! — Clara arregalou os olhos, assustada. — Você é minha melhor amiga, não te descartaria, mas o momento é tão delicado e...

— Sempre sonhamos com cenas criminais, e você praticamente faz parte de uma agora — disse Stefany, incentivando a amiga. — Deixa eu te ajudar.

— Você ficaria contra a sua própria mãe, Ster. — Clara suspirou, Stefany sabia que esse era o principal motivo para a amiga não a ter chamado. — Você me defende tanto, deixa que eu me proteja desta vez.

— Eu sei, mas eu me preocupo com você.

Stefany amava a mãe e sabia de suas obrigações como delegada, mas Clara era praticamente sua irmã, e irmãs se protegem. Ela acreditava em Clara, mesmo sem entender a maioria das coisas ainda. Preocupava-se com a amiga, tinha medo de que algo ruim pudesse acontecer, não queria sofrer mais do que já estava sofrendo. Quando você se preocupa com as pessoas, machucar-se vem no pacote.

Clara deixou os braços caírem, um de cada lado do corpo.

— Tudo bem — disse.

Stefany se animou e deu um pulinho de alegria, cutucando Isadora, que despertou do transe.

— O que eu faço então?

Ela apontou de novo para a roda, querendo saber como deveria agir.

— Apenas seja você mesma, fale algo legal — insistiu Clara, sorrindo e pegando a mão de Isadora para puxá-la.

— Escolhe um. Não posso fazer os dois.

Elas riram, Clara revirou os olhos.

— Você gosta de mistérios? — perguntou.

— Não gosto de mistérios, gosto de soluções.

●

Quando Clara voltou para perto deles trazendo Stefany e Isadora junto, Theo relaxou. Por um momento, ele pensou que as amigas convenceriam Clara a ir embora e deixar aquelas teorias para trás. Ele não queria que ela fosse embora, porque, em grande parte, estava fazendo aquilo para ajudá-la também.

— Tá, então podemos combinar que, se Deus existe, o gênero é neutro, não é ele nem ela, certo? — Leonardo destacou.

Theo não sabia muito bem em que momento aquela conversa havia começado, mas os assuntos correram livremente enquanto Clara conversava com as amigas.

— Não! Deus é homem — afirmou Camila, as mãos na cintura, decidida. — Se fosse mulher, haveria menos problemas.

— Oi — Stefany interrompeu a conversa, e Theo quis agradecê-la.

— Certo — Mateus se prontificou —, do que estávamos falando

mesmo?

Ao lado de Theo, Clara respondeu:

— Precisamos descobrir o que significa aquela marca.

— Que marca? — questionou Isadora.

Camila sacou o celular e mostrou a foto para as duas novas integrantes do grupo.

— Meu Deus... — Stefany sussurrou.

— Tem em todos os corpos — disse Bianca.

— Como vamos descobrir o significado?

— Se é que significa alguma coisa — Leonardo corrigiu.

Theo pensou enquanto observava a foto. A pele por baixo da marca estava limpa, meio acinzentada, dava-lhe um certo conforto. No entanto, aqueles traços e pontos eram meio deformados, como se fossem queimaduras feitas com algum objeto pontiagudo.

— São bem regulares — admirou Camila, virando o celular. — Parecem uniformes.

— Bem simétricas — concordou Leonardo.

Pontos e traços. Havia espaços também.

Theo andou alguns passos e tocou em Camila, pedindo o celular. Ela o virou e ele pegou o aparelho nas mãos, dando zoom na foto. Cinco pontos, seis traços.

... ‑ ‑‑‑ .‑‑ .

— É Morse — falou Theo, alto.

— Como você sabe? — perguntou Clara.

Ele deu de ombros.

— Não sei — admitiu. — Podemos testar.

— Você sabe traduzir? — Stefany questionou, um pouco desconfiada.

Theo negou com a cabeça. Já tinha brincado muito com código Morse, mas não sabia de cor.

— Lê pra mim — pediu Mateus, o celular na mão.

— Ponto, ponto, ponto. Espaço, traço, espaço. Traço, traço, traço. Espaço, ponto, traço, traço. Espaço, ponto.

Camila trouxe o celular para mais perto de Leonardo e os dois leram juntos. Mateus digitou o que foi dito em seu celular e olhou para os demais.

— O que foi? — ele perguntou.

— Você é rápido — elogiou Bianca, rindo.

Ele sorriu de lado. Os oito ficaram em silêncio por alguns segundos, um trovão ecoou, acompanhando a chuva torrencial.

— São apenas letras — disse Mateus, jogando a mão para cima, desistindo.

— Quais?

— S-T-O-W-E.

Theo respirou fundo. O que aquilo significava? Será que tinham traduzido direito?

— Não deve ser Morse — falou Leonardo.

— Qual outro código com pontos e traços você conhece? — rebateu Theo.

— Talvez não signifique nada — choramingou Clara, abraçando o próprio corpo.

O vento estava gélido; por um segundo, Theo quis protegê-la do frio.

— Tem que significar — Leonardo foi firme. — Pensamos que os números hoje não fossem nada e eram letras.

— O Theo recebeu uma mensagem com uma sequência de números aleatórios hoje de manhã. — Clara olhou para as amigas, explicando o que não sabiam. — De ponto cabeça, formavam Eloise.

Isadora franziu o cenho.

— A Biscoito? — Stefany abriu a boca, fazendo Bianca rir.

— Não a chame assim — defendeu Theo.

— *Sorry*, mas o que isso significa? — A menina se desculpou com um sorrisinho. — Ela é a culpada por tudo ou é a próxima vítima?

— Não sabemos.

Stefany jogou os braços, como se fosse óbvio.

— Onde ela está? Vamos perguntar.

— Eu não a vi — respondeu Camila.

— Conversei com o pai dela — falou Clara. — Ele vai ser meu advogado amanhã. Vi a mãe dela também.

— Eu vi o Victor — disse Leonardo, referindo-se ao irmão de Eloise.

— Mas e ela?

Ninguém respondeu.

— Ela não seria capaz de ser a assassina — Isadora interveio. — Na aula de Biologia, quando fomos dissecar aquele sapo, ela não teve coragem nem de pegar no bisturi. Sem chance.

— Eu também acho — concordou Camila.

— Ela é nervosa e não gosta de ninguém — Stefany protestou.

— Vocês fazem *bullying* com ela — declarou Theo.

— E você não faz nada para defendê-la — Bianca revidou, os braços cruzados.

Theo se sentiu mal pelo que ouviu. Ele tinha passado toda a infância odiando a maneira como tratavam Eloise, mas era verdade. Ele nunca fizera nada para ajudá-la. Era tão culpado quanto os outros.

— Então é isso. — Mateus deu um passo à frente. — Não sabemos o que significa a marca ainda, mas Eloise corre perigo. Ou ela *é* o perigo. Não sabemos, então não podemos perder tempo.

— Do que está falando? — perguntou Isadora, um raio clareou o céu.

Todos estavam quietos, esperando pela resposta. Um trovão explodiu em seus ouvidos quando Mateus disse:

— Temos que encontrá-la.

CAPÍTULO 05

SUPERPOSIÇÃO

Existe um paradoxo chamado Gato de Schrödinger, que tenta explicar como funciona a Mecânica Quântica com materiais do dia a dia: prendendo um gato em uma caixa, de forma a não estar apenas vivo ou apenas morto, mas sim "vivomorto".

heo correu debaixo da chuva pesada ao lado dos amigos. Stefany corria na frente de todos, mostrando o caminho até seu carro. Era um Jeep laranja pequeno, que, por sorte, estava parado bem na saída do estacionamento de pedras. Theo enxergou os faróis do carro piscarem quando chegaram perto e assistiu à Stefany sentar no banco do motorista, ao lado de Isadora, que sentou no banco do passageiro. Sobraram seis pessoas e só havia mais três lugares, teriam que se apertar, ele pensou.

A chuva embaçou seus óculos, ele percebeu que a água também irritava os amigos, que estavam com frio. Eles entraram no carro, apertando-se. Theo só percebeu quem ficaria no colo de quem quando fechou a porta. Ele quase riu da situação, mas então viu que a sua era bem pior. No banco da esquerda, Leonardo estava sobre Mateus, os dois reclamando e fazendo caretas. Camila estava sentada ao seu lado, com Bianca no colo, ele ouviu as duas rirem dos meninos. Theo olhou para frente e ajeitou as pernas, Clara estava sentada sobre ele, agarrando-se ao banco do passageiro e olhando para frente enquanto conversava com as amigas.

Ele ficou atento e seus sentidos se eriçaram. Clara olhou para ele por entre os fios de cabelo molhados, que se juntavam por causa da água, e logo desviou o olhar. Theo tocou a ponta do cabelo dela brevemente antes de abaixar a mão. Uma dor lenta se espalhou pelo corpo dele, uma dor profunda que parecia irradiar da medula. O tecido de suas roupas molhadas separava as costas de Clara do peito de Theo, mas ele sentiu o toque como se fosse na pele nua.

— Você sabe que só cabem cinco pessoas num carro, não sabe? — Theo ouviu a voz de Isadora, mas não a enxergou.

— É claro que sei! — Stefany falou alto, dando a partida no carro. — Minha mãe vai me matar.

— Todos os policiais estão na reunião — disse Bianca, lembrando-se do padrasto —, ninguém vai nos pegar.

— De quem foi essa ideia? — perguntou Mateus e empurrou Leonardo para frente, que resmungou algo que Theo não entendeu.

Ele ouviu a risada abafada de Camila, que estava embaixo de Bianca.

— Não está gostoso para mim também, tá bom? — Leonardo se defendeu.

— Vai logo, Ster! — Clara gritou, esticando-se sobre Theo.

Ele viu a solidariedade nos olhos dela e conteve os pensamentos.

Stefany deu ré e manobrou o carro pequeno pelo pouco de espaço que existia no estacionamento. Quando os pneus encontraram o asfalto da rua, os movimentos suavizaram muito e Theo sentiu o corpo de Clara sobre o dele. A lei da gravidade de Newton dizia que, quanto maior a distância entre os corpos, menor é a força. Naquele momento, Theo não tinha forças para controlar seus pensamentos, eles estavam tão próximos...

— Onde a Bisc... onde a Eloisa mora?

— Perto da escola — respondeu Isadora para Stefany.

Os para-brisas faziam barulho enquanto se arrastavam no vidro, e Theo se lembrou do acidente. Era diferente pensar nele depois de tantos *flashes*. Ele se lembrava dos limpadores de vidro e de Bárbara sorrindo ao seu lado, no celular. Theo se lembrava de quase tudo. Só não sabia quem era a garota e o que ela significava para ele. Uma ansiedade cresceu em seu peito.

— Acha que vai dar tempo? — Theo ouviu o sussurro de Clara e só percebeu que ela falava com ele quando ela o chamou na mesma altura de antes: — Theo?

Ele olhou para ela. Sua pele ainda estava molhada e havia gotículas de água nos cílios de Clara, ele só conseguia vislumbrá-la.

— Eu espero que sim.

Stefany virou o carro em uma curva rápida e, no banco de trás, todos caíram uns sobre os outros. Theo segurou a cintura de Clara e a menina abriu os olhos, fitando-o. Ela ergueu os óculos dele, e um arrepio correu pelas suas costas.

— Eu contei tudo à Stefany — Clara sussurrou mais perto —, menos que sei quem é aquela criança. Otávio.

— O irmão dela — continuou Theo.

Clara assentiu.

— Ela não acreditaria em mim.

— Tem razão — ele disse, firme. — Vamos arrumar isso.

●

Quando os pais a chamaram para ir à igreja, Eloise dissera que não queria. Ela preferia assistir a *Lúcifer* na Netflix a ouvir o prefeito Esteves tagarelar sobre algo que provavelmente não sabia. Seu irmão, Victor, acompanhara os pais, como o nerd que era, e ela ficara.

A casa deles era muito silenciosa quando Eloise ficava sozinha, e ela amava aquela paz, a sensação de liberdade e a calma. Ali, podia ser quem realmente era. Estava assistindo ao quinto episódio da temporada, comendo Cheetos enquanto o fazia. Quando o episódio terminou, Eloise olhou para o pote e percebeu que o salgadinho havia acabado. Ela apertou um botão no controle para avançar para o próximo episódio e, depois, o *pause*. Levantou-se do sofá, caminhando até a cozinha. Abriu o armário, encontrou outro pacote de salgadinho e parou o que estava fazendo, limpando os dedos na calça do pijama.

Ela havia passado a vida toda lutando contra aquilo. Seus pais e seu irmão eram magros e, durante toda a escola, chamaram-na de Biscoito. Não era culpa dela, o sonho de Eloise era ser esbelta como as outras meninas. Ela fazia dietas, tomava remédio e praticava esportes. Nada funcionava. Estaria Eloise fadada a ser gorda pelo resto da vida?

Guardou o salgadinho no armário, deixando o pote vazio na pia. Era sempre assim, ela queria comer mais porque era prazeroso, mas Eloise não se lembrava de um dia sequer que tivesse comido e ficado feliz. Ela comia e se sentia mal por ter comido. Era como estava se sentindo no momento. Sentia-se inchada, gorda e inútil. Seu estômago se revirou e se contorceu, obrigando-a a correr para o banheiro.

Ajoelhou na frente do vaso e tirou tudo do corpo. Quando se levantou, ainda se sentia da mesma forma e um gosto ruim havia se instalado em sua boca. Nunca acabaria, não é? Eloise apertou a descarga e lavou as mãos, olhando-se no espelho. Ela via sardas, bochechas enormes, olhos castanhos comuns e cabelos sem grandes atrativos. Não tinha nada que ressaltasse algum tipo de beleza, a maior coisa que havia nela era o peso. Eloise se odiava por completo.

Ela abriu a porta do banheiro e caminhou até a cozinha para apagar a luz. E parou. Tinha ouvido um barulho. Será que seus pais já haviam chegado? Ainda era cedo. Eloise voltou para a sala e ouviu a voz de Tom Ellis, o ator que interpretava Lúcifer na série. Ela tinha certeza de que havia apertado o *pause*, por que o episódio estava rodando? Odiava quando aquilo acontecia.

Voltou para o sofá, mas não achou o controle da televisão. Agachou para procurar no chão, depois se levantou para procurar entre as divisórias do sofá. Correu as mãos pelos espaços das almofadas, procurando, mas não encontrou. Eloise sempre perdia as coisas, isso a irritava. Ela bufou de braços cruzados no meio da sala. Olhou para a TV e recebeu um *spoiler* do episódio, bufou de novo. Ela passou os olhos pela estante e depois fitou o chão novamente. Onde mais um controle remoto poderia estar?

A gata de Eloise ronronou nos pés dela, querendo carinho.

— Agora não, Mabel.

Mabel miou e subiu no sofá, esfregando-se nas almofadas e deixando um rastro de pelos brancos no tecido escuro. De propósito, com certeza. Ela desceu, os sininhos da coleira tilintando, e miou de novo, subindo as escadas. Eloise olhou para a gata e arregalou os olhos. O controle da televisão estava no primeiro degrau da escada que levava para os quartos.

Que estranho, ela pensou. O coração de Eloise bateu mais rápido, mas concluiu que era só uma coincidência. Ela caminhou até o pé da escada, tentando entender o que havia acontecido. O controle devia ter caído ou algo do tipo.

Quando Eloise se agachou para pegá-lo, enxergou uma sombra na parede. Ela prendeu o fôlego e se virou, assustada. Não deu tempo de ver quem era ou gritar. Ela sentiu uma pancada na cabeça. Depois disso, suas pernas amoleceram e os olhos reviraram. Tudo ficou escuro.

●

— Essa é a casa dela. — Mateus ouviu a voz da japonesa no banco da frente, indicando a casa de Eloise.

Ele estava ansioso, não sabia dizer o motivo, afinal nem conhecia a garota. No entanto, na noite passada tinha seguido Lana pelo bosque e se sentiu covarde por não ter conseguido ajudá-la. Agora ela estava sem vida, presa dentro de uma gaveta cinza, e Mateus não podia voltar no tempo. Não queria que acontecesse o mesmo com a outra garota.

— E o que a gente faz? — questionou Bianca, remexendo-se sobre Camila.

— Acho que descemos do carro — resmungou Leonardo, pressionado no teto do veículo.

— Vamos ver se ela está em casa — disse Clara, abrindo a porta direita.

Stefany desligou o Jeep e Isadora abriu a porta. As duas saíram do carro, acompanhadas por Clara e Theo. Mateus abriu a porta esquerda e

Leonardo pulou para fora, aliviado. Camila e Bianca saíram pelo outro lado e, finalmente, Mateus foi atrás deles.

— Nunca mais quero fazer isso — desabafou Leonardo conforme esticava os braços, estralando as costas.

Camila riu, tirando os cabelos do rosto. A chuva ainda caía depressa e turvava a visão de todos. Mateus estava com frio e imaginou que os outros também estavam. Ele observou Theo passar as mãos pelas lentes dos óculos e percebeu que todos estavam completamente encharcados.

Stefany atravessou a rua correndo e tocou a campainha da casa cor de salmão, os outros foram atrás. Mateus sentiu um clima tenso no ar. Eles só conseguiam ouvir o barulho da chuva, escutou Isadora dar um gritinho de susto quando um trovão ecoou pela rua escura.

— Não atende — disse Stefany, tocando a campainha repetidas vezes.

Mateus engoliu em seco. Será que haviam chegado muito tarde? Ele olhou no relógio do celular, que estava tão molhado quanto ele. Mais de nove horas da noite.

— Ah, não — murmurou Clara.

— Tenta abrir a porta — disse Leonardo —, ninguém tranca.

— Isso não é um filme. — Mateus ouviu Theo sussurrar para o amigo.

Ele passou por Stefany e forçou a maçaneta da porta branca, girando-a. Ouviram um clique e a porta se abriu. Eles se entreolharam, apreensivos.

— Vamos entrar? — questionou Bianca.

— Sim — respondeu Camila.

Mateus respirou fundo e deu um passo para frente, entrando na casa. Por dentro, o ambiente era seco e quente, bem melhor, ele pensou. As luzes estavam acesas em um tom alaranjado; e a TV, ligada em modo "repouso".

— Ah, que amorzinho! — Camila se agachou no chão, aproximando-se de um gato branco, os cabelos pingando.

— É a Mabel — disse Isadora, fazendo carinho no animal, que miou.

Clara passou pela porta, entrando antes de Theo. Ela olhou em volta, tentando juntar os pedaços.

— Cadê ela?

Stefany deu de ombros, torcendo o casaco sobre o tapete.

— Eloise! — Bianca gritou quando se colocou novamente em pé.

Eles se espalharam pela sala, que não era muito grande. Theo e

Leonardo conversavam baixo próximos à lareira, Bianca e Camila estavam perto da escada, e Clara, Stefany e Isadora perto do sofá, olhando para a televisão. Mateus observou o local, receoso. Ele assistiu à Bianca inclinar o corpo sobre os degraus da escada e pegar um objeto. Era o controle remoto da televisão, Bianca apertou um botão.

— Ela estava assistindo *Lúcifer* — declarou Isadora, olhando para a TV, que tinha despertado do modo "repouso".

— Eu adoro essa série — comentou Camila.

— Eloise! — Mateus ignorou as conversas paralelas e gritou pela garota.

Não houve resposta, todos ficaram mudos para tentar ouvir algo além da chuva.

— Chegamos tarde demais — disse Theo, cabisbaixo.

— Não — murmurou Mateus para si mesmo.

Eloise não podia morrer. Ela seria a quarta vítima daquele assassino, e Mateus não queria que mais alguém se machucasse — e, além disso, causaria mais confusões mentais. Lana poderia ter sobrevivido se ele tivesse sido mais rápido, Mateus tinha quase certeza de que a garota ainda estava viva quando fora levada.

— Não tem nada aqui — Leonardo observou. — Vamos embora.

— Mas... — Camila começou.

— Talvez ela tenha ido para a reunião afinal de contas — declarou Isadora.

— Não faz sentido.

Eles ouviram um barulho e ficaram em silêncio. O som tinha sido oco, com reflexos de vidro. Parecia uma porta batendo.

— É ela?

Mateus engoliu em seco e caminhou pela sala, os sapatos fazendo som de esponja no chão, seguindo o barulho. Ele subiu os dois degraus que levavam para a sala de jantar, ao lado da cozinha, percebendo que Theo e Leonardo vinham atrás. Mabel, a gata, espreguiçava-se sobre um balcão da cozinha ao lado de uma porta.

— Foi só o vento.

— Você sabe que, quando dizemos isso, nunca é só o vento — rebateu Theo para Leonardo.

— Não era você que tinha dito que isso não é um filme?

Mateus tocou na maçaneta, não estava fria. Alguém tinha acabado de passar por ela. Seu pulso acelerou e ele a girou, abrindo a porta. Do lado de fora, a chuva era violenta e balançava as árvores. Havia um jardim dos fundos, cercado por uma cerca baixa.

— Tinha alguém aqui. — Mateus olhou para os meninos e notou que as meninas haviam acabado de adentrar a cozinha. Elas olhavam para ele com olhos assustados. Ele limpou a garganta. — Vamos — chamou.

Não esperou que o seguissem. Era uma dívida inteira que tinha consigo mesmo, não imaginava que os outros pudessem ir na sua onda. Mateus só não queria que mais uma garota inocente morresse. Ele correu pela grama molhada, sendo atingido pelas gotas geladas. O vento era tão forte que a água batia contra seu rosto vindo de todas as direções, conseguia enxergar a brisa.

Olhou para trás e notou os outros sete correndo juntos em sua direção. Mateus estava próximo à cerca e, por um momento, quis parar. Será que estavam indo no caminho certo?

— Ali!

Bianca apontou o dedo, chegando perto dele. Ela estava ofegante. Ele seguiu a direção apontada com os olhos e os viu. Alguém arrastava Eloise pelos cascalhos e pedras do bosque. A garota estava desacordada, os braços se enroscando nos galhos. O assassino a puxava pelas pernas com dificuldade.

— Vamos! — gritou Theo ao se curvar sobre a cerca, pulando-a.

— Tá louco?! — gritou Stefany, a água da chuva entrando em sua boca.

— Ele vai nos matar! — disse Camila.

Mateus pulou a cerca, juntando-se a Theo.

— Estamos em vantagem — admitiu ele, fitando o grupo.

Leonardo tomou impulso e saltou, passando sobre a cerca.

— Fiquem aqui — ele disse para as meninas.

— Não! — Clara protestou.

— É mais seguro — disse Theo para a loira, que tirou as mãos da cerca e se afastou.

— Para vocês também.

Ela apoiou o pé em uma das ripas da cerca e saltou.

— É sério?

Stefany cruzou os braços para a amiga, que aquiesceu. Então ela e as outras duas fizeram o mesmo, formando uma fila para além da cerca branca. Ninguém se pronunciou, estavam todos nervosos. Era mais seguro se estivessem juntos, ponderou Mateus.

Eles correram por entre as árvores, seguindo os passos do assassino e o rastro do corpo de Eloise. Mateus ainda conseguia enxergá-los e, mesmo com a água que embaçava sua vista, percebeu que não estavam longe deles. Cortaram pelas árvores, deslizando na lama e se apoiando nos cascos dos troncos. Um raio atingiu o chão e um trovão os assustou. Mateus arfava e notou que os outros também estavam cansados, sem fôlego. Quando voltou os olhos para frente, parou de correr.

— Viu para onde foram? — ele gritou sobre as gotas pesadas, olhando para os amigos.

— Perdemos de vista?

Theo arregalou os olhos, tentando limpar os óculos. Camila apontou para a direita.

— Acho que foram por ali

— Nós viemos dali! — Leonardo corrigiu.

— Ah.

— Não vamos conseguir! — Isadora gritou, abraçando o corpo.

Mateus cuspiu a água que havia entrado em sua boca e tossiu.

— Melhor irmos embora e chamar minha mãe! — Stefany se prontificou.

— Eles vão saber o que fazer — concordou Bianca.

— Vocês viram que ela ainda está viva, não viram? — perguntou Mateus, torcendo para que não fosse o único.

Theo balançou a cabeça.

— Estava só desmaiada — falou.

— Como você sabe? — Clara questionou.

— Ela estava tentando acordar — respondeu Leonardo —, também vi.

Mateus balançou a cabeça. Sabia que não era louco.

— Então vamos correr, temos tempo ainda.

• Floresta: confira o QR Code #6

Com cuidado, ele a colocou no asfalto molhado. Os cabelos secos ficaram manchados com a água que se juntava em poças grandes. De toda a cidade, ela devia ser a única pessoa que não estava totalmente molhada; pelo contrário, era a única que se encontrava em total paz.

Não chovia mais e a rua estava sem movimento, todos estavam dentro da igreja ainda, mas logo começariam a ir embora, uma vez que a tempestade não era mais um perigo. Se eles soubessem que o perigo podia ser encontrado de formas inusitadas...

Viviam em um universo completamente contido em si mesmo, sem início nem fim. Era por isso que as pessoas ainda só enxergavam seus próprios problemas. *Não por muito tempo*, pensou.

●

Eles desceram do carro o mais rápido possível, cambaleando uns sobre os outros. Stefany havia estacionado de qualquer jeito na entrada da igreja, e Clara foi a primeira a abrir a porta, separando-se de Theo. Não havia mais chuva e ela agradeceu por isso, mas ainda estava sentindo muito frio. Eles correram pela grama molhada, passando embaixo das lâmpadas amarelas penduradas perto do Marco Zero e entraram na igreja, espantando os adultos.

Clara se lembrava das reações dos amigos quando viram Eloise sendo levada por alguém que eles ainda não conheciam. Era a mesma reação a qual os adultos olhavam para o grupo agora.

Stefany correu pelo corredor largo, desviando das pessoas e furando a fila de pessoas que ainda queriam conversar com a delegada Ferrari, enquanto Clara corria para o outro lado da nave da igreja, indo em direção à roda de amigos dos seus pais. Camila, Bianca e Isadora seguiram Stefany, e Theo, Leonardo e Mateus seguiram Clara.

— Mãe! — Stefany interrompeu o raciocínio da delegada, entrando na frente de quem a ouvia. — Mãe!

A mulher olhou para a filha de cima para baixo.

— Você está toda molhada — observou, desviando os olhos e os passando pelas outras meninas. — Todas vocês estão, vão ficar resfriadas.

Stefany limpou a garganta.

— Precisa vir com a gente — falou apressada, gesticulando com as mãos —, chame todos os policiais.

— Do que está falando? — questionou Daniela, arregalando os olhos.

Uma multidão começou a se formar em volta delas a fim de ouvir as novidades.

— Ela... Ela foi levada — Stefany tentava dizer, mas estava muito nervosa —, mas ainda está viva, vocês precisa encontrá-la, eu os vi.

— Como assim?

— Eloise — disse Camila, entrando na frente da amiga.

— O assassino a sequestrou — Bianca interveio. — Mas ela está viva ainda, nós vimos. Ela só desmaiou, ainda dá tempo.

Murmúrios começaram a ecoar pela igreja e a informação correu rápido pelas pessoas.

— Se acalme — pediu Daniela para a filha.

Stefany respirou fundo.

— Chame os policiais — falou. — Ela vai morrer se não formos rápido.

Do outro lado do salão, Clara procurava pelos pais. A última vez que tinha visto os pais de Eloise eles estavam na mesma roda de conversa que os pais dela, junto com a diretora Elisa, os Torres e a mãe de Isadora.

— Filha — Adriana pegou Clara pelos ombros —, o que aconteceu, está tudo bem? Tá toda molhada.

Clara ignorou os comentários.

— Cadê o Gael? — ela questionou ao lado de Theo, Leonardo e Mateus.

— Conversando com seu pai — respondeu a mãe. — Por quê?

Clara se desprendeu da mãe e correu até o pai, que ria com Gael, o pai de Eloise, e Saulo Torres. A mãe de Eloise, Thais, estava ao lado, com as outras mulheres.

— Pai! — Clara falou alto, trombando nos homens de terno.

— Clara. — Lorenzo a fitou dos pés à cabeça. — Meu Deus, você pegou chuva.

Ao lado de Clara, os meninos estavam impacientes.

— A Eloise — disse Leonardo, cutucando Gael, que se desvencilhou do menino.

— O quê?

Clara olhou para Stefany e viu que a amiga já tinha conseguido a atenção da mãe. Ela gostaria de saber como a outra tinha feito para contar a história para a delegada, que, no momento, juntava os policiais no púlpito e abria passagem entre as pessoas no corredor.

— Precisam vir com a gente! — exclamou Clara, olhando para seu advogado. — A Eloise foi levada e corre perigo, ela...

— Fomos até sua casa e não a encontramos — explicou Theo, os olhos fixos em Gael, que tinha o semblante franzido. — Alguém entrou lá e a levou, nós vimos por onde ele foi e podemos correr atrás deles.

— Eloise ainda está viva — disse Mateus.

— Que confusão! — afirmou Saulo Torres, o pai de Thomas.

— Não estou entendendo — disse Thais, mãe de Eloise.

Clara tremia, só queria que não fizessem perguntas e agissem. Ela queria dizer mais alguma coisa, gritar, talvez, mas parou quando ouviu de Gael:

— Mas, afinal — disse o homem —, quem é Eloise?

●

Theo fechou os olhos. Droga!

— Isso é sério? — Ele ouviu a voz de Clara falar alto, ela batia os pés no chão, sem saber o que fazer.

— Meu Deus — sussurrou Leonardo ao lado dele.

— Puta merda — disse Mateus.

Era verdade. Mateus tinha razão.

Na noite anterior, ele vira Lana ser levada e depois ninguém se lembrou da garota. Quem poderia saber o que Lana significava para eles? Theo conhecia Lana? Eram tantas perguntas e poucas respostas... A única coisa de que podia ter certeza no momento era de que Lana era irmã gêmea de Lucca, filho de Adriano e Priscila D'Ávila, e ninguém se lembrava dela.

Assim como Eloise. Eles a viram ser levada, arrastada pelos cascalhos da montanha, e agora nem o pai dela sabia sobre sua existência. Era horrível.

— O que está acontecendo, Clara? — O pai dela franziu o cenho, meio irritado.

— Nada — Mateus se intrometeu, puxando Clara para perto, e Theo sentiu ciúmes. — Não é nada.

— Você realmente não se lembra dela? — Clara sussurrou, exasperada, olhando fixamente para Gael, seu semblante era de dor.

O homem negou, sem saber o que fazer, e ela desabou.

— Vem, vamos — Theo a chamou, estendendo o braço antes de Mateus.

Ela aceitou e apoiou o peso do corpo no dele. Eles caminharam, deixando a roda de adultos para trás, e seguiram Stefany e a polícia, que saía da igreja aos poucos por ordem da delegada Ferrari. Theo olhou em volta, procurando por seus pais e não os encontrou.

— Se você falasse mais alguma coisa, seria tachada como louca — Theo falou no ouvido de Clara, que estava cansada.

Ela olhou para eles, os olhos marejados.

— Não tem como resolver uma coisa assim, Theo.

Ele pensou um pouco e concordou. Como iam resolver algo que nem mesmo entendiam?

— Vamos tentar — quis passar esperança.

Clara andava ao lado dele, os corpos se tocavam de tão próximos, e Theo sentia faíscas irradiando entre os dois. O que acontecia com um corpo quando uma força agia sobre ele era explicado pela segunda lei de Newton. Ela afirma que o corpo acelerará — assim como coração de Theo naquele instante —, ou mudará sua velocidade a uma taxa proporcional à força.

Estavam no fim do corredor quando ouviram um grito agudo vindo do lado de fora da igreja. Todos se aprumaram e andaram mais rápido para conferir. Theo conseguia ouvir as exclamações do público, que se amontoava em torno de algo, perto do Marco Zero, mas ainda não enxergava qual era a situação. Ele ouviu sussurros e suspiros em choque, sentiu a mão de Clara agarrar seu antebraço e engoliu em seco, olhando para a garota.

— Cuidado! — Ele ouviu a voz da delegada. — Se afastem.

De longe, Theo observou os policiais formarem uma barreira de isolamento com os próprios corpos, impedindo a passagem dos demais.

— Ah, mano — reclamou Leonardo —, o que aconteceu agora?

— Não parece bom — comentou Mateus.

Os quatro caminharam rápido entre as pessoas, tentando se juntar às meninas. Camila, Bianca, Isadora e Stefany estavam próximas aos policiais e à delegada Ferrari, as quatro pareciam desoladas e perdidas. Isadora cobriu a boca com a mão, Stefany estava congelada, os olhos fixos em algo à sua frente, e Camila abraçava e afagava os ombros de Bianca, que chorava copiosamente.

— O que aconteceu? — Theo foi o primeiro a perguntar, arfando.

Nenhuma das quatro respondeu de imediato. Isadora e Stefany estavam inertes e Bianca não parava de chorar.

— É a Mari — disse Camila, apontando com a cabeça.

Ele se virou e viu. Os cabelos cor de cobre, a pele clara e muito sangue seco. Era Mariana Lins, uma das *meninas da cidade*, filha do prefeito Esteves.

— Meu Deus.

Clara se desprendeu de Theo e se juntou às amigas, abraçando Bianca. Mariana era a melhor amiga de Bianca desde sempre. Theo queria consolar a prima, mas preferiu dar espaço. Ele se lembrou de que, no porta-retratos de Bárbara, as três estavam juntas. Deveriam ser imbatíveis, ele pensou. Agora, só havia uma delas.

— Eu... Meu Deus... Como... — Bianca tentava falar, mas soluçava em meio às lágrimas.

Theo percebeu Mateus ao seu lado, hesitante, mas agitado.

— Shhh, vai ficar tudo bem — Camila tentou consolar.

— Nada vai ficar bem — sussurrou Leonardo para Theo, que concordou, tentando organizar os pensamentos.

Não era aquele o plano. Eles viram Eloise sendo levada e, com sorte, poderiam trazê-la de volta, mesmo que ninguém se lembrasse dela. Mariana não fazia parte daquilo tudo, mas estava morta bem ali. Theo acreditou, por um momento, que, talvez, Mariana não fosse parte do plano deles, mas fosse do assassino. Ele poderia atrair atenção matando a filha do prefeito, ganhando tempo para fazer o que bem quisesse com Eloise, que não tinha mais chances de ser resgatada.

— Mas o que diabos está acontecendo?!

Toda a multidão, que tentava entender o que estava acontecendo, fez silêncio quando o prefeito Esteves gritou, descendo os degraus da igreja, junto com Amanda Lins, a primeira-dama, e as filhas que ainda lhe restava,

Laura e Júlia. Ninguém se pronunciou, não existiam palavras para dar notícias como aquela.

— Senhor... — Daniela Ferrari passou pelos policiais, apresentando-se para o prefeito e a família.

— Não me diga que é mais um assassinato — disse ele, o rosto avermelhado —, não podemos tolerar mais monstruosidades por aqui.

— Sim, senhor, aconteceu de novo, mas... — A delegada mantinha a cabeça baixa, Theo imaginou que ela estivesse escolhendo as palavras.

Por uma fração de segundos, desgrudou os olhos da cena principal e olhou para os amigos.

— Ah, não, que trágico — sussurrou Amanda, a primeira-dama, segurando-se no terno do marido. — A vítima também é desconhecida?

Não houve resposta da delegada e todo o público que já sabia do caso se manteve calado. Theo podia jurar que era possível ouvir os grilos cantando.

— Ela... ela não é desconhecida — foi o que disse a delegada. — Venham, venham ver.

A família toda começou a caminhar, Laura e Júlia atrás, meio receosas. A multidão abriu caminho para dar passagem e, em alguns segundos, o prefeito estava em frente aos policiais, que hesitaram por um momento, então liberaram espaço.

Theo engoliu em seco, pensando em Laura e Júlia. Ele não fazia ideia do quão ruim deveria ser perder uma irmã e, por um segundo, agradeceu por ser filho único.

A exclamação foi imediata.

— Não! — gritou Amanda. Laura deu alguns passos para trás, puxando Júlia, os rostos torcidos. — Minha Mariana, não!

A primeira-dama, desolada, caiu sobre os próprios joelhos na grama, ao lado do corpo imóvel.

Theo não conseguiu ver além, a multidão se instalou rápido demais. O prefeito estava petrificado, sem saber como reagir, enquanto os policiais voltaram a afastar os olhares curiosos.

— Ah, meu Deus! — O choro de Amanda era doloroso, e Theo quis ir embora para não precisar presenciar a situação.

Embora fosse péssimo não conseguir se lembrar das pessoas que estavam sendo mortas, pelo menos ninguém sentia a dor da falta delas.

— Por favor, deem espaço para a família — pediu a delegada à multidão que antes estava na igreja. — Vão para suas casas, descansem, fiquem seguros. Arrumaremos um jeito de consertar as coisas.

Aos poucos, as pessoas começaram a ir embora, deixando o Marco Zero e a praça da igreja livres. Tudo aconteceu muito rápido, e Theo precisou de tempo ára associar. Adriano, Priscila e Lucca D'Ávila fecharam a igreja e foram embora. A polícia passava a fita amarela para selar a cena do crime. Flávia Boaventura, ao lado do filho mais velho, Hugo, aproximou-se, e Isadora se despediu dos amigos, juntando-se à mãe e ao irmão.

— Bia. — O policial Bernardi se aproximou da roda. A prima de Theo se desprendeu de Camila e olhou para o padrasto, recebendo mais um abraço. — É melhor você ir pra casa com o Gui, tomar um banho quente e dormir — disse ele, notando que a enteada estava molhada da cabeça aos pés. Guilherme, o irmão postiço de Bianca, apareceu ao lado do policial e afagou os ombros dela. — Eu pedi para meu amigo levar vocês, eu tenho muito trabalho por aqui e acho que vou demorar bastante. — Bianca assentiu com a cabeça, enxugando as lágrimas. — Você vai se sentir melhor amanhã — garantiu ele.

Ela se juntou ao irmão e entrou na viatura da polícia, que deu a partida e cantou pneu sobre o asfalto molhado.

— É melhor eu ir também — disse Mateus, olhando para os novos amigos —, mas precisamos conversar sobre isso depois.

Os outros aquiesceram, concordando. Sim, eles precisavam conversar sobre o que estava acontecendo. Tinha como piorar?

Mateus se afastou e se encontrou com a mãe no meio do gramado escuro. Os dois seguiram em direção ao estacionamento de pedras.

— Eu tô nervosa — declarou Camila, tremendo de frio.

— Com o quê? — perguntou Stefany.

— Como assim, com o quê? — disse ela. — Com a situação.

— Será que dá para piorar? — questionou Leonardo.

— Não fala isso, por favor — pediu Clara.

Theo absorveu o que diziam e pensou sozinho.

— Meus pais estão me chamando — falou Camila, caminhando em direção aos pais e aos dois irmãos. — Nos vemos depois.

— Tchau! — Leonardo ergueu a mão, agindo como um bobo, observou Theo, sem julgar tanto o amigo, afinal ele devia estar fazendo o mesmo com Clara havia anos.

Stefany riu.

— Sutil — comentou ela para Leonardo.

Ele deu de ombros.

— Stefany — chamou a delegada Ferrari.

— Já estou indo, mãe.

— Tudo bem. — A mulher parecia agitada. — Seu pai vai te levar pra casa e voltar pra cá depois, por favor fique por lá, não se meta em confusões. — A delegada olhou para todos e parou os olhos sobre Clara antes de voltar ao trabalho. — Você, eu vejo amanhã.

A loira engoliu em seco.

— Eu odeio quando ela faz isso com você — Stefany disse em voz alta o que Theo estava pensando.

— Tudo bem — respondeu Clara.

— Vai dar tudo certo — disse Theo.

— É, você não vai pra cadeia — brincou Leonardo.

Theo deu uma cotovelada no amigo.

— Tenho que ir agora, mas conversamos depois — despediu-se Stefany.

— Eu também vou. — Ela sorriu sem graça. — Meus pais estão me olhando feio ali. — Theo olhou na direção em que Clara apontava e notou Adriana e Lorenzo Marinho ao lado de Catarina. — Até amanhã, Theo — ela disse baixinho e saiu do seu campo de visão.

Ele sentiu um formigamento por toda a parte direita do corpo. Esperava que não fosse um derrame.

— Até amanhã, Theo. — Leonardo fez uma voz fina, tentando imitar a voz da garota para provocar Theo e recebeu mais uma cotovelada. — Ai!

— Trouxa — xingou Theo.

Só haviam ficado os dois, havia alguns curiosos ainda, mas eram poucos. A família do prefeito ainda estava no local, tentando se acalmar, mas não era possível, era? A delegada conversava com os policiais, e, de relance, Theo notou seu tio, o policial Bernardi, conversando baixinho com Amanda, a primeira-dama.

— Venham, meninos. — Escutou ele. Era Ingrid, a mãe de Leonardo, ao lado do ex-marido, Miguel, e Eduardo. — Vamos embora, vou deixar você em casa, Theo.

— Obrigado — respondeu Theo, perguntando-se o motivo pelo qual seus pais haviam ido embora tão depressa e sem avisá-lo.

— Ah, vamos ter que carregar os nerds? — brincou Eduardo, olhando para o pai, que riu.

— A gente carrega você, *youtuber flopado* — respondeu Leonardo.

Eduardo parou de rir.

— Tá falando comigo?

— E tem outro *youtuber flopado* por aqui?

Theo riu, lembrando-se de que Eduardo nem era tão *flopado* assim; ele tinha até a placa de cem mil inscritos do YouTube pregada na parede do quarto pelo seu canal de viagens.

Eles caminharam, passando da grama da praça para as pedras do estacionamento, deixando tudo ali, que agora era uma cena criminal, para trás. Era estranho, Theo pensou, como eles podiam simplesmente ignorar que coisas ruins estavam acontecendo.

●

A van da Fazenda Radical era bem grande, mas tinha apenas três assentos, uma vez que a usavam apenas para transportar utensílios grandes. Por isso, Leonardo e Theo tiveram que ir no compartimento de carga, que era totalmente fechado, como um camburão ou um frigorífico móvel, como gostava de ressaltar Leonardo.

Desde que o pai de Leonardo havia os prendido ali dentro, os dois estavam calados, pensando em seus próprios problemas — que não grandes de verdade comparados aos dos outros. Quer dizer, os de Theo podiam ser até maiores do que os de Leonardo, já que ele estava com aquele problema de memória e o único empecilho na vida de Léo era ainda não ter ficado com Camila.

Eles estavam quietos há um bom tempo, sacudindo com o balançar da van sobre as pedras das montanhas. Até que Theo falou algo:

— É uma antinomia. — Leonardo olhou para o amigo, sem entender.

— Contradição — traduziu Theo. — É uma contradição.

— O quê?

— O que aconteceu com a Mariana.

Ele juntou os pedaços e tentou entender o que o amigo estava querendo dizer.

— Tipo, ninguém está se lembrando das pessoas que foram assassinadas — começou Leonardo, compreendendo.

— Mas todo mundo reconheceu a Mari — continuou Theo.

— Não se lembram da Lana, nem do Otávio e nem da Eloise.

— Não nos lembramos da Bárbara também — ressaltou Theo, limpando os óculos na camiseta úmida. — Alguma coisa me diz que um dos corpos é o dela.

— Faz sentido — concordou Leonardo. — Com a Mariana, há cinco corpos. Sabemos o nome de quatro vítimas, mas não da primeira garota. Ninguém se lembra, mas você tem alguns fragmentos dela. Eu acho bem provável na verdade.

— Então podemos dizer que o assassino matou a Bárbara, o Otávio, a Lana, a Eloise e a Mariana — concluiu Theo.

Leonardo assentiu, concordando, notando a tristeza nos olhos de Theo. Ele devia estar triste por ter que admitir que Bárbara estava morta, mesmo que não soubesse o que a garota significava em suas vidas.

— Mas aí existe uma antinomia. Uma contradição — continuou. — Cinco mortes, quatro esquecimentos.

Leonardo pensou. Era esquisito mesmo. Por que todos haviam se esquecido de quatro das vítimas, mas haviam reconhecido Mariana?

— O que isso significa, então?

Theo deu de ombros.

— É muito estranho — ressaltou. — Temos que esperar para descobrir mais. Mas, pelo que podemos notar até agora, esse assassino tem algumas peculiaridades. Por que as pessoas que ele mata são esquecidas?

— E ainda tem aquela marca — concordou Leonardo. — Você acha que "STOWE" é só um amontoado de letras?

Theo ponderou, curvando a cabeça.

— Da última vez, aquela sequência de números significava Eloise.

— Tem razão.

— Pelo visto, nada é só coincidência — falou Theo. — Tudo está ligado e parece que só está começando.

— A gente tem que descobrir um jeito de parar isso.

— Mas como?

— Vamos descobrir. — A van parou e os dois ouviram um soco abafado na lataria. Devia ser Eduardo, avisando que haviam chegado à casa de Theo. Leonardo se levantou e abriu a porta. — Então a gente se fala depois — ele disse para o amigo, que pulou do veículo e caminhou, atravessando a rua até o portão de madeira da pousada.

Leonardo fechou a porta e a van deu partida, voltando a se mover. Ele se sentou no chão do veículo e apoiou o queixo nos joelhos, pensativo. Eles tinham capacidade de deter um assassino? Isso deveria ser trabalho da polícia, mas como explicariam os lapsos de memórias para as autoridades?

●

Quando Theo abriu a porta para entrar na recepção, encontrou seus pais conversando no sofá, próximos à lareira. Ele notou algumas malas rosa *neon* posicionadas no balcão da recepção, mas não encontrou hóspedes.

— Oi.

Ele se juntou aos pais, sentando-se no sofá. Ainda estava molhado pela chuva e estava com frio, não via a hora de tomar um banho quente.

— Ah, oi, filho. — Ângela interrompeu a conversa com Marcos e se voltou para Theo, tentando sorrir. — Você demorou.

— Tudo bem? — questionou Theo, notando o clima estranho entre os pais. Marcos balançou a cabeça em sinal positivo, mentindo descaradamente. — E essas malas, são de quem? — insistiu ele.

— Hóspedes — respondeu a mãe, como se não fosse óbvio.

— É, mas cadê eles? Estão fazendo o *check-in?*

— *Check-out.*

Estavam indo embora? Theo se lembrava de cada hóspede que já tiveram na pousada, no momento tinham apenas três casais hospedados e só um deles tinha malas daquela cor.

— Eles chegaram ontem — disse Theo —, por que estão indo embora?

Marcos suspirou.

— Estão com medo.

Na reunião da cidade, disseram que os turistas teriam medo e que isso afetaria a temporada turística — que ainda nem havia começado.

— Isso não é bom.

— Não, não é — concordou o pai.

— Mas você não tem que se preocupar — disse a mãe de Theo, levantando-se e passando a mão pelos cabelos do filho. — Agora vá tirar essas roupas molhadas e tomar um banho, senão vai pegar um resfriado.

Ele aquiesceu e se virou, caminhando pela recepção e passando pela porta de madeira. Desceu as escadas e andou pelo corredor largo. Estava quase chegando em seu quarto quando ouviu uma das outras portas se abrindo, uma mulher de pijama saiu do seu quarto e o parou.

— Com licença — falou ela, envergonhada.

Theo forçou um sorriso e torceu para que ela não lhe pedisse nada do andar de cima.

— Oi.

— Eu tô supercansada, eu e meu marido escalamos um penhasco hoje, e tô querendo dormir — ela começou, usando um sorriso, era uma hóspede em lua de mel —, mas tem um barulho que não tá deixando a gente dormir.

— Barulho?

— Sim — respondeu. — Você não está ouvindo?

Theo apurou os ouvidos, mas não escutou nada.

— Não.

— Aqui, olha — disse ela, apontando para o vazio.

Ele deu de ombros, meio rindo, sem entender o que estava acontecendo.

— O quê?

— Atrás dessa porta... É de onde vem o barulho — relatou ela, andando em direção à parede de concreto. — Ele toca toda noite e demora muito tempo para parar. É horrível.

Theo não conseguia ouvir nada e também não via porta alguma. O que será que aquela moça tinha fumado?

— Olha, eu...

Ele ia falar que não estava vendo ou ouvindo nada, mas, de repente, bem ao longe, Theo ouviu. Por um momento, até mesmo se assustou. Era um barulho repetitivo, como um alarme, um despertador, bem estridente. A cabeça dele doeu e ele engasgou, precisou tossir algumas vezes.

— Tá tudo bem? — a mulher perguntou. Ele olhou para ela e assentiu.

— Vai ou não parar com esse barulho?

— Ah — foi tudo que ele conseguiu responder, porque o som estava extremamente alto agora, como se apenas uma fina camada de parede os distanciasse do som.

Foi muito esquisito. Não existia nada ali, era apenas parede. Porém, a cabeça de Theo latejou, a visão escureceu, ele piscou algumas vezes e, quando abriu os olhos, havia uma porta. Exatamente como todas as outras portas do corredor. Ele se assustou e deu um passo para trás. Por sorte, não gritou. Foi como mágica.

— Tudo bem? — repetiu a mulher.

— Sim — ele respondeu, arfando, e olhou para ela. — Vou... Vou parar com... com o barulho.

— Ótimo — disse ela, virando-se e indo embora.

Theo observou a mulher entrando em seu próprio quarto, deixando-o sozinho para admirar a nova porta. Como aquilo havia acontecido? Era surreal. O coração batia rápido e gotas de suor surgiram em sua testa. Ele balançou os ombros, preparando-se, e estendeu o braço, alcançando a maçaneta, reconhecendo o ato.

Ele abriu a porta, fechando-a atrás de si quando entrou no quarto. E tudo desmoronou. Theo foi invadido por tantas memórias ao mesmo tempo, tantas imagens, cenas, conversas... A cabeça dele pesou, ele se apoiou sobre a parede gelada, observando tudo.

Primeiro ele cruzou o quarto, correndo para desligar aquele som infernal do despertador, que soava todo dia àquela mesma hora desde que ele se entendia por gente. Theo apertou o botão e o som parou, lembrando-se de todas as vezes que entrara naquele quarto pedindo para ela desligar aquela coisa. Ele se lembrava dela.

Theo se lembrava de Bárbara.

Era sua irmã.

Como ele pôde ter se esquecido de sua irmã por tanto tempo?

Ele se sentou no chão, sobre o tapete felpudo, observando o quarto. As cortinas finas combinavam com a colcha da cama, havia muitas fotos pelas paredes, quadros de séries e uma escrivaninha. Tinha uma prateleira de livros repleta de romances e fantasias de vampiros que brilhavam no sol. Theo sempre brincava com a irmã pelo fato de ela gostar de vampiros e lobisomens. Havia muitas almofadas e roupas espalhadas, era uma bagunça, exatamente como Bárbara era. Ela deixava suas coisas por todos os lugares, não era à toa que Theo havia encontrado seus diários e escova de cabelos nas gavetas do quarto dos outros hóspedes.

Theo se levantou do chão e se sentou na cama, cobrindo-se com a coberta. Bárbara estava morta e ninguém se lembrava dela. Ela era a pessoa mais popular da cidade depois do prefeito Esteves e da delegada Ferrari, e mesmo assim ninguém sabia da sua existência. Vemos o universo da maneira que ele é porque existimos. Uma lágrima quente escorreu pela bochecha dele. Theo a amava. Apesar de todas as brigas idiotas de irmãos, de xingamentos bobos, ele a amava. Como poderia haver sentido em alguma coisa sem Bárbara, sua irmã mais velha, que sempre esteve ali para ele?

Ele se deitou entre as roupas dela e as almofadas, estava molhado, mas não se importou. Parecia que mais nada importava. Era estranho como, de uma hora para outra, as coisas mudavam drasticamente. Antes, Theo queria descobrir tudo o que estava acontecendo para deter o assassino e descobrir o que estava havendo com sua mente, mas agora ele sabia e não tinha volta. Todos estavam mortos, e, bom, ele preferia não ter lembrado.

No dia do acidente, ele e Bárbara foram para São Paulo fazer compras em atacado para abastecer as despensas da pousada, como sempre faziam. Ela dirigira, ele fora no banco do carona. Na volta, Bárbara estava no celular, conversando com Bianca sobre algum garoto e convidara Theo para ir para uma festa na casa de Thomas. Ele queria ir porque Clara ia, então mandara mensagem para Leonardo ir também. Mas não chegaram a ir, pois a picape capotara.

Durante aquele mês, Theo pensara que havia sido ele o culpado. Que ele tivesse surtado e enlouquecido. Que ele tivesse pegado o carro e fugido, por que faria isso? Agora ele sabia. Não era nada disso. No acidente, Theo se machucara e até precisara colocar pinos no braço. Ali, na cama de Bárbara, ele tentava se lembrar, mas não conseguia. Devia ter desmaiado na hora, porque não viu o que acontecera com a irmã.

Porém, ele pensou: se ela não havia morrido no acidente e se ninguém se lembrava dela, só restava uma opção: ela fora assassinada. Mas por que um assassino tiraria uma vítima de um acidente de dentro de um veículo amassado só para terminar de matá-la? Theo queria respostas, mas, além disso, queria Bárbara.

Sentia falta de sua irmã.

●

Clara tomou o melhor banho que poderia tomar quando acordou naquela manhã. Ela havia colocado o celular para despertar às sete horas — o que doeu em seu coração, afinal era sábado — e escolheu uma roupa bonita, mas que não quisesse dizer que passou muito tempo a escolhendo. Era só uma calça, uma camiseta e um casaco até os joelhos, que ela combinou com um coturno de salto quadrado, não tão alto. Depois do banho, vestiu-se, secou os cabelos e passou uma maquiagem simples. Queria ter feito um delineado, mas Gael, seu advogado, havia dito que não era ideal, uma vez que suspeitas precisavam parecer inocentes. Clara não gostava de precisar parecer ser inocente para provar que realmente era.

Ela desceu na hora certa para tomar café da manhã, seus pais e a tia Catarina também estavam prontos, esperando na mesa. Eles comeram sem tocar no assunto, e Clara achou que fosse explodir. Por que os pais não perguntavam nada para ela? Será que achavam que ela realmente havia matado uma criança? *Pobre Otávio*, ela pensou, lembrando-se do menino. Clara queria que todos se lembrassem dele, seria bem mais fácil.

A campainha tocou e a mãe de Clara atendeu, deixando Gael entrar. Eles haviam combinado que o advogado passaria na casa deles para conversar antes do depoimento, e Clara não estava tão confortável. Toda vez que olhava para o advogado, lembrava-se de Eloise e seu coração apertava. Ela, literalmente, assistiu ao assassino levá-la.

— E aí, preparada? — O advogado de terno parecia entusiasmado.

Clara se retesou.

— Não?

Era estranho para Clara viver em um mundo onde o pai não sabia que a própria filha estava, provavelmente, morta.

— Tudo bem — disse Gael. — Quando chegarmos lá, finja que está calma e que não deve nada.

— Mas eu não devo nada — protestou Clara, cruzando os braços.

— Tá, ok. — Ele pareceu cínico quando riu. — Agora é sério. Não entregue nada. Mesmo se for verdade, não conte. Olhe para mim e...

— Por que eu faria isso? — Clara se levantou. — Eu tenho que dizer a verdade.

— Escute o advogado, Clara — disse a mãe dela.

Clara estava com medo. Medo de ser incriminada porque tinha uma defesa. Como provar sua inocência sem dizer nem mesmo uma palavra?

— Eu vou achar um jeito de tudo ficar bem novamente, prometo. — Ela ouviu o pai dizer.

— Quando eu era uma garotinha, ouvir essas palavras fazia eu me sentir segura. Agora, eu sei que é mentira.

●

Camila acordou cedo porque estava preocupada com a amiga. Na verdade, esse era o jeito dela, ela se preocupava. Com os amigos, com a família. Seguimos sem surpresas até aí. Queria que existisse Uber em Monte Verde, porque aí não teria que pedir carona para Lucas, mas só seria possível se existisse algum aplicativo para as charretes de cavalos que passeavam pelas ruas.

— Como ela tá? — perguntou Lucas quando entraram no carro.

— Eu não sei, né, Lucas?! — Camila forçou uma voz irônica. — Estamos indo lá para ver.

— Isso, fica sendo grossa comigo — resmungou ele. — Logo eu, que acordei cedo no sábado só pra te dar carona.

— Ah, eu tô nervosa, foi mal — disse ela, revirando os olhos. — A Mari era minha amiga também e...

Camila pensou em como Bianca poderia estar se sentindo mal, por isso decidiu pedir que o irmão a levasse até sua casa.

— É, eu sei — comentou ele. — E pensar que peguei a irmã dela ontem.

Camila suspirou, tentando diminuir o ódio que sentia pelo irmão mais velho.

— Que pecado. Antes de você ficar sarado, eu tinha um irmão mais esperto.

Lucas riu.

— Veja, fiz uns abdominais hoje. Sinta.

STOWE

O garoto levantou a camiseta e mostrou o tanquinho com orgulho. Camila abriu a boca e colocou o dedo lá dentro, fingindo que ia vomitar. Eles riram, e Lucas ligou o rádio, o que foi bom, ela não queria conversar. Havia acabado de perder uma das melhores amigas e era um momento difícil, ainda mais porque teria que consolar Bianca.

Quando o carro parou em frente à casa dos Bernardi, Camila disse:

— Você espera aqui.

— O quê?

— É — respondeu. — Não vou demorar.

— Não, não vou ficar esperando você bater papo.

Camila abriu a porta do carro e desceu, olhando para o irmão.

— Você sabe que não é isso. Espera aqui.

Ela correu sobre a grama molhada e bateu na porta da casa algumas vezes. O policial Bernardi apareceu na segunda tentativa.

— Ah, oi, Camila.

— Oi, posso ver a Bia?

Ele sorriu, triste, e assentiu, dando passagem para Camila passar.

— Ela está acordada desde ontem e também não come — comentou ele. — Espero que sua visita ajude.

Camila não soube o que responder, ela só sorriu e subiu as escadas. Andou rápido em direção ao quarto de Bianca e bateu na porta. Não houve resposta, então abriu a porta, entrando no quarto.

— Bia? — A ruiva estava encolhida na cama, por cima das cobertas. O coração de Camila se apertou no peito. — Amiga... — Camila se aproximou da cama, sentando-se ao lado de Bianca. Ela passou a mão sobre os fios de cabelo ruivo da garota. — Fala comigo.

Bianca descobriu a cabeça e olhou para Camila, seus olhos estavam inchados, os cabelos grudados no rosto. Camila deixou uma lágrima escorrer.

— Desculpa — pediu Bianca.

Camila balançou a cabeça.

— Tudo bem chorar, tudo bem — disse. — Só... Só não sofra tanto.

Ela sabia o quanto Bianca amava Mariana e imaginava o quão horrível deveria ser perder mais alguém em sua vida. Bianca havia perdido a mãe alguns anos atrás e, desde então, nunca mais fora a mesma.

— Todos de quem eu me aproximo — falou Bianca, a voz fraca — ou que ficam perto de mim por muito tempo acabam se machucando.

— Isso não é verdade.

Bianca continuou:

— Coisas ruins acontecem com as pessoas ao meu redor.

— Não — sussurrou Camila, afagando os cabelos da amiga —, não é verdade. Nada disso é sua culpa.

— Então por que todas as pessoas que eu amo morrem? — questionou em um grito de agonia.

Camila ficou em silêncio por um tempo.

— As coisas acontecem porque têm que acontecer.

— Não vem com essa merda de Lei de Murphy para cima de mim!

— Viu? — Camila falou com calma. — Você só está com raiva. E triste. Eu também.

— Eu odeio tudo isso!

— Eu também.

— Todos estão morrendo, ninguém se lembra de nada.

— Pelo menos nos lembramos da Mari.

Bianca limpou as lágrimas.

— Lembrar dói.

— Mas esquecer também — disse.

●

— Pronta?

Clara assentiu, mas era mentira, ela não estava pronta.

A sala era cinza e opaca, bem limpa e sóbria. Havia uma mesa, cadeiras, uma câmera num tripé e um espelho falso, assim como nos filmes. A delegada Ferrari estava sentada ao lado do policial Bernardi, fitando Clara, que estava entre seu pai e seu advogado.

— Então vamos começar.

Clara engoliu em seco. Será que interrogatórios reais eram parecidos com os de filmes?

— Você conhecia a vítima?

— Qual? — Clara perguntou, inocente.

— Há mais de uma? — Daniela Ferrari arregalou os olhos.

Clara balançou a cabeça.

— Cinco pessoas morreram — respondeu.

— Você matou cinco pessoas?

A menina se assustou.

— O quê?

— A minha cliente não vai responder a essa pergunta — disse Gael para a delegada e, então, virou-se para Clara. — Não responda.

Ela o ignorou.

— Eu não matei ninguém!

A delegada fez uma anotação e mostrou para o policial Bernardi, que concordou com a cabeça. Clara quis saber o que estava escrito no papel.

— A criança. Eu estou falando da criança no momento — disse Daniela. — Você a conhecia?

Clara suspirou.

Otávio. Como ela queria que a delegada se lembrasse do próprio filho.

— Não — Clara mentiu com peso no coração.

Ela pensou que não seria inteligente chegar em um depoimento e dizer: "Oi, não, eu não matei ninguém. O que aconteceu foi que um assassino tem brincado com a nossa cara e todo mundo que ele mata desaparece da nossa memória".

— Se você não conhece a vítima, como a sua pulseira foi parar no pulso dele?

Clara sabia o motivo. Ela havia se lembrado de tudo, mas mentiu de novo.

— Eu não sei.

Ao lado dela, Lorenzo se contraiu na cadeira. Clara gostaria de saber o que se passava na cabeça do pai.

— Encontramos suas digitais no corpo, Clara. Então, eu vou perguntar de novo, tudo bem? — A voz da delegada era inexpressiva. — Você conhecia a vítima?

O coração de Clara bateu descompassado. É claro que suas digitais estavam no corpo, havia passado aquela madrugada com Otávio.

— Onde está o laudo médico? — pediu Gael. — Quero ver o documento que comprova que são as digitais de Clara no corpo da vítima.

— O laudo ainda não saiu — respondeu o policial Bernardi.

— Então como sabem que as digitais de Clara estão no corpo? — A delegada e o policial se entreolharam. Gael olhou para Clara e disse em voz alta: — Eles não sabem, Clara. Estão blefando para tirar informações.

Apesar de o laudo ainda não ter saído e de Gael tê-la salvado por ora, Clara sabia que suas digitais estavam no corpo frio de Otávio e lamentou por isso. Era questão de tempo.

— E quanto à pulseira? — A delegada quis continuar.

— Qualquer um pode tê-la colocado no pulso da criança — afirmou o advogado.

— Deixe a suspeita responder, por favor — pediu o policial.

— Eu não sei — mentiu Clara. Até que era fácil.

Daniela suspirou e revirou os olhos.

— Clara, onde você estava na manhã daquela quinta-feira?

— Na escola — respondeu — e, antes disso, com você, tia Dani, na floresta, naquela horrível cena criminal para a qual a Stefany me puxou.

— Tá, eu ainda não entendi essa história.

Clara arfou.

— Stefany te seguiu e me chamou, eu não queria ir, mas então ela pediu para eu ir para a sua casa ver se o Otav... — Clara parou. Não tinha como contar a verdade sem contar sobre Otávio.

— O que você foi fazer na minha casa?

Ela não respondeu.

— A minha cliente não precisa responder — disse Gael.

— Mas ela vai — disse Lorenzo, participando pela primeira vez. — O que você estava fazendo na casa da delegada durante a madrugada enquanto a filha dela estava na floresta?

Clara engoliu em seco.

— Vocês não vão acreditar — disse.

— Tente.

— Não diga nada, Clara — pediu Gael.

Pela primeira vez, Clara concordou com o advogado, mas, como sempre, não fez o que ele mandou.

— Ele se chama Otávio. — Clara olhou para a delegada, o coração batia acelerado no peito. — A criança que morreu tinha apenas sete anos e era daqui de Monte Verde. Ele era seu filho, tia Dani. — Clara esperou que alguém falasse alguma coisa, no entanto todos a fitavam com pavor nos olhos. Por isso, ela continuou: — Ele era um fofo e eu o considerava meu irmãozinho porque eu o vi nascer. Naquela madrugada, Stefany me ligou e eu disse que não iria, mas ela pediu para eu ir até a sua casa para ver se o Otávio estava bem, pois havia um assassino à solta. — Clara deslanchou a falar e, como não se sentia há muito tempo, sentiu-se leve. — Eu fui e fiquei com ele, emprestei a minha pulseira, porque ele gostou e estava com medo. Depois, quando amanheceu, fomos para a floresta encontrar você e a Stefany. Você brigou conosco. Comigo, com a Ster e até com o pobrezinho do Otávio. Mandou a Ster levá-lo para casa e eu esperei por lá, já que você não queria que eu dirigisse, então o policial Bernardi me levou para a escola. Naquela tarde, eu estava indo com os meus amigos para a festa na casa do Thomas e você nos chamou para a cena do crime, para me mostrar a pulseira.

Ela parou de falar, a delegada estava boquiaberta, e Clara torcia para que a história alavancasse algum gatilho no cérebro dela para que a mulher se lembrasse das coisas.

— Aconteceu alguma coisa com o meu cérebro e com o de todo mundo, eu... Eu não consigo explicar — Clara voltou a falar. — Nós deletamos o Otávio das nossas lembranças. Eu não me lembrava porque minha pulseira estava no pulso daquela criança e você não se lembra do seu filho até agora.

— Entendi — murmurou a delegada, cruzando os braços e se reclinando sobre o encosto da cadeira.

— É sério?

— É — respondeu a mulher, a voz pesada. — Mas como você se lembrou dele? Afinal, nem eu, que sou a mãe dele, como você diz, me lembrei.

— São... são gatilhos. — Clara balançou a cabeça, lembrando-se das palavras de Theo. — O nosso cérebro precisa de empurrões. Eu me lembrei de tudo quando ouvi o nome do policial Bernardi, que é Otávio, certo? — O homem balançou a cabeça. — Quando eu toquei na pulseira, a sensação despertou novas lembranças também. É como um quebra-cabeças.

— Pare de falar, Clara — Gael sussurrou em seu ouvido.

Ela não havia dado atenção ao advogado em nenhum momento, por que daria agora?

— E todas as outras mortes — ela voltou a dizer. — Estão todas ligadas. Ninguém se lembra das vítimas, mas elas são daqui também. A Lana é filha do pastor e a Eloise... a Eloise é sua filha. — Clara olhou para Gael com os olhos cheio de lágrimas. — Se vocês quiserem ajuda, eu os ajudo a se lembrarem.

— De novo isso, Clara? — Lorenzo protestou.

— Ela já falou sobre isso antes? — Daniela perguntou.

Ele aquiesceu.

— Ontem, na igreja.

Clara se encolheu.

— Sabe o que eu acho? — começou a delegada. — Isso é um sério transtorno. Eu não sou psiquiatra nem nada, mas o meu conselho é que vocês procurem ajuda. A Clara pode ter desenvolvido algum tipo de psicose que não entendemos. Ela acabou de inventar uma história inteira, uma situação cheia de mentiras e fantasias alucinadas.

— O quê? — A voz de Clara perdeu o tom.

— Ninguém acredita no que você diz, Clara — disse Daniela —, mas não se preocupe, não é culpa sua. Acredito que seu pai vai levá-la para fazer alguns exames.

— Não, eu... Eu tô... Eu falei a verdade.

— Clara...

— Da minha parte, só voltaremos a conversar se encontrarmos, de fato, as suas digitais no corpo da vítima — afirmou ela com desdém, levantando-se.

— Não! — Clara se levantou também. — Ele se chama Otávio, ele é seu filho, você sabe, tia Dani!

— Não me chame assim.

Clara engoliu em seco.

— Você precisa se lembrar — sussurrou, tentando colher o último pingo de esperança que tinha.

Daniela caminhou até Clara e pousou a mão sobre o seu ombro.

— E você precisa se tratar, querida.

●

Adriana estava ansiosa com a situação da filha. Enquanto Clara estava sendo interrogada pela polícia, ela não conseguia ficar parada. Por isso, apenas durante aquela hora, havia limpado a cozinha duas vezes. Varreu o chão, passou pano, tirou o pó, lavou a louça, limpou a geladeira, organizou os armários e a despensa.

Ela queria ter podido ir, mas Gael, o advogado, havia dito que seria melhor apenas um dos pais comparecer à delegacia. Era por isso que Adriana estava sozinha em casa no momento, uma vez que Catarina, sua cunhada, também havia saído. Ela pensou em ir para o café, mas ainda era muito cedo e não teria movimento algum, além de ter combinado com a nova funcionária, Débora, que pararia de trabalhar tanto — o que era bom, podia se dedicar aos novos projetos da família.

Clara ter se envolvido em problemas os tinha pego de surpresa, mas não poderia ser algo tão sério a ponto de parar a vida de todos. Com certeza arrumariam um jeito de passar por cima daquilo. Esse era o motivo da ansiedade.

Custava ter problemas com garotos em vez de problemas com a polícia, Clara?, Adriana se pegou pensando enquanto insistia em tirar uma mancha de gordura do fogão. Ela ouviu a porta da frente abrir com um barulho de ventania.

— Clara? Lorenzo? — ela perguntou alto. — Já chegaram?

Não houve resposta, então deixou a esponja e o pano sobre o fogão e secou as mãos na própria roupa, andando em passos largos até a sala de estar. A porta ainda estava aberta, mas não havia sinal de vida.

— Clara? — gritou Adriana na ponta da escada.

Ela caminhou até a porta e a fechou. *Deve ser apenas o vento.* Bufou, impaciente, e voltou para a cozinha, pegando a esponja novamente. Adriana se debruçou sobre o fogão e fez força nos braços a fim de tirar aquela bendita mancha. Tinha mania com limpeza e não conseguia descansar até ver tudo brilhando. Passou mais produto sobre a mancha, fazendo uma anotação mental para que não se esquecesse de passar no mercado e comprar sabão em pó, detergente e...

Adriana sentiu uma pontada nas costas, rasgando sua pele. Ela olhou para baixo e assistiu ao seu sangue respingar pelo piso branco limpo. Conseguiu virar o corpo, mas acabou cedendo sobre os joelhos e caindo no chão. Ela o viu segurando uma faca com a mão esquerda e sua visão ficou embaçada. Sentiu mais um golpe no peito e perdeu o ar, sentindo gosto de sangue e perdendo os sentidos.

●

Não era nada fácil para Pedro. Ele se sentia estranho toda vez que fazia aquilo: sair secretamente para se encontrar em um lugar secreto com alguém secreto. No entanto, embora não fosse ideal, era aquele relacionamento que o fazia suportar seus dias.

Quando Hugo chegou na clareira que, apesar do clima, estava iluminada por raios de sol, Pedro caminhou rápido em sua direção.

— Caramba, você demorou — disse ele.

— Minha mãe pediu para eu organizar umas coisas na loja — explicou Hugo, desculpando-se.

A mãe de Hugo era viúva havia anos e administrava sozinha a única farmácia da cidade, não tinham muitos funcionários, por isso Hugo e sua irmã mais nova, Isadora, ajudavam a cuidar dos afazeres.

— Tudo bem. — Sorriu Pedro. — Oi.

— Oi. — Hugo colou os lábios nos do outro rapaz, que se afastou rapidamente. — O que foi?

— Quero conversar — falou. — Pensou sobre o que discutimos?

Hugo balançou a cabeça, conflituoso.

Pedro não podia julgá-lo. Assumir-se era muito difícil, ainda mais em uma cidade tão pequena quanto Monte Verde, mas eles não poderiam ficar se encontrando nas clareiras da floresta para sempre.

— Você sabe que a minha mãe é muito rigorosa — disse Hugo.

— É, a tradição chinesa e tal, eu sei — Pedro comentou, admirando os olhos estreitos de Hugo. — Mas eu não quero que seja segredo para sempre.

— Não é para sempre.

— Ah.

— Não — Hugo corrigiu, gargalhando —, não foi isso que quis dizer. Digo, não vou me esconder para sempre, me dê um pouco de tempo.

— Tudo bem.

— Eu imagino como deve ser difícil para você gostar de mim, afinal sua família sempre foi mais liberal — comentou o asiático. — Eu me lembro de que, quando éramos crianças, eu tinha inveja da sua irmã. Todo mês a Helena aparecia com uma cor de cabelo diferente.

— É — riu Pedro.

— E você sempre pôde fazer tantas coisas...

Pedro se sentiu mal por ter pressionado Hugo. Cada um tinha seu tempo, ele sabia disso havia anos, por que estava agindo feito idiota nos últimos dias?

— Eu sei, desculpa — falou. — Eu só quero ficar com você.

— Então fica comigo.

Hugo passou a mão pelo pescoço de Pedro, que se arrepiou e empurrou o outro contra a árvore imensa que havia atrás deles. Ele o beijou com calma e sentiu as mãos de Hugo em suas costas, os olhos fechados. Os lábios dele sobre os seus eram firmes e doces. Ele soltou um gemido suave quando Pedro separou seus próprios lábios e o calor onde suas bocas se encostavam, fundidas, pareceu multiplicar. Hugo jogou a cabeça para trás, tentando respirar enquanto beijava suas bochechas, cada momento valia a pena, pensou Pedro.

— Ah, meu Deus. — Hugo o empurrou.

— O que foi? — Pedro se ajeitou, com medo de alguém tê-los visto.

Não era nada tão simples, no entanto.

Hugo não conseguiu dizer as palavras, então apenas apontou o dedo para cima, fazendo Pedro erguer a cabeça para olhar para a copa das árvores.

Não muito alto, havia uma garota pendurada pelo pescoço em um dos galhos mais grossos da árvore.

●

Amanda Lins estava com dificuldade para respirar e abriu a janela da Evoque para conseguir mais ar, porém não obteve tanto efeito. A última noite e durante aquela manhã foram os piores momentos de sua vida. Ver o corpo de Mariana completamente imóvel e coberto por sangue era algo que ela jamais pensara que veria na vida. Mas coisas ruins aconteciam, sua filha mais velha estava morta. Ela chorou em silêncio por horas dentro do carro, no escuro do estacionamento.

Quando a porta do passageiro se abriu, tentou se recompor, mas foi em vão, uma vez que desatou a chorar sobre o colo do homem que havia acabado de entrar no veículo. Otávio Bernardi, um dos melhores policiais da cidade, era uma das pessoas favoritas de Amanda. Ele era gentil e carinhoso com ela, dava-lhe atenção e, ainda por cima, era lindo. Em uma hora como aquela, tudo o que ela queria era passar um tempo com ele.

— Vai ficar tudo bem — ele tentou consolá-la.

— Não, não vai.

— Vamos encontrar quem fez isso — disse ele.

Amanda ergueu a cabeça e olhou para o homem.

— Mas isso não a trará de volta — chorou.

Otávio a abraçou, mas ficou calado. Amanda não reclamou. Só a presença dele a fazia se sentir melhor.

Ela era casada com o prefeito havia quase vinte anos e não se lembrava de ter sentido afeição por aquele homem uma vez sequer, tinham apenas empatia um pelo outro e viam muito a ganhar se continuassem juntos — até porque tinham filhas, três lindas filhas, que agora eram apenas duas *meninas da cidade.*

No entanto, Amanda era apaixonada por Otávio Bernardi desde o ensino médio. Ele nunca deu muita bola para ela, não foi à toa que se casou com a ruiva perfeita da Paula Barcellos. Amanda deixou a situação à deriva por muito tempo, mas, depois da morte de Paula, por que não? Os dois nutriam aquele caso há anos, a única parte excitante da vida dela, o que a fazia se sentir viva.

— Tudo está tão horrível — choramingou. Otávio concordou. — Minha filha morreu, a cidade do meu marido está um caos porque há um assassino à solta e a única pessoa que me faz feliz está sempre trabalhando — disse, prendendo-se ao pescoço forte do policial. — Você.

— Eu sei, eu queria ter mais tempo, mas...

— Eu entendo.

— Eu ouvi boatos de que tem um grupo se formando contra o prefeito, querem uma nova eleição e estão fazendo um abaixo-assinado.

Amanda riu, apesar de tudo.

— Tipo um *impeachment?*

— Exatamente como um.

— Não vai acontecer — ela garantiu. Durante toda a vida, Amanda fora sentimental, como qualquer outro ser humano. Porém, sempre fora dez vezes mais racional. Ela levava o *status* de primeira-dama como seu bem mais precioso e ninguém o tiraria dela. Tiraram sua filha, mas ela não estava disposta a ceder mais. — Eu já sei sobre isso e já comecei a resolver, mas preciso da sua ajuda.

Otávio assentiu, concordando, enquanto pegava o celular no bolso. O aparelho vibrava em suas mãos e Amanda o assistiu atender. Ele não disse nada, apenas ouviu e, então, desligou.

— Preciso ir — disse, aproximando-se para beijá-la. — Você vai ficar bem? Nos vemos mais tarde.

— O que aconteceu?

Ele hesitou, mas falou depois do beijo.

— Encontraram mais um corpo.

●

"Em meio ao caos, encontramos paz naqueles que descansam no Senhor e temos certeza de que não mais sofrerão pelo resto da eternidade", era a única frase dita pelo pastor D'Ávila da qual Theo se recordava.

Ele olhou no relógio. Eram onze horas da manhã. A última vez que estivera em um enterro havia sido o de sua tia Paula, mãe de Bianca, havia muito anos. Estar no enterro de uma das garotas da sua escola era mais triste do que ele havia imaginado, ainda mais porque Mariana era a primeira que estava sendo devidamente enterrada, afinal as famílias das outras vítimas não se lembravam delas.

Um arrepio correu pelo corpo de Theo. Sua irmã não seria enterrada? Os pais dele não acreditariam na história se ele ousasse contar. Theo precisava de tempo, mas saber que Bárbara estava *guardada* em uma gaveta gelada a alguns quarteirões de distância só o fazia se sentir mais inútil.

O cemitério não era tão grande, mas a grama verde fazia contraste contra o céu nublado e lápides cinzentas. Quase toda a cidade estava ali, em volta do túmulo guardado para a família Lins. O prefeito não quis falar, estava muito emocionado e, atrás dele, Amanda Lins e as filhas, Laura e Júlia, choravam em silêncio quando o primeiro punhado de terra foi jogado sobre o caixão.

Theo estava ao lado dos pais, não tinha conversado com os amigos ainda, nem mesmo com Leonardo. Desde a noite passada, havia um peso maior sobre seus ombros, e estar naquele enterro era como estar enterrando Bárbara. Porque ele tinha uma irmã, mas ela estava morta.

Todos estavam morrendo aos poucos.

— Tô te mandando mensagens há horas — Theo ouviu a voz de Leonardo vir de trás e se virou devagar, cansado —, por que não me respondeu? — Ele deu de ombros. — O que foi, cara? — perguntou o amigo. — Aconteceu alguma coisa?

Theo suspirou e caminhou ao lado de Leonardo pelos túmulos, afastando-se das pessoas.

— A Bárbara.

— O que tem ela?

— Era minha irmã — disse.

Leonardo não respondeu de imediato. Ele apenas fitou Theo e absorveu a informação por um tempo.

— Como assim?

Theo resumiu os fatos da noite anterior, de como havia descoberto o quarto e como as memórias se desencadearam. Como tudo fazia sentido agora.

— Mas ela... ela morreu.

— Eu ainda não me lembro dela, mas eu acredito em cada palavra que você diz e, se ela é sua irmã, então é verdade — admitiu Leonardo. — Nós vamos resolver isso.

— Não tem como resolver isso, Léo.

Leonardo deu de ombros, meio desacreditado.

— Você não acha que tem um jeito de reverter as coisas?

— Não se traz ninguém de volta dos mortos — respondeu Theo.

— É, tô ligado, mas... Não é isso. — O menino estava tentando explicar seu ponto de vista, mas se perdia nas palavras. — Esse negócio de *serial killer* é normal, sempre existiu, mas os assassinos matam pessoas e pronto. No nosso caso, o assassino mata as pessoas, deixa uma marca e todo mundo se esquece da vítima, como se ela nunca tivesse existido.

— E...

— E que isso não é natural. Parece mágica, alguma coisa fantástica, sei lá! — ponderou Leonardo, pensativo. — Toda fantasia tem reversão.

— Não brinca, mano.

— Não é brincadeira.

Theo parou de andar.

— Você acha que a Bárbara tá viva então? — questionou. — A Lana, o Otávio, a Eloise, a Mariana. Ela acabou de ser enterrada.

— Para quem adora teorias, pensei que você fosse entender a minha.

— Não é isso, foi mal — Theo se desculpou com o melhor amigo. — Eu só tô triste e sem saber o que fazer.

Ele só queria que aquilo acabasse.

— Tudo bem, eu sei que a ideia é louca, mas e se olharmos por outra perspectiva? — falou Leonardo. — Superposição. — Theo estreitou os olhos. Ele sabia o que significava, mas não entendia como podia se encaixar. — Vou explicar. — Leonardo se animou e batucou os dedos em uma lápide. — Eles não estão vivos nem mortos, estão vivo-mortos, igual o gato.

Theo balançou a cabeça, tentando juntar as ideias. Havia uma teoria chamada Gato de Schödinger na Física, na qual não se tinha como saber se o gato estava vivo ou morto por causa das condições da experiência. Ela retratava a superposição, que era um pedaço do princípio de incerteza.

Quando ele pensava nisso, parecia difícil e confuso, mas não era. Quando um sistema estava em estado de superposição, significava que se aceitava uma realidade e isso não era bom, porque as pessoas nunca deviam se contentar com pouco. Na vida, só conseguiam enxergar o resultado final das coisas e, com eles, as consequências dos seus atos. Porém, para chegarem ao resultado, antes tinham que passar pela superposição, que era aquele momento em que não tinham ideia de onde iam parar quando se perguntavam: será que vai dar certo?

Superposição era a incerteza, um reflexo de como a realidade parecia se comportar. E se existia incerteza, existiam chances e possibilidades para transformá-las em certezas.

— Você está querendo dizer que...

— Sim — disse Leonardo —, eles podem estar vivos.

●

Depois que saiu da delegacia, Clara não ousou abrir a boca, mas ouviu

Gael conversando com seu pai. Os dois haviam entrado em um consenso de que seria bom se Clara aparecesse no enterro de Mariana, assim mostraria condolências e evidenciaria sua inocência, não tendo nada a temer.

Clara estava com vergonha da sua existência. As pessoas a tachavam como assassina e louca. Ela precisava aprender a lidar com as palavras, dizer a verdade não estava a ajudando.

Decidiram ir para o cemitério antes de qualquer coisa, e Clara notou que seu pai ligou para sua mãe várias vezes para avisá-la. No fim, concluíram que Adriana já deveria ter saído de casa para encontrá-los. Quando chegaram ao local, a mãe de Clara não estava lá, apenas Catarina. Ela ligou para a mãe, o celular caía na caixa postal, devia estar sem bateria. Em todo caso, Adriana poderia estar no café, junto com Débora.

Ela assistiu à cerimônia inteira ao lado do pai, depois se levantou a fim de ir embora. Não via a hora de tirar aquelas botas e se esconder de olhos curiosos.

— Só preciso trocar algumas palavras com algumas pessoas e depois nós vamos, tudo bem?

Lorenzo passou a mão pessoas cabelos loiros de Clara, saindo do seu campo de visão sem lhe dar tempo para responder. Ela observou o pai se juntar a uma roda de conversa e achou característico que aquela fosse a mesma roda de conversa a que ele se juntara na noite passada, na igreja. Era composta por Lorenzo, os Torres, Flávia Boaventura, Gael, Thaís Ferraz e mais algumas pessoas que Clara não conhecia. Ela estava ansiosa para descobrir o que seus pais estavam fazendo com o novo círculo de amizades, mas, de novo, tinha seus próprios problemas.

Pegou o celular e mandou uma mensagem para Theo, perguntando onde ele e os outros estavam. Ele respondeu quase que imediatamente. Clara caminhou sobre a grama recém-cortada, estava escorregadia e, em alguns pontos, lamacenta por causa da chuva. O sol não aquecia, só iluminava o local, uma vez que uma densa camada de neblina cinzenta pairava pelo cemitério.

— Aí, ela chegou. — Clara ouviu a voz de Camila quando estava chegando perto da roda de amigos, que estava crescendo.

Era estranho, ela pensou, já que, havia pouco mais de três dias, eles nem sequer mantinham contato.

O grupo estava crescendo, ela notou. Theo, Leonardo, Clara, Stefany, Isadora, Bianca, Camila, Mateus e, agora, Rafael, Hugo, Pedro e Thomas.

— Desculpem a demora — disse ela. — Eu não queria vir. — Clara percebeu que Theo foi o único que entendeu a piada sugestiva. Ele sorriu de lado e tentou esconder. Ela gostou de fazê-lo rir, mas não sabia o motivo. — O que está acontecendo? — perguntou para Theo, meio baixo. — Por que esses meninos estão aqui?

— O Rafael seguiu a gente, como sempre — respondeu Stefany, revirando os olhos. — Ele veio atrás da Isadora, mas shhh, ela não pode saber.

Isadora gargalhou e Rafael fechou a cara.

— Não é nada disso.

— O Thomas tem carro — falou Camila, que estava ao lado de Bianca; a ruiva ainda parecia muito abalada pela morte da melhor amiga.

— É, eu não sento no colo de um homem nunca mais — concordou Leonardo, chutando Mateus.

Mateus mandou um beijo no ar para Leonardo, provocando.

— Ah — Clara respondeu.

Não pareciam situações muito racionais. Ela se voltou para Theo.

— E o Pedro e o Hugo encontraram um corpo na floresta hoje — disse. — Eles descreveram e temos certeza de que é a Eloise.

Clara parou, tentando respirar fundo. Nunca conseguiriam salvar alguém, conseguiriam?

— Mas eles sabem? — ela questionou para os amigos mais próximos. — Sobre o que sabemos, sobre as lembranças relacionadas aos mortos.

— Sabem — falou Bianca, fraca —, só não acreditam cem por cento.

— Eu também não acreditava até ontem — disse Stefany.

— É verdade — concordou Léo.

Clara arfou, assentindo.

— Então temos que fazer alguma coisa. — Olhou para todos eles, incluindo os novos integrantes da turma. — As pessoas estão morrendo e todos se esquecem delas. A única diferença é que a Mari não foi esquecida, temos que descobrir o motivo.

— Temos que traduzir aquela marca — lembrou Camila.

— Certeza que ela significa alguma coisa — disse Rafael.

— Significa STOWE — Mateus falou.

— Mas o que é STOWE?

— Sei lá.

Ele deu de ombros.

— Procura no Google então! — apontou Stefany.

Pedro tirou o celular do bolso e cutucou Hugo, curioso.

— Como escreve isso?

— S-T-O-W-E.

Todos eles estavam com os celulares nas mãos.

— Gente — chamou Isadora —, Stowe é uma cidade dos Estados Unidos.

— Sim, fica em Vermont — Hugo completou a irmã.

— Tem uma atriz chama Madeleine Stowe — avisou Thomas e fez uma careta, virando o celular para os outros verem.

— Ah, eu adoro ela! — Stefany se animou — Era de *Revenge*.

— É bem sugestivo — zombou Camila.

— Não, não tem nada a ver — Theo disse.

— Então o que mais pode ser?

Theo deu de ombros.

— Ele é inteligente, não se lembram da sequência de números?

Mateus concordou com a cabeça, os braços cruzados e o pé batendo na grama.

— Então o que pode significar?

— Talvez não tenha significado.

— Podem ser pistas — completou Leonardo —, vamos descobrindo com o tempo.

— Não temos tempo — alertou Clara, bufando em seguida.

— Então vamos nos organizar — decidiu Camila, dando um passo à frente. — Eu vou descobrir com meus pais no necrotério se a Mariana também tinha a marca do STOWE no pescoço.

— Tudo bem — respondeu Stefany. — Eu vou dar um jeito e descobrir com a minha mãe qual a diferença da morte da Mari para as outras.

— Legal. — Thomas parecia impressionado.

— Precisamos descobrir o que significa STOWE — Theo voltou ao assunto.

— Vou me esforçar para isso — disse Mateus.

— E vai se basear em quê? — questionou Leonardo.

— Ainda não sei.

— Acho bom vocês saberem que eu recebi ligações e mensagens de um número desconhecido toda vez que alguém morreu. — Theo olhou para os meninos novos. — Só não para a Mariana. Inclusive, foi assim que descobrimos que Eloise seria a próxima.

— Será que ele vai te mandar mais alguma coisa? — Clara perguntou, atenta.

— A pergunta é: por que ele te liga e te manda mensagens? — sugeriu Pedro.

Theo ponderou com a cabeça, como se concordasse.

— Não sei.

— Já notaram mais alguma semelhança que podemos usar?

Rafael disse:

— Quando alguém morre, sempre está acontecendo uma tempestade.

Como se fosse um passe de mágica, um raio cortou o céu, acompanhado por um trovão estrondoso.

— Quem é o próximo? — brincou Leonardo.

— Vira essa boca para lá — disse Camila.

— É verdade, sempre está chovendo.

— Mas estamos em Monte Verde, isso é normal — apontou Isadora.

— Notamos, com o STOWE, que nada é simplesmente uma coincidência — alegou Theo.

— O que quer dizer?

— Que vai começar a chover e é melhor tomarmos cuidado.

●

— Você foi na delegacia hoje, não foi? — Stefany murmurou, chegando perto da amiga. Clara assentiu, meio perdida. — E aí?

Ela não queria contar, estava envergonhada.

— Eu pensei que, se contasse a verdade, daria certo.

— Você contou a verdade? — Theo perguntou ao tocar no braço de Clara.

Ela aquiesceu.

— E como foi? — questionou Stefany.

— Não foi bom. A sua mãe quer me mandar para a cadeia ou para o psiquiatra.

Camila havia ido embora com Bianca e Isadora para conseguir obter informações sobre o laudo médico de Mariana; Leonardo e Mateus haviam decidido ir para casa fazer pesquisas, e os outros meninos se colocaram à disposição. Clara, Stefany e Theo estavam esperando a chuva amenizar para ir embora, mas, acima de tudo, estavam esperando o enterro terminar.

— Por quê?

— Se eu te contar, você vai achar o mesmo que a sua mãe, Ster — disse Clara.

A menina balançou a cabeça.

— Não vou, não.

— Vai, sim — Theo interveio.

Stefany parou.

— Ele sabe? — Clara assentiu. — Eu preciso saber. Me conta.

Ela respirou fundo. Se a melhor amiga a tachasse de louca, não saberia o que fazer.

— Você presenciou e viveu essa experiência toda de lembranças quando foi com a gente até a casa da Eloise e viu ela sendo levada pelo assassino. Depois disso, nem mesmo o pai se lembrava dela — disse Clara, que esperou a confirmação de Stefany para continuar. — Então. É o mesmo que tem acontecido com você e sua família. Você tinha um irmão mais novo chamado Otávio, ele tinha sete anos. É aquela criança que encontraram na Fazenda Radical.

Theo e Stefany a fitavam com olhos perplexos. Ele, por não acreditar que Clara realmente contara; ela, simplesmente por não acreditar.

— O quê? — perguntou ela. Clara não respondeu. — Isso é bem aleatório, Clara — zombou Stefany, nervosa.

— Não é, Ster — tentou Theo. — Ontem eu descobri que também tenho uma irmã. Essas pessoas são apagadas das nossas memórias.

Stefany se sentou em um dos degraus de concreto da capela quase vazia. O corpo de Mariana já havia sido enterrado, mas algumas pessoas ainda esperavam na capela para conversar com a família do prefeito Esteves e se proteger da chuva.

Clara se assustou com a ideia da irmã de Theo. Era sempre estranho descobrir uma nova vida, será que eles estavam fadados a ter que se acostumar?

— Como você descobriu que tem uma irmã? — Stefany tirou as palavras da boca dela.

— Achei o quarto dela — ele respondeu, simples.

Era uma das coisas que Clara gostava em Theo. Ele era simples, não se esforçava.

— Achou? Como alguém acha um cômodo?

— É, lembram daquela história que o professor Caio nos contou? Sobre os índios não conseguirem ver as caravelas porque seus cérebros não sabiam que elas existiam? — Theo explicou, fazendo Clara se lembrar. — Então. Eu acho que é isso. O quarto da Bárbara esteve lá o tempo todo, mas coberto por uma camada de penumbra, não sei. Eu simplesmente não conseguia ver e... Bom, meus pais ainda não conseguem.

Clara estava chocada e se voltou contra a amiga:

— São gatilhos, Ster.

A menina os olhou de baixo, sentada com a cabeça entre os joelhos.

— E como você sabe que tenho um irmão, e eu não?

— Porque tem a ver com a minha pulseira e tudo o que tenho vivido ultimamente.

— É verdade, Stefany — disse Theo.

— Você também se lembra dele?

— Não, mas eu acredito na Clara.

Um arrepio correu pelo corpo dela. Clara gostava de saber que Theo acreditava nas coisas que ela dizia.

— Então eu tenho um irmão de sete anos e não me lembro dele — constatou Stefany. — Preciso me lembrar.

— Eu te ajudo, só precisamos...

— Clara? — Os três viraram para trás. Era o pai dela, o celular na mão, lágrimas nos olhos. — Aconteceu uma coisa — ele disse.

CAPÍTULO 06

EXCLUSÃO

O princípio de exclusão de Pauli é um princípio da Mecânica Quântica que afirma que dois férmions idênticos não podem ocupar o mesmo estado quântico simultaneamente.

uando Mateus decidiu ir para casa com os meninos, notou algo no estacionamento do cemitério, mas não achou que fosse possível. Uma Land Rover Evoque preta muito parecida com a que tinha visto no vídeo que havia *descriptografado* no dia anterior. Era só uma coincidência, com certeza.

Tinha pensado no assunto durante todo o trajeto até sua casa, sendo acompanhado por Leonardo — que era o único que conseguia gostar dos meninos —, Pedro, Hugo, Rafael e Thomas.

— Tá, o que precisamos fazer? — perguntou Hugo.

— Descobrir o que significa STOWE — disse Mateus, abrindo a porta da frente de sua casa.

— Acha mesmo que tem um significado? — Thomas pareceu desmotivado.

— Acho.

Mateus caminhou até o quarto, os outros indo atrás. Ele se sentou na cadeira giratória em sua escrivaninha, de frente para o notebook, ligando-o.

— E como vamos fazer isso? — Pedro questionou, sentando-se ao lado de Rafael na cama. Hugo ficou em pé, de braço cruzados, os músculos retesados.

— Não sei vocês, mas eu vou tentar do meu jeito.

Mateus estralou o pescoço, digitando um código na barra de pesquisa do navegador. Leonardo caminhava pelo quarto, observando cada detalhe, curioso.

— Qual é o seu jeito? — Ele andou até chegar perto de Mateus. — Ai, merda — sussurrou.

— O que foi?

— O que aconteceu? — perguntaram os outros meninos.

Mateus clicou em uma pasta escura e leu as conversas de uns fóruns.

— Vocês tá na *deep web*?

Ele olhou para Leonardo, como se não fosse óbvio.

— Sim — respondeu. — Se não tem nada no Google...

Os meninos se levantaram da cama e correram para a escrivaninha, querendo olhar para a tela preta do computador.

— Não tem medo de pegar um vírus?

— Ou ser perseguido por um hacker?

Mateus achou bonitinho como estavam preocupados e riu alto.

— Isso não vai acontecer — garantiu.

— Como pode ter tanta certeza? — questionou Rafael.

Mateus digitou "STOWE".

— Porque eu sou o hacker.

●

Aqueles eram os piores dias da vida de Clara.

Seu pai havia pedido para que entrasse no carro e foram direto para casa, a polícia já estava no local quando eles chegaram. Havia várias viaturas e uma faixa amarela cercava todo o gramado da casa de Clara. O coração dela doeu e as lágrimas escaparam quando desceu do carro, sendo atingida pela chuva pesada.

— Clara... — Era Catarina.

Ela abraçou a tia e chorou por muito tempo, as roupas pesando sobre o corpo, o cabelo colando na pele.

A mãe de Clara estava morta.

Era isso que seu pai havia dito na capela.

— C-como isso aconteceu, tia? — ela perguntou entre soluços para Catarina, que balançou a cabeça.

— Eu cheguei em casa e a encontrei na cozinha, cheia de sangue e...

Clara engoliu em seco. Não queria pensar na mãe naquele estado. Seu peito doía e parecia que o sangue queimava em suas veias. Ela estava desconfortável, não sabia se era falta de ar, se era a roupa, se saudade da mãe...

Ela parou.

Assim como se lembrava de Mariana, lembrava-se da mãe. Havia algo de estranho, mas ela não podia pensar naquilo agora. A mãe de Clara havia morrido e nunca mais voltaria. A dor que ela sentia não era só no corpo, parecia que ela ia enlouquecer, parecia que Clara estava dentro de um pesadelo.

●

Daniela Ferrari estava esgotada. Para uma delegada, ela sempre teve pouco trabalho na pequena cidade de Monte Verde. O trabalho com o qual estava acostumada era burocrático e social, pois nunca houve qualquer tipo de criminalidade por ali. No entanto, naquela semana, tudo mudou e Daniela não se sentia preparada para tudo aquilo. O país inteiro estava assustado com o surto de assassinatos em tão poucos dias e isso atraía uma atenção que a cidade não queria.

Ela havia pedido ajuda para a Polícia Federal, que chegaria naquela noite. Daniela olhou para o relógio em seu pulso, três e meia da tarde. Estava atolada e não sabia o que fazer, precisava se dividir em milhões de Danielas para cumprir todas as suas funções.

Quatro vítimas ainda não haviam sido reconhecidas, o prefeito estava abalado demais com a morte da filha para conseguir governar a cidade, mais um corpo havia sido encontrado na floresta e Adriana Marinho morrera esfaqueada dentro de sua própria casa. E além de uma das suspeitas ser a melhor amiga de sua filha, Daniela ainda precisava ser esposa e mãe, cuidando de uma equipe de apenas vinte policiais.

— Está indo para os Marinho? — Renato perguntou assim que apareceu na cozinha, abrindo a geladeira.

Ela assentiu, dando mais um gole no café forte que havia preparado. Daniela acreditava que seu marido estava adorando todo o momento, pois, pela primeira vez em toda sua carreira, estavam tendo notícias para cobrir para o jornal.

— Eu só queria que isso acabasse — Daniela suspirou, inclinando-se sobre o balcão.

Renato fechou a geladeira e chegou perto da esposa, pousando as mãos sobre seus ombros e massageando-os.

— Como foi o depoimento com a Clarinha?

Daniela resmungou, coçando as têmporas. Era tão difícil ter que interrogar Clara. Daniela tinha muito carinho por ela, que tinha crescido com Stefany. *Coitada*, pensou, *deve estar sofrendo muito no momento, a mãe acabou de morrer.*

— Horrível — disse. — Não consegui nada.

— Acho que ela é inocente — falou Renato.

— Também queria que fosse, mas ela inventou uma história enorme — protestou Daniela. — Que inocente faria isso?

Renato se apoiou sobre o cotovelos no balcão da cozinha.

— Que história?

Ela revirou os olhos, tentando se lembrar.

— Algo sobre um mistério que ninguém consegue entender — falou. — Como se quem o assassino matasse fosse esquecido por todos e apagado das memórias das pessoas. No caso, a Clara disse que aquela criança, a vítima, se chamava Otávio e que ele era nosso filho. — O homem arregalou os olhos, mas não respondeu. — Pois é! — Daniela riu. — Foi a minha reação também.

— Parece coisa de filme — analisou ele.

Ela concordou.

— Mas é uma bela coincidência.

— O quê?

Renato deu de ombros.

— Estava só me lembrando de um dia. — Balançou a cabeça. — Você disse que, se tivéssemos um menino, gostaria que se chamasse Otávio.

Daniela engoliu em seco.

— Não…

— Sim, você falou.

— É, eu sei, mas não tem nada a ver, tem?

Ele ergueu a sobrancelha.

— Eu sou jornalista, só informo — disse ele. — Você é a delegada, então descubra as coisas.

●

O coração de Stefany não se acalmava. Ela estava ansiosa, andando de um lado para o outro em seu quarto e roendo as unhas. Não podia pedir ajuda para Clara, afinal o momento era péssimo demais e ela não conseguia nem mesmo juntar palavras para confortar a amiga, como conseguiria pedir ajuda? *Se pelo menos Theo se lembrasse de Otávio, teria alguma ajuda...*

Ela pensou. Clara havia dito que Otávio tinha sete anos. Se era verdade, então ele nascera quando Stefany tinha dez. Ela tentou lembrar o que fazia da vida com dez anos e não conseguiu, mas teve uma ideia. Abriu a porta do quarto e desceu as escadas correndo, entrando no escritório da mãe, que estava vazio — Daniela havia acabado de sair de casa.

Havia uma mesa de aparência pesada de madeira, poltronas, prateleiras nas paredes, arquivos e armários. Stefany tentou abrir o arquivo preto, onde colocavam os álbuns de fotografias. Se Otávio realmente existisse, estaria em alguma foto. As gavetas estavam trancadas e a menina franziu o cenho, porque nunca trancavam aquelas gavetas.

Stefany tentou abrir o arquivo cinza pela primeira gaveta. Estava destrancado, os álbuns fotográficos estavam todos lá e ela pegou a maioria. Porém, havia algo a mais. Curiosidade. O que poderia ter de tão importante no arquivo preto a ponto de sua mãe precisar trancá-lo?

Deixou os álbuns sobre a mesa de madeira e saiu do escritório. Pegou o molho de chaves perto da porta principal e o observou de perto, querendo saber se havia alguma diferente das com as quais estava acostumada. Ela conhecia todas. Stefany voltou para o escritório e olhou para o arquivo, depois para os álbuns, sentando-se na poltrona da mesa de madeira. Ela abriu as gavetas da mesa e remexeu, procurando pela chave, tirou cadernos e blocos. Não encontrou. Sobre a mesa, havia um porta-lápis repleto de canetas. Tirou todas fora e olhou dentro. Ali estava!

O coração de Stefany voltou a bater descompassado e ela se levantou depressa para abrir o arquivo. A chave entrou perfeitamente, girando praticamente sozinha. Ela puxou a gaveta e abriu os olhos, espantada.

Eram os laudos dos casos de Daniela, observou Stefany. Ela percebeu que não tinham nome além do de Mariana — eram Vítima 1, Vítima 2, Vítima 3 e Vítima 4. Stefany juntou todos e os levou para a mesa, ligando o computador e a impressora. Abriu o arquivo chamado Vítima 4 e confirmou que era o corpo de Eloise.

Ela tirou cópia de todos os laudos e imprimiu, depois organizou as folhas como estavam antes e as colocou de volta na gaveta do arquivo preto, trancando-o com a chave. Devolveu a chave para o porta-lápis e saiu do escritório, carregando as cópias dos laudos e os álbuns de fotos.

Stefany subiu as escadas o mais rápido que pôde, estava ansiosa. Entrou no quarto, fechou a porta e se sentou na cama, espalhando os laudos e os álbuns pelo colchão. Ela abriu o laudo da *vítima 2*, de Otávio, e tremeu. Não se lembrava dele como irmão, mas as fotos eram horríveis e a ideia de machucar uma criança daquela maneira brutal... Se ela se lembrasse de Otávio, ele continuaria morto. Será que era uma boa escolha a que ela estava fazendo?

Stefany abriu os outros laudos, menos o de Mariana, colocando-os enfileirados. Todos os corpos tinham ferimentos parecidos. Não eram cortes ou furos, eram como manchas de hematomas e pele ressecada e queimada. No pescoço, havia a marca em código Morse, STOWE. No fim da página, todas as causas das mortes eram as mesmas: asfixia.

Ela pegou o laudo de Mariana, a única vítima de que todos conseguiam se lembrar. As fotos eram diferentes. O corpo estava coberto por sangue e cortes. A causa da morte era "perfurações por objeto pontiagudo". Mariana fora esfaqueada várias e repetidas vezes.

Os casos eram bem diferentes, Stefany observou, juntando os papéis e abrindo os álbuns. Ela não olhava fotos reveladas havia tanto tempo que nem se lembrava de qual era a sensação. Era nostalgia.

Passou por várias fotos e até se pegou rindo de algumas, mas não encontrou Otávio. Viu o casamento dos pais, seus aniversários, o primeiro dia na escola, as festas em família... Stefany trocou de álbum. Era seu aniversário de dez anos. A decoração era da Branca de Neve e a primeira foto mostrava ela e seus pais atrás do bolo. Ela estava fantasiada de Branca de Neve, no colo do pai, e a mãe segurava a barriga enorme.

Stefany parou, sentindo uma dor de cabeça. Piscou várias vezes. A mãe estava grávida de nove meses em seu aniversário de dez anos, ela se lembrava. Ela passou as fotos e trocou de álbum, era o nascimento de Otávio. Stefany estava de janelinha nos dentes e segurava o bebê no colo no hospital, depois Clara segurava Otávio de um ano do lado de fora da casa dos Ferrari. Era ele, o irmão dela. Ela se lembrava. De todos os momentos e de todos os dias com ele.

Várias lágrimas escorreram pela bochecha dela quando pegou o laudo da *vítima 2* e olhou para as fotos. Stefany se levantou e abriu a porta do quarto. Ali estava, na frente dela.

O quarto de Otávio.

●

Theo estava pensando nela, mas não era novidade. Pensar em Clara era uma coisa que ele fazia com frequência e, nos últimos dias, tinha ficado mais forte. No momento, Theo queria poder abraçá-la e dizer que tudo ia ficar bem, mas ele não queria mentir. Ele achava que tudo podia ficar ainda pior.

Ele pensou em visitá-la, mas não pareceu plausível; não estava conseguindo ficar parado na recepção na pousada. Ele pegou o celular para ligar para Leonardo e perguntar como tinha ido com os meninos, mas havia algo na tela.

Camila adicionou você em um grupo [STOWE].

[STOWE]_Leonardo: O nome do grupo é STOWE?

[STOWE]_Camila: Claro

[STOWE]_Stefany: Gente

[STOWE]_Leonardo: Bem criativo

[STOWE]_Stefany: Eu descobri umas coisas

[STOWE]_Stefany: No arquivo da minha mãe

[STOWE]_Stefany: Tirei cópias, vou mandar aqui já

[STOWE]_Hugo: Que coisas????

[STOWE]_Isadora: Você não devia estar mexendo nas coisas da sua mãe, Ster

[STOWE]_Theo: Manda

[STOWE]_Stefany: Tá carregando!!!

[STOWE]_Rafael: É crime mexer em coisas da polícia, não é?

[STOWE]_Leonardo: É

[STOWE]_Stefany: Talvez

[STOWE]_Stefany enviou uma imagem.

[STOWE]_Stefany enviou uma imagem.

[STOWE]_Stefany enviou uma imagem.

[STOWE]_Leonardo: Puta merda

[STOWE]_Stefany enviou uma imagem.

[STOWE]_Stefany enviou uma imagem

[STOWE]_Camila: É, eu só tinha visto a Lana

[STOWE]_Leonardo: Puta merda

[STOWE]_Isadora: Meu Deus

[STOWE]_Theo: Leiam!

[STOWE]_Stefany: As causas da morte são iguais para todas as vítimas

[STOWE]_Stefany: Menos para a Mari

[STOWE]_Theo: Todos foram asfixiados, a Mariana foi esfaqueada

[STOWE]_Rafael: Será que a mãe da Clara foi asfixiada ou esfaqueada?

[STOWE]_Stefany removeu Rafael do grupo

[STOWE]_Camila: Menino idiota

[STOWE]_Stefany: Mariana também não tem a marca no pescoço

[STOWE]_Hugo: Isso é bizarro

[STOWE]_Leonardo: Puta merda

[STOWE]_Leonardo: Eu não consigo parar de ver

[STOWE]_Leonardo: Puta merda!!!

[STOWE]_Stefany: E já sabemos quem são todas as vítimas, né?

[STOWE]_Theo: Sim

[STOWE]_Camila: Sério?

[STOWE]_Stefany: a vítima 2 no laudo se chama Otávio. Ele é meu irmão

[STOWE]_Isadora: Meu Deus

[STOWE]_Stefany: a vítima 3 é a Lana, certo?

[STOWE]_Mateus: Cheguei

[STOWE]_Mateus: Certo, a vítima 3 é a Lana

[STOWE]_Stefany: a vítima 4 nós sabemos que é a Eloise

[STOWE]_Hugo: Sim

[STOWE]_Pedro: Horrível

[STOWE]_Camila: E a vítima 1?

[STOWE]_Theo: É a Bárbara

[STOWE]_Leonardo: É sério, Theo?

[STOWE]_Theo: Sim

[STOWE]_Theo: É a minha irmã

Theo bloqueou o celular e fechou os olhos. Stefany havia mandado os laudos da polícia sobre os corpos, ele viu as fotos de Bárbara e agora tudo estava mais difícil. Todos estavam perdendo pessoas.

O celular estava vibrando muito nas mãos de Theo e ele desbloqueou o aparelho, querendo saber o que o grupo estava discutindo.

STOWE

Stefany adicionou Rafael ao grupo [STOWE].

[STOWE]_Rafael: Aee!

[STOWE]_Stefany: Só adicionei esse idiota porque ele foi no meu privado dizer que ele e os meninos têm coisas para contar

[STOWE]_Stefany: Conta logo!

[STOWE]_Camila: Conta

[STOWE]_Bianca: Oi, gente

[STOWE]_Bianca: Demorei

[STOWE]_Leonardo: Entramos na deep web

[STOWE]_Camila: aaaaa

[STOWE]_Leonardo: pois é!!!

[STOWE]_Camila: E ninguém me chamou? Afff

[STOWE]_Leonardo: Realização de um sonho

[STOWE]_Mateus: Não foi nada demais, mas descobrimos uma coisa bem importante

[STOWE]_Hugo: Dá medo

[STOWE]_Rafael: Mateus é hacker

[STOWE]_Rafael: Joguei e saí correndo

[STOWE]_Camila: ???????

[STOWE]_Bianca: Sério?

[STOWE]_Leonardo: Sério!!!

[STOWE]_Bianca: Nossa

[STOWE]_Mateus: Não conseguimos nada com "STOWE" no Google, então tentamos na deep web

[STOWE]_Thomas: Fala, pessoal

[STOWE]_Thomas: Li tudo aqui

[STOWE]_Thomas: Doido

[STOWE]_Thomas: Não deu nada com "STOWE" na deep web também

[STOWE]_Leonardo: Mas aí tentamos ao contrário

[STOWE]_Mateus: "EWOTS"

[STOWE]_Camila: E aí?

[STOWE]_Mateus: Querem o link?

[STOWE]_Bianca: Não

[STOWE]_Camila: Não

[STOWE]_Stefany: Não. É da deep web, seu maluco!

[STOWE]_Leonardo: É melhor vcs verem pessoalmente então

[STOWE]_Rafael: São vários vídeos

[STOWE]_Mateus: Da cidade toda

[STOWE]_Camila: Monte Verde?

[STOWE]_Thomas: É

[STOWE]_Pedro: A gente na escola

[STOWE]_Hugo: No mercado

[STOWE]_Leonardo: Na rua

[STOWE]_Mateus: E até em casa

[STOWE]_Camila: Temos que nos encontrar

[STOWE]_Theo: Eu tenho um lugar

[STOWE]_Bianca: Onde?

[STOWE]_Theo: No laboratório da escola. Eu tenho a chave

[STOWE]_Stefany: Pq vc tem a chave?

[STOWE]_Theo: Pq o professor Caio me deu, não sei tbm

[STOWE]_Mateus: Laboratório, às 23h

[STOWE]_Thomas: Pq tão tarde?

[STOWE]_Isadora: Agr tem toque de recolher

[STOWE]_Leonardo: Pq já está tarde e, de qualquer jeito, temos que nos arriscar

[STOWE]_Theo: Às 23h então

●

Camila tomou um banho rápido e vestiu legging preta, camiseta preta, jaqueta preta e tênis preto. Ela secou os cabelos e colocou uma touca preta sobre os fios castanhos e se olhou no espelho, tentando não rir. Parecia uma garota rica tentando assaltar um mercado em um filme ruim.

Ela olhou para o relógio, viu que faltavam vinte minutos para as onze horas e saiu do quarto, fechando a porta com cuidado. Sua mãe já estava na cama e seu pai devia estar no escritório, por isso andou nas pontas dos pés até a sala.

— Aonde pensa que vai? — Ela ouviu e seu sangue gelou. A sala de estar estava escura, e Camila não tinha certeza de quem havia falado com ela. *Por favor, seja o Lucas, por favor, seja o Lucas.* — Tem toque de recolher agora. — Gustavo apareceu nas sombras.

Camila suspirou, aliviada.

— E daí?

— E daí que eu vou contar para nossos pais se você sair — falou o mais novo.

Ela arfou com raiva.

— Não vai, não.

— Vou, sim — disse. — Porque você tem me irritado com esse seu jeitinho, mandando em mim.

— O quê?

— Se você contar para eles que eu vendo drogas, eu falo sobre você.

— Eu não vou contar.

Ela revirou os olhos, impaciente. Gustavo deu de ombros.

— Mesmo assim, não quero que você vá.

— Você não manda em mim, eu...

— E aí?! — Lucas desceu as escadas segurando um pote de sorvete. Camila respirou fundo. Ela mataria algum dos irmãos naquela noite. — O que tá rolando?

— Ela vai sair.

— E ele quer contar pros nossos pais.

Lucas franziu o cenho, como o irmão mais velho dos dois.

— Aonde você vai? — questionou.

— Escola — respondeu.

— O quê? — os dois perguntaram em uníssono.

Camila olhou para o relógio.

— É uma longa história. Olha, hoje é sábado e eu sei que vocês não queriam estar aqui em casa — ela falou. — Eu estou atrasada, então, se quiserem vir comigo, eu conto no caminho.

— Eu não — disse Gustavo e cruzou os braços.

— Isso é estranho, Cams — sussurrou Lucas.

— Mas é verdade. E muito importante.

— É sobre o quê?

— Os assassinatos — ela sussurrou de volta.

Gustavo virou a cabeça na direção dos irmãos mais velhos.

— Agora eu quero ir.

●

A polícia já tinha ido embora fazia bastante tempo, e Clara se remexia na cama. Ela não conseguia dormir porque seus olhos doíam por ter chorado tanto.

A imagem da mãe sendo colocada em um saco preto era terrível e não saía da cabeça dela. Clara se levantou, assustando-se com o frio sob a sola de seus pés descalços, e caminhou pelo quarto, procurando seu celular. Pegou o aparelho em cima da estante de livros e saiu do quarto, descendo as escadas e caminhando pela sala de estar até a cozinha. Abriu o armário e pegou um copo, posicionou-o sob o filtro e o encheu d'água. Ela bebeu em apenas um gole, sem respirar.

Clara sentia seus ossos cansados e, por hábito, apoiou-se no fogão, colocando o copo na pia. Ela parou o que estava fazendo. Foi exatamente ali que a mãe morrera, horas atrás. Caída sobre o chão da cozinha, em frente ao fogão que limpava. Clara virou a cabeça, tentando esquecer a imagem, mas, ao lado dela, havia um faqueiro repleto de facas enormes. Ela estremeceu.

Correu para o quarto, apagando as luzes no caminho. Ela se sentou na cama e abriu o celular, lendo as conversas no WhatsApp. Os amigos haviam descoberto várias coisas e estavam indo para o laboratório da escola. Clara não queria ir, mas também não queria ficar em casa, respirando o ar que o assassino de sua mãe respirara.

Ela estava de shorts jeans e regata, colocou um All Star e vestiu um moletom por cima. Provavelmente sentiria frio nas pernas, mas então teria algo a mais para pensar.

●

Quando chegou à escola, Camila se surpreendeu com a facilidade. Ela pensou que seria mais difícil sair durante um toque de recolher. Aparentemente, os policiais não estavam dando conta de cobrir uma ordem e homicídios ao mesmo tempo.

Lucas estacionou o carro no estacionamento dos professores, os faróis apagados desde que saíra de casa para não chamar atenção.

— Sempre quis estacionar aqui — o garoto vibrou ao lado de Camila e, no banco de trás, Gustavo resmungou algo que ela não entendeu.

— Tá, então ninguém se lembra de ninguém — falou Lucas. — Por isso estamos aqui.

— Praticamente. — Camila bambeou. — Tem pistas que só nós temos.

— Por que adolescentes teriam pistas e a polícia não? — questionou Gustavo.

Camila abriu a porta do carro e respirou fundo.

— Eu preferiria que a polícia cuidasse disso enquanto eu assistia às minhas séries na Netflix, eu não estou gostando.

O menino ergueu a sobrancelha, cético.

Depois que Camila contou toda a história para os dois, Lucas ficou espantado e Gustavo começou a repetir "não mesmo".

Eles andaram rápido pelo estacionamento de pedras. Camila pegou o celular e mandou uma mensagem para Bianca, perguntando onde estavam. *Tivemos que entrar pela janela do segundo andar. Olha para cima!*

Camila virou a cabeça e viu a amiga na janela, estendendo uma escada de corda. Ela foi a primeira a subir, depois Lucas e, então, Gustavo. O andar era bem baixo. Quando passou pela janela, viu Theo, Leonardo, Bianca, Stefany, Mateus e Rafael.

— Oi, gente — disse.

— Oi — falou Theo, os olhos nítidos nos irmãos de Camila.

Camila sorriu, envergonhada.

— Eu não acredito que você trouxe o zé droguinha — disse Stefany ao apontar para Gustavo, e Camila passou na frente do irmão.

— Ei.

— E também trouxe esse... esse... — Stefany apontava para Lucas agora — o... nossa, ele é muito bonito.

— Valeu — agradeceu Lucas, passando as mãos no cabelo e piscando um dos olhos.

Camila revirou os olhos.

— Tá legal — Leonardo interveio. — Estamos esperando os outros para irmos para o laboratório.

— Manda mensagem para a Isadora, Stefany — pediu Theo.

— Mandei. Ela, o Hugo e o Pedro estão vindo com o Thomas.

Ele aquiesceu e todos ficaram em silêncio.

Camila notou que a roupa de todos era normal. Moletom e calça jeans. Ela tirou a touca, envergonhada. No que estava pensando, que estava dentro de um filme?

— Eu também tirei a minha — brincou Leonardo ao lado dela, mostrando a sua própria touca preta.

Ela sorriu abertamente e analisou o garoto. Leonardo estava vestido inteiramente de preto, assim como ela. Os dois riram, tímidos. Eram parecidos.

— Chegaram — disse Bianca na janela.

Alguns segundos depois, Isadora passou pela janela, seguida pelo irmão, Hugo, e, então, Pedro e Thomas.

— Escada de corda? — reclamou o último.

— Ninguém tem culpa que você é ruim em Educação Física — Bianca respondeu, enrolando a escada.

— Vamos? — perguntou Theo.

— Sim — disseram Stefany e Mateus.

O vento estava forte, e Camila foi fechar a janela. Ela viu algo ao longe.

— Gente — chamou. — Espera.

Era Clara correndo pelo gramado. Bianca jogou a escada novamente e Clara não parou para respirar, subiu no mesmo tranco. Quando ela passou pela janela, estava arfando.

— O que eu perdi? — perguntou.

●

Theo mostrou o laboratório para todos. Era a primeira vez que estava ali fora do horário de aula e se sentia esquisito por isso; a presença do professor Caio fazia falta, até porque, além disso, estava quebrando várias regras ao mesmo tempo.

Por sorte, havia bancos altos suficiente para todos se sentarem nos balcões. Theo estava feliz por ter se reunido com os amigos, pois poderiam discutir sobre o que Mateus achou na *deep web*, mas estava mais feliz por Clara ter aparecido. Ele acreditava que ela deveria apenas querer espairecer a mente, mas, mesmo assim, estava satisfeito.

Ele se sentou ao lado dela, que estava quieta.

— Tudo bem? — perguntou, apesar de saber que era uma pergunta idiota para se fazer.

Clara apenas balançou a cabeça. Theo notou que as pernas dela estavam arrepiadas.

— É muito estranho — disse Pedro ao lado de Mateus, que estava abrindo o notebook.

— Estranho "uau, que inconveniente" ou "puta merda, que bizarro"? — perguntou Camila nas pontas dos pés. Estava ao lado de Leonardo e Theo, gostava da maneira como ela era incrivelmente parecida com o seu melhor amigo.

— Os dois? — respondeu Hugo, meio confuso.

— Legal — sussurrou a menina.

— Aqui — disse Mateus, virando o notebook depois de digitar algumas palavras no teclado. Todos se curvaram sobre a mesa para assistir.

Era um compilado de vídeos em preto e branco. No primeiro, o prefeito saía de um carro preto e andava pela rua principal; no segundo, a delegada Ferrari aparecia com os policiais na delegacia. Havia alunos na escola, turistas nas calçadas, aventureiros nas montanhas, clientes em cafés, pessoas comprando queijos, amigos brindando em cervejarias. O vídeo continuou.

— É estranho porque eu trabalho com coisas desse tipo — falou Mateus. — *Descriptografo* coisas, hackeio... Me pediram para *descriptografar* um vídeo esses dias e eu o fiz, mas não sabia a quem pertencia. É assim que funciona. Agora, por causa dessas imagens, reconheci o carro do prefeito e acho que *descriptografei* um desses vídeos.

— O quê? — perguntou Thomas. — E como podemos ter certeza de que não é você o STOWE?

Mateus umedeceu os lábios.

— Porque eu não mostraria meus segredos se fosse o assassino — ele respondeu, seco.

— Aquela é a minha casa! — disse Clara, apontando para a tela.

A fachada da casa dos Marinho estava estampada na tela e, depois, a casa dos Torres, dos D'Ávila, dos Boaventura, dos Lins, dos Ferraz, dos Alencar, dos Carvalho, dos Ferrari, dos Monteiro, dos Bernardi, dos Garcia e dos Vilela.

— A minha casa — sussurrou Mateus, surpreso.

— Por que a casa dele apareceria se ele fosse o assassino? — questionou Bianca, protegendo-o.

— Faz sentido — disse Lucas. — Acho que a casa de todos apareceu aqui.

— A casa de alguém não apareceu?

Theo ficou calado.

— A do Theo — Leonardo apontou, inocente.

Todos o fitaram, ele engoliu em seco e sentiu o suor gelado escorrer na nuca.

— Isso não significa que ele é o assassino — Clara interveio.

— Não sou — alegou Theo em tom de brincadeira.

— Ah, meu Deus... — soluçou Isadora, a mão na boca.

Theo se voltou para o notebook. Bárbara dormia tranquilamente em sua cama no vídeo, a câmera deveria estar muito próxima por causa da distância. O coração de Theo acelerou.

— Quem é essa garota? — perguntou Gustavo.

— Minha irmã — respondeu Theo, o tom de voz baixo.

Ficaram quietos.

— Bárbara — Clara a nomeou.

O vídeo acabou, deixando a tela preta, e Mateus fechou o notebook.

— Tem muito mais de onde veio isso.

Theo ouviu suspiros no laboratório e se levantou, tentando pensar.

— Minha vez — falou Stefany, jogando as folhas dos laudos sobre a mesa.

— Puta merda — praguejou Leonardo e cobriu os olhos.

— Não começa — disse Camila.

— Caramba.

Lucas pegou uma das folhas, assim como Gustavo. Theo escreveu "STOWE" em um papel e pendurou no centro do mural de rolha com um alfinete. Ele olhou para os amigos na mesa.

— Me ajudem com o mural.

Eles demoraram alguns minutos para reunir as informações e organizar as ideias.

— Bárbara, Otávio, Lana e Eloise — disse Stefany, dando as fotos para Theo pendurar no mural — são as vítimas que foram esquecidas.

— Como se lembram delas então? — perguntou Gustavo.

— Quem trouxe esse garoto, gente?

— A Bárbara era irmã do Theo, o Otávio era irmão da Stefany — Bianca explicou para o menino. — Mateus conheceu Lana na festa do Thomas e nós seguimos a Eloise enquanto o assassino a levava.

— Sem contar os gatilhos de lembranças — adicionou Leonardo.

— Todos esses quatro têm a marca do STOWE no pescoço e morreram da mesma forma: asfixia — continuou Stefany. Ela deu a foto da marca para Theo pendurar no mural. — Eles não têm furos no corpo, só algumas manchas e metade do rosto totalmente dilacerado. Como se fossem queimaduras.

— Horrível — Isadora desabafou.

— Mariana foi esfaqueada. — Stefany entregou a foto da menina para Theo, que pendurou do outro lado do mural. — Ela não tem a marca do STOWE.

— O que isso quer dizer? — perguntou Pedro.

Theo deu de ombros.

— Será que STOWE cansou de fazer marcas e asfixiar?

— Não — respondeu Stefany. — Essa é a marca do STOWE. Ele não pararia. Acho que Mariana foi morta por outra pessoa.

— Dois assassinos?

Theo pensou sobre o assunto. Era como o princípio de exclusão de Pauli, que dizia que duas partículas semelhantes não podiam existir no mesmo estado. Ou seja, elas não podiam ter a mesma posição e a mesma velocidade dentro dos limites impostos pela incerteza. Assim como na Física, dois assassinos não podiam existir no mesmo estado. Eles matavam de jeitos diferentes e tinham características próprias e, se não fizessem isso, tudo entraria em colapso.

— E a mãe da Clara? — Rafael estreitou os olhos para perguntar.

— Não sabemos ainda como morreu, então eu não sei se... — Stefany começou.

— Esfaqueada — Clara disse alto.

Todos ficaram em silêncio por um momento.

— Então é isso — disse Theo. — Nada a ver com o STOWE. Até porque nos lembramos da mãe dela.

Theo queria parar o que estava fazendo e abraçar Clara. Ela parecia perdida e sozinha no meio das pessoas.

— Estamos ferrados então — declarou Mateus.

E ele não estava errado, estava?

●

Mateus estava receoso com os outros. Alguns suspeitavam dele só porque ele havia *descriptografado* um dos vídeos. Ele jurava que não tinha nada a ver com o STOWE. Pelo menos Bianca havia o defendido. Ele não imaginava como deveria estar sendo difícil para ela, que havia perdido a melhor amiga no dia anterior e precisava falar de modo frio sobre isso.

— Ei.

Ele se aproximou da ruiva. Ela sorriu.

— Oi.

— Tudo bem? — Bianca meio que assentiu, meio que negou. — Quer conversar? — ele perguntou.

— Não — ela respondeu, educada —, mas pode ficar do meu lado se você quiser.

— Eu quero.

Ele ficou ao lado dela sem falar nada, por um bom tempo, assistindo Stefany e Theo no mural. Todos prestavam atenção, o que era estranho, porque, nas aulas, ninguém parava de conversar.

— Mateus. — Bianca tocou em seu ombro, sussurrando. Ele olhou para ela. — Ouviu isso?

Mateus apurou os ouvidos.

— Não, o quê?

Bianca abaixou a cabeça, tentando ouvir. Pela janela, Mateus viu um raio no céu.

— Isso! — ela disse.

Ele fez que não. Bianca deixou os ombros caírem, desanimada, e voltou sua atenção para Stefany.

— Gente — chamou Isadora —, ouviram isso?

— Ouvi — Bianca disse alto, levantando-se.

— Que barulho? — perguntou Stefany.

Todos ficaram quietos. Mateus ouviu um trovão e notou mais um raio no céu. Um barulho estático surgiu na sala, era como energia, um som de eletricidade.

— Eu ouvi — ele falou para Bianca.

Os outros concordaram. O barulho ficou maior e mais alto.

— De onde isso está vindo? — perguntou Camila.

— Calma, gente — pediu Theo. — É só o rádio.

Ele andou até a mesa que apoiava o rádio velho e o desligou da tomada, fazendo o som parar.

— Nossa, que som estranho para um rádio fazer — reclamou Rafael.

Theo riu.

— É, o professor Caio me explicou quando me mostrou o lugar — falou, apontando para o aparelho antigo. — Essa região da sala emite frequência e causa eletromagnetismo. Os raios devem ter ativado alguma coisa.

— Legal! — disse Leonardo. — Não é?

— Não — respondeu Camila.

Eles riram, mas pararam. Mateus ouviu o barulho oco de algo caindo.

— Tá, isso vocês ouviram, né? — questionou Bianca, os olhos arregalados.

Eles se entreolharam.

Outro barulho surgiu. Parecia que vinha do corredor.

— Eu vou ver o que é — disse Mateus.

— Não — ela pediu.

— É rapidinho — ele assegurou, sorrindo.

Caminhou até a porta e a abriu devagar, colocando a cabeça para fora. Respirou fundo e andou pelo corredor escuro, havia sombras sendo refletidas nas paredes, então Mateus ligou a lanterna do celular para iluminar sua visão. Sua respiração estava entrecortada.

No fim do corredor, havia um vaso caído no chão, quebrado. Mateus engoliu em seco. Não havia de onde aquele vaso cair. Ele desligou a lanterna e correu de volta para a sala. Abriu a porta e fechou, com calma.

Todos estavam apreensivos, querendo saber o que havia acontecido.

— Era só o vento — mentiu.

●

— Preciso falar com você — disse Mateus para Theo.

Theo se afastou do mural, deixando Stefany no centro com as evidências, ela se parecia muito com a delegada Ferrari.

— O que foi?

— Quando eu fui lá fora — começou Mateus, meio inseguro —, havia um vaso quebrado no meio do corredor.

Theo desviou o olhar.

— E o que tem?

— Não tinha como esse vaso cair do nada — disse. — Alguém derrubou de propósito. Para chamar nossa atenção.

Theo tossiu, preocupado. Se o assassino também estivesse na escola, eles estariam mortos em poucas horas.

— Droga.

— É, droga. — Mateus parecia abalado. — Eu menti porque não queria alarmar ninguém, acho que precisamos bolar um plano.

— Tudo bem.

— Você conta para eles?

— Por que eu?

— Porque você é melhor com as palavras — disse Mateus, afastando-se e voltando para seu lugar ao lado de Bianca.

Todos ouviam Stefany. A menina não queria parar de falar e ficava repetindo as mesmas informações.

— Stefany — chamou Theo, fazendo-a olhar para trás —, já chega.

— Finalmente. — Ele ouviu alguém sussurrar.

— Estava só falando as coisas importantes — disse ela.

— Só que temos coisas mais preocupantes no momento.

— O que pode ser pior do que falar sobre o STOWE?

Theo respirou fundo e olhou para a porta.

— O STOWE.

Uma exclamação de surpresa correu pela sala.

— O Mateus acha que tem mais alguém aqui — falou. — E eu acredito. Precisamos de um plano.

— De fuga? — perguntou Hugo.

— Pode ser — ponderou Theo —, mas eu estava pensando em um plano mais ousado.

Leonardo se levantou, ficando ao lado do amigo.

— Isso, vamos pegar esse cara — falou baixo.

— A gente consegue fazer uma coisa dessas? — indagou Lucas.

Theo deu de ombros.

— Estamos mortos de qualquer jeito.

— Gatos de Schödinger — zombou Leonardo para Theo, que estava nervoso. Ele olhou para os outros: — Vamos pensar em um plano.

●

— Estamos entendidos? — perguntou Theo.

O corpo de Pedro vibrava em tensão. Era muito para assimilar. Ele engoliu em seco e se esforçou para não pegar a mão de Hugo. Colocou as mãos no bolso.

— Vamos checar então — falou Mateus. — Vamos nos dividir em duplas. Sejam cuidadosos e se comuniquem pelo grupo do WhatsApp.

— Adicionei o Lucas e o Gustavo — falou Camila.

Todos estavam com os celulares nas mãos.

— Queremos trancar toda a escola para ficarmos presos com ele. — Theo se referia ao assassino. — Vamos fazer isso enquanto a polícia chega.

— Para não entrarmos em confusão, precisamos garantir que há mesmo alguém aqui conosco — disse Leonardo. — Então a Clara e o Theo serão as iscas e ficarão aqui no laboratório. Certo?

— Sim — respondeu a loira.

— Vamos checar o que cada dupla vai trancar ou garantir que já está trancado — pediu Theo. — Rafael e Isadora?

— Entrada principal — disse o moreno.

— Camila e Leonardo?

— Ala Oeste — respondeu Camila.

Theo confirmou com a cabeça, anotando no papel.

— Bianca e Mateus?

— Ala Leste.

— Pedro e Hugo?

— Quadra — respondeu Hugo ao lado de Pedro, que ainda tremia.

— Stefany e Thomas?

— Eu não acredito que tenho que ir com ele.

Ela cruzou os braços.

— Saída — o menino respondeu.

— Fica difícil escolher uma dupla para você se você não gosta de ninguém, Stefany — comentou Clara.

A outra bufou.

— Por fim, Lucas e Gustavo?

— Escadas.

— Tudo bem então — suspirou Theo. — Parece um bom plano.

— Vamos — chamou Mateus, abrindo a porta e ligando a lanterna do celular. — Tomem cuidado.

Pedro andou ao lado de Hugo, assim como as outras duplas. Estava com medo, mas havia uma euforia diferente no ar, uma espécie de vontade por correr perigo. Era a adrenalina.

Depois de deixarem Theo e Clara para trás, as duplas se dividiram em várias direções, e Pedro e Hugo desceram as escadas até o térreo, as lanternas dos celulares iluminando o caminho.

— Você está tão quieto — comentou Pedro.

— Quer que eu fale o quê? — perguntou Hugo, descendo as escadas.

Pedro deu de ombros. Nos últimos dias, Hugo estava sendo duro, e ele não entendia o motivo.

— Por que está me tratando assim?

Hugo não respondeu, passando reto pelo garoto. Pedro sentiu uma pontada no coração. Eles estavam caminhando pela beirada do pátio, tentando não fazer barulho ou chamar qualquer atenção.

— Você sabe que eu não vou me assumir agora — disse Hugo. Pedro suspirou. *Sim, eu sei.* — Então por que fica me tentando?

— O quê? — perguntou Pedro, parando de andar.

Hugo parou também, ficando de frente para o garoto negro.

— Você me olha de um jeito que me faz pensar em coisas que não posso fazer em público — explicou Hugo. — E não poder fazer o que eu quero me deixa com raiva.

— E o que você gostaria de fazer que não pode fazer?

Hugo empurrou o corpo de Pedro contra a parede e ficou próximo a ele, o braço apoiado no concreto duro, os rostos a centímetros de distância.

— Tantas coisas.

Ele se afastou, e Pedro quis puxá-lo, mas Hugo já estava longe.

Os dois caminharam por mais alguns minutos, em silêncio. Pelo menos agora havia paz no coração dele e ele sabia que o outro não o odiava — muito pelo contrário.

Eles chegaram à quadra e iluminaram o local, tentando ver se havia algo fora do normal. Nenhuma janela estava aberta. Pedro correu até a porta e a trancou por dentro com a chave fixa, então voltou para o lado de Hugo e se sentiu seguro por uma fração de segundos. Com os dois era assim, mesmo com pouco, já funcionava.

●

Isadora odiava a escola desde sempre, como toda criança; porém, conseguia odiar o dobro do normal a sensação de estar na escola naquela situação. Andando ao lado de Rafael, seus dedos tremiam e suas costas suavam.

— Está com medo? — ele perguntou.

— É claro que eu estou — respondeu. — Estamos presos no mesmo lugar que um assassino.

Rafael riu.

— Não vai dar em nada.

Isadora revirou os olhos.

Quando era criança, era apaixonada por Rafael. Ele tinha um jeito engraçado de ser e não prestava muito atenção nela, mas, quando ele se aproximou de suas amigas, querendo ficar com ela, Isadora não quis. Rafael havia se transformado em um grande idiota. Ele sempre fazia comentários desnecessários e fingia não se importar com nada para chamar atenção.

Eles estavam andando por um corredor, e a única luz que existia vinha da lanterna do celular de Rafael. Isadora desbloqueou seu celular e abriu na conversa do grupo.

Camila adicionou Lucas em um grupo [STOWE].

Camila adicionou Gustavo em um grupo [STOWE].

[STOWE]_Pedro: Tudo certo na quadra

[STOWE]_Clara: Ok

[STOWE]_Lucas: Caramba, nem cheguei no fim das escadas ainda

— Os meninos já trancaram a quadra — Isadora avisou para Rafael, que assentiu.

Os dois estavam chegando à entrada principal, o chão já era feito de grama e a chuva os havia deixado inteiramente molhados. Eles alcançaram o portão de entrada e o trancaram também, correndo para se proteger das gotas pesadas da chuva.

— Aqui — Rafael chamou, apontando um toldo da recepção para pais.

Isadora o seguiu, tirando o celular do bolso.

[STOWE]_Isadora: Fechamos a entrada principal

[STOWE]_Clara: Ok.

— Meu Deus, Rafa — Isadora riu, mostrando o celular para o garoto

—, olha como a Clara é rápida.

— Caram...

O coração dela parou.

Isadora viu exatamente o momento em que a faca atravessou o peito de Rafael, a boca se abrindo em um "o" sem som. O sangue se mesclou rapidamente com a água da chuva e o menino caiu de joelhos no chão, a mão sobre o peito, revelando uma figura encapuzada empunhando a faca suja com o sangue de Rafael.

Ela só conseguiu gritar. E correu. Muito rápido. Isadora sentiu o assassino correndo atrás dela e seus pés tropeçaram na grama molhada pela chuva forte, que também turvava sua visão. Ela olhou para trás e viu que ele estava perto demais, então apertou o passo.

Seu pulmão ardia, pedindo por oxigênio, e seu coração galopava freneticamente contra as costelas. Isadora sentiu o hálito quente dele e caiu no chão de linóleo do pátio coberto. Ela fechou os olhos e o chutou no escuro, acertando-o. Levantou-se e correu o mais rápido que pôde em direção ao refeitório, perdendo o assassino de vista.

— Isa! — Ela ouviu a voz de Camila.

Olhou para trás e recebeu um abraço da amiga, que estava seca. Isadora arfava e tentava engolir saliva.

— Eu... O Rafael...

— O que aconteceu? — perguntou Leonardo.

A menina não conseguia falar.

— Ele o pegou — falou depois de um tempo. — O assassino matou o Rafa e quase me pegou.

Camila arregalou os olhos e fitou Leonardo, que olhou para trás, tentando se localizar.

— Vem — chamou —, vem com a gente.

●

— Mais um — disse Clara para Theo, lendo o grupo. — Ala Oeste.

[STOWE]_Camila: Tudo bem na Oeste

[STOWE]_Camila: Cuidado. Assassino

[STOWE]_Camila: Pegou o Rafael. A Isa tá com a gente

— Meu Deus! — ela sussurrou, e Theo correu para ler a conversa. — O Rafael.

— Ele morreu?

— Não sei — respondeu, apreensiva.

Clara estava ansiosa, os pés batendo no chão.

— Precisamos que mais alguém responda que conseguiu trancar algo — falou Theo. — Setenta e cinco por cento, e aí ligamos para a polícia.

Ela assentiu com a cabeça, a boca seca.

— Mas está demorando muito.

— É, está mesmo — concordou Theo, pensando em como acalmar a menina.

— Eu estou preocupada com todos — disse.

Ele balançou a cabeça.

— Sempre penso em quem eu preferiria esquecer se pudesse escolher — foi o que Theo falou, meio anestesiado.

Clara se inclinou sobre a mesa, curiosa.

— Se pudesse escolher, quem seria? — perguntou ela.

— Apenas se isso não significasse que a pessoa fosse morrer — ele ressaltou. — Escolheria você.

Ela abaixou os olhos, espantada.

— Por que gostaria de se esquecer de mim, Theo?

Theo soltou o ar.

— Porque me lembrar de você todo dia e não poder fazer nada a respeito é bem pior.

Clara fechou a cara. E questionou:

— Então por que você não faz algo a respeito?

Não era o que ele esperava ouvir.

— Porque...

— Theo? — Leonardo apareceu na porta do laboratório, interrompendo. — Vem aqui no corredor agora — falou o menino.

Theo suspirou.

— Fique aqui, eu já volto.

E saiu, fechando a porta e deixando Clara sozinha no laboratório. Do lado de fora, Leonardo, Camila, Pedro, Hugo e Isadora, totalmente molhada, fitavam algo no chão.

— O que foi? — perguntou Theo, aproximando-se.

Uma faca suja de sangue.

— Estava jogada no chão, acabamos de ver — disse Camila.

— Eu acho que é a que ele usou no Rafael — ressaltou Isadora.

Eles ouviram um grito nas escadas e correram, subindo os degraus. Bianca e Mateus trombaram com eles. Estavam os oito na mesma escada.

— O que foi? — perguntou Theo, arfando.

— Liga para a polícia agora — falou Bianca. — Acabamos de correr do assassino.

— Merda — sussurrou, descendo os degraus com cuidado.

Um atrás do outro, desceram as escadas, de volta ao andar do laboratório. Estavam assustados e eufóricos.

— Gente — Pedro chamou —, onde está a faca?

Theo olhou para o chão, para onde haviam deixado o objeto ensanguentado. Não havia nada além de gotas de sangue.

— Entrem no laboratório — falou Theo —, vamos chamar a polícia.

[STOWE]_Clara: Ok.

[STOWE]_Mateus: Leste, pronto

[STOWE]_Clara: Ok

[STOWE]_Stefany: Trancamos a saída

[STOWE]_Gustavo: E nós verificamos as escadas

[STOWE]_Stefany: Cadê vocês?

[STOWE]_Camila: Laboratório. Cuidado

[STOWE]_Camila: O assassino tá por aqui

Bateram na porta, Theo se assustou. Olhou para trás e viu, pelo vidro, o rosto de Stefany. Ele correu para abrir a porta. A menina entrou acompanhada por Thomas, Lucas e Gustavo.

— Meu Deus — ela resmungou, colocando as mãos no coração.

Theo estava ansioso, ele se sentia estranho, não sabia o motivo. Faltava alguma coisa.

— Liga pra polícia, Mateus — ele disse. — Stefany, liga pra sua mãe e, Bia...

— Entendi — Bianca respondeu, pegando o celular para ligar para seu padrasto.

Estavam com os aparelhos nos ouvidos. Leonardo se levantou, trancou a porta e apagou a luz, ligando a lanterna.

— Chama menos atenção — disse.

— Certo — respondeu Theo, arfando.

— Calma, cara — pediu Leonardo. — Por que está tão nervoso?

Theo olhou para a sala, querendo entender o motivo. Faltava alguma coisa, ele tinha certeza. Ele perdeu o ar.

— Onde está a Clara?

●

Clara prendeu a respiração para não ser ouvida. Seu coração dançava dentro do peito, agitado, e seus dedos tremiam ao segurar a faca cheia de sangue — *deve ser de Rafael*, ela pensou de olhos fechados. Estava agachada atrás de uma mesa de professor, dentro de uma sala de aula.

Quando Theo a deixara sozinha, pensou que os amigos voltariam logo, mas ela ouviu o grito de alguém e, quando saiu do laboratório, não havia ninguém no corredor. Tudo o que Clara conseguiu fazer foi abaixar e pegar a faca ensanguentada no chão e correr em direção oposta ao grito.

No momento, sua boca estava seca, a respiração entrecortada e o pulso acelerado. Ela deveria ter ficado em casa, no meio das cobertas. Seu celular vibrou e ela viu que os amigos estavam de volta ao laboratório, deveriam estar procurando por ela e, por Deus, ela esperava que já tivessem chamado a polícia.

A faca pesava na mão dela, Clara encostou a cabeça no pé da mesa. Ouviu a porta se abrir, rangendo, e o coração parou dentro do peito. Ela cobriu a boca com a mão para nenhum barulho escapar. Clara se apoiou sobre o cotovelo para tentar enxergar. Ela viu uma imagem escura entrando na sala em passos lentos. Seu rosto estava coberto por um capuz e, em sua mão, outra faca, limpa. Clara não tinha nenhuma chance, ela tinha certeza de que morreria ali.

— Eu sei que você está aí, Clara — ela ouviu a voz dele, rouca, e tremeu. — Consigo ouvir sua respiração. — Uma lágrima escapou pelos olhos dela. Estava com medo. — Só... Só vamos acabar logo com isso, garota.

Clara estava engasgada, achava que ia vomitar. Se fosse morrer, não queria morrer escondida. Ela se levantou, saindo de trás da mesa e, escondendo a faca atrás de si, ergueu a cabeça.

— Boa menina.

Os pelos das pernas descobertas dela se arrepiaram, seu corpo todo estremeceu.

— Eu sou mais corajosa que você — ela disse, reunindo toda a força que lhe restava. — Eu não me escondo.

Clara ouviu uma risada.

— Eu nunca estive escondido, querida.

Devagar, o homem abaixou o capuz, revelando o rosto. Clara umedeceu os lábios, ansiosa, os dedos em volta do cabo da faca.

— Meu Deus — ela sussurrou para si em surpresa.

Era o professor Caio.

O assassino.

— É — ele inclinou a cabeça, um sorriso torto nos lábios, a faca na mão esquerda —, está surpresa?

— Foi você, não foi? — Os olhos de Clara estavam marejados. — Você matou minha mãe.

Caio ergueu a cabeça.

— E eu faria de novo.

O peito de Clara doeu.

— Por quê?

Ele deu de ombros.

— Porque eu gostei.

Caio avançou sobre Clara, correndo em sua direção. Ela tentou desviar, mas a faca acertou em sua coxa, abrindo um corte grande na lateral. A dor era excruciante e a ardência se espalhou por toda a perna. Clara correu, jogando todo o peso na perna direita, e saiu da sala. O professor correu atrás, alcançando-a no corredor.

Clara arfava, correndo apoiada nas paredes do corredor, e se concentrou para não tropeçar nos próprios pés. Ela passou correndo pela porta do laboratório e teve medo de pedir ajuda ou gritar, porque não queria colocar os amigos em perigo. Por isso, ela apertou o passo e usou toda a força que tinha para chegar às escadas. Caio estava a poucos metros e, nos degraus, perto demais. Ela se atrasou, perdendo-se sobre eles, e foi pega.

— Não é tão rápida, não é mesmo? — Ele a pegou pelo pescoço, deixando-a sem ar. Estava um degrau acima e a mão enorme era suficiente para estrangular Clara. Ela olhou para ele, os olhos lacrimejando, turvos. — Isso, chora.

Ela engasgou com a própria saliva e sentiu os pés sendo tirados do chão, mas abriu os olhos. Clara não era assim. Ela não ia ser fácil assim. Enfiou a faca na barriga de Caio, sem saber direito onde devia acertar.

Ele não expressou reação. Apenas parou e gemeu, soltando-a. Caio piscou pesadamente, e Clara notou um grosa linha de sangue saindo de sua boca, misturando-se ao sangue pingando nos degraus. Ele se apoiou na parede e escorreu para se sentar, os olhos se fechando, a coluna se inclinando.

Clara se afastou, o coração batendo forte, estava com medo e ainda arfava.

— Clara! — Ouviu e, ao longe, escutou sirenes. Era Stefany na ponta da escada, sorrindo. — A polícia está chegando.

●

Theo ajudava a contar os fatos para os policiais e a delegada Ferrari; finalmente se sentia leve. Tinha escutado Clara contar sobre o professor Caio — o que o chocou muito — e como ele havia tentado matá-la. Ela se protegeu, e Caio acabou morrendo. No momento, Theo assistia à perícia e ao IML entrarem na escola com sacos pretos e fitas amarelas.

Quando havia notado que Clara não estava com eles, Theo surtara. Ele não sabia o que fazer e temia que Clara já estivesse morta. Por sorte, havia sido o tempo de ligar para a polícia e sair do laboratório para procurá-la. Apesar de ela ter se salvado sozinha.

— Então vocês estavam na escola durante a madrugada, porque... — insistiu a delegada Ferrari.

— É, isso não foi certo mesmo — admitiu Leonardo.

— Estávamos conversando sobre os assassinatos, mãe — falou Stefany. — Nos preocupamos com essas coisas.

A mulher assentiu com a cabeça, olhando para o policial Bernardi.

— Ouvimos um barulho — começou Bianca —, e Mateus foi ver o que era.

— Eu percebi que devia ter mais alguém com a gente e aí bolamos um plano — relatou ele.

— Qual foi o plano? — perguntou o policial Bernardi, abraçando a enteada.

— Nos trancar junto com o assassino até vocês chegarem — disse Theo.

— Não é muito inteligente — afirmou Daniela Ferrari.

— Mas deu certo — disse Camila. — Nos dividimos e trancamos tudo.

— Só que o assassino... quer dizer, o professor Caio — Hugo fez uma careta — matou o Rafael.

— Vamos cuidar disso — garantiu a delegada.

— Voltamos para o laboratório e nos trancamos lá, esperando por vocês — informou Lucas, ao lado de Gustavo.

— Mas Clara não estava mais lá, então ficamos muito preocupados — disse Theo olhando para a loira, que não esboçou reação.

— O que você fez, Clara?

Era o policial Bernardi perguntando. Ela limpou a garganta.

— Corri e peguei a faca que estava no chão — disse. — Mas ele me achou e quase me matou.

— E você o matou? — perguntou a delegada.

— Eu me defendi — corrigiu ela, seca.

— Certo. — A mulher limpou a garganta. — Já foi muita coisa para um dia só, mas pelo menos resolvemos essa história. Esperem aqui, crianças, eu vou providenciar que os levem para casa. Ninguém vai sair daqui dirigindo sem carta. — Eles assentiram, meio sorrindo, meio nervosos. Theo olhou para os amigos e os contou, surpreendendo-se. Antes era apenas uma dupla. Ele e Leonardo. Agora eram catorze pessoas. Havia acabado? Haviam pego o assassino? — Já volto.

Ficaram livres e voltaram a conversar normalmente. Theo reparou que Camila estava com a cabeça apoiada nos ombros de Leonardo e quis comentar com o amigo sobre o caso, mas deixou para depois. Ele precisava falar com Clara.

— Podemos conversar? — ele perguntou.

A menina aquiesceu e os dois se distanciaram do grupo, apoiando-se na parede da escola. A única coisa que ainda enxergavam da cena eram os reflexos das luzes em vermelho e azul.

Clara olhou para cima e encarou Theo e o céu atrás dele. Ela podia ver milhões de estrelas. Ele sentia calafrios, sua camiseta preta e seu jeans colados contra o corpo por causa da água da chuva que já havia terminado.

— Clara — ele sussurrou involuntariamente.

Estavam tão próximos.

— Eu tive que tentar — ela disse, e ele percebeu que estavam falando sobre Caio.

— Você não tinha que tentar sozinha.

— Eu não quis colocá-los em perigo — protestou.

Theo balançou a cabeça, desacreditado. Os olhos dela brilhavam.

— Não sei o que faria se você tivesse morrido — ele deixou escapar. — Você não sabe, mas eu sempre, sempre me importei com você.

Ela nunca havia ouvido Theo falar algo como aquilo.

— Eu não quis te machucar — disse, pegando o pulso dele.

Theo recebeu choques e calafrios pelo corpo.

— Não! Se você morresse, acabaria para mim.

Clara se assustou com o tom de Theo.

— Desculpa.

O rosto de Theo se contorceu. Não era para ela estar se desculpando. Clara era perfeita e, nos últimos dias, havia sofrido mais que qualquer um. Ela havia salvado a todos matando Caio e, por causa de um Theo egoísta, ela estava pedindo desculpa.

Ela ainda segurava o pulso dele e toda aquela eletricidade entre os dois fazia com que Theo pensasse no universo. Ele não sabia se ela havia se inclinado primeiro ou se ele havia a puxado, mas estavam bem ali. Eles se chocaram forte, como duas estrelas colidindo, e, então, ele a beijou.

Clara se agarrou aos ombros dele, queimando suas memórias com um beijo. Isso não era algo que já havia acontecido com Theo. Seus lábios partiram e a cabeça dela foi para trás, Theo escorregou a mão por seus cabelos e seus dedos brincaram na nuca dela. Seu corpo estava tremendo.

Ele apertava o corpo dela, trazendo-a para mais perto, e os dedos dela afundavam na pele dele. Os dois estavam na mesma frequência e, por Theo, era ali que ele ficaria para sempre: com Clara em seus braços. Porque assim sentia que ela não podia se machucar ou ir a lugar nenhum. Nos braços de Theo, Clara não tinha chance alguma de ser apagada da memória dele.

PARTE 2

"THERE WAS A YOUNG LADY OF WIGHT
WHO TRAVELLED MUCH FASTER THAN LIGHT
SHE DEPARTED ONE DAY
IN A RELATIVE WAY
AND ARRIVED ON THE PREVIOUS NIGHT."

HAVIA UMA JOVEM DE WIGHT, QUE VIAJAVA MAIS RÁPIDO QUE A LUZ.
ELA PARTIU CERTO DIA, DE MANEIRA RELATIVA, E CHEGOU NA NOITE ANTERIOR.

— *A BRIEF HISTORY OF TIME*, STEPHEN HAWKING.

CAPÍTULO 07

BURACO DE MINHOCA

É UMA CARACTERÍSTICA TOPOLÓGICA HIPOTÉTICA DO CONTÍNUO ESPAÇO-TEMPO, A QUAL É, EM ESSÊNCIA, UM "ATALHO" ATRAVÉS DO ESPAÇO E DO TEMPO.

—O que você sente quando tem esses sonhos? — ele perguntou.

Clara balançou a cabeça, negando.

— Que não acabou — respondeu, deitada, os olhos fixos no teto branco do consultório.

— Realmente acredita que ainda há um assassino perseguindo vocês? — O terapeuta mantinha as pernas cruzadas e anotava constantemente em seu bloco de notas. — Já se passaram cinco meses, Clara, e nada mais aconteceu.

Ela respirou fundo, erguendo o corpo e querendo olhar para o Dr. Alencar. Era verdade. Tudo acabara naquela noite no laboratório de Física, quando Clara matara Caio. Depois daquilo, a vida de todos havia voltado ao normal e não houve nem mesmo uma mísera ameaça à vida dos cidadãos de Monte Verde. Porém, foram cinco meses em que Clara tivera medo e continuara temendo pela própria vida.

— Me conte sobre os sonhos.

Clara engoliu em seco.

— São sempre parecidos — falou, os olhos fechados. — Eu estou na escola, correndo do assassino.

— Caio — disse o Dr. Alencar.

Ela assentiu.

— E, de repente, consigo ver todos que ele matou — continuou. — Minha mãe, a Mariana, o Rafael... Eles também correm atrás de mim. E, além disso, ainda há aquelas outras vítimas, as que não são dele.

O médico limpou a garganta.

— Tudo bem — disse. — Essas outras vítimas, que disse que não são de Caio... São de quem?

Clara sabia que o Dr. Alencar só estava fazendo aquelas perguntas para soar imparcial. A polícia — mesmo a Federal — havia arquivado o caso depois de tanto tempo, afinal nem mesmo as vítimas foram reconhecidas. No entanto, o que a polícia sabia era que Caio não havia matado todas aquelas pessoas. Assim como Stefany mostrara para os amigos, simplesmente não batia. Caio matava com golpes de faca e brutalidade, e o STOWE... Clara tremeu. STOWE trabalhava com marcas, queimaduras e lembranças.

— Eu não sei — Clara mentiu.

— Como anda a sua memória? — ele perguntou.

A delegada Ferrari havia entrado em um acordo com Gael, o advogado de Clara. Ela precisava fazer sessões de terapia toda semana para tratar sua "alucinações e invenções" em relação ao caso. Haviam pegado leve com ela porque pegaram o assassino, ignorando o fato de que havia outro.

— Boa — disse.

— Antes de terminarmos — falou o médico, escrevendo em um papel —, vou te receitar um calmante. Pode te ajudar a dormir. — Clara pegou o papel com insegurança e se levantou. — E, Clara — chamou ele. — Tente esquecer essa história. Siga em frente.

Seguir em frente, ela riu sozinha. Cruzou o consultório e passou pela porta, fechando-a.

Clara não se importava mais com Caio, ela tinha certeza de que ele não era mais uma ameaça. No entanto, passava a maior parte do dia pensando em STOWE. Ela sentia que ele ainda estava por aí, filmando-os, jogando com eles. Tinha medo de não saber quando ele fosse agir ou se ele já não havia agido, uma vez que mexia com as memórias de todos. Se STOWE matasse alguém e escondesse muito bem o corpo, ninguém notaria.

●

Theo começou a pensar em buracos negros antes de ir dormir. Ele não tinha mais problemas e havia aprendido a conviver com o luto em relação à Bárbara, por isso buracos negros haviam sido a saída. Toda noite, ele era sugado para dentro de um, perdendo-se entre teorias e curiosidades. Ele adorava o fato de que um buraco negro era a única coisa em todo o universo capaz de superar a velocidade da luz — afinal, nem a luz conseguia escapar de um. Theo achava incrível que um fenômeno como um buraco negro pudesse ser e não ser ao mesmo tempo, sugando tudo para o nada. Era transcendental e magnífico.

O problema era que Theo pensava muito e acabava não conseguindo dormir. Toda noite, ele se levantava, pegava seu notebook e pesquisava. No momento, ele estava lendo sobre buracos de minhoca, que era uma teoria derivada dos buracos negros.

Buracos de minhoca eram atalhos no espaço-tempo, uma maneira de viajar pelo tempo e espaço. A teoria mais famosa, no entanto, era de que um buraco de minhoca só poderia existir se um buraco negro fosse ligado a um buraco branco. Então, tudo o que o buraco negro sugasse seria expelido pelo buraco branco do outro lado. Theo riu sozinho, ele queria que fosse possível e sonhava com o dia em que divulgariam uma matéria comprovando a teoria.

Ele fechou o notebook, sentindo os olhos pesarem, e encostou a cabeça no travesseiro. No entanto, o despertador tocou sobre o criado-mudo e Theo arfou. Era o último dia de aula do ano, aí entrariam em férias por dois meses. Sem contar que o festival de Natal trazia muitos turistas para Monte Verde, o que renderia muitos benefícios para a pousada.

Theo se levantou e caminhou sobre o chão de madeira, pegando uma toalha em cima da cômoda para ir tomar banho. Ele deixou os óculos ao lado da caixinha azul que estava posicionada estrategicamente ao lado do celular para que ele não a esquecesse. Era aniversário de Clara, e ele tinha certeza de que ela não estava achando aquele um bom ano.

●

— Estava pensando em uma festa surpresa — disse Stefany.

— Acha uma boa ideia? — Camila perguntou, os cotovelos apoiados sobre o tampo da mesa do refeitório.

A maioria dos amigos estava reunida na hora do intervalo. Estavam tentando planejar alguma coisa para o aniversário de Clara, que ainda não havia saído da última prova.

— Eu não tenho nenhuma outra — reclamou Stefany. — O que acha, Theo?

Theo sentiu sua nuca queimar com todos os olhos sobre ele.

— Por que eu?

— Porque você é o namorado dela — argumentou Bianca.

Ele sorriu com a palavra. Já fazia cinco meses que namoravam, mas ele ainda achava surreal. Passou a vida inteira apaixonado por Clara, mesmo que superficialmente. Quando se cruzaram, realmente sentiram algo. Ele estava muito feliz.

— Uma festa seria bem legal — disse Leonardo e cutucou Theo, rindo.

— Pode ser na minha casa — disse Thomas.

— Isso! — Camila comemorou baixinho.

— E hoje é quinta — continuou Isadora. — É o dia habitual das festas do Thomas.

— Tudo certo — observou Mateus.

— Concorda, vai, Theo — pediu Camila, empurrando o menino.

Theo arrumou os óculos, olhando para trás e notando que Clara se aproximava.

— Tá — falou rápido.

Os amigos comemoraram, e Camila deu um beijinho em Leonardo. Os dois ainda não namoravam, mas estavam ficando sério. Theo gostava muito da ideia.

— Então hoje às oito — concluiu Thomas.

— Fechado — disse Stefany. — Vou planejar tudo.

— Oi, gente. — Clara chegou, sentando-se ao lado de Theo à mesa. Todos ficaram quietos. — Nossa — a loira suspirou, meio rindo —, o que aconteceu?

— Nada. — Bianca se levantou. — Foi bem na prova?

Clara fez uma careta.

— Não sei — ela resmungou. — Eu odeio Física.

Leonardo riu.

— Seu namorado é o dono da Física.

— Pede aulas particulares — sugeriu Camila, arqueando as sobrancelhas.

Clara sorriu, olhando para Theo, e ele estremeceu. Ela havia pedido aulas mesmo, mas, sempre que ele tentava ensinar, os dois acabavam se perdendo um no outro.

— Bom, eu já vou indo — falou Mateus, a mão na cintura de Bianca, os dois em pé ao lado da mesa. — Tenho mais uma prova hoje.

— Eu também vou — Stefany pegou a mochila —, tenho... é... coisas para fazer.

— Gente — Clara chamou —, não estão se esquecendo de nada?

Theo segurou a risada.

— O quê? — Thomas perguntou, a cara inexpressiva.

— Nossa, quase me esqueci. — Isadora sorriu, e Theo pensou que ela fosse parabenizar a amiga. — Não é hoje que o seu pai vai receber aquele aumento? Manda um beijão para ele.

Clara fechou a cara.

— É.

— Então tchau — despediu-se Leonardo ao se levantar também também, ao lado de Camila, que apenas acenou.

Alguns segundos depois, Theo e Clara estavam sozinhos na mesa.

— E você?

Ela franziu o cenho para ele. Theo sorriu.

— Eu sei que hoje é seu aniversário. — Uma fileira de dentes apareceu na boca dela. — E quero te dar seu presente. — Levantou a sobrancelha. — Vamos?

●

Clara respirou fundo, tentando acalmar o coração e espantar as más lembranças. Estavam no laboratório de Theo — agora era exclusivamente dele, pelo menos até o fim do próximo ano —, e as sensações que ela havia sentido naquela noite voltaram com tudo.

No canto da sala, ainda havia o mural de STOWE, Clara se esforçou para não fixar os olhos nele. Os balcões e bancos estavam arrumados e o chão estava limpo, não havia nada escrito na lousa e, agora, tinha alguns cartazes de Física e Matemática pendurados pelas paredes.

Theo puxou Clara pela mão direita, e ela se concentrou somente nele, sentindo faíscas invadirem seu coração. Era sempre assim quando estava com Theo. Ela se sentia fora de órbita, quase flutuante. Diziam que o encanto passaria depois de alguns meses de namoro, mas não havia passado. Todo dia era como se fosse o primeiro.

Porque Clara gostava de tudo em Theo. A inteligência dele, o humor, os óculos tortos, o sorriso, os olhos, as roupas, o jeito estranho de andar. Em meio a todo aquele caos em que Clara havia se metido, Theo era a sua âncora.

— Isso aqui é seu agora? — ela perguntou.

Theo deu de ombros, rindo.

— Acho que sim. Quer dizer, eu organizei tudo. — Clara olhou em volta. Estava bem melhor do que antes. — Tirei as tralhas dele.

Theo franziu o cenho.

— Ótimo. — Um arrepio correu pela espinha dela. — Mas e esse rádio?

— O quê? — Ela apontou para o rádio antigo sobre uma mesa na parede. Theo abriu a boca. — Não consegui jogar fora.

— Por quê?

— Vou te mostrar. — Ele sorriu abertamente. — É incrível.

Theo soltou a mão dela e caminhou até o rádio. Agachou e o ligou na tomada novamente. Clara se lembrou daquela noite e do barulho esquisito que aquele aparelho começara a fazer durante a tempestade.

— Pega o seu celular — disse Theo. — Clara obedeceu e ficou parada, observando-o. Ele apertou um botão no rádio e esperou, admirando o aparelho de perto. — Pronto. Me empresta.

— Tá sem sinal — descartou Clara.

Theo riu.

— Então deu certo. — O menino se aproximou dela e tomou o celular de sua mão. — Olha — pediu, erguendo o celular para cima. — Agora tem sinal, viu? — Clara deu de ombros. Grande coisa. — Agora não tem mais — continuou Theo, trazendo o celular para a esquerda. — E agora tem.

— Dá para contornar?

— Sim.

— Legal — disse Clara, vendo-se impressionada.

Theo continuava a movimentar o celular.

— O mais legal é que a área em que o celular não tem sinal tem uma forma — disse. — É um cubo quadridimensional.

Nossa.

— Que estranho.

— É, eu deixei o rádio aqui para descobrir o motivo. — Clara assentiu, nervosa. — Mas não se preocupe — Theo chegou perto dela, devolvendo o celular —, é só frequência. São só ondas.

— Tudo bem — sussurrou.

Ele puxou Clara, afastando-a da mesa do rádio.

— Aqui — Theo disse, soltando a mão dela. Clara apoiou as costas no balcão do microscópio, de frente para ele, que era mais alto. Theo tirou uma caixinha azul do bolso da calça e entregou para ela, que pegou. Ela puxou a fita e tirou a tampa da caixa, abrindo-a. Sorriu, gostando do que estava vendo. — Gostou? — perguntou ele, ansioso.

Clara tirou a pulseira prata da caixinha. Os pingentes eram os planetas do Sistema Solar. Theo pegou das mãos dela e a prendeu no pulso de Clara, que sorriu abertamente.

Havia passado a vida inteira apenas com uma pulseira — eram várias estrelinhas, que havia ganhado de aniversário quando criança. Porém, não a recuperou depois que virou prova de um crime. Todo dia, Clara sentia falta de uma pulseira e aquele Sistema Solar representava muito para ela.

— Eu amei — falou, feliz. — Muito obrigada!

Theo sorriu.

— Estava com medo de você achar muito nerd.

— Vou me lembrar de você toda vez que olhar para ela — disse Clara, balançando os planetas no pulso. — É perfeita.

Clara contornou o pescoço de Theo com as mãos e aproximou o rosto dos dois, que compartilharam do mesmo ar. Ela viu o contorno da boca dele, os lábios levemente abertos. Seus cílios escuros quando ele abaixou os olhos para fitar a boca dela. Ela estava dentro de seus braços, que eram quentes e macios, e ele a estava beijando. Clara estava perdida, atônita. Era o que Theo fazia com ela quando a segurava daquela maneira, inclinando-se sobre seu corpo.

As palmas das mãos dele passeavam pelas costas dela, causando arrepios por toda parte. Ela podia senti-lo respirando contra sua boca, suspirando entre os beijos. Clara prendeu os dedos nos cabelos de Theo, tentando se segurar, e ele a agarrou pelas pernas, puxando seu corpo para cima e o depositando sobre o balcão atrás deles. Ela estava da mesma altura que Theo, e ele estava entre suas pernas, tão próximo que Clara conseguia senti-lo.

Agora ela entendia por que, nos filmes, os beijos eram filmados em movimentos giratórios. Porque era como se não existisse chão e, com esse pensamento, Clara abraçou Theo o mais forte que pôde. O que ela sentia era forte demais, ela temia que pudesse terminar. Ela se afastou um pouco, tomando ar e umedecendo os lábios. Theo desceu a cabeça, traçando uma linha de beijos por sua clavícula, e Clara arfou, enroscando as pernas nas dele. Ela só queria que não acabasse.

●

— Feliz aniversário. — A voz de Lorenzo alcançou os ouvidos de

Clara e ela levou um susto.

— Obrigada.

Riu para o pai, recebendo um abraço. O homem suspirou.

— Eu sei que este ano não foi um bom ano para nós — disse ele —, mas vamos superar e tudo vai voltar ao normal, tudo bem?

Os olhos dela arderam.

— Eu sinto falta dela.

Clara se lembrou da mãe, Lorenzo aquiesceu.

— Eu também, seguir com as coisas sem ela é muito difícil para mim.

— Imagino, pai — falou Clara. — O café deve ser muito difícil.

Ele ergueu as sobrancelhas.

— É, não é isso. Também tem outras coisas e...

— Que coisas? — quis saber.

O pai de Clara demorou para responder.

— Sua mãe e eu tínhamos começado com um processo de abaixo-assinado por uma nova eleição.

— Um novo prefeito? — questionou. — Por quê?

— É coisa de gente grande.

Clara suspirou.

— Hoje é meu aniversário, pai — disse. — Tenho dezoito anos.

— Política. Ideologias, lados partidários. Só isso. — Não fazia muito sentido para ela. Clara gostava da política do prefeito Esteves, por que os pais não? — Juntamos algumas pessoas, mas, depois que sua mãe morreu, eu desisti — disse Lorenzo. — Eu não quero mais nada disso. Quero minha vida normal apenas.

— Tudo bem.

— E eu tenho um presente para você. — Ele tirou uma sacola de trás do sofá. — Não embrulhei — ele riu —, mas a tia Catarina me ajudou a escolher.

Clara sorriu, abrindo a sacola. Era um vestido vermelho, curto até os joelhos, rodado.

— Eu amei — agradeceu ela.

O celular de Clara vibrou e ela afastou o vestido. Era Stefany: *Hoje tem festa no Thomas. Todo mundo vai. Você também.*

Ela bloqueou o celular e pegou o vestido novamente, admirando-o. Pelo menos já tinha lugar para usá-lo.

●

Theo havia combinado com Clara que a encontraria na festa. Ele e os amigos haviam chegado mais cedo na casa de Thomas para ajudar Stefany a organizar tudo, e quando o relógio marcou sete e meia, as pessoas começaram a chegar.

— Quem convidou esse povo? — perguntou Stefany, os braços cruzados.

— Eu — disse Thomas. — Tem que parecer uma festa.

— Mas quem são essas pessoas?

Ela revirou os olhos.

— E isso importa?

— Vai dar tudo certo, Ster — assegurou Camila, rindo da situação.

Theo observou os convidados dançando e bebendo em volta da fogueira, o sol terminando de se pôr.

— E cadê a Clara? — questionou Leonardo, descendo da escada de metal e olhando para Theo, que negou com a cabeça.

Ele havia pendurado uma faixa na árvore com "Parabéns, Clara!".

— Acabou de me responder — disse Stefany. — Ela chegou.

Theo aguçou os sentidos imediatamente.

— Não dá para esse povo todo se esconder — Bianca reclamou, olhando em volta.

— Gritem "surpresa" quando ela aparecer! — gritou Stefany.

— Eficiente — admirou Lucas, piscando.

Todos olharam para a entrada, os seguranças da casa de Thomas haviam feito um cordão de isolamento e, quando se ele se abriu, Clara apareceu. Theo arfou. Ela estava linda. O cabelo preso em uma trança de lado e um vestido vermelho até os joelhos era tudo que a visão míope dele conseguia enxergar, mas era o suficiente para Theo ter certeza de que nunca a havia visto tão bonita.

— Surpresa!

Clara abriu a boca e a tapou com a mão, levando um susto e rindo depois. Ela brilhava com as faíscas da fogueira e os últimos raios do sol atingiam sua pele, alaranjados.

— Feliz aniversário, amiga! — Stefany pulou em cima da amiga, que a abraçou.

Uma fila se formou para abraçá-la.

— Vocês me enganaram direitinho. — Ela gargalhou e depois olhou Theo, chegando mais perto para abraçá-lo também. — Sabia disso?

— Meu trabalho era te distrair.

Clara deu um tapinha no ombro dele.

— Tá, então chega de melação — falou Leonardo no exato momento em que um raio atingiu o céu. — Vamos beber!

●

Clara estava meio tonta. Ela olhou no relógio do celular e viu as horas. Duas horas da manhã, e a festa ainda estava acontecendo.

— Tá tudo bem? — Theo perguntou ao seu lado, e ela estreitou os olhos, querendo prestar atenção.

— Estou com a boca seca — falou, grogue. — Vou pegar uma bebida.

— Vou com você — ele disse, e Clara o agradeceu internamente, porque achava que, se ninguém a segurasse, poderia cair em dois passos.

Assim que eles cruzaram o gramado, Clara sentiu uma garoa fina caindo sobre sua pele. Ela umedeceu os lábios e pegou uma garrafa de água no tanque de gelo, pedindo para Theo abri-la.

— Está cansada? — questionou ele, observando-a de perto.

Ela negou, tomando a garrafinha das mãos do menino.

— Só meio bêbada — murmurou. — Mas eu quero ir para casa.

— Já? — Assentiu. — Por quê? — Theo parecia surpreso.

— Eu tô com uma sensação ruim. — Engoliu em seco. — Não sei, minha cabeça está doendo.

Theo a analisou com calma.

— Como andam os seus sonhos? — perguntou, sentando-se ao lado dela em um tronco de madeira cortado, abraçando-a de lado. — Ainda está tendo pesadelos? — Ela balançou a cabeça, concordando. — Sabe que não são reais.

— É — ela falou —, mas eu sinto que ainda não acabou.

A testa dele se enrugou.

— Porque não descobrimos nada sobre o STOWE? — ele perguntou retoricamente, e ela assentiu. — Ele se foi.

— Eu consigo imaginá-lo nos observando, Theo. — Clara gemeu, parecia que sentia dor. — Ele pode estar nos filmando agora mesmo.

— Não vai acontecer nada, tudo bem? — garantiu ele. — Não vou deixar que te machuquem.

Ela respirou fundo e sentiu os olhos arderem.

— E se você se esquecer de mim?

Theo não respondeu, Clara sabia no que ele estava pensando.

Ninguém era páreo para o STOWE porque não conseguiam entendê-lo.

A chuva começou a engrossar e a fogueira virou brasa em minutos. Alguns convidados já haviam ido embora e a maioria correu para fugir da chuva.

— Ei — Thomas entrou no campo de visão de Clara, e, além dele, ela enxergou um raio rasgando o céu negro —, vamos entrar na casa.

Atrás dele vinha Camila, Leonardo, Stefany, Bianca, Mateus, Pedro, Hugo, Isadora e Lucas.

— Só sobrou a gente — disse Camila.

— Vamos — chamou Thomas novamente, passando pelos seguranças de terno.

Um trovão fez os pelos de Clara se eriçarem e ela se levantou, ao lado de Theo. A chuva gelada havia deixado todos encharcados e as roupas pesavam sobre os corpos, dificultando os movimentos. O vento forte abriu uma porta de vidro e levou galhos, pedras e folhas para dentro da casa dos Torres. Um relâmpago iluminou a visão deles e, em fila, correram pelo gramado, passando pela porta e entrando na casa.

— Fecha logo! — gritou Thomas para os seguranças fecharem as portas, que batiam com o vento. As folhas voavam do lado de dentro da casa.

Um segurança passou o trinco na porta e o barulho do vento parou, fazendo as folhas descerem ao piso de mármore. Mais um trovão ecoou pelas montanhas, fazendo Camila soltar um gritinho, prendendo-se em Leonardo.

Clara estava ansiosa e não sabia o motivo, ela conseguia ouvir cada gota que escorria de suas roupas e pingava no chão. Os amigos estavam parados em um círculo no meio da sala, sem saber o que fazer.

— Acho que não podemos ir embora agora — disse Mateus.

— É, que tempestade horrível — concordou Hugo.

Thomas deu de ombros.

— Vamos nos secar, vou pegar toalhas.

— Podemos assistir a um filme — sugeriu Bianca.

— Ou jogar um jogo — completou Camila.

— Só se o filme for de terror.

— Não, não! — Camila protestou.

— Eu queria ir embora — Clara sussurrou nos ouvidos de Theo.

— Vamos só esperar a chuva passar e aí eu te levo em casa — garantiu ele.

Clara concordou e tentou se acalmar. Pegou uma toalha quando Thomas voltou e se enxugou, depois se abraçou com Theo no sofá e observou os amigos jogarem Uno. Os olhos dela pesavam sobre a vista e, no meio de uma discussão entre Pedro e Lucas para ver quem tinha ganhado o +4, Clara dormiu.

●

— Ouviram esse barulho? — sussurrou Camila.

— Mano, não começa com essas paranoias no meio do jogo — disse Lucas. — Joga a merda da carta verde que eu vi que você tem para eu ganhar logo.

Camila revirou os olhos para o irmão.

— Como sabe que eu tenho uma verde?

— Todo mundo viu as suas cartas quando você foi ao banheiro, amor — explicou Leonardo, segurando o riso.

Pedro gargalhou e Thomas jogou uma carta vermelha na mesa.

— Droga — reclamou Lucas.

Camila cruzou os braços.

— Meu jogo é fazer você perder, otário — xingou o irmão.

Bianca riu e ergueu a mão para tocar na palma da amiga.

— Tá, vocês ouviram esse barulho? — ela repetiu.

— Mas que droga, Camila — Stefany falou alto —, não ouvimos nada.

— Que barulho? — perguntou Leonardo.

Ela engoliu em seco, olhando para trás. Pela janela, conseguia ver os seguranças no portão da casa e, atrás da mesa em que estavam, Clara dormia nos braços de Theo.

— Vem da cozinha — disse.

— Silêncio — pediu Pedro.

Todos ficaram quietos.

— Nada — falou Stefany.

— Shhh! — fez Camila.

Houve uma batida.

— Aí.

— É só o vento — argumentou Lucas.

Camila olhou para ele.

— Não. Escuta.

A batida se repetiu e parou, repetiu-se e parou, repetiu-se e parou. Era como se alguém estivesse socando a porta.

— O que é isso? — perguntou Isadora, a boca semiaberta.

— Tem uma frequência — apontou Leonardo.

A batida se repetiu e parou, repetiu-se e parou.

— Contem.

— Um, dois, três, quatro, cinco — todos sussurraram. — Um, dois, três, quatro, cinco.

O coração de Camila disparou.

— O que isso quer dizer?

— Vamos olhar — disse Mateus ao se levantar.

— Não.

Bianca puxou o garoto pela manga da camiseta.

— Por quê? — ele questionou. — Temos que ver.

Camila balançou a cabeça.

— Tá louco? — disse. — O que tem cinco letras e nos dá medo?

— Assassino — falou Pedro.

— Essa palavra tem nove letras, Pedro — corrigiu Leonardo.

— Ela tá querendo dizer STOWE — Stefany gritou baixo.

Pedro fez uma careta.

— Foi o que eu quis dizer.

●

— Clara? — Theo murmurou nos ouvidos da namorada.

— Hã?

— É melhor você acordar — ele disse, não querendo assustá-la.

Doía em seu peito ter que fazer aquilo. O maior medo de Clara nos últimos meses era STOWE, e Theo duvidou que aquilo pudesse acontecer. Agora eles estavam próximos dele, e ele não queria colocá-la em risco.

— O que aconteceu? — ela perguntou.

— É... — Theo tentou, com calma.

— O STOWE vai matar a gente se você continuar dormindo aí, Clara. — A voz de Stefany estalou nos ouvidos de Theo, ele quis xingá-la de todos os nomes possíveis.

Clara se levantou num sobressalto e seu rosto se desfigurou em agonia.

— Merda, merda, merda, merda — ela sussurrava.

— Calma — Theo pediu.

— Eu sabia que isso aconteceria, eu sabia!

— Deveria ter aviso a gente então — reclamou Lucas.

Theo ouviu as batidas na porta de novo.

— Pode não ser nada — falou Thomas. — Eu tenho seguranças por toda parte.

As cinco batidas se estenderam para as janelas.

— Coincidência? — sugeriu Isadora, irônica.

— A gente tá ferrado — Hugo murmurou.

— Apaguem as luzes — falou Theo, ele abraçava Clara.

Leonardo correu para o canto da sala e apertou os interruptores.

No escuro, as batidas pararam. Não havia mais raios ou trovões, apenas o barulho da chuva fina sobre a casa. A respiração de Theo estava entrecortada.

— E agora? — perguntou Mateus.

— Esperamos — foi o que Theo disse.

Ele sabia que não era a melhor das ideias, mas não tinha outra coisa para se fazer além daquilo.

— O quê? — sussurrou Lucas.

Camila deu um tapa na cabeça do irmão.

— Cala boca.

As cinco batidas chegaram mais perto deles, na janela da sala. Theo olhou para baixo, para Clara, e a notou fechar os olhos. Um barulho de vidro se estilhaçando alcançou os ouvidos deles.

Theo ouviu um grito no escuro e virou a cabeça. Ele viu STOWE entrando na sala pela janela, sendo iluminado pela parca luz que havia do lado de fora. Seu rosto estava coberto por um capuz, uma faca na mão.

— Corram! — gritou Thomas.

Theo apertou forte a mão de Clara sob a dele e a puxou no escuro, em direção às escadas. Ele nunca tinha estado dentro da casa de Thomas antes e estava imaginando em qual cômodo poderia se esconder. Ele notou os amigos se dividindo, correndo de STOWE, que andava tranquilamente pela sala de estar.

— Por aqui, Theo — Clara arfou, passando na frente.

Eles subiram as escadas de dois em dois degraus, os olhos tentando se acostumar com a falta de iluminação. Quando um longo corredor se estendeu à frente dos dois, Clara puxou Theo, entrando no último quarto. Ela fechou a porta e Theo empurrou uma cômoda de madeira para fazer peso.

Clara agachou, sentando-se atrás da cômoda, no chão. Theo a seguiu. Os dois buscavam por ar.

— Eu sabia — ela sussurrou. — Vamos todos morrer.

— Não vamos — disse Theo.

— Nossos amigos estão lá embaixo — falou Clara. — Da última vez, Rafael morreu.

Theo engoliu em seco.

— Eu vou cuidar disso.

— Como? — questionou ela.

— Você vai ficar aqui e eu vou...

— Não.

Ele olhou para Clara. Ela era tão linda. A luz de fora iluminava metade do rosto dela, a pele ruborizada, o cabelo colado nas bochechas.

— Eu te...

— Não — ela o interrompeu de novo, colando os lábios nos dele.

— O que você quer que eu faça então? — Theo franziu o cenho.

Clara arfava.

— Você não pode descer lá para salvar nossos amigos, porque vai arriscar sua vida — suplicou. — E não pode falar que me ama, porque aí significaria que esse é nosso último momento.

— Então eu não te amo — disse Theo, o coração apertado.

— Eu não amo você — Clara respondeu, uma lágrima escorreu.

Os dois sabiam o significado daquele momento e o que sentiam refletia no que precisavam fazer.

— Clara — Theo chamou.

Ela fechou os olhos.

— Não.

— Eu preciso descer para ajudá-los.

— Você não pode — ela choramingou. — Por favor. — Theo engoliu em seco. — Deixa eu ir junto. Eu posso te proteger — pediu.

— Desta vez, deixa eu te proteger — Theo falou, firme. Ele enxugou as lágrimas de Clara. — Eu só não quero que se machuque — disse ele.

— Por favor, não vá.

— Eu preciso.

Clara se ajoelhou, querendo ficar da mesma altura que Theo. Ela limpou a garganta.

— Você vai se lembrar de mim quando voltar?

Ela tremia e Theo segurou em suas mãos para acalmá-la. Ele sentiu um nó no estômago, como um tiro.

— Você é a melhor coisa que já me aconteceu, Clara. — Theo colou sua testa na dela e segurou em suas bochechas. Sua voz estava áspera. — Todas as células do meu corpo amam você. E quando essas células morrem, outras nascem e te amam ainda mais. Não tem como eu te esquecer.

Ela chorou copiosamente perto do rosto dele.

— Você não vai se lembrar de nada, eu tenho certeza. — Theo queria poder negar e dizer que se lembraria, sim, mas como poderia ter certeza? — Então, nesse caso...

Clara selou os lábios de Theo e ele sentiu o gosto de sal das lágrimas dela. Ele a beijou profundamente. Ela murmurou contra a sua boca, as mãos em suas costas puxando-o para mais perto. Ela se arqueou contra ele, contra seu corpo, que doía e a queria. Ele podia ouvir sua própria voz dizendo o nome dela, tinha que se forçar a não continuar.

— Eu já volto — falou Theo, afastando-se rápido.

Ele se levantou, puxou a cômoda e abriu a porta, passando por ela sem olhar para trás e esperando que Clara empurrasse a cômoda para o lugar onde estava antes. Theo precisou ser ágil, pois, se olhasse para trás, não daria a mínima para os outros e a escolheria em vez de qualquer outra coisa no mundo.

●

Clara tremia, a cabeça entre os joelhos.

Fazia alguns minutos desde que Theo havia saído de quarto. Ela tinha empurrado a cômoda de volta sobre a porta e se sentara no lugar que ele estava antes, tentando absorver alguma coisa.

Ela não tinha uma boa sensação de tudo aquilo. Olhou para frente, além da janela. A chuva continuava a cair e parecia que nunca acabaria, Clara só queria poder viajar no tempo.

Bateram na porta e o coração dela parou. Clara engoliu em seco e se levantou, olhando para a porta. O coração descompassado, a boca seca, os dedos trêmulos.

— Theo? — ela perguntou, a voz saiu embriagada.

A resposta veio rápido:

— Oi.

Era a voz de Theo, ela reconheceu. Empurrou a cômoda, aliviada, respirando fundo e destrancou a porta.

— Ah, que bom que você voltou — ela disse.

Mas foi só isso. Clara foi atingida na cabeça e perdeu os sentidos.

Olhou para os lados, tentando enxergar STOWE no breu da penumbra. Theo correu pelo corredor até a escada, tentando não fazer barulho. Ele se inclinou sobre a parede, tentando visualizar a sala de estar, mas não viu ninguém. Desceu os degraus com calma, respirando regularmente.

Theo caminhou pela sala, não conseguia ver muito bem e tinha a sensação de que seria atingido a qualquer instante. Seu coração começou a bater forte à medida que se aproximava da cozinha. Ele avançou sobre o piso de mármore e se debruçou sobre a parede de gesso, esticando o pescoço para enxergar no escuro da cozinha. Theo conseguia ver apenas as bordas, os contornos dos eletrodomésticos na escuridão — o fogão, a geladeira de duas portas, o forno elétrico e a ilha no meio do cômodo. Seus pensamentos se confundiram com algo que havia lido na noite anterior. *O universo não tem borda.* Queria dizer que as pessoas só conseguiam enxergar o universo observável, uma vez que ele estava se expandindo a todo momento e as galáxias estavam cada vez mais distantes umas das outras. Isso o fazia pensar no que não estava no seu limite de observação. Além daquilo que estava enxergando na cozinha, havia algo a mais. Theo sentia que alguém estava escondido por ali e sua pulsação estava acelerada com a curiosidade.

Sentiu uma gota de suor escorrendo pela nuca e adentrou o cômodo, tomando coragem. Theo caminhou devagar em volta da ilha e olhou para a pia, estreitando os olhos para tentar enxergar melhor. Ele procurou por algo que pudesse ajudá-lo. Abriu uma gaveta e pegou o celular para iluminar, não achou nada. Apontou a lanterna para o balcão da pia e encontrou um faqueiro, havia apenas uma faca, não era grande. Theo a pegou, segurando em seu cabo gelado, a respiração ofegante.

— O que está fazendo?

Com o susto, ele deixou a faca cair sobre o balcão e se virou, a visão turva. Seu coração batia forte, Theo sentia os dedos trêmulos. Alguém posicionou o feixe de luz branco da lanterna sobre seus óculos e ele fechou os olhos em um movimento brusco.

— Vai assustá-lo. — Theo ouviu o sussurro de Camila e abriu os olhos.

A menina estava meio embaçada, mas Theo notou que Camila deu uma cotovelada em Leonardo.

— Por que estava pegando essa faca, seu idiota? — perguntou Leonardo.

Theo de ombros.

— Por que você acha?

Camila fungou.

— É perigoso — falou a menina. — Pode se machucar.

— Ou posso ser machucado — respondeu ele.

— Só tem uma faca aqui — disse Leonardo. — Onde estão as outras?

— Alguém pegou — foi o que Theo falou.

— Os nossos amigos.

— Ou STOWE.

Theo ergueu os óculos e tirou o cabelo da testa, tentando pensar. Leonardo e Camila estavam bem, mas onde estavam os outros?

— Escondidos — falou Leonardo, lendo os pensamentos de Theo. — Thomas e Lucas estão na sala.

— Atrás do sofá — debochou Camila.

— E os outros?

— Bianca e Mateus estão no andar de cima.

— Isadora, Pedro e Hugo estão ali

Leonardo apontou. Theo forçou a vista e direcionou o olhar para onde o amigo apontava. Três silhuetas estavam escondidas sob a mesa da sala de jantar.

— Falta a Stefany — lembrou ele.

— No banheiro — disse Camila.

— Acho melhor nos juntarmos.

— Então vamos.

Leonardo pegou a mão de Camila e a puxou pela porta. Theo pegou a faca na mesa e os seguiu, saindo da cozinha.

— Ei, vocês — chamou Camila, os olhos na sala de jantar. — Melhor ficarmos juntos.

— Vamos chamar a polícia — choramingou Isadora, erguendo o corpo e correndo em direção à amiga —, por favor.

— É sério? — perguntou Stefany, saindo do banheiro ao mesmo tempo em que Hugo e Pedro se levantaram.

— Não sei — respondeu Camila, virando-se para Theo e Leonardo —, o que acham?

— É o certo — disse Leonardo.

Theo pegou o celular e digitou o número, entregando o aparelho para o amigo.

— Cadê os outros?

— Thomas — Camila sussurrou alto, os olhos vidrados no sofá sob o véu escuro da sala de estar. — Lucas.

— Levantem daí — continuou Stefany.

Os meninos apareceram e se juntaram ao grupo.

— Quem falta?

— Mateus e Bianca — ponderou Isadora.

— Só? — questionou Pedro, os olhos estreitos.

Theo pensou e contou os amigos. Sim, só faltavam Mateus e Bianca.

— Onde eles estão?

— Acho que em algum quarto — sugeriu Hugo.

— Um assassino nos perseguindo e os dois no quarto — falou Lucas, rindo.

Camila deu uma cotovelada no irmão.

— Dá pra você parar de ser idiota pelo menos por agora?

— Ah.

— Então vamos subir — disse Theo. — Juntos.

— Um por todos e todos por um? — perguntou Isadora, esperançosa.

— É, se um morrer, todos morrem — respondeu Hugo, fungando.

— Devíamos ir embora — foi o que disse Pedro.

— E deixar os dois para trás? — Stefany olhou para o menino. — Você é bobo ou o quê?

Pedro deu de ombros.

— Se eles estivessem bem, já teriam descido — falou. Theo engoliu em seco. — Não é?

— Não — respondeu ele —, temos que estar todos juntos. Todos, sem exceção.

Os nove subiram pelas escadas, a faca empunhada na mão direita de

Theo. Ele piscou várias vezes, era difícil enxergar naquela escuridão, mas imaginou que seria mais perigoso correr no claro das luzes fluorescentes da casa dos Torres. Sentia os amigos à sua cola e sentia um peso sendo tirado de suas costas, pelo menos eles estavam bem por ora.

— Olhem nos quartos — pediu para Leonardo.

Eles começaram a abrir as portas. Theo tentou abrir uma das portas, mas algo a segurava. Ele empurrou com mais força e notou que uma cômoda prendia a passagem, colocou a cabeça do lado de dentro do quarto e estendeu a lanterna do celular para ganhar alguma visibilidade. Não havia ninguém ali. Theo sentiu um aperto esquisito no peito, era falta.

— Não estão aqui em cima.

Ele sentiu Leonardo tocar em seu ombro e fechou a porta do quarto, que foi empurrada pelo peso da cômoda.

— E agora?

Um barulho atingiu os tímpanos de Theo. Era como se alguém estivesse correndo sob seus pés.

— Vem do andar de baixo — disse Lucas.

Theo sentiu um frio na barriga.

— E se ele os pegou? — perguntou Camila.

— Não — falou Leonardo. — Vem, vamos.

Eles correram pelo corredor, tentando não fazer barulho. Theo foi o primeiro a descer as escadas, apoiando a mão livre na parede áspera de gesso.

— Não consigo ouvir nada — disse Isadora e ergueu a cabeça, como se buscasse por mais sons.

— Nem eu — foi Stefany.

Eles formaram um círculo no meio da sala gigante de Thomas e fizeram silêncio involuntário. Tudo o que Theo conseguia ouvir eram as respirações ofegantes dos amigos e, ele jurava, sua própria pulsação.

— Aqui — disse Pedro, dando um passo para trás. — Ouvi algo.

Hugo seguiu o menino, com calma.

— Atrás dessa porta.

— Venham — disse Thomas. — Por aqui.

Theo engoliu em seco. Fazia bastante tempo que sua boca não produzia saliva alguma. Havia apenas uma lanterna iluminando a passagem e o grupo desceu por uma escada estreita de madeira, indo cada vez mais para baixo. Parecia uma espécie de porão antigo, o cheiro era amargo e seco. Ele sentiu os olhos secos pela poeira.

Era a adega de vinhos da família Torres. Theo se lembrou do ano passado. Bárbara havia o convidado para participar de uma das festas de quinta-feira e ele chamou Leonardo para ir junto, não queria ficar sozinho. Quem diria que um dia, na ausência da irmã, formaria amizade com aquelas pessoas e frequentaria aquele lugar? Na época, ele trombara em uma das prateleiras da adega e derrubou um dos vinhos no chão, estilhaçando a garrafa em caquinhos. Bárbara ficou uma fera.

— O que estão fazendo aqui? — Ele ouviu.

Leonardo ergueu o braço e estendeu a lanterna em direção às vozes. Bianca e Mateus estavam sentados sobre um barril de vinho, calmos.

— Ouvimos um barulho — disse Camila.

— Estávamos procurando por vocês — completou Stefany.

— A gente estava se escondendo, ué.

Bianca levantou, cobrindo o rosto da luz branca da lanterna.

— Mas precisamos deter o STOWE — foi o que disse Hugo.

— E chamar a polícia — indagou Lucas.

Bianca e Mateus se entreolharam, preocupados.

— Tudo bem.

— Aqui não tem sinal — revelou Isadora. — Temos que subir para ligar para a polícia.

— De qualquer jeito, temos que prender o STOWE aqui — disse Theo. — Como fizemos com Caio.

Eles assentiram.

— Tô cansado disso tudo — falou Pedro.

— E os seus seguranças? — Mateus se virou para Thomas.

O garoto deu de ombros.

— Sei lá — respondeu —, eles mal trabalham. Nunca acontece nada.

— Para que eles servem então, enfeite? — zombou Stefany, passando a mão na testa.

Theo percebeu que todos estavam exaustos. Se pelo menos estivessem sóbrios o suficiente... A festa havia os confundido.

— Vamos subir então — falou Theo.

— E pensar em algo, acho que podemos...

Eles pararam. Leonardo estava no primeiro degrau da escada de madeira e interrompeu os movimentos. O som de vidro quebrado os alcançou, dando-lhes a sensação de mais uma janela sendo atravessada.

— O que foi isso? — perguntou Isadora, o medo no olhar.

— O que você acha? — retrucou Stefany.

Leonardo foi na frente e Theo correu atrás, o coração batendo acelerado. Ele ainda sentia aquela sensação de perda que sentira quando abrira a porta do quarto do andar de cima. A luz da cozinha estava acesa quando abriu a porta para sair da adega e entrar na sala de estar.

— Droga — ele sussurrou.

Correu ao lado do amigo em direção ao outro cômodo. A mão que segurava a faca suava, Theo apertou os dedos no cabo de metal, reforçando o fato de estar armado. Ele correu até a cozinha e parou ao lado de Leonardo. Os outros vinham atrás e se limitaram quando notaram os dois petrificados.

A porta de vidro da cozinha estava inteiramente estilhaçada. Só restava a moldura de madeira para contornar a porta. Do outro lado, a varanda se estendia, a chuva ainda caía forte. O gramado do jardim dos Torres estava bagunçado pela festa e havia apenas uma brasa escura do que restara da fogueira, copos de plástico voavam com o vento e árvores balançavam em fúria.

— Theo — sussurrou Leonardo. Ele olhou para o amigo, que apontava com o dedo indicador para além da tempestade cinza. — Está vendo aquilo?

Theo desviou o olhar, fixando a visão nas gotas da chuva. Ele ajeitou os óculos sobre o nariz e curvou o pescoço, tentando enxergar. Havia um movimento muito sútil entre as árvores, mas era visível.

— Isso é...

— É. — Camila se aproximou. — É o STOWE.

Ele não conseguia ver nitidamente, mas sabia que era um homem. STOWE carregava alguém nos braços debaixo da chuva, um braço sob a cabeça da garota e o outro por baixo dos joelhos.

— Ele está levando alguém. — Mateus se aprontou, erguendo o corpo. — Temos que correr atrás dele.

— Não conseguimos nada quando tentamos salvar Eloise — disse Theo.

— Quem é aquela? — perguntou Stefany.

STOWE corria contra a chuva, já havia alcançado as árvores.

— Não consigo ver — disse Bianca. — A chuva tá muito forte.

A garganta de Theo estava arranhando. Ele sentia algo como um peso dentro do corpo. Era incômodo.

— Vamos chamar a polícia então — insistiu Hugo.

— Você não percebe que nada acontece quando tentamos chamar a polícia para deter o STOWE?! — Thomas gritou para o asiático.

— Mas...

— Só nós sabemos da existência dele — Camila interveio.

— E, se ele conseguiu o que queria — Stefany começou —, nunca saberemos quem é aquela que ele está levando.

— Por quê? — Pedro perguntou.

Theo sentia um vazio no peito, era como um tiro. Ele respondeu:

— Porque nós já nos esquecemos dela.

●

— Você não me parece bem, Theo. — Ele tentou respirar, mas o ar não alcançou seus pulmões. Suas mãos tremiam, era como se ele não sentisse seus pés presos ao chão. — Theo. — Ele ouviu Leonardo chamar.

As luzes já estavam acesas. Alguns seguranças conversavam com Thomas e o menino tentava explicar que nada de estranho havia acontecido. Theo ouviu Bianca dizer a um dos seguranças de terno que tropeçara sobre a porta de vidro da cozinha sem querer.

— Eu... — Ele tentou dizer, mas as palavras se enrolaram na língua.

Sentia a pele gélida e o coração batendo forte dentro do peito. Ele assistiu às gotas de suor caindo sobre as palmas das mãos em câmera lenta. Arqueou o corpo, tentando buscar ar.

— Theo! — Camila gritou, sacudindo seus braços.

— Não consigo...

A visão dele se escureceu, ele sentiu as pálpebras pesando sobre os olhos. Tudo girava em volta dele e seus pensamentos estavam confusos. Theo piscou forte, tentando respirar e assistiu, por trás das pálpebras fechadas, cenas confusas de memórias perdidas.

— Não consigo… respirar.

— Meu Deus — sussurrou Leonardo, levantando-se.

— Ele está tendo uma crise de ansiedade — falou Bianca, aproximando-se. — Ele tem isso desde criança.

Um gosto amargo invadiu a boca dele, como ferro, e ele lembrou que ainda segurava a faca. Theo a largou, e ela caiu no chão, tilintando.

— Ajuda ele então!

A cabeça de Theo estava entre seus próprios joelhos, ele percebeu que a prima se agachou em sua frente, tocando-o.

— Theo — ela murmurou. — Respira.

— Não… dá — ele engasgou.

Parecia que o peito dele ia explodir e, por dentro, Theo sentia um medo avassalador, quente e frio ao mesmo tempo. Ele tossiu.

— Você consegue — Bianca o encorajou. — Vamos comigo.

Ele olhou para a prima e imitou seus movimentos. Abriu a boca e tomou uma lufada de ar, preenchendo todo seu pulmão. Esperou por um tempo e soltou. Repetiu várias vezes, a visão clareando. Theo percebeu que havia uma roda em volta dele, todos seus amigos e alguns seguranças o observavam, apreensivos. Seu coração começou a desacelerar, mas ainda havia um peso sobre suas costas.

— Tudo bem? — perguntou Bianca quando Theo se reclinou sobre o sofá e encostou as costas.

Theo assentiu, conseguindo respirar.

— Ai, que horror — murmurou Stefany.

— Cala a boca — brigou Isadora.

— É melhor irmos embora — disse Lucas, olhando para Camila, que se levantou e se colocou ao lado do irmão.

— Sim — concordou Leonardo, sendo seguido por Hugo e Pedro.

— E eu? — Thomas olhou para os outros.

— Você já está em casa — Stefany observou.

Thomas riu de nervoso.

— Eu sei, mas o STOWE pode voltar.

— Se ele quisesse algo a mais de nós, ainda estaria aqui — disse Theo, recompondo-se, envergonhado.

Ele ainda estava ofegante e seus dedos tremiam. Por isso, levantou-se e enfiou as mãos nos bolsos do moletom.

— Vamos embora.

— Não podem fazer isso — protestou Thomas. — Vão me deixar sozinho?

— Sua casa é cercada de seguranças — Isadora apontou.

Thomas deu de ombros, os olhos alarmados.

— Isso não impediu que o STOWE entrasse aqui e levasse quem quer que fosse aquela loira — continuou. — Vai, gente, meus pais viajaram.

Theo cruzou os braços, sentindo aquela sensação de novo. Ele não queria ficar ali, pensando em teorias que não o levariam a lugar algum.

— Você pode dormir na minha casa — disse Pedro.

Thomas se alegrou e olhou para um dos seguranças.

— Eu vou mandar uma mensagem para minha mãe — contou para o cara alto vestido de terno. — Até mais.

— Não vai pegar nada? — questionou Pedro. — Tipo, escova de dentes.

— Não quero ficar aqui nem por mais um segundo — disse Thomas, os braços cruzados. — Você me empresta.

Pedro fungou, e os onze saíram pela porta de vidro quebrada, deixando os seguranças para trás. Theo, Leonardo, Camila, Lucas, Isadora, Hugo, Pedro, Thomas, Mateus, Stefany e Bianca.

— Talvez seja uma maldição — sugeriu Leonardo.

— Como assim? — Camila perguntou.

— Sempre acontece alguma coisa nas festas do Thomas.

— Ei! — o menino protestou.

— E tá errado? — Stefany concordou.

— Da outra vez foi a Lana — disse Mateus.

— E ninguém além do Mateus se lembra dela — completou Bianca.

— Bom, vimos que ela foi pega pelo STOWE — Pedro interferiu. — Ela tem a marca.

— Sim — concordou Isadora. — E, antes disso, na quinta, antes da festa do Thomas, a Bárbara foi pega pelo STOWE também.

Theo sentiu um calafrio subir pela espinha.

— Quem foi a vítima desta vez, então? — Thomas perguntou.

— Não nos lembramos dela — Lucas alegou. — É óbvio.

Eles andaram enfileirados, os tênis afundando na terra molhada. Ainda chovia um pouco, mas nada como antes. Theo sentiu frio, tudo o que queria era sua cama, ia pegar carona com Lucas, Camila e Leonardo. Talvez ainda levassem mais alguém para casa.

Estavam atravessando o portão gigante dos Torres quando Isadora gemeu, fazendo-os parar.

— Gente.

Nada era bom quando Isadora os chamava no geral.

Theo virou o corpo para ver o que a menina via e se assustou.

Pendurada em dois galhos de árvores, havia uma faixa.

"Parabéns, Clara!"

— Quinta-feira, mais uma festa na casa do Thomas — murmurou Leonardo.

— Era um aniversário? — Camila questionou.

— Por que não me lembro? — Stefany perguntou, juntando-se à amiga.

— Para mim, foi só uma festa — falou Lucas. — Meio embaçada, na verdade.

— Também está embaçada para mim — disse Pedro. — Pensei que fosse porque bebi demais.

— É o STOWE — disse Mateus. — Ele faz isso com a gente.

Theo respirou fundo.

— Mas quem era Clara?

CAPÍTULO 08

GRAVIDADE

RECONHECE QUE NÓS PRECISAMOS MUDAR NOSSA NOÇÃO DE TEMPO E ESPAÇO PARA ENTENDER A FÍSICA DOS PRIMÓRDIOS DO UNIVERSO.

lara acordou em um sobressalto. Seu corpo inteiro doía, ela se sentia como se tivesse sido cuspida por algo. Respirou fundo e tentou abrir os olhos, buscando por ar. Sentia um cheiro pungente no ambiente e o pouco que conseguia enxergar era escuro, meio distorcido por sua visão embaçada. Piscou várias vezes e reconheceu o lugar. Era o laboratório da escola, a sala que o professor Caio havia dado para Theo. Ela tentou se levantar do chão, mas seu corpo foi puxado para baixo, sendo impedido. Baixou a cabeça e notou que correntes prendiam seus pulsos à parede.

Seu coração bateu forte. Por que estava presa? Clara balançou a cabeça, meio confusa. Ela não se lembrava de muita coisa. Sua última lembrança era estar em um dos quartos da casa dos Torres com Theo, pedindo para ele não ir atrás de STOWE, mas falhando miseravelmente. Clara recordava que havia sido muito difícil para o garoto lhe dizer adeus, mas também que, alguns minutos depois, Theo havia voltado, batendo na porta. Ela a abriu e apagou.

Tentou se soltar das correntes, puxando os pulsos.

— Isso não vai funcionar. — Ouviu. Clara levou um susto e deu um pulo para trás, tentando enxergar no laboratório escuro, com espectro em tom esverdeado. — O quê? — perguntou a voz, ela jurou tê-la reconhecido. — Achou que nunca mais fosse me ver?

Ela estreitou os olhos, forçando a vista. A garota tinha cabelos acobreados e pele clara, sardinhas nas bochechas e olhos enormes. E, mesmo no escuro, a camiseta do Arctic Monkeys era visível.

— Eloise? — sussurrou Clara, desacreditada.

— Quem mais? — A voz da menina era áspera.

— Meu Deus! — Foi o que saiu da boca de Clara. — O que é isso?

Ela havia morrido?

— Não — Eloise respondeu, como se tivesse ouvido o pensamento de Clara —, esse não é o céu nem qualquer outro tipo de purgatório ou inferno. É bem pior.

— Do que está falando?

Clara engoliu em seco

— Você ainda não percebeu?

Eloise ergueu os pulsos, estavam presos pela mesma corrente que prendia Clara.

— Não — sua voz saiu em um suspiro.

— Olhe em volta — disse Eloise —, é tudo igual. Só que ao contrário. — Clara franziu o cenho e esticou o pescoço. O laboratório era o mesmo, ela tinha certeza. Eloise não estava morta? Clara havia assistido com os próprios olhos enquanto STOWE a levava. Se Eloise estava morta, Clara também estava? Ela nunca acreditara em vida após a morte, mas de repente parecia fazer sentido. Ou não. Nada fazia sentido. — Preste atenção. — Ela ouviu a voz de Eloise.

Ela reparou em algo. Aquele balcão, o que apoiava o microscópio, não estava no lugar certo. Havia estado no laboratório de Theo no dia anterior e os dois se beijaram ali, mas tinha algo diferente naquilo tudo. O microscópio estava preso do outro lado do tampo da mesa e o balcão estava posicionado do outro lado da sala. Assim como os pôsteres de Física que Theo havia pendurado na parede, que estavam presos na parede da frente. A lousa não estava do lado direito, como Clara se lembrava, estava do lado esquerdo. E, por fim, a mesa do rádio estava parada no outro canto do lugar.

— Está tudo ao contrário — disse.

— Foi o que eu disse.

— Como assim?

— Do outro lado — Eloise tentou explicar.

Clara balançou a cabeça. *Como assim?*

— É como um...

— Espelho. — Ela ouviu outra voz.

A cabeça de Clara se virou imediatamente. Entre a penumbra do lugar, ela enxergou os traços finos da menina sentada do outro lado da sala. Ela também estava presa por correntes e vestia um vestido azul até os joelhos. Clara sentiu frio quando olhou para a garota. Seus cabelos eram cacheados e armados e sua pele era morena.

— Lana?

A menina sorriu, triste.

— É como um espelho, não é? — Lana falou, os olhos baixos, referindo-se ao laboratório. A irmã gêmea de Lucca, agora Clara se lembrava.

Clara tremia.

— O que está acontecendo?

— Gostaríamos de saber — falou Eloise. — Sabemos pouco.

— O que sabem? — Lana e Eloise ficaram quietas. — O que sabem? — repetiu Clara, atônita.

— Que não estamos em casa. — Ouviu.

Clara reconheceu a voz e tremeu por dentro. Havia certo alívio em recuperar todas as memórias, mas a confusão só ficava maior a cada segundo.

Sentada no chão, a cabeça apoiada sobre uma cadeira de metal, suas mãos presas nas correntes de Lana. Era Bárbara, a irmã mais velha de Theo.

●

Theo ainda estava desorientado quando acordou. Havia tido pesadelos e suado muito durante toda a noite. Fora uma noite horrível, ele não conseguia tirar as imagens da cabeça. Quando fechava os olhos, via feixes do que ele achava que poderiam ser memórias. Havia uma garota loira e uma festa, pessoas bebendo, uma pulseira de planetas, os amigos jogando Uno e, de repente, STOWE. A faixa com os dizeres "Parabéns, Clara!" o assustava, Theo temia que a garota que STOWE carregava nos braços enquanto fugia pudesse ser Clara, fosse quem fosse a garota. Ele tinha medo de estar passando pelo mesmo que havia passado com Bárbara. Suas lembranças estavam embaralhadas, assim como no acidente de carro, e ele sentia um peso maior sobre suas costas. Um laço afetivo com aquela situação.

Theo estava com medo.

E não tinha como negar.

Ele ouviu o celular despertar e se levantou num pulo. Eram os últimos dias de aula, então entrariam de férias para o fim do ano. Seu maior desejo no momento era faltar na aula e dormir até dizer chega, no entanto havia uma prova final de Física e Theo não podia perdê-la.

Como sempre, sua manhã correu normal. Theo tomou banho, vestiu-se, tentou colar os óculos que sempre estavam rachados nas laterais, tomou café da manhã com os hóspedes da pousada, conversou um pouco com os pais e zapeou pelas ruas nubladas de Monte Verde com sua bicicleta em direção à escola.

Theo estava vivendo no piloto automático desde a madrugada passada e sentia que, se continuasse assim, talvez conseguisse suportar toda aquela situação. Passar por tudo aquilo pela segunda vez era muito ruim para ser verdade, ele só queria dormir. A primeira aula correu tranquila, e Theo se esquivou o máximo que pôde dos amigos. Ele apenas havia cumprimentado Leonardo quando chegara e se esforçara para não trombar com mais ninguém pelos corredores.

Sua prova fora difícil. Theo era ótimo aluno em Física, mas não havia conseguido juntar os números em fórmulas naquela manhã. Estava com a cabeça cansada e pensando em outras coisas. Talvez, se não tivesse passado noites procurando sobre buracos negros e buracos de minhoca, tivesse aprendido mais sobre os números.

Ele matou a última aula, porque, quando ia entrar na sala, viu Camila ao lado de Leonardo, os dois esperando por Theo. Não queria conversar e se tivesse falado mais que cinco frases naquele dia ainda assim era muito. Ele subiu as escadas, como de costume, e abriu a porta do laboratório. Um pouco de paz faria bem, ali Theo se sentia tranquilo.

Talvez não naquele dia. Quando abriu a porta, Theo notou uma diferença. Tudo estava uma bagunça; havia folhas de papel espalhadas pelo chão, os bancos estavam fora do lugar, jogados pela sala, os recipientes de vidro para experiências estavam à deriva, alguns quebrados no pé das mesas.

Quem entrou aqui?, ele se perguntou. Theo se lembrou de que havia estado no laboratório no dia anterior, mas sua mente se confundiu com outras coisas, doendo. *Flashes* invadiram sua cabeça, confundindo-o. Uma pulseira de planetas e cabelos loiros, mãos soltas e beijos.

Theo balançou a cabeça. Aquelas não podiam ser suas memórias, pois não beijava ninguém havia muito tempo. Leonardo até brincava com ele, dizendo que Theo havia voltado a ser BV. Seu cérebro estava lhe pregando uma peça. Foi a solução que encontrou enquanto erguia um dos bancos.

Aquelas lembranças não combinavam com Theo. Eram apenas borrões, mas ele não tinha ninguém para beijar ou presentear. Por que aquelas seriam suas?

Theo teve medo. Ele começou a recolher os papéis que estavam espalhados pelo chão — alguns deles com fotos e evidências do mural que ele e os amigos haviam feito para desvendar STOWE. Não queria passar por aquilo de novo, mas parecia que a história estava se repetindo. Mais uma festa, mais esquecimentos, mais STOWE.

Ele se lembrou de Bárbara. STOWE havia matado a irmã dele, e Theo sentia raiva todos os dias, porque aquele monstro não apenas a assassinou, mas apagou a existência dela. Bárbara era apenas uma história agora, uma história contada por Theo — e que podia ser invenção de sua cabeça.

Assim como naquele momento. Ele estava se recordando de feixes da noite anterior e, com sorte, se lembraria daquela garota que beijava nas lembranças — apesar de parecer muito fictício. Theo tinha medo de que Clara, a garota da faixa de aniversário, fosse alguém importante em sua vida.

Theo se sentou em um dos bancos e apoiou a cabeça em uma das mãos. Ele estava exausto. Parecia que nunca iam sair daquele ciclo vicioso. Ele observou o local, os balcões, os microscópios e toda aquela bagunça. Queria saber quem havia feito aquilo. Na tarde anterior, estivera ali, mas a única coisa de que lembrava — além dos *flashes* confusos — era de ter ligado o rádio na tomada, querendo estudar o cubo quadridimensional de frequência.

Ele se levantou, caminhando até a mesa do rádio. Pegou seu celular e ergueu os braços. Não tinha sinal. Estendeu mais os braços e, de repente, havia sinal. A frequência estava ali ainda, intocável em seu cubo. Era um fenômeno confuso e raro. Tão confuso quanto um assassino que apagava a existência das pessoas com as quais Theo se importava.

●

— Quase cinco meses após os assassinatos de Monte Verde, um corpo foi encontrado na estrada da serra, próximo ao portal da cidade. — As palavras de Catarina Marinho na televisão invadiram os ouvidos de Camila e a menina estremeceu. — As autoridades locais ainda não identificaram a vítima, mas concluíram que o caso tem, sim, relação com os assassinatos do meio do ano.

Camila batia as unhas compridas sobre o tampo da mesa de metal no refeitório da escola. Ela já devia ter ido embora para casa, mas estava esperando Leonardo terminar a prova de Português. O menino de cabelos bagunçados cruzou o gramado molhado e se sentou ao lado dela no banco longo da mesa. Ela selou os lábios de Leonardo.

— Viu isso? — Ele balançou a cabeça. — Começou de novo.

— Não fala isso — repreendeu Camila.

Leonardo ergueu as sobrancelhas em protesto.

— Alguns dias depois do início dos crimes, Caio Gomes, que lecionava Física no colégio de Monte Verde, foi indiciado como culpado pelos assassinatos. — Camila voltou a ouvir a voz de Catarina e direcionou os olhos para a televisão pequena. — O que se sabia na época era pouco, no entanto a polícia continua com as mesmas informações. Caio Gomes não era o único assassino, uma vez que características de dois assassinos em séries foram registradas.

— Eu fiquei tão feliz quando a Cla... — Camila esqueceu o que ia dizer para o namorado, mas se lembrou logo em seguida. — Fiquei tão feliz quando mataram o Caio.

Leonardo olhou para ela, sério.

— Aquela noite ficou meio embaçada para mim — disse ele.

— Será que tem a ver com o STOWE? — questionou ela. — Não conseguirmos nos lembrar tão bem das coisas.

— Ele levou pessoas e deixou buracos para trás. Essas pessoas devem ser os motivos pelos quais não nos lembramos de detalhes simples.

— Como quem matou Caio — sugeriu Camila, e Leonardo concordou com a cabeça, apoiando o queixo na mão.

— Dessa vez, a vítima encontrada tem marcas pelo corpo, o que significa que o assassino de Monte Verde está de volta — falou a jornalista. — Eu sou Catarina Marinho, direto de Monte Verde, e, logo mais, trarei mais informações sobre o caso.

— O assassino de Monte Verde?

— Que nome de merda é esse? — Leonardo franziu a testa. — STOWE é bem mais legal.

Camila suspirou.

— Eu queria que fosse um assassino normal em vez do STOWE.

— Não fala isso. — Leonardo contornou os ombros de Camila com os braços grandes. — Não sabemos como isso vai se resolver. Podemos ser surpreendidos. E, de qualquer jeito, é melhor não se lembrar das nossas dores.

●

Quando Stefany chegou em casa, correu para o quarto de Otávio. Era o que a garota vinha fazendo desde que havia se lembrado do irmão, cinco meses atrás. Todo dia, ela entrava no quarto de Otávio e se sentava na cama, sentindo o cheiro do menino, brincando com os seus carrinhos e olhando para as fotos dele. Como sentia falta...

Como sempre, acabou dormindo entre os edredons de dinossauro do menino de sete anos e só acordou quando ouviu a porta da frente sendo aberta. Stefany levantou num pulo e abriu a porta do quarto, colocando a cabeça para fora para saber quem havia chegado em casa. Era a mãe dela.

Fechou a porta atrás de si, pensando no quão estranho era ter um cômodo da casa que apenas ela enxergava. Caminhou pelo *hall* e desceu as escadas, indo em direção à mãe, que havia entrado no escritório. Stefany bateu na porta, entrando logo em seguida.

— Como foi na prova? — Ouviu a mãe perguntar.

Daniela Ferrari estava debruçada sobre a mesa de madeira que ficava no centro do escritório. Ela abriu uma das gavetas e a fechou logo em seguida, como se procurasse por alguma coisa. Depois, tirou todas as canetas do porta-lápis e pegou a chave do arquivo. Stefany engoliu em seco, lembrando-se do dia em que havia aberto as gavetas do arquivo e tirado cópias dos laudos da perícia de STOWE.

— Português. Orações subordinadas e preposições, normal — disse Stefany. — Mas não fui bem na de Física.

— Se você ficar de recuperação em Física, vou fingir que você não existe — falou Daniela, caminhando em direção ao arquivo preto. Stefany baixou os olhos. Se a mãe fingisse que ela não existisse, então perderia os dois filhos, afinal ela não se lembrava de Otávio. — Só... estude — Daniela corrigiu, notando a tristeza no olhar de Stefany.

A mulher enfiou a chave na gaveta do arquivo e a abriu, mexendo nos papéis que havia dentro. Stefany conseguia visualizar as imagens dos laudos da perícia, olhava para elas quase todos os dias.

— O que está fazendo? — perguntou ela.

— Acharam mais um corpo. — Ela aquiesceu, tinha visto na televisão. — Tudo vai ficar bem — disse Daniela —, vamos resolver.

Stefany sabia que não era tão fácil e que a mãe não entendia com quem estava lidando. Talvez fosse melhor contar a verdade.

— Mãe — ela chamou.

Daniela havia fechado a gaveta do arquivo e estava caminhando de volta para a mesa. Ela se sentou na poltrona e abriu o material.

— Oi.

— Queria conversar com você.

— Estou ocupada — disse.

Stefany não levava jeito com as palavras. Era parte dela, e ela estava acostumada com o fato, porém sentia-se inútil em momentos como aquele.

— Otávio — ela falou alto.

Talvez o nome do irmão despertasse algum gatilho na mãe, assim como havia acontecido com Theo.

— O quê? — A mulher franziu o rosto.

Ela suspirou e se sentou de frente para a delegada.

— Eu quero falar uma coisa, mas acho que você vai me chamar de louca quando eu terminar — disse.

Daniela soltou os papéis sobre a mesa.

— Se for rápido, eu até te dou dinheiro — rebateu. — É sério, preciso trabalhar. Fala logo.

A menina respirou fundo, formando as palavras.

— Eu tenho um irmão.

— Não.

— Não foi uma pergunta — defendeu-se. — Eu tenho um irmão. Seu filho, Otávio.

— Do que está falando? Você é filha única.

Stefany negou com a cabeça.

— Você só não se lembra dele — argumentou. Stefany estendeu a mão e abriu a pasta da perícia, procurando as fotos de Otávio. — É ele.

Daniela deslizou os olhos pela página.

— Como assim? Não.

— Tá. Eu sei que não faz sentido, eu demorei para compreender — disse Stefany —, mas o assassino tem um nome. Ele se chama STOWE e as pessoas que ele mata são esquecidas por nós. Eu não sei o motivo para isso acontecer, não é natural, mas acontece. É como se essas pessoas não existissem mais.

— STOWE?

Assentiu.

— Não me lembrava de Otávio — falou Stefany —, mas os meus amigos me ajudaram a desvendar minha mente. Essas outras — ela passou as páginas, mostrando as fotos das outras vítimas — também têm nomes e nós as conhecíamos, só não nos lembramos delas. É a Lana D'Ávila, a Bárbara

Barcellos e a Eloise Ferraz. As famílias delas são amigas da nossa.

O rosto de Daniela estava deformado em confusão.

— Stefany, eu acho bom você me garantir que não comprou nada do Gustavo Alencar, ou senão...

— Mãe! — protestou. — Isso não tem nada a ver com drogas. Eu tô falando sério, por favor, acredite em mim. Eu não mentiria sobre uma coisa dessas.

Daniela ergueu os braços.

— Não tem como acreditar em um assassino que rouba memórias! — exclamou.

Stefany engoliu em seco. Em palavras, STOWE parecia ficção.

— Eu estou falando a verdade, eu...

— Não me lembro direito, mas alguém me contou uma história parecida na época das investigações — falou a delegada. — Era algo sobre eu ter um filho e não me lembrar dele. Assim como o pastor e o Gael Ferraz, o advogado.

— Sim! — Stefany quase gritou, meio confusa por não saber de onde a mãe havia tirado aquela informação. — Lana é filha do pastor e Eloise é filha do Gael. Ainda tem a Bárbara e essa garota que foi encontrada hoje. Depois da perícia, você vai ver, eu tenho certeza de que a marca do STOWE estará no pescoço dela.

A mãe cruzou os braços e se reclinou sobre a poltrona.

— Se o que está me dizendo é verdade — disse —, então quem é a vítima que encontramos hoje?

— Não sei. — Stefany pensou. — Eu me esqueci dela.

— Isso é estranho.

— Mãe, eu sei que é — Stefany juntou as mãos no colo —, mas eu juro pela minha vida que o STOWE é verdadeiro.

●

Isadora sempre pensou que faria intercâmbio. Desde criança, o pai lhe dizia que o melhor jeito para aprender inglês era morando fora e aquele sempre fora seu objetivo. Quando o pai dela morrera, deixando toda a responsabilidade de uma família para a mãe, Isadora parara de falar sobre o intercâmbio. Aquele ainda era seu sonho, mas ela entendia que precisavam de dinheiro para realizar sonhos; serem donos da única farmácia da cidade não lhes rendia o bastante para o desejo supérfluo.

Ela queria que seu pai ainda estivesse vivo para continuar a apoiando em seus sonhos mais caros, mesmo que não tivessem condições. Só sonhar já era bom e fazia tempo que ela não o fazia. Isadora queria tantas coisas. Pensou que, se tivesse tido sorte, naquele momento poderia estar passeando pelas ruas de Londres, bem longe de STOWE e todas aquelas más situações.

Sentou-se à escrivaninha e começou a escrever. Isadora queria cursar Letras na faculdade e precisava começar a treinar, afinal o próximo ano seria o seu último no ensino médio. Depois daquilo, tornaria-se adulta e teria responsabilidades — pelo menos era o que pensava, porque os *memes* do Twitter lhe diziam que a vida adulta era só mais um nível do maternal.

— Isa — ela ouviu a voz do irmão —, você assistiu ao jornal hoje? — Ela olhou para Hugo, que tinha entrado em seu quarto e se sentado na cama. Balançou a cabeça, confirmando. Um corpo havia sido encontrado. — Eu tenho certeza de que é o corpo daquela garota que o STOWE levou nos braços — disse Hugo.

Era óbvio. Isadora se irritava com a lerdeza do irmão.

— Sim — respondeu —, por isso não nos lembramos dela.

— Merda — ele reclamou.

Isadora se levantou e caminhou até o irmão mais velho. Os dois eram bem próximos e sempre foram muito amigos, apesar das brigas. Ela gostava de fazer parte daquela família, que, embora fosse bem tradicional — seguindo as normas chinesas —, divertia-se nos momentos mais imprevisíveis. Ela suspirou, fazia muito tempo que não se divertia com a mãe e o irmão, eles apenas se preocupavam com os próprios problemas: dinheiro e garotos.

— O que foi?

— Nada é bom — fungou o menino. — Tudo é uma merda.

— Não fala assim — pediu ela. — Nós temos tanto e… Bom, pelo menos você tem o Pedro, eu não tenho ninguém para beijar, por exemplo. Se o STOWE me matar, vou morrer BV.

— Isadora — Hugo pareceu sério —, do que está falando?

Ela revirou os olhos.

— Não tem como negar, Hugo — disse. — Você namora o Pedro.

— Eu não sou gay.

— Você é gay — corrigiu ela. — E tudo bem.

Hugo entreabriu a boca, surpreso. Ele desviou os olhos e suspirou, triste.

— Tá tão na cara assim?

— Não — respondeu ela —, mas você é meu irmão e eu consigo ver nos olhos de vocês dois quando estão juntos.

— Não podemos ficar juntos.

Isadora franziu o cenho.

— Por quê?

— Porque vão falar mal.

Ela riu.

— E quem se importa com o que os outros dizem? — questionou, tocando nos ombros do irmão. — Quem se importa com quem você gosta? Seja menina ou menino, você continua sendo você. Além do mais, amor nunca é ruim. O que importa é se você está feliz.

— Acha mesmo?

— É claro!

— Então eu me ferrei.

Hugo trincou os dentes. Isadora inclinou a cabeça.

— Por quê?

— Eu meio que terminei com ele, de novo — falou. — Achei que não daríamos certo e...

— Ai, Hugo, você é um idiota! — exclamou ela. — Droga, liga para ele agora.

— Tem certeza?

— Eu não vou te responder — disse.

— Tudo bem. — Hugo riu, levantando-se da cama. — Já volto.

O menino saiu correndo do quarto, o celular na mão. Isadora estava feliz pelo irmão, pelo menos, em meio àquele caos, algo bom poderia surgir. Ela voltou para a escrivaninha e começou a escrever. Isadora tinha o dom de se perder em palavras, por isso o tempo passou e ela nem percebeu. Só notou que vinte minutos havia passado quando ouviu um trovão ecoou e, em seguida, as gotas da chuva respingarem na janela.

Ela se levantou correndo para fechar o vidro da janela, mas parou de fazer o que estava fazendo quando notou Hugo na calçada, as roupas começando a encharcar em meio à chuva. O menino estava parado, o cabelo sobre os olhos, mas havia um sorriso em seu rosto. Isadora sorriu junto com ele, imaginando o que poderia ter acontecido. Ela quis que Hugo estivesse esperando por Pedro, assim poderia presenciar uma cena de cinema de sua janela.

Hugo não esperaria na chuva se soubesse que Pedro demoraria para chegar, por isso Isadora ficou atenta, os olhos colados no irmão. Ela não queria perder nenhum instante sequer daquele momento.

Do outro lado da rua, ela notou uma figura vestida de preto atravessar a pista de asfalto. O coração dela bateu rápido, sonhando com o final feliz do irmão mais velho. Isadora apoiou a palma da mão no vidro, querendo ver mais de perto. Era difícil de enxergar por causa da água pesada da chuva, que tampava os rostos dos dois.

Isadora viu Hugo andar para trás e estranhou. O irmão ergueu a mão direita quando a figura se aproximou dele, tentando tocá-lo. Os olhos dela estavam fixos na cena. Hugo correu pelo gramado e escorregou em uma poça de lama, caindo sobre um tronco. A figura vestida de preto agachou e bateu na cabeça do irmão de Isadora com uma pedra.

Ela gritou e viu quando o irmão começou a ser arrastado pela grama molhada. Isadora se afastou da janela e correu, saindo do quarto. Ela desceu as escadas de dois em dois degraus e cruzou a sala de estar mais rápido do que nunca. Abriu a porta de entrada e foi tomada pela chuva, procurando pelo irmão. Suas roupas pesaram sobre o corpo rapidamente e o cabelo molhou inteiramente, ela precisou tirá-lo dos olhos para enxergar alguma coisa.

A água gelada queimava em gotas, e Isadora correu pela rua, os pulmões inflando e a boca cheia d'água. Ao longe, ela achou ter visto uma figura preta — STOWE —, mas era seu vizinho da rua de cima, voltando para casa com o cachorro preso na coleira.

— Hugo! — ela gritou a plenos pulmões.

●

Theo passara a tarde em casa, mas não conseguiu se distrair ou dormir. Seus olhos não fechavam e sua cabeça doía, indo e voltando em pensamentos. Ele temia estar ficando louco. Estava assistindo ao modo de descanso da televisão havia horas, sem se importar, achou até que estivesse pegando no sono, mas sentiu seu celular vibrar.

Camila adicionou você em um grupo [STOWE].

[STOWE]_Camila: Bem-vindos de volta

[STOWE]_Mateus: Pq criou isso de novo?

[STOWE]_Lucas: Todo mundo já tinha saído do grupo

[STOWE]_Camila: É, mas na época pensamos que tinha acabado

[STOWE]_Camila: E não acabou ainda

[STOWE]_Leonardo: Você é rápida

[STOWE]_Camila: Obrigada

[STOWE]_Stefany: Acabei de falar com a minha mãe

[STOWE]_Thomas: Sobre o quê?

[STOWE]_Stefany: Sobre unicórnios

[STOWE]_Thomas: ??????

[STOWE]_Stefany: Sobre o STOWE, seu idiota

[STOWE]_Stefany: Na moral, acho que você tem um par de cromossomos a menos.

[STOWE]_Leonardo: Theo?

[STOWE]_Theo: Oi

[STOWE]_Leonardo: Não te vi hj, bro

[STOWE]_Theo: Eu tava ocupado

[STOWE]_Bianca: Temos que pensar no que fazer

[STOWE]_Pedro: O que sua mãe disse, Stefany?

[STOWE]_Stefany: Ela não acredita em mim

[STOWE]_Stefany: Quer dizer, quase

[STOWE]_Camila: A delegada quase acreditou no STOWE?

[STOWE]_Stefany: Ela meio que hesitou, sabe?

[STOWE]_Thomas: Já é alguma coisa

[STOWE]_Isadora: Gente

[STOWE]_Isadora: Me ajuda

[STOWE]_Isadora: O Hugo

[STOWE]_Isadora: O STOWE

[STOWE]_Isadora: O STOWE pegou o Hugo

[STOWE]_Isadora: Ai, pfvr se lembrem

[STOWE]_Thomas: ????

[STOWE]_Camila: Isa????

[STOWE]_Stefany: Quem?

[STOWE]_Lucas: Isso quer dizer...???

[STOWE]_Isadora: Vcs não se lembram? Já? Faz minutos.

[STOWE]_Theo: Calma, Isa

[STOWE]_Theo: O que aconteceu?

[STOWE]_Isadora mandou um áudio.

[STOWE]_Isadora mandou um áudio.

[STOWE]_Isadora mandou um áudio.

[STOWE]_Leonardo: Puta merda!!!!

[STOWE]_Leonardo: Puta merda!!!!

[STOWE]_Leonardo: Puta merda!!!!

[STOWE]_Camila: Não nos lembramos dele pq o STOWE pegou ele.

[STOWE]_Bianca: É seu irmão???

[STOWE]_Isadora: É, eu corri atrás deles, mas não consegui.

[STOWE]_Isadora mandou um áudio.

[STOWE]_Isadora mandou um áudio.

[STOWE]_Leonardo: Puta merda!!!!

[STOWE]_Leonardo: Ai meu Deus!!!!

[STOWE]_Isadora: @Pedro, escuta

[STOWE]_Thomas: Se não nos lembramos, ele já...?

[STOWE]_Stefany: Jesus

[STOWE]_Pedro: Eu não sei, gente

[STOWE]_Pedro: Estava saindo de casa para ir em algum lugar, mas sabe quando nos esquecemos do que devemos fazer e paramos?

[STOWE]_Pedro: Então, eu voltei para casa

[STOWE]_Isadora: Vc tava vindo pra cá!!!

[STOWE]_Camila: Eu não sei o que fazer

[STOWE]_Isadora: Venham pra cá, pfvr

[STOWE]_Isadora: Precisamos salvar o meu irmão

[STOWE]_Lucas: Eu acho que não dá mais tempo

[STOWE]_Bianca: Temos que tentar

[STOWE]_Isadora mandou um áudio.

[STOWE]_Camila: Tudo bem, estamos indo

Theo respirou fundo e largou o celular. Ele não podia ficar parado em casa, apenas sofrendo por ansiedade, enquanto STOWE matava seus amigos um por um.

Ele se esforçou, mas jurou que nem mesmo conhecia qualquer pessoa chamada Hugo. Não dava para lembrar, mas acreditava em Isadora. Theo quis ir para a casa da garota, mas não se levantou. Ele precisava pensar.

As coisas estavam acontecendo em uma velocidade gritante, ele não sabia se conseguiriam deter STOWE — mesmo se o que Stefany dissera sobre a delegada fosse verdade. Mesmo com a ajuda da polícia, ainda assim não conseguiriam pegar alguém que parecia que estava presente em todos os momentos, como se soubesse de tudo e sempre estivesse um passo à frente. Era como se STOWE conseguisse estar em todos os espaços-tempos de uma vez.

Theo se ergueu em um pulo. Sua pulsação estava acelerada e sua mente trabalhava como nunca. Ele juntou as informações e criou teorias, como sempre fez desde criança.

No dia anterior, havia estado no laboratório e, a fim de descobrir mais sobre o cubo quadridimensional de frequência, ligara o rádio — que estava desligado desde a noite em que desmascararam Caio, cinco meses atrás. Algumas horas depois de Theo ter ligado o rádio, STOWE aparecera e levara Clara — queria Theo poder lembrar-se dela — e, alguns minutos atrás, havia levado Hugo. Antes disso, durante aqueles cinco meses em que Theo nem mesmo pisara no laboratório, foi como se STOWE não existisse.

Estava tudo conectado e agora Theo tinha por onde começar. Ele não podia perder tempo conversando com os amigos — afinal, não trariam Hugo de volta —, mas podia descobrir como o rádio estava conectado com o STOWE.

Só tinha um jeito para fazer aquilo. Ele não sabia quando viria alguma coisa importante, por isso teria que passar a noite na escola.

●

Mateus sentia que nunca chegariam a um fim. Era como estar em um labirinto, quando as pessoas achavam que tinham descoberto o caminho, mas então, no fim do percurso, davam de cara com uma parede e precisavam voltar para o começo.

Ao lado de Bianca, ele ouvia Isadora repetindo a história pela terceira vez. Ela chorava e tentava se acalmar. Era horrível conversar sobre alguém de que ele não se recordava, não tinha como saber se eram ou não amigos ou se já haviam, pelo menos, conversado. Não dava nem mesmo para imaginar o rosto de Hugo.

— Onde está o Theo? — perguntou Camila para Leonardo, que deu de ombros.

— Ele não tá bem hoje — respondeu o namorado da garota.

Bianca olhou para Mateus.

— Pergunta no grupo onde ele está — pediu.

Mateus assentiu.

[STOWE]_Mateus: Cadê vc, @Theo?

[STOWE]_Theo: Não posso ir, explico depois

[STOWE]_Mateus: Não

[STOWE]_Mateus: Explica agora

— Acho que ele não vai vir — disse Mateus para Bianca.

Ela franziu o cenho, concentrando-se em consolar Isadora.

— Fala para ele que vamos arrastar ele pela gola se ele não aparecer em dez minutos — alegou Stefany. — Nunca sabemos o que pensar sem o Theo.

[STOWE]_Mateus: A Ster disse que vai te matar se vc não aparecer

[STOWE]_Theo: Eu tô ocupado!

[STOWE]_Mateus: Com o quê?

[STOWE]_Theo: Arrumando minhas coisas

[STOWE]_Leonardo: Pra quê?

[STOWE]_Theo: Vou passar a noite no laboratório hoje

[STOWE]_Mateus: Tipo, vc é nerd, legal, mas pq isso?

[STOWE]_Leonardo: O quê?

[STOWE]_Mateus: Da última vez que desobedecemos o toque de recolher e passamos a madrugada na escola...

[STOWE]_Theo: Tô ligado

[STOWE]_Theo: Mas vou mesmo assim

[STOWE]_Theo enviou um link.

[STOWE]_Theo enviou um link.

[STOWE]_Theo enviou um link.

[STOWE]_Mateus: O que é isso?

[STOWE]_Leonardo: Frequência de rádio, energia e cubos???

[STOWE]_Leonardo: ????????????

[STOWE]_Theo: Eu desliguei o rádio no dia que Caio nos encontrou na escola

[STOWE]_Theo: Ficou desligado durante esse tempo todo e fomos felizes sem o STOWE

[STOWE]_Theo: Ontem eu o liguei pq aquele rádio emite uma frequência em forma de cubo e isso é muito estranho. Eu só queria estudar

[STOWE]_Theo: Depois disso, STOWE apareceu

[STOWE]_Mateus: Coincidência

[STOWE]_Mateus: O que você acha, que o STOWE sai de dentro do rádio?

[STOWE]_Theo: Foi pra isso que eu mandei os links

[STOWE]_Theo: Pra vc não falar bosta

[STOWE]_Theo: Leiam tudo e me chamem depois

[STOWE]_Leonardo: É melhor vc não fazer isso, Theo

[STOWE]_Theo: Já fiz

[STOWE]_Theo: Leiam!

— O que foi isso? — perguntou Bianca, lendo a conversa no grupo. Mateus deu de ombros.

— Ele gosta muito de Física — disse Lucas.

— É absurdo — protestou Thomas. — O que o rádio tem a ver com o STOWE?

Mateus clicou em um dos links que Theo havia mandado e começou a ler o artigo enquanto os amigos discutiam.

— Ele só tá em choque — falou Pedro.

— Tínhamos que estar ajudando a Isa e não querendo arrumar rádios — Thomas argumentou.

— Se pararmos para pensar — começou Leonardo —, faz sentido.

— O quê?

— A Física explica tudo e tenta resolver mistérios que ainda não conseguimos entender. STOWE pode ser um assassino, mas retira a existência das pessoas que mata de toda a linha temporal — falou ele. — É um mistério, e, se a Física consegue explicar pelo menos uma porcentagem disso, eu topo.

— É porque você é nerd como o Theo — brigou Lucas.

— Sou.

Leonardo assentiu.

— Mas rádios? — perguntou Camila, enterrando a cabeça nas mãos.

— Rádios — afirmou Mateus, bloqueando a tela do celular. — Eu li um dos links que o Theo mandou e acho que entendi um pouquinho.

— Ah, não...

— Rádios emitem frequências, que são ondas, que são uma espécie de energia — relatou Mateus. — Se juntarmos frequências poderosas com outras energias poderosas, podemos criar coisas inimagináveis. Pelo menos é o que está escrito na Wikipédia.

— Que tipo de outras energias poderosas?

— Vamos pensar em STOWE — disse Leonardo. — O que sabemos sobre ele?

— Ele apaga as pessoas da nossa memória — contou Pedro.

— Da nossa vida — completou Stefany.

— Tem uma marca em código Morse — sugeriu Camila — e mata por asfixia.

— O que mais? — Leonardo perguntou. — Queremos saber sobre fenômenos.

— Ele aparece sempre que está chovendo — Isadora sussurrou, abraçando seu próprio corpo. Os cabelos da menina ainda estavam pingando e as roupas, coladas sobre a pele.

— Ah, meu Deus.

— É verdade! — concordou Bianca.

— Raios têm energia elétrica — sugeriu Stefany.

— Frequência e raios — disse Mateus. — Me parece o bastante.

●

Theo pedalou rápido por dentro da neblina. Ele sentia o vento gélido batendo em seu rosto e gostava da sensação. Passou correndo pelas ruas da cidade, observando as luzes de Natal sendo penduradas. Logo, logo os turistas chegariam para o festival de fim de ano e eles não podiam ter um assassino como enfeite no topo da árvore.

Ele queria ter alguma garantia de que tudo o que estava fazendo, no fim, traria algum resultado. Quando chegou à escola, pegou o celular e viu que havia várias mensagens no grupo. Eram quase nove horas da noite, e ele checaria o que os amigos estavam dizendo assim que se acomodasse no laboratório.

Deixou a bicicleta encostada no bicicleteiro e, assim como fazia desde criança com Leonardo, esticou o corpo para alcançar o pé direito do colégio. Theo segurou em um pedaço de gesso firme e impulsionou o corpo, pisando em uma superfície mais alta. Depois, apoiou as mãos no muro da janela do segundo andar e puxou o corpo com os braços, o que o machucou, havia muito tempo que não escalava nada — nem mesmo na Fazenda Radical.

Theo pulou a janela, que estava destrancada, e caminhou pelos corredores escuros da escola. A todo instante, as lembranças daquela madrugada fatídica voltavam para assombrar sua mente. Ele abriu a porta do laboratório e acendeu a luz para se localizar. Como antes, o ambiente estava bagunçado, com folhas no chão e bancos fora do lugar.

Ele engoliu em seco e arrumou suas coisas. Abriu um saco de dormir que tinha da época que acampava e jogou sua mochila por cima. Conectou o carregador do celular na tomada e acendeu um abajur portátil. Theo apagou a luz do laboratório para não chamar atenção e observou como aquilo tudo ficava estranhamente bonito nos tons de verde refletidos pela lâmpada do abajur.

Havia arrumado seu espaço atrás de algumas mesas, por isso estaria escondido caso alguém aparecesse. De resto, conseguia ter uma boa visibilidade. Theo estava orgulhoso por ter tido coragem. Ele se apoiou na almofada pequena que havia trazido na bolsa e pegou o celular.

[STOWE]_Mateus: A chuva!

[STOWE]_Mateus: Theo, frequência e chuva, tipo, os raios

[STOWE]_Mateus: É isso que causa a interferência no rádio

[STOWE]_Camila: Estava chovendo em todas as vezes que o STOWE apareceu

[STOWE]_Stefany: Pelo visto as pistas que ele nos deixa são sempre para nerds

[STOWE]_Bianca: Pessoas comuns não percebem o STOWE

[STOWE]_Stefany: Eu percebi e não sou nerd

[STOWE]_Bianca: Se não fosse, não estaria no grupo

[STOWE]_Camila: Todos têm um pouquinho de nerd por dentro

[STOWE]_Pedro: Então o Theo vai descobrir a verdade hoje

[STOWE]_Thomas: Se chover, sim

[STOWE]_Mateus: Mas não controlamos a natureza

[STOWE]_Pedro: Sorte então

[STOWE]_Mateus: Estava pensando e é como a Stefany falou

[STOWE]_Mateus: O STOWE é inteligente

[STOWE]_Mateus: A marca dele é código Morse, nos gravou e postou na deep web...

[STOWE]_Stefany: Ah, pronto. STOWE tbm é nerd agora

[STOWE]_Stefany: É festa

[STOWE]_Mateus: E se tiver mais?

[STOWE]_Bianca: Pistas?

[STOWE]_Leonardo: Tipo, criptografias e tabelas periódicas

[STOWE]_Camila: Que aleatório

[STOWE]_Mateus: É, coisas sobre Física, não sei

[STOWE]_Thomas: Tipo...

[STOWE]_Mateus: Eu não sei

[STOWE]_Pedro: Ué

[STOWE]_Bianca: Cadê a Isadora?

[STOWE]_Camila: Estou com ela, relaxa

[STOWE]_Stefany: Ótimo

[STOWE]_Stefany: E se procurássemos no Google?

[STOWE]_Stefany: Essa é a salvação da humanidade

[STOWE]_Thomas: Vou procurar

[STOWE]_Mateus: Eu pensei em uma coisa, esperem aí

[STOWE]_Camila: Como assim?

[STOWE]_Bianca: Ah! Ah! Acho que sei o que podemos pesquisar

[STOWE]_Camila: Espera, gente, eu não entendi!

[STOWE]_Lucas: Gente, eu tava dormindo

[STOWE]_Lucas: Mas entendi, vou pesquisar, esperem

[STOWE]_Camila: É sério?

[STOWE]_Leonardo: Acho que ficamos eu e você, amor

[STOWE]_Camila: Na moral, eu não entendi

[STOWE]_Leonardo: mano kkkkkk

[STOWE]_Mateus: Olhem

[STOWE]_Mateus enviou um print.

[STOWE]_Mateus enviou um print.

[STOWE]_Mateus enviou um print.

[STOWE]_Mateus enviou um print.

[STOWE]_Thomas enviou um print.

[STOWE]_Pedro enviou um print.

[STOWE]_Mateus enviou um print.

[STOWE]_Mateus: Eu não sou bom em Física

[STOWE]_Mateus: Mas talvez possamos pesquisar com dicas que sempre estiveram em nossas caras.

[STOWE]_Stefany: Afinal, é assim que o STOWE trabalha

[STOWE]_Stefany: Ele praticamente esconde um quarto de alguém da nossa família. A gente passa pelo cômodo todo dia e nem percebe

[STOWE]_Mateus: então...

[STOWE]_Mateus: Por exemplo:

[STOWE]_Mateus enviou um print.

[STOWE]_Mateus: STOWE. "S" na Física pode significar Spin ou Singularidade

[STOWE]_Thomas: Estudamos isso na escola

[STOWE]_Mateus: "E" pode significar elétron, energia, eletromagnetismo, espaço-tempo, espectro, energia de grande unificação...

[STOWE]_Pedro: Ah, entendi

[STOWE]_Pedro: Tipo, o "" pode significar inicial porque naquela fórmula do Sorvete, "SO" significa Espaço Inicial

[STOWE]_Stefany: Fórmula do Sorvete?

[STOWE]_Stefany: Que aula foi essa?

[STOWE]_Leonardo: S = So + V . T

[STOWE]_Camila: Espaço = Espaço Inicial + Velocidade x Tempo

[STOWE]_Stefany: Ah

[STOWE]_Bianca: Será que estamos viajando?

[STOWE]_Camila: Queria poder perguntar pro STOWE se estamos indo no caminho certo kkkkk

[STOWE]_Leonardo: Meu Deus

[STOWE]_Leonardo: Meu Deus

[STOWE]_Leonardo: O STOWE ligava para o Theo

[STOWE]_Thomas: ???????

[STOWE]_Mateus: Temos que pegar o telefone

[STOWE]_Bianca: Não vai resolver em nada

[STOWE]_Lucas: No filmes, o assassino se irrita e sempre passa dicas

[STOWE]_Mateus: É isso

[STOWE]_Mateus: É o que podemos fazer. Ligar para o STOWE enquanto Theo está dormindo na escola

[STOWE]_Theo: Não estou dormindo

[STOWE]_Leonardo: Ótimo, manda o contato

[STOWE]_Theo: Eu não tenho isso salvo, tenho que procurar

[STOWE]_Camila: Tempo na tela...

[STOWE]_Theo: Calma

[STOWE]_Theo enviou um contato.

[STOWE]_Camila: Que coisa horrível, temos o número de um assassino

[STOWE]_Leonardo: Vamos ver se dá certo

[STOWE]_Mateus: Vou ligar

[STOWE]_Bianca: Toma cuidado

[STOWE]_Pedro: Ou manda mensagem, acho que é mais seguro

[STOWE]_Thomas: Não, liga

[STOWE]_Theo: Isso é estranho

[STOWE]_Mateus: Não recebe a mensagem e não atende a ligação

[STOWE]_Camila: Credo

[STOWE]_Leonardo: Continua tentando

[STOWE]_Thomas: Gente

[STOWE]_Bianca: Eu tenho medo dessas coisas

[STOWE]_Thomas: Gente

[STOWE]_Stefany: Relaxa, não acontece nada por telefone

[STOWE]_Thomas: Gente

[STOWE]_Leonardo: O quê?

[STOWE]_Thomas: Começou a chover

Theo abaixou o celular e bloqueou a tela. Olhou para fora e tentou se acalmar, não queria parecer nervoso, mas era inevitável. Um raio atingiu o céu ao mesmo tempo em que um trovão ecoou, fazendo eco pelos cantos do laboratório. Se fosse verdade... Se estivessem certos, então Theo encontraria algo ali nos próximos segundos.

Pensou na gravidade, em como ela podia ser fundamental. A gravidade era tão diferente de tudo no universo que, dentro dela, o tempo e o espaço nem sequer existiam. Era como se ela não precisasse de nada para existir, mas tudo precisasse dela. No momento, era como Theo se sentia. Como a gravidade. Ele precisava conhecer os segredos de STOWE, do contrário tudo poderia desmoronar.

Ele sentiu o celular vibrar, mas não quis desgrudar os olhos do rádio. Estava ansioso e atônito, queria saber a verdade, mas ao mesmo tempo queria poder não saber de nada. Se ele apenas se esquecesse das pessoas com quem se importava, pelo menos não ficaria preso a elas.

Um barulho estático surgiu na sala, e Theo teve certeza de que o culpado era o rádio. Era algo como o som de energia correndo por fios de cobre, como choques e eletricidade. O som se repetiu várias vezes, ele se esforçou para permanecer no lugar atrás das mesas.

De longe, Theo conseguiu visualizar faíscas em um tom azulado. Elas surgiam do nada e desapareciam na mesma intensidade, contornando o que Theo achou ser as bordas do cubo quadridimensional invisível. Ele arregalou os olhos. O barulho continuava e um tremor balançava o laboratório, derrubando os objetos de experimentos dos balcões.

Quando aconteceu, Theo ficou perplexo. Não existiam palavras ou reações. Ele só ficou parado, assistindo, sem acreditar. Catatônico, era a palavra. Onde nada existia, formou-se uma fenda de luz azulada — assim como as pessoas imaginam a energia elétrica passando por fios nas ruas —, girando e espalhando vento pela sala.

Parecia um buraco, um redemoinho. De um cubo, um círculo se formou e ficou cada vez maior. A luz esverdeada com azul resplandecia nos olhos de Theo, ele se encontrou encantado. Não sabia direito o que estava presenciando, mas tinha certeza de que era algo grande.

O movimento se regulou no redemoinho e, de dentro dele, uma figura se formou, saindo de lá como se estivesse saindo do banho — com calma e tranquilidade, como se já estivesse acostumado com a viagem interdimensional. De perto, Theo percebeu que STOWE não era tão grande. Ele era magro e esguio, vestindo-se inteiramente de preto. Atrás dele, o redemoinho se fechou e tudo o que restou na sala foi a luz esverdeada do abajur de Theo.

Ele olhou para frente, franzindo o cenho para conseguir enxergar o semblante de STOWE. O assassino estava virado de costas, passando as mãos pelas roupas, mas, então, virou-se, girando sobre o calcanhares.

Theo se assustou e sua única reação foi dar um passo para trás, mesmo que agachado no chão. Sentiu o sangue correr em suas veias, quente e, junto com ele, a adrenalina. Theo não conseguia acreditar no que via.

STOWE tinha a pele clara, cabelos bagunçados e castanhos, e olhos normais por debaixo dos óculos. Theo admirou o assassino e uma sensação de dever cumprido se instalou em seu peito. Ele ainda não sabia o que tudo aquilo significava ou o que poderia fazer para reverter a situação, mas de uma coisa Theo sabia.

STOWE era outra versão de Theo.

Eles eram iguais.

CAPÍTULO 09

ANTIMATÉRIA

Matéria hipotética, cujos constituintes seriam átomos formados por antipartículas.

ra como um universo paralelo, Clara estremeceu. Ela sempre havia pensado que coisas do tipo só existiam nos filmes de ficção científica do Christopher Nolan, porém tudo aquilo lhe parecia bem real. Havia conversado pouco com as meninas, elas estavam cansadas e fracas — deveriam receber pouca comida e água.

Ela tinha certeza absoluta de que estava viva, assim como Bárbara, Lana e Eloise. Por um momento, teve esperança e procurou pela mãe com os olhos, querendo encontrá-la presa às correntes em algum dos cantos do laboratório escuro. Se a mãe estivesse viva, então Mariana e Rafael também estariam. Mas não era tão fácil. Adriana, a mãe de Clara, havia sido assassinada por Caio, tal como Mariana e Rafael. Clara suspirou, triste, ligando os pontos. STOWE não havia matado nenhum de seus amigos, apenas os sequestrado. Ela sabia que devia existir mais, algo que ainda não entendia — por que as pessoas que STOWE sequestrava eram esquecidas? —, mas primeiro precisava saber onde estava.

Clara ouviu um gemido e notou uma das cadeiras de metal se movendo sobre o chão áspero. Ela estreitou os olhos para enxergar. Conseguia visualizar Lana, Eloise e Bárbara dormindo, mas tinha quase certeza de que havia mais alguém na penumbra. O cobertor cinza se remexeu no canto da sala e a criança ergueu a cabeça, gemendo alto.

— Barbie...

Bárbara ergueu a cabeça, assustada.

— Eu tô com frio — sussurrou Otávio, batendo os dentes.

— Aguente só mais um pouquinho — respondeu Bárbara, os olhos tristes. — Vamos arrumar mais cobertores.

Clara tentou se levantar, mas foi detida pelas correntes. Era a força do hábito. Otávio. Seus olhos encheram de lágrimas e ela chorou baixinho, tremendo. Também estava com frio e imaginou o que o garotinho de sete anos devia estar sentindo, preso em lugar desconhecido, sem a família e segurança.

— Tav — ela murmurou, chamando-o.

O menino esticou o pescoço, tentando ver além da escuridão.

— Cl-Clara?

Ela sorriu, sentindo o gosto salgado das lágrimas.

— Sim, sou eu — respondeu.

— Que bom que você chegou — disse o menino, encolhendo-se na coberta. — Ele... Ele queria te ver logo. Disse que seria... seria mais legal comigo quando te encontrasse.

Clara engoliu em seco. Do que Otávio estava falando? *Ele*, no caso, seria STOWE? Por que STOWE queria encontrá-la? Ela chutou a perna de Eloise, que virou a cabeça para a direita, tentando dormir.

— Eloise! — chamou ela. — Acorda.

— O que foi? — resmungou a outra.

— Temos que dar um jeito de sair daqui.

Eloise abriu os olhos.

— Acha que não tentamos fazer isso durante todo esse tempo? — questionou, irônica. — Era tudo em que eu conseguia pensar. Agora nem sei quanto tempo faz que estou aqui.

Clara abaixou a cabeça.

— Cinco meses — disse.

A menina abriu a boca e fechou.

— Foi como anos para mim.

Elas precisavam fazer alguma coisa, pensou Clara. Pensar em algo, entender o que estava havendo.

— Pelo menos sabe onde estamos?

Eloise deu de ombros.

— É exatamente como nossa casa, mas tudo é diferente — disse. — Os mesmos lugares, as mesmas pessoas.

— E o STOWE? — perguntou Clara.

A outra curvou a cabeça.

— Quem é esse?

O pulso de Clara acelerou. Poderia piorar?

— O assassino, o cara que nos pegou — explicou. — Quero entender as coisas porque estou vendo vocês e sei que estão vivas, em carne e osso. Pensamos que estivessem mortas porque encontramos os seus corpos.

— Ah, sim — murmurou.

Clara esperou pela resposta, mas ela nunca veio. Eloise inclinou a cabeça sobre o joelho e se calou. Clara queria respostas e achava que poderia vir a surtar se não obtivesse nada. Um tempo se passou. Ela queria saber as horas.

— Caso não tenha entendido ainda — disse Bárbara, a voz estalando em seus ouvidos —, há duas Bárbaras, duas Lanas, dois Otávios, duas Eloises e duas Claras. — Clara ficou muda. *Como assim?* — Eu fui a primeira que ele pegou, eu já vi muito aqui — disse a menina, os cabelos castanhos presos no topo da cabeça. — Ele te sequestra e te traz para cá, então mata o seu *eu* daqui e leva para o outro lado.

— O meu outro *eu*?

Bárbara aquiesceu.

— Sim — disse. — É um mundo espelhado, não vê? Tudo que existe em nossa casa, existe aqui. Existimos dos dois lados. Ele mata a Clara que mora aqui e leva para lá, fazendo parecer que te assassinou, quando apenas te capturou.

— Não faz sentido.

— Não — concordou —, mas é o que eu vi. Ele fez isso com todos nós e deve estar fazendo o mesmo com outras pessoas agora mesmo.

— Se as pessoas são as mesmas dos dois lados — começou Clara —, quem é ele então?

Clara poderia descobrir a verdade sobre STOWE e seu sangue ferveu em adrenalina. Bárbara riu, amarga, tirando-a do devaneio.

— O Theo.

O coração dela afundou no peito, Clara estava perplexa.

— Não — sussurrou. — O Theo não faria isso.

— É claro que não faria — concordou Bárbara —, eu conheço o meu irmão. Ele é bom. Porém, o Theo que vive deste lado não é o nosso Theo, esse é bruto e inconsequente. Ele não pensa duas vezes e age apenas em seu favor.

Clara tentou pensar, mas não chegou em lugar algum.

— Por que ele faria algo do tipo? — Bárbara deu de ombros. — E onde estamos? — perguntou Clara, tentando associar. — Se não estamos em nosso mundo e fomos jogadas no mundo dessas outras pessoas, onde estamos?

— Em um antiuniverso.

●

Theo não conseguia pensar direito. Seus movimentos foram rápidos, então, quando STOWE saiu do laboratório, ele correu atrás, tropeçando nos bancos espalhados pelo laboratório.

Era absurdamente assustador o fato de que a aparência física de STOWE era a mesma que a de Theo, no entanto ele não tinha tempo para pensar em teorias no momento. Precisava detê-lo. Correu atrás de STOWE, tentando não fazer barulho e o assistiu descer as escadas.

Theo o seguiu por alguns metros e tentou controlar a respiração. Não podia ter mais uma crise de ansiedade agora. STOWE caminhou tranquilamente pelo pátio aberto, a chuva caindo sobre seus ombros, e Theo se escondeu atrás das paredes para não ser visto. Ele alcançou o portão principal da escola e o empurrou com um toque leve, parecia acostumado com os movimentos, e Theo sentiu ódio por ter demorado tanto para encontrá-lo.

Ele passou pelo portão alguns segundos depois de STOWE e piscou várias vezes, os óculos manchados pelas gotas da chuva. Pelo menos, Theo pensou, STOWE tinha as mesmas deficiências que ele e estavam no mesmo nível de dificuldade e atraso. Theo desgrudou os olhos do assassino por um segundo e correu para alcançar sua bicicleta. Montou e pedalou pela grama molhada, equilibrando-se para não escorregar e se distanciando de STOWE, que caminhava e corria de vez em quando.

Sob a chuva pesada, Theo pegou seu celular no bolso da calça, guiando a bicicleta com apenas uma das mãos. Ele não conseguiria mandar mensagem no grupo, então clicou no ícone da primeira pessoa que viu na lista de chamada.

Lucas.

No canto da tela, Theo viu que eram duas horas da manhã e torceu para que o garoto ainda estivesse acordado. Ele ergueu a cabeça e pedalou mais rápido, percebendo que estava longe demais de STOWE. Lucas atendeu na terceira chamada.

— Theo?

Ele engoliu em seco, agradecendo.

— STOWE — falou. — Estou seguindo ele.

— O quê?

— Chame os outros, estamos indo direção à rua Europa.

— Ok.

Theo desligou e torceu para que Lucas tivesse entendido as informações. Atrás dele, houve um raio e um trovão ecoou pela rua. Ele guardou o celular molhado no bolso, passando os olhos pela rua escura, entre as gotículas de água nas lentes de seus óculos.

STOWE parecia calmo quando virou a esquina. Theo notou que o outro estava parado em frente à casa de Leonardo, os braços cruzados. Theo arfou, querendo encontrar uma maneira de detê-lo.

●

— Acorda! — Lucas sacudiu a irmã mais nova pelos ombros. — Camila, acorda!

— Hã... O que foi?

— STOWE — falou rápido. — Vem.

Ele observou a irmã se levantar da cama em um pulo, o celular na mão. Camila calçou os tênis, vestindo pijama, e colocou uma jaqueta sobre a blusa de ursinho.

Os dois desceram as escadas da casa, tentando não fazer barulho. Se o pai acordasse, estariam fritos — a mãe deles estava de plantão no UPV. Lucas cruzou a sala de estar e abriu a porta da frente, a chuva entrando, respingando do lado de dentro.

— Aonde estão indo? — Ouviu.

— Droga, Gustavo — sussurrou Camila —, o que está fazendo acordado?

O irmão mais novo de Lucas deu de ombros.

— Aonde estão indo? — repetiu. — São três da manhã.

— STOWE. — Lucas foi curto.

Gustavo podia não saber em que contexto estavam, mas arregalou os olhos. Tinha participado da noite em que passaram no laboratório, sendo perseguidos pelo professor Caio.

— Vocês estão loucos? Não podem ir atrás do STOWE.

— Nós vamos.

Camila passou pela porta, ansiosa, sendo recebida pela chuva forte.

— Então eu também — disse o menino, levantando-se do sofá. Estava de tênis e moletom.

Lucas quis protestar, mas se lembrou da voz de Theo. O garoto estava sozinho enquanto seguia os passos de STOWE, não podiam perder tempo.

Gustavo pulou o sofá e se juntou aos irmãos. Lucas passou pela porta, sentindo as gotas geladas o atingirem e fechou-a atrás de si.

Entraram no carro. Lucas no banco do motorista, Camila no passageiro e Gustavo atrás. Ele jogou o celular no colo da irmã.

— Acorde os outros — falou.

Camila ouviu a história de Lucas, que contou como havia sido a ligação de Theo, e abriu o grupo do WhatsApp pelo celular do irmão.

[STOWE]_Lucas: Estão todos acordados?

[STOWE]_Lucas: Gente

[STOWE]_Lucas: Tem alguém aí?

[STOWE]_Mateus: O que foi?

[STOWE]_Thomas: Oi

[STOWE]_Stefany: Lucas, responde!

[STOWE]_Lucas: É a Camila

[STOWE]_Lucas: Theo tá seguindo o STOWE. Eles estão indo em direção à rua Europa. Precisamos ir até os dois.

[STOWE]_Mateus: Meu Deus

[STOWE]_Lucas: Estamos no carro

[STOWE]_Lucas: Mateus, passamos na sua casa em três minutos

[STOWE]_Stefany: Eu tô descendo com a Isadora

[STOWE]_Thomas: Vem buscar a gente na casa do Pedro, Ster

[STOWE]_Lucas: Dois minutos

Camila leu a conversa para Lucas e ele pisou no acelerador. Virou em duas esquinas e chegou à casa de Mateus. Morar em uma cidade pequena tinha seus benefícios.

Eles não precisaram bater ou apertar a buzina. Quando o carro estacionou no meio-fio, Mateus e Bianca abriram a porta traseira do veículo. Em uma situação comum, Lucas faria um comentário irônico sobre Bianca estar passando a noite na casa de Mateus, mas não quis perder o foco. Lucas ouviu a porta fechando e acelerou de novo.

Virou o volante, esquecendo-se da seta, e cantou pneu na esquina molhada. O som dos limpadores de para-brisa era o único presente no carro, fora isso Lucas sentia a tensão em todos. Olhou para o casal no banco de trás pelo retrovisor e os viu igualmente encharcados pela chuva, os semblantes preocupados, assim como os irmãos Alencar.

Camila ligou para Theo e, como se estivesse lendo os pensamentos da garota, Mateus digitou os números de STOWE no teclado do celular. Nenhum dos dois atendeu.

Quando o carro dobrou a esquina ao mesmo tempo em que o Jimny laranja de Stefany estacionava em cima da calçada, entrando na rua Europa, Lucas sentiu a tensão no carro se duplicar. Não era uma rua grande, de modo que, na primeira visão, entenderam o contexto.

Era a casa de Leonardo.

●

Theo estava ansioso e não podia deixar o melhor amigo correr perigo. Ele assistiu aos outros amigos saírem de seus carros; acordá-los havia dado certo. Porém, se Leonardo não tinha dado sinal de vida, então ainda deveria estar dormindo e não teria lido as mensagens. Agora corria perigo, e Theo largou a bicicleta no gramado do vizinho, adentrando o terreno dos Monteiro.

Ele não esperou pela consultoria dos outros. Olhou em direção à porta da casa e procurou por STOWE. Não o encontrou. Seu coração errou uma batida, Theo se sentiu zonzo. Não podia perder mais ninguém. Ele cruzou o gramado, tentando pensar, sua mente era um turbilhão de emoções.

Era óbvio que STOWE queria Leonardo dessa vez e estava ali por isso, mas, se Theo o seguisse e entrasse na casa do melhor amigo, poderia dificultar as coisas. Poderia ser mais perigoso e provavelmente demoraria mais, o que acabaria dando vantagem para STOWE, que fugiria mais uma vez. Ele precisava de um plano.

— Theo. — Ouviu.

Ele suspirou e correu na direção dos outros amigos. A maioria deles vestia pijama e, para a surpresa de Theo, Gustavo acompanhava os irmãos. Todos estavam molhados e parecia que a chuva não acabaria tão cedo.

— O que aconteceu? — perguntou Stefany.

— Eu... — Theo tentou organizar tudo o que havia visto em palavras. — É ciência! O rádio emite frequência e, quando um raio cai durante a tempestade, o cubo quadridimensional se enche de eletromagnetismo, criando um buraco de minhoca.

— Puta merda, fala na nossa língua — pediu Pedro.

O coração de Theo estava disparado.

— É um portal.

— Tipo Nárnia? — questionou Thomas.

— Só que não é um guarda-roupa, é um rádio — Mateus sugeriu.

Theo assentiu.

— É estranho, eu sei — falou. — Mas eu vi com os meus próprios olhos enquanto o buraco se abria e assisti quando STOWE passou por ele. É um buraco de minhoca, um atalho interdimensional no espaço-tempo.

— Então, o STOWE é, tipo, de outra dimensão? — Camila perguntou.

— Eu não sei. — Ele engoliu em seco, as gotas da chuva entrando em sua boca. — Pode ser. Ou não. Não precisa ser outra dimensão, como nos filmes, pode ser outra galáxia, sei lá. Na Física, o tempo e o espaço são considerados como dimensões.

— Eu tô confusa — disse Isadora, tirando o cabelo do rosto.

— Acho que todo mundo está — alegou Lucas.

— Eu sei que é difícil de acreditar, mas acreditamos em tantas coisas estranhas — Theo continuou. — Eu mesmo não acreditaria, mas eu vi e o STOWE...

— Ele é a sua cara — disse Thomas.

— É, isso é estranho demais e... — Theo se interrompeu. — Espera, como sabe disso?

Thomas ergue o braço, apontando para cima.

Theo se virou para ver. STOWE saía pela janela do quarto com Leonardo pendurado em suas costas.

— Que merda...

— Ele não está morto, está? — perguntou Camila, o rosto contorcido em dor.

— Acho que não — respondeu Theo, tentando se acalmar.

STOWE se espremia entre a janela, empurrando o corpo de Leonardo. A casa era térrea e Leonardo caiu na grama, desacordado. STOWE pulou a janela, agachando-se para pegar os pés de Leonardo.

— Por que ele se parece com você? — questionou Pedro.

— Você tem um irmão gêmeo? — Thomas acrescentou.

— Não! — Theo gritou sob a chuva. — É muito maior que isso.

— A gente precisa salvar o Leonardo e depois conversamos sobre isso — suplicou Camila, os olhos arregalados.

— Fique aqui. — Mateus girou o corpo, olhando para Bianca. Ele deu um beijo nos lábios da ruiva e ela assentiu, os punhos cerrado. Ele olhou para os meninos. — Venham.

Theo não pensou duas vezes. Ele correu sobre a grama ao lado de Mateus. STOWE fazia tanto esforço para puxar o corpo desacordado de Leonardo por baixo da chuva que nem havia percebido a presença dos outros.

Mateus se escondeu atrás da cerca de madeira, e Theo se agachou ao seu lado. Lucas e Gustavo os seguiram.

— Você é magro — observou Mateus, analisando Theo. — Eu poderia te bater.

— Poderia mesmo — concordou Lucas.

Theo era alto, mas não chegava à altura de Mateus. O menino era musculoso e um tanto agressivo, enquanto tudo que Theo exercitava era seu cérebro.

— É — respondeu.

— Então é isso.

Mateus ergueu o corpo. Eles correram na direção de STOWE, que não estava tão longe. A chuva embaçou os óculos de Theo e ele perdeu a visão por alguns segundos. Quando a recobrou, assistiu a Mateus avançar sobre o assassino.

— Mas o que... — Eles ouviram STOWE dizer.

Theo estremeceu, ouvindo sua própria voz saindo do corpo de outra pessoa — mesmo que o corpo fosse idêntico ao seu. STOWE largou os pés de Leonardo, que ficou estirado na grama molhada. Mateus deu um soco em sua boca, fazendo os óculos de STOWE desaparecerem. Theo ouviu o som da cartilagem rompendo sob um trovão estrondoso.

STOWE caiu no chão, cuspindo sangue. Mateus chutou o estômago do garoto, que se debruçou ao lado do corpo de Leonardo. Depois, houve mais socos no rosto e na garganta. STOWE tossia e os hematomas já eram visíveis. Theo se aproximou de Leonardo, agachando ao lado do melhor amigo.

— Léo! — Ele deu um tapa forte na cara do menino, que apenas teve a cabeça jogada para o lado.

— Ele está vivo? — questionou Gustavo, chegando mais perto.

Theo segurou o pulso do amigo, sem conseguir sentir os batimentos cardíacos. Ele não era bom com aquelas coisas, também não conseguia enxergar se o peito de Leonardo estava inflando, mostrando que respirava.

— Eu não sei — respondeu, assustado.

— Leonardo! — Camila se abaixou na grama, ao lado do menino, os olhos vermelhos.

Bianca, Stefany, Isadora, Pedro e Thomas vieram atrás, esquivando-se da briga entre STOWE e Mateus. Theo se levantou, dando espaço para as meninas, e percebeu que Mateus havia sido atingido com um soco na bochecha.

Mateus atingiu o olho de STOWE, que grunhiu, enquanto Bianca posicionava os dedos no pescoço de Leonardo.

— Tem pulsação — ela disse alto.

Camila suspirou.

— Precisamos levá-lo para o hospital — falou Stefany. — STOWE deve tê-lo atingido na cabeça para desmaiá-lo, não sei.

A namorada de Leonardo se inclinou sobre o corpo do menino e chorou alto, em alívio.

— Meu Deus — gemeu.

Theo olhou para os meninos. STOWE chutou Mateus, que caiu no chão. Thomas interveio, segurando-o pelos braços enquanto Mateus se levantava, a boca suja de sangue em um sorriso selvagem. Ele socou a garganta de STOWE e rosnou.

— Agora não é mais tão forte, não é?

STOWE tossiu sangue, cuspindo na grama. Pedro se aproximou, dando firmeza para Thomas, que o segurava pelos braços.

— Vocês não podem me parar. — A voz estava embargada.

Theo correu até eles.

— O que você é? — questionou.

Ele riu, debochado.

— Eu sou você — disse.

— Não, não é.

— Só que feito de uma matéria bem melhor.

Theo quis perguntar do que ele estava falando, mas Lucas o interrompeu.

— Temos que chamar a polícia rápido.

STOWE tentou se soltar dos braços de Thomas, mas foi em vão.

— Gente — gritou Isadora —, ele está acordando.

Eles se viraram para olhar para Leonardo, que gemeu algo que Theo não conseguiu escutar. Camila riu do que o menino dissera e o abraçou, beijando seu rosto molhado.

Mateus deu mais um soco em STOWE, que cambaleou para trás, derrubando Thomas e Pedro sobre a grama. Ele olhou para os outros com um semblante escurecido e se levantou, correndo para longe.

— Ele vai fugir! — esbravejou Stefany.

Theo correu atrás de STOWE junto com os outros meninos. Ele tentou enxergar o paradeiro do outro e se perdeu com a chuva torrencial. Quando conseguiu localizá-lo, viu STOWE adentrando as árvores da pista de asfalto que havia cruzado. Um carro de faróis acesos passou veloz pela rua e ofuscou a vista de Theo.

— Cadê ele? — perguntou Mateus quando chegou ao lado de Theo, arfando.

Theo negou com a cabeça. STOWE havia adentrado as árvores.

— Perdemos.

●

— Foi uma concussão leve — disse a Dra. Alencar, fitando o namorado da filha. Ela apertou um botão na caneta e guiou a luz branca na altura dos olhos de Leonardo. — Siga a luz com os olhos.

— Eu sei, não tô sentindo nada — respondeu Leonardo, sentado na esteira acolchoada forrada por papel toalha.

— O que estavam fazendo? — A médica olhou para Camila e Lucas, os olhos duros. — Temos toque de recolher. Onde estavam?

— Eu caí — mentiu Leonardo, levantando-se da maca.

Jaqueline Alencar cruzou os braços. Camila limpou a garganta, um sorriso amarelo se formando no rosto.

— Estávamos na casa do Léo — disse. — Todos nós.

— Fazendo o quê?

— Jogando Uno, mãe — Lucas interveio.

— Um monte de adolescente jogando Uno durante a madrugada — avaliou a Dra. Alencar. — Me parece falso. Como você caiu?

Leonardo suspirou.

— Tropecei no pé na mesa.

— E seus pais?

— Dormindo — respondeu Lucas.

— Não quisemos atrapalhar — completou Camila.

A médica murmurou algo que Leonardo não entendeu e cruzou os braços, olhando para os três.

— Vocês me deixam cansada. — Franziu o cenho. — Vamos, podem ir embora. Lucas, dirija direto para casa.

— Tudo bem.

— Fale para os outros irem embora também, cada um para sua casa — continuou Jaqueline. — Meu plantão acaba às seis, nos vemos daqui a pouco. Se eu souber que me desobedeceram, estão ferrados. — Camila assentiu. — E tomem um banho. Estão molhados e sujos de barro. Não sabia das novas regras do Uno. — Leonardo se contraiu para não rir. — Você — a médica olhou para ele —, descanse.

Os três responderam com o silêncio e saíram do consultório. Do lado de fora, os outros amigos esperavam por eles na sala de espera. Todos estavam sujos e, com a iluminação clara do hospital, a lama era bem mais visível.

— Tem certeza de que não quer ver isso no seu rosto? — Camila escutou a voz de Bianca para Mateus, que tinha vários hematomas pela face.

Ele negou com a cabeça.

— Não é nada demais.

E passou a mão na testa para limpar o sangue seco.

— Como foi? — perguntou Isadora para Leonardo, que sorriu abertamente.

— Caramba, vocês me amam mesmo — disse o garoto. — Saíram de suas camas para me salvar do STOWE e ainda me trouxeram no UPV.

— É claro, amor.

Camila passou o braço pelo pescoço de Leonardo.

— Que loucura, cara — suspirou Thomas, sentando-se novamente em uma das cadeiras de plástico.

— Theo, pode nos explicar agora?

O menino se levantou, tentando limpar os óculos no moletom molhado, mas só piorou a situação das lentes.

— Eu acho que entendi uma parte disso tudo.

●

Theo só conseguia pensar na frase que STOWE havia lhe dito: "Eu sou você, só que feito de uma matéria bem melhor".

Aquilo estava lhe dando dor de cabeça desde que chegara ao hospital. Ele esperou por Leonardo com os outros amigos na sala de espera e, quando viu o amigo saindo do consultório da mãe de Camila e Lucas, sentiu-se bem melhor. Eles podiam ter perdido STOWE de vista, mas Leonardo estava vivo e todos se lembravam dele. Já era alguma coisa.

— O que você entendeu? — Lucas perguntou, dando um passo para frente.

Theo limpou a garganta.

Ele nunca imaginou que presenciaria um fenômeno como um buraco de minhoca na vida, no entanto, naquela madrugada, vira STOWE saindo de um. Assim como havia explicado para os amigos, Theo acreditava que o buraco se formava por meio das frequências de rádio, junto com a energia dos raios da chuva, criando eletromagnetismo e, assim, um buraco de minhoca. Fazia sentido em sua cabeça, apesar de tudo.

— É antimatéria — disse.

Leonardo abriu a boca.

— Puta merda — sussurrou o menino. — Tá falando sério?

Theo deu de ombros.

— Não tenho certeza — disse —, mas é a única explicação.

— O que é antimatéria? — Stefany questionou.

Ele suspirou.

— Tudo é feito de matéria, e matéria é feita de átomos, que é feito de elétrons, prótons e nêutrons, quarks, fótons e seja lá qual outra partícula mais forme alguma coisa. Isso é matéria — explicou Theo, ele se esforçou para usar palavras fáceis. — Antimatéria é a matéria que conhecemos, mas ela é negativa.

— Ai, minha cabeça — gemeu Pedro.

— Tipo, nossa galáxia é exclusivamente feita por matéria. Átomos, elétrons, prótons e tudo o mais — Leonardo se juntou a Theo —, mas é como se as outras partículas no universo fossem o contrário das que conhecemos. Por exemplo, a antipartícula do elétron é o pósitron.

— Mas o que tudo isso tem a ver com o STOWE? — Thomas questionou.

— O STOWE me disse: "eu sou você, só que feito de uma matéria muito melhor" — falou Theo, relembrando.

— E ele é a sua cara — comentou Bianca.

— No nosso mundo, criamos antimatéria apenas para fazer experimentos em aceleradores de partículas — Leonardo voltou a falar. — Porque tem um problema: se um átomo colidir com um antiátomo, eles explodem.

— Explodem?

Theo aquiesceu.

— Porque eles têm energias diferentes. Um é positivo e o outro é negativo — explicou. — Mais e menos. Quando colidem, explodem, criando energia em radiação.

— É por isso que os físicos criam antimatéria em aceleradores de partículas. — Leonardo cruzou os braços. — Antielétrons podem detectar os tumores em algumas máquinas, por exemplo.

— Jesus — murmurou Isadora.

— Os físicos acreditam que antes do Big Bang existia a mesma quantidade de matéria e antimatéria, mas elas foram se aniquilando com o tempo e, por algum motivo, sobrou mais matéria positiva, o que resultou na construção de planetas e estrelas — contou Theo. — Mas ainda há muita antimatéria distribuída pelo universo, ou seja: podem haver galáxias inteiras feitas exclusivamente de antimatéria.

— Isso é estranho — falou Mateus.

— Por que o universo tem todo esse trabalho em existir? — perguntou Camila e franziu o cenho.

— O universo não tem apenas uma única história. Em vez disso, todas as histórias são possíveis, cada uma com sua probabilidade.

— Podem haver antimundos e antipessoas totalmente feitas de anti-partículas. — Leonardo arrumou a postura. — Stephen Hawking escreveu isso no livro dele.

— Eu acredito no Stephen Hawking — disse Gustavo, falando pela primeira vez.

— STOWE falou sobre ser feito por outro tipo de matéria — falou Theo. — Ele é exatamente como eu, mas feito de antimatéria.

— Se isso é verdade, então por que vocês não se aniquilaram? — perguntou Stefany, as mãos na cintura. — Afinal, os opostos se destroem.

— É uma boa pergunta — apoiou Leonardo, olhoando para Theo.

— Eu não sei — ele foi sincero. — Eu só sei que eu o vi saindo pelo buraco de minhoca e vai saber qual outro mistério o universo guarda...

— Como é feito um buraco de minhoca? — questionou Thomas.

— Uma das teorias mais conhecidas é a de que um buraco de minhoca surge do outro lado de um buraco negro — falou Leonardo. — Um buraco negro distorce até mesmo a luz, lá dentro não existe gravidade. É uma sin-gularidade, não entendemos o que acontece daquele lado.

— Isso poderia ser um dos motivos para STOWE não ter explodido quando pisou nessa galáxia — Isadora interveio. — Se tudo se desfaz dentro de um buraco negro, a outra ponta pode refazê-lo ao contrário.

Theo arregalou os olhos.

— Faz sentido! — disse. — Em um buraco negro, mais vira menos e menos vira mais. Invertemos as cargas, por isso STOWE não explodiu toda a galáxia quando chegou.

Isadora sorriu, orgulhosa.

— Então existe uma antigaláxia — sugeriu Camila —, com antieus.

— O STOWE é o antiTheo? — conferiu Pedro.

Theo assentiu.

— E, se existe um antiTheo, deve existir um antiPedro, um antiMa-teus, uma antiBianca, uma antiStefany...

— Isso é muito louco — analisou Mateus.

— Mas se encaixa! — exclamou Leonardo, passando o dedo pela tela do celular. — Olha.

Theo pegou o celular do amigo para ler. Era um texto sobre antimatérias do Google.

— É como um espelho? — perguntou Thomas.

— Sim — disse Theo. — Uma das teorias sobre antimatérias é que toda partícula tem sua partícula oposta. Ou seja, existe uma galáxia oposta. Uma galáxia espelhada.

— E o STOWE viaja entre a nossa galáxia e a antigaláxia dele pelo buraco de minhoca? — foi a questão de Bianca.

— Exatamente — respondeu Leonardo. — A questão é: por quê?

— Ele vem para cá, mata as pessoas daqui e vai embora? — questionou Lucas. — Não faz sentido.

— As leis da Física não são as mesmas para partículas e antipartículas — disse Theo. — Ele pode ter um plano e, agora que sabemos de onde ele vem, como chega e o que ele é, podemos pensar sobre.

— O que quer dizer?

— O Léo não está morto — falou Theo, apontando para o amigo. — Se STOWE fosse um assassino, Leonardo estaria morto.

— Ele é um assassino — constatou Stefany. — Nós vimos os corpos marcados por ele. Morreram asfixiados.

— Mas são pessoas ou antipessoas? — Mateus questionou.

— É isso! — Theo se exaltou.

Ele tinha tanto para descobrir ainda... Decidiu que passaria o resto da madrugada no laboratório.

— O quê?

— As pessoas que o STOWE levou... — disse. — Eu acho que elas ainda estão vivas.

●

Clara estava com frio e sua boca estava seca. O que mais queria no momento era um pouco d'água e saber as horas. Desde que chegara ali

— naquele antiuniverso, como havia dito Bárbara —, nada havia acontecido e permanecer sentada na mesma posição estava acabando com ela.

Bárbara, Otávio, Lana e Eloise dormiam. Clara sentia pena deles. Estavam ali havia cinco meses, ela não imaginava o quão terrível aquilo poderia ser. Eles estavam cansados e fracos, provavelmente sem vitaminas e com alguma doença ou infecção.

Hugo estava preso ao seu lado, havia chegado havia algumas horas com STOWE pelo cubo. Ela havia se assustado quando vira o amigo desacordado sendo arrastado pelos pés. STOWE prendera o garoto na mesma corrente de Clara e entrara no redemoinho azul novamente, desaparecendo e os deixando no escuro.

Ela queria usar o banheiro, mas não quis acordar Eloise para perguntar o que faziam em situações como aquela. Segurou, controlando a respiração. Pelo menos não estava com fome. Clara queria estar com sono, assim poderia fazer o tempo passar mais rápido enquanto dormia. No entanto, estava elétrica.

Encostou a cabeça na parede gelada e suspirou. Precisava pensar em um jeito de sair dali; se estavam vivos e haviam conseguido chegar naquele universo, havia um jeito de voltar. Achou ter sido notada porque ouviu um barulho, era como uma televisão antiga ligando em estática. O som se repetiu várias vezes e, de repente, Clara precisou segurar o grito.

Uma ponte se formou em azul sobre a mesa do rádio, e Clara pôde enxergar nitidamente o outro lado. Era uma combinação de cores distorcidas. Era como uma onda, girando para dentro do próprio círculo. Ela se lembrou dos últimos dias, quando Theo lhe mostrara o cubo de frequência.

Ela ouviu um barulho estrondoso e tocou em Hugo, tentando acordar o menino. Clara não sabia de onde vinha todo aquele vento que fazia seu cabelo voar em todas as direções. Algo surgiu do interior do círculo, meio distorcido, um pouco fraquejado.

O coração de Clara parou quando viu STOWE. Era inacreditável poder olhar para ele, ela pensou. Era exatamente como Theo, nem mesmo um traço diferente. Clara estranhou porque o rosto dele estava machucado, inchado em grandes hematomas roxos. Sangue seco decorava as maçãs do rosto e o maxilar, com alguns cortes.

Clara esperou até que STOWE saísse do laboratório, o que demorou alguns minutos. Quando a porta se fechou atrás dele, ela tocou em Hugo, sacudindo-o. O garoto não queria acordar de jeito nenhum, mas respirava e sua pele estava quente, notou. STOWE devia ter batido muito forte em sua cabeça, afinal Hugo estava dormindo havia horas.

Apesar de já ter saído do laboratório, o buraco azul ainda resplandecia, iluminando o ambiente. O vento era forte e Clara se sentiu tentada a querer se levantar e investigar.

— Meu Deus — suspirou Lana do outro lado da sala.

— Temos que sair daqui — disse Clara.

— Como? — perguntou a garota mais nova.

Clara apontou para o redemoinho.

— Assim como entramos.

— Não tem como — Bárbara se intrometeu. — Estamos presos e, mesmo se estivéssemos soltos, quem é louco em pular dentro de um portal? Vai saber o que pode acontecer.

— Se não tentarmos, ficaremos aqui para sempre — respondeu Clara.

— Eu prefiro tentar a apodrecer aqui — disse Lana.

Clara sorriu.

— Precisamos que STOWE solte alguém — falou. — O sortudo passa pelo buraco.

— Tenta você então — Bárbara falou alto, sobre o som estático do buraco.

— Tá bom.

Clara bufou.

— Você sabe por que ele nos pegou, certo? — perguntou Eloise, tocando o joelho de Clara. Clara negou com a cabeça. — Porque esse Theo quer a vida do nosso Theo.

Ela franziu o cenho.

— Não faz sentido.

— Estou aqui há muito tempo e é fácil de notar — disse. — O STOWE nunca foi amado pelos pais, ele nunca teve amigos aqui. Quando descobriu esse fenômeno e conheceu o nosso mundo, quis tomar o lugar do Theo.

Um arrepio correu pela espinha de Clara. Ela não podia deixar que mais pessoas fossem capturadas.

— Precisamos ir embora — falou. Limpou a garganta e mudou a voz para gritar sobre a ventania causada pelo buraco: — Theo! — Não houve resposta. Lana colou em Otávio, tampando os ouvidos da criança. — Theo!

— Clara observou a sala bagunçada. Otávio estava com os olhos arregalados, com medo, assim como Lana e Eloise. Bárbara parecia impassível enquanto Hugo ainda dormia. — Theo!

A porta se rompeu em um estrondo.

— Mas que merda! — STOWE gritou.

Clara engoliu em seco, seu coração batia descontroladamente.

— Desculpa. — Ela abaixou os olhos. — Eu... preciso ir ao banheiro.

STOWE franziu o cenho, impaciente.

— Espera um pouco — disse. — Temos que esperar o buraco fechar.

Clara desviou os olhos porque sabia que eles a denunciavam.

— Eu... estou muito apertada.

O menino deu de ombros, nem mesmo se parecia com um assassino.

Ela pensou no enorme trabalho que ele havia arranjado para si. STOWE capturava pessoas do mundo de Clara, levava para o outro lado, procurava a sua cópia para matar e usar como desculpa de sumiço.

— Por favor — pediu —, eu preciso ir ao banheiro.

— Eu também preciso! — Otávio gritou.

Theo revirou os olhos.

— Não precisa, não.

— Quero fazer xixi! — berrou Otávio sobre a ventania azul. Otávio começou a chorar e Clara pediu internamente para que ele parasse. Aquela era a única chance deles, não podiam se atrapalhar. — Eu quero fazer xixi, eu quero fazer xixi! — gritava Tav, esperneando-se em Lana. — Xixi, xixi!

— Cala a boca! — STOWE gritou, o peito subindo e descendo.

Os hematomas no rosto dele o denunciavam. Era visível que ele estava cansado.

— Quero ir ao banheiro — Clara insistiu.

— A criança vai primeiro — ele respondeu.

Clara arregalou os olhos, buscando por Bárbara. A irmã de Theo se desesperou, olhando para os lados.

— Eu... Eu... — ela tentava. — Eu preciso ir ao banheiro também.

— Todo mundo quer ir ao banheiro agora! — gritou STOWE. — Não. Esperem.

Otávio gritou, e Clara ergueu os ombros para proteger os tímpanos.

STOWE se agachou em frente à corrente de Lana e Otávio e abriu o cadeado.

O peito de Clara subia e descia. Não era aquele o plano. Ela buscou os olhos de Otávio, mas ele não olhava para ela. Precisavam pensar em outra coisa.

— Vamos, criança. — A voz de STOWE saiu grossa. — Rápido.

Otávio se apoiou na parede para se levantar e, quando STOWE lhe estendeu a mão, negou, hesitando. Clara franziu o cenho. Otávio desviou de STOWE e cruzou o laboratório correndo, fazendo-o grunhir de raiva.

— Tav! — ela gritou, desesperada.

Ele olhou para trás por um milésimo de segundo, mas Clara não conseguiu cruzar o olhar com o dele. Otávio pulou no vão azul do cubo, que se fechou no segundo seguinte.

— Mas que porra é essa?! — STOWE esbravejou no escuro.

O coração de Clara estava se partindo. Otávio poderia estar preso entre dimensões naquele instante. Era apenas uma criança de sete anos. O que havia acabado de acontecer?

Eloise estava ofegante ao lado dela, e Hugo se remexeu, querendo acordar. Bárbara e Lana estava assustadas.

— O que foi isso? — STOWE estava surtando, os cabelos bagunçados. — Droga! — Ele não esperou por respostas ou pedidos, apenas bateu os pés no chão duro e atravessou a porta, batendo-a forte atrás de si. O laboratório ficou em silêncio e Clara enterrou a cabeça nas mãos. — Merda — sussurrou —, merda.

— Muito inteligente o seu plano, garota. — Bárbara ergueu a voz.

— Ele vai ficar bem? — perguntou Eloise sobre Otávio.

— Ficar bem? — Bárbara foi retórica. — Otávio deve estar morto, vagando pelo o universo quântico.

Ela quis chorar.

— Meu Deus! — Hugo disse ao acordar em um sobressalto, os olhos desgovernados, olhando para todos os cantos.

Clara fechou os olhos.

— Não foi uma boa hora para acordar.

Theo acordou assustado. Jurava que havia escutado um grito de criança. Ele olhou para os lados, a cabeça apoiada na mochila sobre o saco de dormir, e se espreguiçou.

Quando chegou ao laboratório eram cinco horas da manhã e não conseguiu se organizar direito. Ele se deitou e afirmou que só fecharia os olhos por alguns minutos. Porém, tinha dormido de verdade. Olhou para o relógio do celular. Eram sete horas.

Theo se levantou, arrumando suas coisas. Colocou o saco de dormir dentro da mochila, junto com o abajur portátil e a pequena almofada que havia levado para o laboratório. Ele passou a alça da mochila pelo ombro e se ergueu, tendo uma visão panorâmica do lugar.

Levou um susto. Encolhida no chão do laboratório, havia uma criança. Theo franziu o cenho, preocupado, e largou a bolsa, correndo em direção ao menino vestido com pijama de dinossauros. Otávio.

O menino chorava copiosamente, tremendo no chão. O coração se Theo se apertou no peito. Ele caminhou até Otávio e se agachou, recuperando todas as suas lembranças em relação à criança. Parecia mágica. Não havia nada e, então, ele tinha tudo.

— Tav — sussurrou, tocando na criança.

Otávio ergueu a cabeça e levou um susto, chorando alto.

— Me des-desculpa! — berrou ele. — Não me... não me machuca. Eu... e-eu não queria pular no buraco, me-me desculpa!

— Ei, ei, calma — pediu Theo. — Calma.

Ele estendeu a mão, afagando a cabeça de Otávio, que tremeu.

— Por favor, não... não me machuca.

— Eu não vou te machucar — garantiu Theo.

Otávio soluçava.

— É mesmo? — perguntou. — Você me machu-chucou.

E Theo entendeu, conectando as peças. Otávio havia o confundido com STOWE.

— Ah, meu Deus...

— Eu não queria pular, eu não queria — soluçava Tav. — Foi sem querer, foi sem querer.

— Ei — Theo pegou a criança no colo, que se debateu no início —, está tudo bem agora, você está a salvo, Otávio. Você voltou, está em casa.

Otávio olhou para Theo, as lágrimas rolavam pelas bochechas. Então era verdade.

Havia uma antigaláxia e todos que STOWE tinha levado estavam vivos. Os corpos deveriam ser antipessoas e tudo se encaixava agora.

— Eu quero a minha mamãe.

— Vou te levar até ela — disse Theo, sorrindo.

●

Daniela Ferrari não entendia muito bem o que havia acabado de acontecer. Stefany tinha entrado em seu quarto e gritou, feliz, sorrindo:

— Ele voltou! O Otávio voltou.

De primeira, Daniela não compreendeu as falas da filha, mas *flashes* invadiram sua mente e, em apenas um segundo, tudo fez sentido.

— Ah, meu Deus! — Ela se levantou da cama em um pulo, acordando o marido. — Renato, acorda, acorda. O Otávio!

Renato abriu os olhos, piscando para se acostumar com a claridade. Ele fez uma careta, perguntando com os olhos o que estava havendo.

— O-Otávio?

O coração de Daniela batia desesperado no peito. Era como se, durante todos aqueles meses, estivesse faltando algo. Como ela não percebeu que havia se esquecido do seu próprio filho? Otávio, de sete anos, tão inocente. Uma lágrima abriu caminho para as outras. Ele era tão lindo e tão indefeso, como a vida dela seguiria sem o filho mais novo?

— Mãe — Stefany chamou —, vamos! Levanta, vamos buscá-lo.

Daniela enrugou a testa.

— O quê?

— Ele voltou, mãe — disse a menina.

Renato tocou em Daniela, confuso.

— Como assim, Stefany? — questionou. — Eu não me lembrava de Otávio. O que aconteceu? Agora ele está morto, e eu não sei como...

Stefany parou.

— Não, ele não está!

A menina tinha acabado de receber uma mensagem de Theo. Renato abraçou Daniela, querendo confortar a esposa.

— Filha — chamou a delegada —, às vezes demoramos para aceitar, mas temos que lidar com as coisas. Eu quero entender o porquê não me lembrei do meu próprio filho quando o vi na cena criminal. Todos esses meses, e ele ficou naquele necrotério escuro, eu...

— Mãe! — gritou Stefany. — Você não entendeu nada. Aquele garotinho que foi assassinado, apesar de se parecer com Otávio, não era ele de verdade. O Otávio de verdade acabou de voltar e é por isso que suas lembranças também voltaram. Porque ele existe nesta galáxia de novo.

Daniela se levantou da cama e caminhou até a filha.

— Do que está falando?

— Por favor — Stefany juntou as mãos em súplica —, acredite em mim só dessa vez. Ele voltou.

●

[STOWE]_Theo: Estão acordados?

[STOWE]_Stefany: Estou chegando, Theo

[STOWE]_Theo enviou uma foto.

[STOWE]_Theo: Ele está com muita saudade, Ster

[STOWE]_Stefany: Minha mãe tá chorando aqui no carro

[STOWE]_Stefany: Ela ainda não entendeu e eu tentei explicar sobre anti-matéria, mas acho que não fui muito bem

[STOWE]_Theo: Ela precisa ver com os próprios olhos

[STOWE]_Camila: Gente

[STOWE]_Camila: Esse é o Otávio???

[STOWE]_Camila: Como isso aconteceu?

[STOWE]_Theo: Venham para cá

[STOWE]_Theo: Laboratório

[STOWE]_Theo: Eu explico tudo

[STOWE]_Leonardo: Estamos indo

Camila e Leonardo corriam pelas ruas da cidade. Quando chegaram em casa durante a madrugada, Camila pedira para Leonardo ficar com ela.

Ele aceitara, óbvio, e os dois amanheceram abraçados. Não haviam conseguido fechar os olhos, então conversaram sobre antimatéria até receberem as mensagens de Theo. Agora, os dois sentiam a garoa molhar seus cabelos enquanto os pés batiam no asfalto.

Havia algumas viaturas da polícia na entrada da escola e a diretora Elisa estava de braços cruzados, falando com eles, quando os dois chegaram. Stefany estava ao lado da delegada Ferrari, próxima aos policiais, e Camila caminhou rápido em direção à amiga.

— Ah, meu Deus, o que aconteceu?

Stefany deu de ombros.

— Acabamos de chegar — disse. — Estamos esperando o Theo descer com o Tav. Ele só me mandou uma mensagem e, quando fui falar com minha mãe, ela se lembrava.

— Isso é incrível — afirmou Leonardo.

— Também acho, mas minha mãe acha que Otávio foi assassinado e que ela teve um lapso de memória causado pelo luto — explicou. — Ela só está aqui porque insisti muito e agora eu tô muito ansiosa para...

— Mamãe! — Camila ouviu uma voz aguda e virou para trás.

Otávio corria em direção à mãe, os braços estendidos para conseguir um abraço. Stefany estava boquiaberta, com lágrimas nos olhos, e, atrás de Otávio, Theo caminhava com tranquilidade para fora da escola.

A delegada Ferrari abriu a boca, paralisada. Ela tinha os olhos fixos em Otávio e as lágrimas começaram a descer sem que ela percebesse — aconteceu o mesmo com Camila. Daniela se agachou, apoiando-se em uma das viaturas e recebeu o abraço do filho que não via há cinco meses.

— Vai lá — Camila encorajou Stefany, que engoliu em seco e correu para perto da mãe, abraçando-a, junto com o irmão.

— Isso tá mesmo acontecendo? — perguntou Leonardo.

— Está.

Theo sorriu, esperançoso.

— Explica — pediu Camila.

Com poucas palavras, Theo contou a história e relatou tudo o que havia conversado com Otávio enquanto esperavam pela delegada.

— Então...

— Sim — disse Theo. — Ele pensou que eu fosse o STOWE quando o encontrei.

— Tadinho — choramingou Camila.

— Ele me contou o que viu por lá.

— Na antigaláxia? — questionou Leonardo.

Theo assentiu.

— Tudo é ao contrário e meio escuro. Otávio me disse que havia outras pessoas com ele — contou Theo. — Que havia uma garota muito legal que cuidou dele, ele a chamou de Barbie.

— Bárbara? — O nome saiu automático pela boca de Camila.

Theo sorriu, mostrando os dentes.

— Minha irmã.

— Isso… Isso é…

— O que mais ele disse?

— Que no último dia, a Clara chegou, mas ficou longe dele — disse Theo. — Isso é perfeito. Infelizmente, ainda não me lembro de Clara, mas eu sinto que ela é importante demais para nós.

— Eloise, Hugo e Lana devem estar lá também! — exclamou Leonardo.

Theo aquiesceu.

— Otávio me disse que ficavam presos por correntes — falou. — Não acho que eles tenham tantas oportunidades para escapar. E se eu simplesmente desliguei o rádio, ficarão presos para sempre no antimundo. — Camila suspirou. Era um paradoxo. — Eu vou passar pelo buraco de minhoca.

— Você o quê?

— Tá maluco?! — Leonardo gritou. — Theo, você já fez coisas estúpidas na vida, mas isso é um absurdo.

Theo balançou a cabeça. E virou as costas, caminhando.

— Não estou pedindo autorização.

— Mas não pode fazer isso! — Camila correu atrás dele.

Ele não respondeu, apenas caminhou tranquilamente pelo gramado do pátio. Camila parou de andar quando notou a chuva engrossar, ela xingou. Olhou para cima e viu um raio. *Droga!*

— Theo! — gritou Leonardo, tentando alcançar o amigo.

O menino olhou para trás, visualizando o casal.

— Você quase foi levado ontem — disse ele para Leonardo. — Se estivesse lá, eu faria de tudo para te salvar. Minha irmã está presa lá, junto com Lana, Hugo, Eloise e sabe Deus quem é Clara.

Leonardo engoliu em seco.

— Cara, isso não é uma boa ideia.

— Não sabemos se vai funcionar — completou Camila.

— Não tem motivo para não funcionar — declarou ele. — Se até uma criança de sete anos conseguiu passar pelo buraco de minhoca, eu também vou conseguir.

Theo correu, subindo os degraus de dois em dois. Leonardo e Camila o seguiram, entrando no laboratório atrás dele. O garoto ajeitou os óculos e olhou para a mesa do rádio.

— Vocês vão assistir? — zombou, amargo.

Leonardo resmungou.

— Eu não vou deixar você ir sozinho — disse.

O coração de Camila errou a batida.

— Léo — ela sussurrou.

— Você fica aqui e conta para os outros.

Leonardo segurou os ombros da menina, colocando a testa na dela.

— Não! — ela protestou.

Um trovão ecoou, fazendo as paredes tremerem e, pela janela, Camila enxergou um raio roxo no céu cinza. Ela ouviu um barulho estático surgir e notou os cabelos de Leonardo se espetando, assim como os de Theo e os dela, supôs.

Uma porção de energia se materializou em sua frente e um vento forte ricocheteou em seu rosto. Camila viu um redemoinho se formar contra os meninos e engoliu em seco. Luz azul saía de dentro do círculo, queimando as retinas dela.

— Eu vou também — disse ela.

Leonardo olhou para baixo, buscando seus olhos. Sorriu.

— Estava torcendo para que dissesse isso.

CAPÍTULO 10

TUDO

A teoria de tudo é uma teoria hipotética que procura explicar
e conectar em uma só estrutura teórica todos os fenômenos físicos,
juntando a Relatividade Geral e Mecânica Quântica
num único tratamento matemático.

O corpo de Theo foi sugado. Foi como se tivesse desmoronado e se levantado logo em seguida. Como se tivesse se transformado em poeira estelar só para se reconstruir depois. Ele não enxergou muita coisa, apenas uns borrões desfocados e não conseguiu se sentir como matéria real.

Primeiro ficou tonto e depois percebeu que passavam por dentro de uma espécie de túnel, exatamente como um buraco. Theo não conseguia localizar Camila e Leonardo, mas acreditava que eles não estavam conseguindo vê-lo também.

Era tudo muito novo. A grandeza do universo, no caso. Ele pensou, em uma fração de segundos, nas vezes que olhara para o céu e vira as estrelas. Theo as via tão de longe e, agora, estava passando por dentro delas. Chegava a ser imensurável.

Ele esperou, sentindo a cabeça girar. Conseguia ver luzes e linhas que nunca havia visto antes e se lembrou da teoria da grande unificação, de Einstein. Era a teoria de tudo, o sonho de todos os cientistas — se um dia descobrissem algum meio de juntar a Mecânica Quântica com a Relatividade Geral, então descobririam a razão do universo. Se de fato descobrissem a teoria final do universo, o que isso significaria? Theo se sentiu leve, era aquela a sensação: estar sendo levado pela energia invisível.

Tudo tremeu e as imagens se desfocaram ainda mais. Sentiu o corpo se recompondo e se refazendo. Theo estava no escuro perfeito, no vácuo, sem som ou espectros. Ele sentia a própria euforia.

●

Clara tentava encontrar o ar para preencher os pulmões, mas falhava em todas as tentativas. Embora tivesse certeza de que estava respirando, ela não conseguia sentir o oxigênio. Estava se sentindo fraca e seu estômago roncou de fome.

— Tá tudo bem? — questionou Hugo.

Ela balançou a cabeça.

— Minha pressão caiu.

— Por favor, não desmaia — pediu Lana.

— Tudo bem — disse Clara e forçou um sorriso.

Bufou, tomando ar. Com movimentos de vai e vem com a coluna,

Clara se sentia melhor, quase que encontrando um ritmo a seguir. Ela estava com medo, algo que nunca havia sentido antes. Era um medo avassalador e uma sensação de perda. Clara sentia falta do pai, da tia Catarina e dos amigos, ela sentia saudades de Theo.

Uma lágrima quente correu por sua bochecha, e Clara fungou. Ela precisava se manter forte e pensar positivo. Seus amigos eram inteligentes, deviam estar pensando em uma forma de salvá-la. Pensou em Otávio e imaginou se o garoto havia conseguido cumprir o percurso pelo buraco.

E se ficasse presa naquele universo para sempre?

Ela ouviu um som que já era conhecido. O som do rádio gerando frequência. Hugo se endireitou, tocando em Clara, e ela olhou para as meninas, apreensiva. Não tinha como ser STOWE, ele não voltara para o laboratório desde que Otávio fora embora.

Um redemoinho azul se formou dentro do cubo invisível e cresceu, dobrando de tamanho. As mãos de Clara tremiam e sua respiração estava entrecortada. Três figuras apareceram, saindo de dentro da energia azul.

— Ai, meu Deus — sussurrou Clara, o pulso acelerado, tomada pela esperança.

Eram Camila, Leonardo e Theo. Os três estavam ofegantes e se entreolharam de súbito, checando se todos estavam bem. Camila se pendurou em Leonardo e arfou. Clara engoliu em seco, queria ter forças para sorrir e gritar o nome do namorado.

— Camila! — Hugo gritou, erguendo os braços.

A menina arregalou os olhos, chamando a atenção dos meninos. Eles observavam o laboratório, desvendando os mistérios daquela realidade. Camila correu na direção de Clara e Hugo, abraçando-os. A ventania causada pelo buraco espalhava papéis pelo laboratório e desafiava os cabelos de Clara.

— Meu Deus — ela choramingou.

Leonardo correu atrás da namorada, agachando-se para ajudar a soltar as correntes.

— Não acredito que estão vivos — disse o menino.

Clara esticou o pescoço, querendo procurar por Theo com os olhos.

— Estão bem? — perguntou Camila, a voz alta contra o barulho do buraco.

— A Clara tá meio mal, mas, sim — respondeu Hugo. — Eu só quero me levantar.

Leonardo abriu uma gaveta de um dos balcões e procurou por algo.

— Caramba — ele murmurou —, é exatamente o espelho do nosso universo. Até as ferramentas ficam no mesmo lugar.

Ele correu de volta para o lado de Camila, trazendo um alicate consigo. Leonardo quebrou as correntes de Hugo, que se levantou em um pulo. Clara jogou a cabeça para o lado, tentando enxergar Theo na penumbra. Ele estava do outro lado da sala, de frente para Bárbara. Os dois se abraçavam, e Clara ficou aliviada por ver o namorado feliz. A luz azul que saía do redemoinho era suficiente para iluminar todo o local.

— Estique os braços — pediu Leonardo para Clara, que o fez.

Ele quebrou as correntes dela, que caíram em cima de suas pernas. Os pulsos dela reclamaram com a dor da ausência do peso das correntes de ferro.

Ela se colocou de pé, meio cambaleando.

— Eu tô tão feliz — disse Camila, abraçando-a.

Leonardo pediu os pulsos de Eloise, quebrando as correntes dela com o alicate. A garota dos cabelos cor de cobre se apoiou na parede para se levantar, a camiseta balançando por causa do vento.

— Falei que daríamos um jeito — falou Clara para a menina, que sorriu torto.

Clara atravessou o laboratório e, pelo canto dos olhos, viu Leonardo se agachar para quebrar as correntes de Lana e Bárbara.

— Quanto tempo, Léozinho — disse Bárbara antes de sorrir para o menino, feliz.

Clara não aguentou a ansiedade e abraçou Theo por trás. Sua pele se arrepiou com o frio. Ela amava sentir o cheiro dele, tocar na pele dele. Sentiu seus músculos retesados e estranhou, querendo vê-lo de frente. Clara se afastou, contornando o corpo do menino.

— Oi — ela sussurrou, os olhos brilhando, os cabelos voando.

Theo a fitou de cima e franziu o cenho, admirando-a. As pupilas dele se dilataram, mas era só isso.

— Oi — respondeu ele, desviando os olhos.

— Theo — Clara chamou e sorriu, seu coração estava explodindo em felicidade. Ela pousou uma mão no ombro do garoto e a outra na bochecha dele, sentindo os pelos ásperos da barba por fazer. — Eu... eu senti tanto a sua falta — ela confessou.

A mão de Theo pousou sobre a dela no rosto dele e ele curvou a cabeça, recebendo o toque.

— Desculpa — disse ele. — Eu... eu ainda não me lembro.

Clara ficou boquiaberta e perdeu o chão sob seus pés. Era como se um abismo tivesse se aberto no chão e tudo o que a segurasse naquele nível fosse a presença dele. Ela se afastou, recolhendo as mãos.

Olhou para Camila e Leonardo. Eles deram de ombros, perdidos.

— Calma — pediu Camila —, deve ser algum tipo de atraso na memória dele.

— Eu queria me lembrar — Theo se culpou, ajeitando os óculos.

Bárbara ergueu o corpo, dando pulinhos para fazer a perna parar de formigar.

— Vamos pensar em lembranças depois — disse a irmã dele, o cabelo sobre o rosto. — Precisamos ir embora.

Clara sentiu os olhos arderem. Por que Theo ainda não se lembrava dela? Ela estava com medo de perdê-lo. Pior que amar e não ser correspondido era amar e ser esquecido.

●

Theo nunca havia visto nenhuma outra garota tão linda quanto Clara. Quando ela o tocou, ele sentiu faíscas irradiando por seu corpo, como eletricidade. O cabelo dela estava preso em um coque bagunçado, sua pele estava suja e o vestido vermelho tinha as barras descosturadas. Ela era linda e a voz dela o encantava. A maneira que o nome de Theo dançou na língua de Clara o fez sentir calafrios, mas não passava disso.

Ele não se lembrava de Clara, apesar de se esforçar para fazê-lo. Sabia, porém, que sentia algo por ela. Algo que não conseguia dizer em voz alta. Torcia para que se recordasse quando voltassem para casa.

O vento que vinha do buraco de minhoca era incondicionalmente gélido e a poeira que se instalava no ar ressecava seus olhos.

— Vamos rápido — disse Leonardo. — Quando chegarmos do outro lado, desligamos o rádio.

Theo concordou, fazendo Bárbara passar na frente deles. Hugo, Lana e Eloise seguiram a garota mais velha. Camila entrelaçou o braço em Leonardo e, pelo canto dos olhos, Theo viu Clara sozinha no meio do laboratório.

— Vamos — ele a chamou.

Clara olhou para Theo, os olhos marejados. Ela abraçava o próprio corpo, querendo se proteger do frio. Theo quis passar os braços em torno do corpo dela para aquecê-la.

— Eu disse que você não se lembraria de mim.

Ele engoliu em seco.

— Tudo o que eu queria agora era me lembrar, acredite.

A menina ergueu os olhos e respirou fundo. Caminhou, passando reto por Theo, que sentiu um calafrio na nuca.

— Vai, pula — disse Leonardo, indicando o buraco de minhoca para Lana.

— Não sei fazer isso, eu...

— Fica tranquila. — Camila apertou o ombro da menina. — É só ir. Ele faz o trabalho.

Lana aquiesceu, despreparada. Deu um passo em direção ao buraco e, em meio segundo, distorceu-se, desaparecendo na energia azul. Eloise olhou para Bárbara, ponderando, mas não precisou de incentivo. Ela pulou sobre o buraco, sendo sugada.

— Te encontro do outro lado, irmãozinho — disse Bárbara, o sorriso estampado no rosto.

Ele sorriu de volta e assistiu à menina entrar no buraco. Camila foi a próxima, depois Hugo e Leonardo. Theo se viu sozinho com Clara, havia uma tensão entre os dois e ele não conseguia explicar o que sentia verdadeiramente.

— Sua vez — falou ele.

— Vamos juntos — pediu.

Ele concordou, estendendo a mão para a loira. O toque causou um choque leve em Theo, e ele deu um passo na direção do buraco. Escutaram um barulho e pararam. Ele olhou para trás e viu a porta do laboratório se abrindo. Era STOWE, o antiTheo, marcado por hematomas no rosto.

— Merda — Clara sussurrou.

— O que... — STOWE protestou, adentrando a sala.

O sangue de Theo ferveu quando ele notou que o assassino corria na direção dos dois. Clara se esquivou, prendendo-se à manga da blusa preta de Theo. Ele olhou para a garota e viu os traços simples que formavam seu rosto. Talvez não se lembrasse de Clara, mas entendia os motivos pelos quais havia se apaixonado por ela.

— Até daqui a pouco — disse ele.

— Não! — ela gritou, desprendendo-se da manga de Theo, mas ele foi mais rápido.

Com um empurrão, Clara foi jogada para dentro do buraco de minhoca e, em frações de segundos, Theo se viu sozinho com STOWE.

— Eu vou te matar — grunhiu STOWE, avançando. — Roubou tudo o que era meu!

Theo desviou.

— Eles são a minha família, a sua você matou! — gritou sobre o barulho da ventania.

STOWE sorriu um sorriso assustador e Theo estremeceu. Ele notou a semelhança desconcertante entre os dois, impecável. Vestiam as mesmas roupas — moletom preto e calça preta, simples —, o cabelo era bagunçado na mesma proporção e os óculos tinham o mesmo arranhão na lateral.

Theo foi atingido com um soco no nariz e cambaleou para trás. Ele chutou STOWE na canela e lhe deu uma cotovelada forte no peito, fazendo-o perder o ar. Não era uma coisa que estava acostumado a fazer, nunca havia brigado com ninguém, mas, naquele momento, era sua única chance. Os dois rolaram pelo chão; STOWE tentava sufocar Theo, que se defendia com os braços rápidos. Theo socou a garganta do outro, ficando por cima. Surpreendeu-se com o golpe. Ele atingiu STOWE com um soco na bochecha e outro na boca, arrancando sangue no golpe.

Eles rolaram no chão, e STOWE socou o olho direito de Theo, que sentiu os óculos voarem para longe. Sua visão ficou embaçada e turva. Ele avançou sobre STOWE, dando-lhe uma joelhada no queixo. O AntiTheo caminhou para trás no escuro, e Theo arfou, cansado. STOWE correu, golpeando com um soco, fazendo Theo cair no chão, na beirada do buraco de minhoca. Seu corpo tremia de frio, ele conseguia sentir os hematomas se formando em seu corpo, a dor latejante.

Theo sentiu o vento forte e ouviu o som estático. Ele ergueu o braço e se sentiu sendo sugado pelo buraco. Era como se sua pele estivesse se descolando dos ossos em uma dor quase brutal. STOWE o atingiu com mais um golpe e os dois caíram, sendo absorvidos pela escuridão do universo.

•

Mateus andava de um lado para o outro na casa de Isadora.

— Merda — bufou —, como deixamos isso acontecer?

— Não tinha como saber que eles iam entrar em uma missão suicida — apontou Thomas. — Quem se joga em um buraco de minhoca?

— Aparentemente, Theo, Leonardo e Camila — observou Bianca.

Lucas apoiou a cabeça nas mãos.

— Por que ela fez isso? — ele murmurou para si mesmo, triste.

— Calma, gente — declarou Pedro. — Temos que ser positivos. Ainda nos lembramos deles e sabemos toda a teoria. Vai dar tudo certo.

— Theo ficou muito feliz quando viu Otávio — disse Stefany. — Meu irmão garantiu que passou todos esses meses com Bárbara, Lana e Eloise.

— Ele se agarrou à chance. Hugo e Clara podem estar lá também — ponderou Mateus.

Stefany jogou a cabeça para trás.

— Mas eles nem nos avisaram! — gritou ela. — Isso é perigoso, é...

— Uma missão suicida — repetiu Thomas.

Era a primeira vez que Mateus concordava com Thomas, e coisas boas não podiam acontecer quando Thomas começava a ter razão.

— Ainda está chovendo — Isadora alegou, olhando para a janela. — Eles devem estar voltando.

— Temos que nos preparar — sugeriu Bianca.

Mateus cruzou os braços.

— Isso tem cara de batalha final — falou Lucas.

— Mas não estamos dentro de um filme — Pedro discordou.

Lucas riu.

— Não, eu quero dizer que talvez seja a hora de usarmos todas as nossas armas — falou. — Em todo caso, não são muitas.

— Tem razão — foi o que disse Mateus. — O que temos?

— Sabemos que STOWE adora Física, assim como o Theo positivo

— afirmou Pedro, o braços cruzados.

— Theo positivo? — questionou Isadora.

— É, o outro é feito de antimatéria, lembra?

— Ah, não, gente — reclamou Bianca. — Olha as coisas que esse menino fala. Vamos chamá-los como sempre os chamamos. Theo e STOWE, assim não nos confundimos.

— Nós temos a polícia agora — sugeriu Stefany.

— É sério?

Stefany ponderou.

— Bom, sim — disse. — Minha mãe acredita em cada palavra que sai da minha boca agora, mesmo se for a coisa mais absurda do universo. Quer dizer, ela não sabe nada sobre Física, mas...

— Mas nós também não sabemos — completou Mateus, um trovão ecoou.

— Talvez seja melhor irmos para o laboratório — falou Thomas. — Estaremos prontos quando eles aparecerem.

Mateus aquiesceu.

— É tudo que temos.

●

Clara caiu de joelhos no chão duro do laboratório.

— Onde está o Theo? — Ela ouviu a voz de Leonardo.

Estava meio grogue ainda, mas se levantou, apoiando-se em um dos balcões.

— Ele me empurrou — disse, o coração batendo rápido em aflição. — STOWE chegou e... Theo me empurrou.

— Ah, não — Bárbara arfou, exasperada.

— Temos que voltar! — gritou Clara, virando o corpo.

— Você tá louca? — Camila a segurou. — Não pode ficar viajando por buracos de minhoca desse jeito.

— Não vou perdê-lo — sussurrou.

Camila abaixou os olhos.

— Eu sei — falou. — Vamos... Vamos esperar.

Clara respirou fundo, tentando buscar por ar, mas falhando miseravelmente. Ela levou um susto quando a porta do laboratório se abriu em uma pancada. Por um momento, mesmo que não fizesse sentido, ela imaginou que fosse Theo, porque era o que queria. No entanto, eram seus amigos. Stefany, Bianca, Mateus, Thomas, Pedro, Lucas e Isadora.

— Ah, meu Deus! — Stefany gritou, adentrando o laboratório. Ela correu na direção de Clara e a abraçou forte. — Minha melhor amiga — suspirou ela —, nunca mais vá embora.

— Você fala como se eu tivesse tirado férias — debochou Clara, ainda tentando se acalmar.

— Olha, a sua sorte é que eu não surtei. — Lucas apontou o dedo para Camila. — Se tivesse contado para os nossos pais que você viajou para outra galáxia durante o plantão da mãe...

Camila abraçou o irmão, fazendo-o ficar quieto.

— Barbie? — Bianca correu pela sala, pulando nos braços de Bárbara.

— Bia, como senti sua falta — murmurou a irmã de Theo para a prima.

Clara observou que deveria ter sido mil vezes pior para Bárbara, que, além de ficar presa em outra galáxia, tinha todas as suas memórias a salvo.

— Droga, Hugo. — Isadora abraçou o irmão, deixando as lágrimas escaparem. — Por um momento, achei que estivesse morto.

— Eu também — respondeu o menino, fitando Pedro, que se aproximou, os olhos marejados.

— Eu estou feliz que...

— Eu não dou a mínima para o que pensam — disse Hugo, selando os lábios de Pedro com um beijo no meio da roda de amigos.

Clara arregalou os olhos. Não sabia nada sobre aquilo! Isadora sorriu ao lado de Thomas.

— Lana — chamou Mateus ao se aproximar sorrindo.

Ele não tinha nenhuma intimidade com a menina, havia visto Lana durante alguns minutos na primeira festa na casa do Thomas, mas, mesmo assim, sentia-se responsável pelo seu sumiço.

— Estamos felizes por tê-la encontrado, Eloise. — Camila abraçou a garota. — Corremos atrás de você por horas, mas o STOWE foi mais rápido.

— Tudo bem — disse. — Vocês foram me buscar.

Um barulho irrompeu pela sala, causando um susto na maioria dos adolescentes. Theo e STOWE caíram no chão do laboratório. Era difícil diferenciá-los, porque era como se fossem a mesma pessoa, observou Clara, com a mão no coração. Os dois tinham hematomas no rosto e sangue escorrendo na pele, as roupas eram as mesmas, mas apenas um deles usava óculos. Clara não soube quem era quem e sentiu um arrepio. Apesar disso, estava feliz, pelo menos Theo estava vivo.

— Desliga isso! — gritou um deles, o que não usava óculos, apontando para o buraco de minhoca, que brilhava em azul em uma ventania enorme.

Clara adorou o som da voz de Theo e saber que ele estava bem era um alívio em seu peito. STOWE estava deitado no chão, não muito longe, os olhos fechados.

Leonardo correu até o melhor amigo, levantando-o do chão enquanto Mateus cruzava a sala até a mesa do rádio. Ele agachou e tirou o aparelho da tomada. O cubo azul se desfez em segundos, de uma vez.

— Tá tudo bem? — Clara correu até Theo, ignorando o fato de que ele não se lembrava dela.

O menino ergueu a cabeça. Seus olhos estavam bem menores do que ela se recordava, afinal eles cresciam com as lentes grossas dos óculos. Ele sorriu de canto, encarando-a, e o coração de Clara ficou quente.

— Sim — respondeu e limpou a garganta, levantando-se do chão.

Clara sentiu as bochechas queimarem. Queria falar mais alguma coisa para Theo, mas mãos a puxaram para baixo. Ela caiu por cima do corpo de STOWE, que a enforcou com as mãos e enrolou uma corrente de ferro em sua garganta, arrancando-lhe o ar. Ela quis gritar, mas as palavras não saíram.

Viu os olhares assustados dos amigos e a expressão de medo no rosto de Theo. Ele e Mateus avançaram sobre ela e STOWE, que caminhou devagar para trás, puxando-a.

— Se chegarem perto — rosnou STOWE, erguendo os óculos —, eu a sufoco.

Theo parou de se mexer no mesmo instante. Clara sentia o oxigênio querendo passar por sua traqueia, mas não tendo êxito. Era como se estivesse submersa em água, querendo respirar, porém só sentindo a tremedeira do corpo em desespero.

Clara observou os amigos hesitarem, fitando STOWE. Ele a puxou abruptamente, ela sentiu a garganta arder. Eles saíram do laboratório, e Clara sentiu uma pancada na cabeça, sendo bem recebida pela escuridão.

●

Ele havia se lembrado.

Quando Theo viu os olhos cor de mel de Clara, ele se recordou de tudo. Era como receber carga total pelo corpo, ter tudo de volta. Doía. Ele se lembrava do que sentia por ela, o desejo de protegê-la, o amor que incendiava suas veias. Fazer parte do universo dela o fez se lembrar.

Theo queria beijá-la, mas não teve tempo. STOWE a capturara, ameaçando matá-la se ele e os meninos se aproximassem para detê-lo. Ele sentiu o ar escapar e os ossos fraquejarem, o suor frio o despertou do transe. Precisava salvar Clara.

— Puta merda! — exclamou Pedro.

— Temos que correr atrás dele! — gritou Theo, as palavras cortando sua garganta seca.

— Não sabemos para onde ele vai levá-la — disse Stefany, as mãos na cabeça.

— Pelo menos não dá para voltar para a antigaláxia — falou Mateus. — Eu desliguei o rádio.

O menino correu em direção à mesa e a puxou, tirando-a da posição original. Mateus pegou o rádio nas mãos e tacou o aparelho na parede, que se despedaçou quando alcançou o chão.

— Não tem mesmo como voltar para lá — afirmou.

Theo engoliu em seco. Sua visão não estava nítida, sentia falta dos óculos. Ele suspirou, teria que encomendar outro par depois que terminassem com tudo aquilo. Não tinha como voltar para a antigaláxia e recuperá-lo.

— Sabemos onde Theo gosta de se esconder por aqui — Lucas sugeriu. — Lembram?

— S.O — disse Thomas. — Espaço inicial.

— Isso não é uma resposta muito eficaz — observou Camila.

— O "O" pode ser um zero também — Pedro reforçou.

— Onde ficam esses pontos na cidade, então? — perguntou Isadora.

— Não faço ideia — Leonardo bufou, irritado.

Theo pensou, sentindo as mãos tremerem.

— Talvez não seja tão difícil — disse. — Pode estar jogado na nossa cara, assim como todo o resto sempre esteve.

— O que quer dizer? — questionou Mateus, o peito subindo e descendo.

— Espaço inicial poderia ser... Sei lá, a entrada da cidade, onde tudo começa — falou Theo, tentando raciocinar. — O portal de Monte Verde.

— Se o "O" significar zero, poderia ser o Marco Zero — disse Hugo, o braço passado por trás de Pedro, como se quisesse protegê-lo.

— Esse é o problema — Thomas interveio. — Não sabemos qual é a hipótese certa.

— Teremos que nos dividir — Camila apontou.

— Então vamos, não temos tempo — Leonardo apressou.

— Pedro, Hugo, Isadora, Thomas, Leonardo e Camila — chamou Theo. — Vocês vão para o Marco Zero. — Theo olhou para a irmã, que tinha os olhos apreensivos. — Bárbara, Eloise, Lana e Lucas, vocês ficam aqui, caso eles voltem.

Conforme os nomes iam sendo chamados, os amigos assentiam, confirmando com seus cargos.

— Cuide delas, Lucas — pediu Theo. — Eu, Mateus, Bianca e Stefany vamos para o portal da cidade.

— Eu vou ligar para a minha mãe — falou Stefany. — Ela vai mandar a polícia para nos ajudar no Marco Zero, com certeza. A base da polícia militar fica ao lado do portal, então estamos garantidos.

Theo balançou a cabeça.

— Temos pouco tempo.

●

Leonardo estava nervoso. Parecia que aquilo nunca teria um fim. Sempre quando tinham alguma vantagem, STOWE aparecia e acabava com tudo. Ele bufou. Foram idiotas por terem se descuidado. Se tivessem prestado mais atenção em STOWE no chão do laboratório, poderiam tê-lo pego.

— Quanto tempo será que temos? — questionou Camila, correndo ao lado dele.

— Não sei — respondeu Thomas, ofegante.

— Ele quer chamar a nossa atenção, por isso levou a Clara — disse Leonardo, os pés se movendo rápido.

— Por que ele faria isso? — perguntou Pedro.

— Acho que também é apaixonado por ela — afirmou Isadora —, assim como Theo.

— Caramba — Hugo deixou escapar uma risada —, se isso é o amor de STOWE, não quero que ele tenha raiva de mim.

Leonardo também não queria. Ele apertou o passo e, em poucos minutos, chegou à igreja. O Marco Zero brilhava com as luzes de Natal e eles esperaram, cansados por terem corrido.

— Não tem ninguém aqui — observou Thomas.

— Temos que esperar — falou Camila —, e estar preparados.

A porta da igreja se abriu em um solavanco. Lucca D'Ávila correu pelo gramado, entrando no Marco Zero, aproximando-se dos outros.

— O que está fazendo aqui? — Hugo perguntou para Lucca.

O moreno suspirou, apoiando-se na coluna de madeira pintada de branco.

— Eu… eu me lembro da Lana — falou o gêmeo.

Camila sorriu.

— Você demorou! — Isadora acusou, irritada. — Poderia ter nos ajudado. Fizemos tudo sozinhos.

— O quê? — Lucca pareceu confuso. — Como eu poderia deter o assassinato da minha irmã? Eu não me lembrava dela, isso é estranho.

— Ela não está morta — disse Leonardo.

— Quê?

— Tem um buraco de minhoca — explicou Thomas.

— Com frequência e eletromagnetismo — Isadora concordou.

— Tem um antiTheo nervoso querendo a vida do Theo positivo — Pedro solucionou.

— Já combinamos que não vamos chamá-los assim.

Camila deu uma cotovelada no garoto.

— Antigaláxias e antipessoas — Hugo terminou.

— Tá, calma. — Lucca arfou. — Não entendi nada.

— Te explicamos depois — Camila apressou. — Sua irmã está bem, nós a salvamos. Tudo vai dar certo.

Lucca olhou para a rua, os olhos presos no asfalto. Leonardo imaginou como deveria estar a cabeça do garoto naquele momento e quase riu.

— Ei — chamou Isadora —, descobrimos tudo, mas ainda não entendi por que quem o STOWE pegou foi apagado de nossas memórias.

Leonardo pensou e ergueu a cabeça.

— Foi como se eles nunca tivessem existido nessa galáxia — falou ele. — E não nos lembramos de quem nunca existiu.

●

Stefany dirigia o mais rápido que conseguia, os limpadores de para-brisa no modo mais forte, espantando a água da tempestade da visão dela.

Ela jogou o celular no colo de Theo, que estava sentado no banco do passageiro; Bianca e Mateus no banco detrás, quietos. Theo prendeu as mãos no cabelo molhado, tentando se acalmar.

— Liga para a minha mãe — ela pediu — e coloca no viva-voz.

Theo digitou no celular da menina. Ele não usava óculos porque havia o perdido no antiuniverso. Stefany se perguntou se o menino estava enxergando alguma coisa naquela chuva forte.

Ela virou o volante, virando uma esquina. O céu estava cinza-chumbo e a sensação era de que a noite já havia caído, apesar de ainda ser cinco horas da tarde.

— Ster? — Daniela atendeu no quarto toque.

— Mãe! — ela gritou. — Precisamos de você.

— Onde você está? O que está acontecendo?

— No portal da cidade — falou. — O STOWE pegou a Clara e vai matá-la se não formos rápidos.

— A Clara voltou?

— Todos voltaram, mãe — disse Stefany. — Por favor, venham logo

• *Portal da cidade: confira o QR Code #7*

para cá. Tem gente no Marco Zero também. Rápido!

Ela pegou o celular de Theo e tocou no ícone vermelho, desligando.

— Acha que vai dar certo? — perguntou Bianca.

— Tem que dar — sussurrou Theo.

Stefany estacionou no acostamento e assistiu à Bianca, Mateus e Theo descerem do carro. As luzes de Natal já estavam acesas em torno do portal de tijolos. Ela se inclinou sobre o banco do passageiro e abriu o porta-luvas.

— Theo! — gritou. O menino apareceu na porta do carro, a chuva caindo pesada sobre seus ombros. Ele cuspiu água. — Toma. — Stefany colocou um canivete rosa nas mãos do menino. — Era para segurança, mas nunca usei. Acho que chegou a hora.

●

Theo não estava enxergando nada. Além de estar sem os óculos, a chuva estava muito forte, cada gota que caía em sua pele ardia, como se estivesse em chamas. A água entrava na boca dele e os cabelos caíam sobre os olhos, dificultando ainda. O moletom preto de Theo pesava sobre o corpo, fazendo-o se perder nos movimentos rápidos.

Ele correu até as colunas de pedras do portal; dali para frente, a serra se estendia e, em volta de tudo, havia árvores e florestas. Theo percebeu que tudo havia começado bem ali. O acidente de carro com Bárbara, STOWE chegando pela primeira vez.

Tirou os cabelos dos olhos, olhando em volta. Stefany, Bianca e Mateus estavam atrás e, ao longe, Theo conseguia ouvir as sirenes da polícia sob o barulho estrondoso dos trovões. Alguns policiais saíram da base da polícia militar e ligaram os faróis das viaturas, tentando iluminar o local. Parecia que estavam esperando as ordens da delegada.

— Chegaram rápido. — Theo ouviu uma voz áspera e virou o corpo.

STOWE tinha Clara nos braços, a corrente ainda machucando o pescoço da garota que Theo amava. Ele percebeu os olhos de Clara apavorados e se compadeceu. Não a deixaria nunca mais.

— O que você quer? — Theo gritou.

O antiTheo se aproximou com cuidado, os olhos famintos e o rosto muito machucado. Embaixo da chuva, o sangue escorria pelo queixo do garoto.

— Theo... — Clara disse em um sussurro de dor.

— Solte-a — ele ordenou a STOWE, que riu alto, a cabeça para trás.

— Você tirou tudo de mim! — o outro falou para Theo, os dentes trincados. Theo arfou com raiva. Havia sido o contrário. — Eu passei a minha vida inteira querendo ser reconhecido! — gritou STOWE. Theo viu os dedos do assassino apertarem o pescoço de Clara com mais força. — Os meus pais nem me viam, eu não tinha amigos. Eu nem mesmo tinha inimigos. Não era suficiente nem para isso!

— A culpa não é minha! — Theo berrou.

STOWE riu, empurrando Clara.

— Não, não é! — ralhou. — Mas quando eu vim parar aqui e te vi com a vida perfeita... Seus pais te amavam, sua irmã te apoiava. Você sempre teve amigos e, mesmo depois que tirei tudo de você, ainda assim, tinha essa garota... A minha Clara nem mesmo sabe o meu nome.

Clara gritou com o golpe que STOWE lhe deu. Theo fechou os olhos com força. A antiClara não era apaixonada pela antiTheo e, por isso, Clara corria risco de vida agora, Theo não podia deixar que nada lhe acontecesse.

— Mesmo depois de tudo, você encontrou mais uma pessoa para te amar — disse STOWE, os olhos vermelhos atrás dos óculos molhados. — Eu só... Eu sou você. Sempre fui igual a você em tudo, mas não fui reconhecido. Você sempre teve mais. Eu pensei... que se invertesse a situação, poderia ter a sua vida.

Theo abriu a boca. Ele se lembrou dos artigos que havia lido sobre antimatéria. Havia simetrias distintas na Física, e elas ditavam o que poderia acontecer se antipartículas tomassem o lugar das partículas ou vice-versa. Eram C, P e T. A C dizia que as leis da Física eram as mesmas para partículas e antipartículas; a P afirmava que as leis eram as mesmas para qualquer situação e suas imagens, espelhadas; e a T contava que, se a direção do movimento de todas as partículas e antipartículas fosse invertida, o sistema deveria voltar ao que era antes. Em outras palavras, as leis eram as mesmas em qualquer direção do tempo, porém se descobriu que a força fraca da Física não obedecia às normas da simetria C, ou seja: ela levaria um universo composto de antipartículas a se comportar de forma diferente do nosso universo. Ainda descobriram que, junto com a simetria P, o universo se desenvolveria do mesmo modo que a sua imagem espelhada se cada partícula fosse trocada por sua antipartícula.

Theo juntava os pedaços e, de repente, tudo fazia sentido.

Para STOWE, o universo de antipartículas teria que se comportar do mesmo modo se ele substituísse as partículas pelas antipartículas. Se ele trocasse as pessoas e antipessoas de lugar, então teria a vida de Theo, com as pessoas que amavam Theo, consequentemente, amando-o também.

No entanto, Theo se lembrava de que os cientistas mostraram que, se as partículas fossem substituídas por antipartículas e o resultado fosse a imagem espelhada, mas se não invertesse a direção do tempo, o universo não se comportaria da mesma maneira. Não havia como mudar a direção do tempo, então STOWE jamais conseguiria cumprir seu plano. Afinal, as leis da Física obedeciam ao tempo e apenas a ele.

— Não ia dar certo — disse Theo.

— Eu percebi isso! — STOWE exclamou, grunhindo, o moletom preto pingando por causa da chuva. — Eu ia cuidar dos detalhes depois, mas você se intrometeu e acabou com tudo. — Theo engoliu em seco, tinha medo do que STOWE, em toda sua confusão mental, poderia ser capaz de fazer. Ele olhou para o outro, era como se olhar no espelho. — E agora eu vou acabar com tudo o que você ama.

— Não — Clara chorou quando STOWE apertou sua garganta com a corrente.

— Não! — gritou Theo, avançando sobre eles.

STOWE olhou para ele... e congelou. Theo estava de pé sobre uma pedra. Uma das mãos empunhava o canivete. Mateus se aprontou para alguma emergência, e Theo viu a polícia estacionar as viaturas na rua, criando um círculo em volta deles.

A delegada Ferrari saiu do carro junto com os policiais. Theo enxergou o contorno do tio, o policial Bernardi.

STOWE apertou o corpo de Clara e a menina arfou, engasgada. Theo viu os olhos dela se revirarem nas órbitas e correu em direção aos dois, atingindo STOWE, que deu um pulo para trás e afrouxou os braços. Ele o ameaçou com o canivete, Mateus atrás, os punhos cerrados.

Theo não ouvia mais o ruído da chuva, só enxergava as luzes das viaturas, em vermelho e azul, refletirem em seu alvo. Mateus deu um soco no rosto de STOWE, que soltou Clara ao mesmo tempo em que seus óculos voaram. A menina caiu no chão, sem forças, e Theo correu até ela.

— Theo... — ela sussurrou.

— Não fale — pediu ele. — Eu me lembro, eu me lembro. — Os olhos dela se abriram, marejados. A chuva caía em diagonal por causa do vento, atingindo-os. A boca de Clara se abriu, ela queria dizer alguma coisa. Theo a calou, os dedos sobre os lábios dela. — Eu me lembro que te amo.

— Você... se esqueceu — sussurrou a menina, fraca.

O peito de Theo se afundou.

— É — respondeu, vencido. — Eu esqueci, mas algo sempre me impedia de realmente esquecê-la. — Clara franziu o cenho, abrindo os olhos contra as gotas pesadas da tempestade. Theo observou o pescoço machucado dela e seu sangue esquentou. Ele olhou para trás e viu STOWE acertar Mateus. — Você foi a minha motivação — contou Theo, o pulso acelerado. — Eu só me arrisquei porque me importei com você, mesmo quando não fazia ideia da sua existência.

— Eu preciso de você toda hora. Por favor, nunca mais me deixe.

Theo sorriu, as gotas queimando sua pele.

— Não tem como nos esquecermos das coisas que sentimos — afirmou. — Eu não vou a lugar algum, porque eu me sinto completo quando estou com você.

Clara mostrou os dentes, sorrindo, e Theo a acompanhou. Ele a beijou, sentindo a respiração dela em seu rosto, provando o sabor. Fazia tempo que os dois não se tocavam e, naquele momento, era como se nada mais existisse. Theo só tinha Clara, e era inteiramente dela, ela era seu universo. Ter Clara era tudo o que queria, poder viver com ela era seu objetivo principal. Theo se sentia como um físico que acabou de comprovar uma teoria. Ele havia descoberto o sentido do universo naquele segundo, juntando todas as teorias e fórmulas matemáticas. Clara era tudo.

Ele estava feliz por poder viver no mesmo espaço-tempo que ela.

E foi por isso que se levantou, tinha que deter STOWE. Bianca e Stefany se debruçaram sobre a menina, tampando a visão de Theo. Ele virou o corpo, ficando de frente para STOWE, que avançou sobre ele. Theo afastou os pés para não ser derrubado, agarrou o cabo do canivete, erguendo-o na direção de STOWE. O outro reagiu com um segundo de atraso, balançando a corrente de ferro com os braços, que ricocheteou nas pernas de Theo. Ele sentiu uma dor agoniante, como um corte.

Mateus aproveitou o atraso, girou o corpo e atingiu STOWE. Sangue jorrou da boca dele quando foi golpeado com um murro. Para a surpresa de

Theo, STOWE recuou — um verdadeiro recuo de surpresa. Theo avançou, o canivete em riste. A faca penetrou o peito de STOWE, cortando o casaco... e parou, como se ele tivesse esfaqueado um pedregulho.

STOWE gritou de dor quando o que pareceu ser um raio de eletricidade atingiu o asfalto. Mateus e Theo foram jogados para trás com o impacto. Theo bateu com as costas na pedra irregular atrás de si, o canivete em sua mão inerte. Uma dor vermelha cresceu por trás dos seus olhos. Através da névoa, viu STOWE sobre ele.

O canivete caiu de sua mão, o metal batendo na pedra. Franzindo o rosto, Theo se levantou, apoiando-se nos cotovelos, no mesmo instante em que STOWE se abaixou para pegar o canivete rosa de Stefany. Ele olhou para o objeto, depois para Theo, seu sorriso estampado no rosto em tom de vitória.

Theo virou o rosto, procurando pelos outros. Stefany e Bianca caminhavam em direção às viaturas com Clara apoiada em seus ombros. Mateus ainda estava jogado no chão. A perna de Theo continuava ardendo, uma agonia que parecia penetrar da pele até os ossos. Ele tentou não demonstrar em sua expressão.

Sorrindo, STOWE se ajoelhou ao lado dele, a chuva entrando diretamente em seus olhos sem proteção. Ele lhe afagou com a mão esquerda. O coração de Theo disparou.

— Se não posso ter a minha vida como desejo — disse STOWE —, então vou acabar com a sua.

Theo balançou a cabeça.

A boca de STOWE se curvou. Havia algo naquele sorriso, tão fraco e ao mesmo tempo tão carregado de ódio, que o gelou. Ele enfiou o canivete na barriga de Theo, que levantou o braço em agonia, fechando os olhos. Um sussurro de dor escapou por seus lábios. Theo tentou se levantar, empurrando STOWE, mas sentiu o sangue vazando, escorrendo pela pedra.

STOWE se curvou sobre ele, o canivete colocado em sua garganta. Um movimento leve e estaria morto. Theo ouviu um som forte, que o assustou. STOWE marcou seu pescoço com um corte ardido e parou, afastando-se. Theo ergueu a cabeça, procurando-o, e tentou levantar.

Ele fitou as viaturas e entendeu. O policial Bernardi empunhava uma pistola nas mãos, o corpo reto, tenso. Uma fina fumaça escapava pelo cano da arma, denunciando o disparo. Theo se ergueu, sentindo o corpo todo vibrar em dor; ele encarou STOWE e observou o sangue escapando da perna do outro e correndo junto com a água da chuva.

O antiTheo arfava, os olhos perdidos no céu, o peito subindo e descendo com rapidez. O corpo estava estendido ao lado dele, e Theo sentiu dor nos olhos. Era como ver a própria morte em STOWE, que virou o rosto, sem conseguir esconder o medo no olhar. Os olhos dele piscaram devagar e, então, se fecharam.

Theo colocou todo o peso sobre o tronco de seu corpo e ergueu a coluna. Ele sentiu a ferida na barriga e se esforçou para se levantar. Ele se apoiou sobre a pedra grande, STOWE estirado no chão ao seu lado. Quando as pernas fracas de Theo pegaram firmeza, ouviu mais um disparo e, depois, um arder excruciante em sua coxa. Durou uma fração de segundos.

Ele olhou para cima e viu o tio, o policial Bernardi, a pistola empunhada, a fumaça fina mostrando o disparo. Theo se sentia zonzo, a visão escurecida. Ele inclinou a cabeça, olhando para baixo. Sangue escapava de sua perna, confundindo seus pensamentos. As gotas fortes faziam o ferimento da bala arder, e Theo sentiu todo o corpo esquentar. Ele piscou várias vezes, deixando o corpo cair sobre a rocha, sem conseguir se segurar.

A delegada Ferrari correu até os dois, Mateus se erguendo do chão.

— Ei — a mulher falou de pé, entre Theo e STOWE —, respirem. — Theo jogou a cabeça para trás, engasgando com a dor. — A ambulância está chegando.

O peito doía, Theo conseguia ver seu próprio sangue escorrendo. Ele umedeceu os lábios, tentando respirar, e curvou a cabeça, notando o peito de STOWE subindo devagar. *Ele ainda está vivo*, pensou. Precisavam dar um jeito naquilo, matar aquele miserável para que nunca mais ferisse ninguém. Theo notou uma movimentação no canto dos olhos embaçados. Os policiais fizeram uma roda em torno dos três — a delegada e os dois Theos vivos.

Ele ouviu um clique de metal e, ao fundo, sirenes da ambulância. O policial Bernardi se aproximou dos dois, a delegada dando espaço para o tio de Theo, que segurava uma algema aberta nas mãos. O homem agachou no chão, entre Theo e STOWE.

Theo estava desnorteado, os sentidos se perdendo. Ele se sentia fraco e com frio, a barriga e a perna latejando no vazio. Não entendia muito bem o que estava acontecendo, porque seus pensamentos estavam confusos e algumas imagens em *flashes* refletiam por trás de suas pálpebras fechadas. Theo percebeu o policial Bernardi se inclinando sobre seu corpo ao mesmo tempo em que o corpo de STOWE foi colocado sobre uma maca dos paramédicos.

Ele sentiu um metal gelado em volta de seus pulsos e uma pressão, juntando suas mãos uma na outra. Quis dizer algo, mas as palavras saíram em murmúrios de dor. Sua visão escureceu e as pernas formigaram. Theo sentiu o gosto de sangue e fechou os olhos, admirando a escuridão.

●

Clara abraçou o pai sob a chuva e chorou.

— Vai ficar tudo bem — Lorenzo assegurou a filha.

Ela imaginou o que deveria estar se passando na cabeça do pai. Ele havia se esquecido da existência dela por alguns dias e agora havia corrido para o portal da cidade para encontrá-la. Clara estava feliz por estar de volta e se encolheu nos braços de Lorenzo.

Havia assistido a toda a cena entre Theo e STOWE, os minutos pareceram horas e ela tinha certeza de que estava sofrendo um ataque cardíaco, afinal Theo havia lhe dito que se lembrava. Clara deixou as lágrimas escorrerem. "Eu me lembro que te amo."

A ambulância chegou rápido e cuidou de Theo, levando-o para longe. Ela ficou para trás. Clara queria poder ficar ao lado dele, mas a delegada Ferrari não havia deixado. Quando se soltou do pai, abraçou a melhor amiga.

— STOWE foi preso — disse Stefany, tentando deter o sorriso.

Clara aquiesceu, confiante.

— Ele devia ter morrido — respondeu, lembrando-se da cena de alguns minutos atrás, quando o policial Bernardi algemara STOWE.

— Clara — Daniela chamou —, eu preciso pedir desculpas. — A menina deu de ombros. — Além de tê-la acusado de homicídio, não acreditei quando me contou sobre Otávio — disse. — Me desculpa. Você é como uma filha para mim, fiquei sob muita pressa e me perdi.

— Tudo bem, tia Dani.

Ela abraçou a mulher, que a acolheu. Clara não podia perder mais ninguém, ainda mais por orgulho. Ela não tinha mais a mãe e teria que aprender a superar.

Um carro estacionou no acostamento, atrás do Jimny de Stefany, cantando pneu. Eram Lucas, Bárbara, Lana e Eloise.

— O que aconteceu? — perguntaram.

— Muita coisa! — Bianca olhou para os amigos, abraçando Bárbara. — O Theo...

— Calma, ele está vivo — disse Mateus, notando o olhar desesperado da menina. — Ele se machucou, mas foi levado para o UPV. Vamos para lá!

Clara entrou em uma das viaturas com Stefany, Bianca e Mateus. Lucas e as outras meninas voltaram para o próprio carro. O Jimny ficou para trás, junto com a delegada, a perícia e os outros policiais, que cuidavam da cena do crime. As duas ambulâncias, Theo em uma e STOWE algemado na outra, haviam saído alguns minutos atrás. Apesar de tudo, Clara estava contente por ter certeza de que STOWE não voltaria a assombrar seus sonhos de dentro da cadeia.

O policial Bernardi dirigia o carro enquanto conversava com a enteada. Bianca tentava narrar os detalhes de toda a história para ele. Clara apoiou o rosto no ombro molhado de Stefany, sentindo o mundo girar, ela só queria saber como Theo estava.

●

Quando abriu os olhos, foi cegado pelas luzes fluorescentes. Ele sentia um gosto amargo na boca e olhou para baixo, notando fios conectados a seu corpo. Um apito alcançou seus ouvidos, contando seus batimentos cardíacos. Seus pensamentos embaralhados, estava desnorteado.

— Ele acordou!

Theo olhou em volta, entendendo a situação. Estava deitado em uma maca de hospital em um quarto branco, estéreo. Bárbara apareceu em seu campo de visão, a menina sorria.

— Ah, meu Deus — a mãe de Theo pegou a mão dele —, finalmente.

— Como se sente? — questionou o pai ao lado da maca, juntando-se às meninas.

Ele abriu a boca, tentando falar, mas sentindo a garganta arder.

— Bem... — sussurrou, fraco.

Bárbara sorriu, abraçando os pais. Ele observou a menina, nostálgico. Ela estava seca, limpa, usando roupas novas.

— Você dormiu por um dia inteiro, seu preguiçoso — ela brincou, tentando aliviar a situação. Theo sorriu. — Deu tudo certo — disse ela, os olhos brilhantes.

O coração dele se acalmou, em paz. A sensação era de êxtase e vitória.

— Você levou uma facada na barriga. — Marcos afagou a cabeça do garoto, fazendo uma careta. — Precisa descansar.

— Já estou melhor — falou, sem sentir dor.

— Meus dois filhos estão de volta — sussurrou Ângela, feliz.

— A cidade toda está na recepção, esperando a Bela Adormecida acordar.

Bárbara gargalhou.

— A cidade toda? — perguntou, contente. Nunca havia sentido aquilo, o amor recíproco dos outros.

Ela aquiesceu.

— Sabemos que quer ver seus amigos — observou Marcos. — Vamos chamá-los.

Bárbara deu um beijo no rosto dele e se juntou aos pais, cruzando o quarto e passando pela porta. Ele ficou sozinho com seus próprios pensamentos. Estava aliviado pela primeira vez em muito tempo.

Alguns minutos se passaram e um toque na porta o despertou. Ele ergueu o corpo, tentando se arrumar, queria saber qual era a sua aparência no momento. Não conseguia enxergar muito bem pela falta dos óculos.

Leonardo e Camila entraram no quarto, junto com Mateus e Bianca. Clara apareceu atrás dos casais, a face torcida. O coração de Theo acelerou. Todos vestiam roupas limpas e estavam secos.

— Finalmente!

Leonardo sacudiu os ombros dele, rindo. Ele fez uma careta, sentindo os pontos no peito.

— Vai machucá-lo — Camila brigou com o namorado.

— Como se sente? — perguntou Bianca.

— Nem todo herói usa capa — zombou Mateus, debochado.

— É, alguns entram na *deep web* — respondeu Leonardo, esticando o pescoço para olhar para Theo.

Ele não via a hora de conversar com Clara. Queria saber o que ela estava sentindo e abraçá-la, sentir o cheiro dela, beijá-la, precisava conhecê-la, porque agora seria diferente, tinha conseguido.

Mateus abriu caminho, percebendo o objetivo do menino. Clara apareceu, aproximando-se da maca. Ela parecia curiosa, mas hesitante, assim como Theo. Ergueu a mão para tocá-lo, mas se afastou.

— Oi — ele disse e forçou um sorriso.

Clara suspirou, aliviada.

— Você está bem — declarou ela, um sorriso se formando no canto dos lábios.

Clara esticou o braço, tocando no rosto dele, uma pulseira de planetas tilintando com o movimento.

— Melhor do que nunca — brincou.

— Ei! — Escutou a porta se abrindo e viu Stefany. — Vão logo, é nossa vez agora.

Leonardo fungou ao lado dele.

— Só podem entrar quatro pessoas por vez — contou Camila.

— Eu vim de intrusa — riu Clara.

— Todos querem te ver — falou Bianca.

— A Stefany, o Thomas... — Mateus narrou. — Pedro, Hugo, Thomas, Isadora, Lucas, Thomas...

— Nossa. — Estranhou, não sabia que teria tantos amigos.

— Sim, acho que o Thomas está com saudade. — Leonardo deu um soco fraco em Theo. — Estava mais ansioso do que a maioria.

— Então vamos deixá-los entrar e depois conversamos mais — sugeriu Camila.

Theo assentiu, concordando. Mateus, Bianca, Leonardo e Camila se afastaram, mas Clara não se moveu. Theo não se opôs. Os outros fecharam a porta e os deixaram sozinhos.

— Estou tão feliz que está vivo — foi a primeira coisa que Clara disse.

Um sorriso enorme se formou no rosto dele. Não se lembrava da última vez que havia sorrido, talvez quando era criança, pensou. Doía.

— Eu... também. — A menina ergueu uma sobrancelha, esperando por mais. Ele não sabia como fazer aquilo. Conversar. — Hã... — murmurou, perdido. — Voltei para você.

— Mas agora acabou — disse ela, o rosto feliz. — STOWE foi preso e nunca mais nos fará mal.

Algo dentro dele se contorceu. Nunca foi intencional causar mal algum, ele só queria uma vida melhor e justa.

— Que bom — falou.

— Antes que mais alguém entre... — Clara se aproximou, passando as mãos nos cabelos de Theo.

Ele gostou da sensação, era um toque suave. Seu corpo se arrepiou, experimentando aquilo pela primeira vez. A menina se inclinou, pousando a outra mão em seu maxilar machucado, tomando cuidado. A pele dele estava arrepiada em um misto de espanto e adrenalina. Clara o beijou, e ele amou aquilo, podia se acostumar. Tudo o que tinha feito havia valido a pena, e conseguir o prêmio seria a melhor parte.

Clara invadiu a boca dele, explorando-a, e ele aproveitou cada toque. Seu primeiro beijo não poderia ser melhor. Puxou a menina para mais perto e a apertou, lembrando-se de quando havia comprimido os dedos em volta do pescoço dela, impedindo a passagem do ar. Ele se recordou dos olhos espantados de Clara, pedindo ajuda, a sensação era quase tão boa quanto aquele beijo.

Sentia a fúria de seu coração, batendo forte contra as costelas. Beijar Clara era como correr uma maratona ou puxar um corpo pesado pelos cascalhos da floresta. Faltava-lhe oxigênio, mas a sensação era fenomenal.

O que Theo havia vivido durante toda a vida. Era algo que ele nunca tivera, mas que estava ansioso para desfrutar. Seu plano havia dado certo, ele só precisava aproveitar a recompensa, tomando o que era seu por direito, o que merecia.

Agora ele sabia qual era a sensação.

NOTA DA AUTORA

Embora vocês saibam que minha imaginação é bem fértil, vou contar algumas coisinhas aqui. São detalhes que vocês precisam saber para uma melhor absorção da história — e para criar mais expectativa para a continuação dela!

Sempre escrevi sobre lugares que não conhecia, mas quis fazer algo diferente dessa vez. Passo os meus Natais em Monte Verde desde sempre, porque uma das irmãs do meu pai é dona de uma pousada — assim como a mãe do Theo —, então posso garantir que tenho uma paixão avassaladora pela cidade. Minhas lembranças mais antigas são de quadriciclos nas montanhas nubladas com meus primos e tardes provando queijos nas ruas geladas. Era o ambiente certo para a minha história!

No entanto, embora Monte Verde seja certeira para STOWE, algumas coisas são derivadas exclusivamente da minha imaginação — apesar da maior parte do cenário existir. Por exemplo, eu inventei o UPV (Unidos Pela Vida), o hospital do livro.

Outro ponto é a Física. Eu gostaria de ter vocação para exatas, mas sou descaradamente de humanas. No entanto, meu amor pela Física vai além dos filmes. Toda a teoria de antimatéria e suas vertentes que usei no enredo pode ser encontrada no livro *Uma Breve História do Tempo*, de Stephen Hawking.

Espero que vocês tenham aproveitado a leitura e estejam ansiosos para o desfecho.

AGRADECIMENTOS

Este livro só é o que é porque uma equipe sensacional trabalhou arduamente em cima dele. Obrigada pela capa linda, Henrique Morais; Pela diagramação, Bruno Lira; Pela preparação, Raquel Escobar; e pela incrível editoração, Bianca Gulim.

Nunca vou cansar de agradecer aos meus pais, Lilian e Walter, por tudo, tudinho, e ao meu irmão, Luigi, por nada, nadinha.

E, leitores, obrigada mil vezes por continuarem lendo meus livros e por me proporcionarem este sonho que é contar histórias para vocês.

QR
CODES

SERRA
QR CODE #1

FAZENDA RADICAL
QR CODE #2

MANSÃO DOS TORRES
QR CODE #3

RUA PRINCIPAL
QR CODE #4

IGREJA BATISTA
QR CODE #5

FLORESTA
QR CODE #6

PORTAL DA CIDADE
QR CODE #7

PATINAÇÃO NO GELO
QR CODE #8

ESTAÇÃO DE ENERGIA
QR CODE #9

CANAL STOWE
QR CODE #10

CONHEÇA TAMBÉM, DE
GIOVANNA VACCARO

E se cada momento de sua vida viesse com uma segunda chance?

Logan Moore tem todos os direitos quando reclama de sua vida. Ele foi baleado em um beco escuro e mandado para um reformatório injustamente. Tudo o que ele quer é cumprir seu tempo naquela miniprisão e, então, sair e viver sua vida normal novamente. No entanto, Olívia chega para mudar todos os cursos de sua vida, fazendo Logan se apaixonar da pior maneira possível.

O que Logan não sabia era que o destino lhe dera uma chance de consertar seus erros e os erros das pessoas que ama. Em um segundo, ele se vê preso a uma pergunta insistente: acreditar ou não acreditar quando seu pai diz que há uma maneira de viajar no tempo e evitar que uma grande tragédia aconteça mais para frente?

Logan, desacreditado, no entanto, decide enfrentar as barreiras do espaço-tempo e descobre que essa escolha talvez tenha sido a pior de sua vida. Problemas que traumatizam Olívia, mortes e até amizades desfeitas são algumas das causas pela qual Logan está disposto a arriscar sua vida... e seu tempo.

 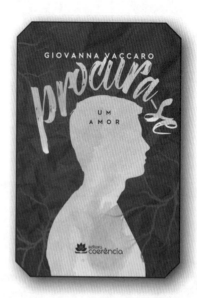

PROCURA-SE UM CORAÇÃO

O tempo que Ariane tem de vida é bem menor do que se imagina. Desde os seis anos, sofre com a doença arterial coronariana, uma deficiência cardíaca genética; rara em pessoas jovens, mas fatal. Mantendo-se com a ajuda de remédios, ela conta com o apoio de seu pai e sua irmã, juntamente com sua melhor amiga.

Para agravar a situação, após uma crise de insuficiência cardíaca, ela recebe a notícia de que deverá passar, o mais urgente possível, por um transplante de coração, caso contrário seus dias estarão por um fio.

Porém, ela tem uma nova razão para pulsar: Miles. Ariane se envolve em uma paixão "quase" perfeita — diante do difícil drama que enfrenta!

Juntos, eles tentarão encontrar uma saída e farão de tudo para congelar o tempo e eternizar cada segundo que lhe resta, como um fio de esperança que surge em seu futuro tão incerto.

PROCURA-SE UM AMOR:

Miles tem sua vida estabilizada em Indiana — considerando todos os fatos que o fizeram se mudar para essa cidade —, porém ele se vê preso a novos começos quando é obrigado a voltar para sua cidade natal: Nova York.

Contrariando todas as expectativas, Miles reencontra Ariane, por quem tinha uma queda desde criança. Ao saber que ela tem seus dias contados, ele decide arriscar tudo o que tem para ajudá-la. Ou pelo menos tentar.

Para saber mais sobre os títulos e autores da
EDITORA COERÊNCIA, visite o site
WWW.EDITORACOERENCIA.COM.BR
e curta as nossas redes sociais.

Além de informações sobre os próximos lançamentos,
você terá acesso a conteúdos exclusivos
e poderá participar de sorteios, promoções e eventos.

@EDITORACOERENCIA

FB.COM/EDITORACOERENCIA

Av. Paulista, 326, cj 84
Bela Vista - São Paulo -SP - 01.310-902

LILIAN@EDITORACOERENCIA.COM.BR

(11) 3285-1702

Não perca a oportunidade de realizar o sonho
de se tornar um escritor.
Envie seu original para o nosso e-mail e
PUBLIQUE CONOSCO.

Esta obra foi composta na fonte Crimson Text,
tamanho 12pt, e impresso em papel pólen soft 70g/m².
São Paulo, julho de 2019